I0573701

UN REFUGE POUR RILEY

DELTA FORCE DEUX, TOME 5

SUSAN STOKER

DU MÊME AUTEUR

Un soutien pour Lara

Un soutien pour Maisy

Un soutien pour Ryleigh

Hawaï : Soldats d'élite

Un paradis pour Élodie

Un paradis pour Lexie

Un paradis pour Kenna

Un paradis pour Monica

Un paradis pour Carly (11 Oct)

Un paradis pour Ashlyn

Un paradis pour Jodelle

Mercenaires Rebelles

Un Défenseur pour Allye

Un Défenseur pour Chloé

Un Défenseur pour Morgan

Un Défenseur pour Harlow

Un Défenseur pour Everly

Un Défenseur pour Zara

Un Défenseur pour Raven

Ace Sécurité

Au Secours de Grace

Au Secours d'Alexis

Au Secours de Bailey

Au Secours de Felicity

Au Secours de Sarah

Forces Très Spéciales Series

Un héros pour Bryn

Un héros pour Casey

Un héros pour Wendy

Un héros pour Mary

Un héros pour Macie

Un héros pour Sadie

Un héros pour Annie

Autre

Un moment suspendu : Recueil de nouvelles

AUDIO

Un paradis pour Élodie

CHAPITRE UN

— Alors, tu as dix ans ? demanda Porter « Oz » Reed à son neveu, en se creusant la tête pour essayer de trouver quelque chose à dire au petit garçon debout dans son salon.

Logan hocha la tête, mais il n'entra pas dans les détails.

L'enfant venait d'être déposé à son appartement par les services de protection de l'enfance du Texas. Oz avait découvert que sa sœur était morte... Et apparemment, elle avait un enfant. Un enfant dont il avait ignoré l'existence. Oz était donc un oncle.

Le problème, c'était qu'il ne savait presque rien sur les enfants. Comment diable pouvait-il endosser le rôle de père pour un enfant de dix ans ? Intérieurement, il paniquait, cependant il tentait de ne pas montrer au garçon qu'il était perdu. Logan devait être traumatisé après avoir brusquement perdu sa mère, avant d'être déposé chez un inconnu, le tout en apprenant qu'il s'agissait de sa nouvelle maison.

En faisant le calcul mentalement, Oz réalisa que sa sœur avait dû être enceinte la dernière fois qu'il lui avait parlé, probablement à l'enterrement de leur père, mais elle n'avait pas abordé ce sujet. Il était fou d'avoir ignoré l'existence d'un neveu, néanmoins il supposait qu'il ne devait pas être surpris.

Après qu'il ait appris que Becky avait dépensé l'argent qu'il lui avait envoyé pour acheter de la drogue et qu'elle en avait consommé pendant l'enterrement de leur père, d'une certaine manière, il avait perdu la tête. Il avait crié sur elle. Il lui avait dit qu'elle gâchait sa vie. Qu'elle devait se sortir les doigts du cul. Pas étonnant qu'elle ne lui avait pas révélé qu'elle était enceinte.

Et son neveu était le portrait craché de sa sœur, mis à part les yeux. Ils étaient gris, comme les siens. Les yeux de Becky avaient été de couleur noisette. Et le petit garçon avait les cheveux de sa mère : bruns et ondulés, mais courts alors que Becky les avait portés longs. Il était évident qu'il avait hérité de la taille des Reed. De son mètre quatre-vingt-quinze, Oz était plus grand que la plupart des gens. Sa sœur n'avait pas été petite ; elle avait mesuré un mètre quatre-vingt. Il ignorait quelle taille devait avoir un garçon de dix ans, toutefois il avait l'impression que Logan était plus grand que la plupart des enfants de son âge.

— Tu as faim ? l'interrogea Oz, tentant à nouveau de communiquer avec le garçon.

Logan secoua la tête et refusa de croiser son regard.

Soupirant intérieurement, Oz essaya d'imaginer autre chose à dire. Dans le meilleur des cas, il n'était pas très doué avec les enfants. Non pas qu'il ne les aimait pas, cependant il n'avait pas passé beaucoup de temps avec des enfants. Il n'avait jamais vraiment eu l'impression d'être un enfant lui-même. Avec l'enfance qu'il avait eue, Oz avait dû grandir rapidement.

Son regard se baissa vers le sac en plastique dans la main de son neveu. Il fronça les sourcils.

— Qu'est-ce que c'est ? demanda-t-il.

Le regard de Logan croisa le sien une seconde avant de se tourner vers le sol à nouveau.

— Mes affaires, annonça-t-il en haussant les épaules.

— Tes affaires ? répéta Oz, confus.

— Ouais. Je n'ai pas de valise et c'était tout ce que j'avais pour les ranger.

Oz fixa son neveu. Puis, il comprit : tout ce que Logan avait au monde tenait dans ce sac. Un satané sac poubelle.

La colère monta en lui. De la colère envers sa sœur. De la colère envers les gens des services de protection de l'enfance. De la colère envers toute cette situation. Il était la dernière personne à pouvoir élever un enfant. Or il était tout ce qui restait à Logan ; il devait se reprendre et trouver une solution.

— D'accord, reprit-il, faisant de son mieux pour contrôler la colère dans sa voix.

Il s'approcha de lui et s'assit sur le canapé, à côté de Logan. Il remarqua que l'enfant s'éloignait de lui, mettant beaucoup de distance entre eux.

— C'est quand, ton anniversaire ?

— Le vingt-deux octobre.

— Quelle est ta couleur préférée ?

— Le bleu.

— Tu aimes le sport ?

— Ouais.

— Ta nourriture préférée ?

— Je n'en ai pas.

Oz soupira.

— Je sais que cette situation est bizarre. Et... Je suis vraiment désolé pour ta maman.

— Pourquoi ? Tu ne la connaissais même pas. Tu ne savais même pas que j'existais. Qu'est-ce que *tu* en as à faire ?

Oz n'aimait pas l'attitude du garçon, toutefois il ne pouvait pas lui en vouloir. Et il avait raison.

— Ça m'importe.

— On n'aurait pas dit, marmonna Logan.

— La relation entre ta maman et moi était tendue, c'est vrai. Je n'ai pas eu de contact avec elle depuis avant ta naissance. Elle faisait des choses qui n'étaient pas bien à l'époque. Je venais de rejoindre l'armée et je ne vivais plus au Texas. Je voulais l'aider, mais elle devait d'abord le vouloir.

— La drogue, commenta tristement Logan.

Oz avait horreur que son neveu le sache.

— Ouais. Je suppose qu'elle n'a pas perdu l'habitude, supposa Oz avec regret.

— Elle essayait d'arrêter, déclara Logan.

Oz fixa son neveu du regard, ne sachant pas s'il pouvait le croire. Non pas qu'il pense qu'il mentait, mais les adultes cachaient beaucoup de choses à leurs enfants, et si Becky voulait que son fils pense qu'elle essayait d'arrêter, elle avait probablement pu lui cacher les pires aspects de ses habitudes.

— Je sais que tu ne me crois pas, mais c'est vrai. Elle a participé à un programme et tout. On s'en sortait bien, argumenta Logan.

— Que s'est-il passé ? demanda Oz, se détestant pour lui avoir posé la question.

Il devrait poser la question aux services de protection de l'enfance, pas à un gamin de dix ans. Sauf que la question était sortie toute seule.

— Quelqu'un est entré par effraction dans notre appartement. Ils l'ont tuée. Ils ont volé tout ce qu'ils pourraient vendre. J'étais à l'école.

— Merde ! Je veux dire… Mince, je suis désolé, s'exclama Oz, prenant note mentalement de tenter de prononcer moins de gros mots.

Logan émit un son guttural.

Regardant sa montre, Oz vit qu'il était vingt et une heures passées. Il semblait étrange que les services de protection de l'enfance déposent un enfant aussi tard le soir, mais c'était le cas.

Puis, il pensa à quelque chose. Il avait un appartement de deux chambres, cependant pour le moment, la seconde était une pièce fourre-tout pour ses affaires. Il avait un ensemble de poids et une tonne de boîtes. Il n'avait pas de lit pour un enfant de dix ans.

— Je ne sais pas à quoi ressemblait ton emploi du temps, quand tu allais au lit et ce genre de choses, annonça Oz. Mais il se fait tard et tu dois être fatigué.

Logan ne répondit pas.

— Étant donné que je ne savais pas que tu allais venir, je n'ai pas préparé la chambre, alors tu peux dormir dans la mienne ce soir et demain, nous nous occuperons de la tienne.

— Je ne veux pas de ton lit, refusa Logan, l'air plus féroce que jamais depuis qu'Oz le connaissait... ce qui ne représentait que quarante-cinq minutes environ.

— C'est une bonne chose, répliqua Oz, refusant de mordre à l'hameçon. Parce que je ne te la donne pas. Je suis grand et ce lit California king me convient parfaitement.

— Je ne vais pas dormir avec toi !

Cette fois, Oz entendit la peur dans la voix de son neveu.

Il contrôla sa consternation face à ce que cette peur pouvait signifier.

— Et je ne te le demanderais pas. Tu n'es pas un bébé et il te faut ton propre lit, tout comme moi. Je vais dormir ici, sur le canapé. Tu seras en sécurité dans ma chambre.

Logan fronça les sourcils et Oz vit les yeux du garçon passer du canapé à sa grande carrure, puis se poser à nouveau sur le canapé.

— Tu n'auras pas de place, rétorqua-t-il enfin.

Oz haussa les épaules.

— Crois-moi, ce n'est pas le pire endroit où j'ai dormi. Pas même un peu. Ça ira.

— Est-ce qu'il est confortable ? le questionna Logan, ne voulant pas lâcher l'affaire.

— Pas particulièrement.

— Est-ce que ton lit est confortable ?

— Ouais. Extrêmement confortable.

— Je ne comprends pas, avoua Logan d'une voix qui brisa presque le cœur d'Oz.

— Qu'est-ce que tu ne comprends pas ? demanda-t-il gentiment.

— Pourquoi tu me donnes ton lit confortable alors que tu devras dormir ici, sur un canapé inconfortable et trop petit ?

— Parce que tu es dans un nouvel appartement et que tu es probablement bouleversé. Ta maman te manque et tu es sûrement triste à cause de ce qu'il lui est arrivé. Parce que je suis ton oncle et que c'est à moi de veiller sur toi, maintenant, et parce que je tiens à toi. Je sais que c'est peut-être difficile à croire, étant donné que nous venons de nous rencontrer ce soir, mais tu es ma chair et mon sang. Je regrette de ne pas avoir su que tu existais avant ce soir, et maintenant que je le sais, je te promets que je ferai tout ce qu'il faut pour te faciliter la vie et non pas te la rendre plus difficile. Et ça commence ce soir, en te donnant un bon lit où dormir et un espace personnel jusqu'à ce que je puisse préparer ta chambre.

Logan leva la tête et fixa Oz un long moment. Puis, il demanda :

— Tu n'as pas peur que je fouille dans tes affaires ? Que je vole quelque chose ?

Oz haussa les épaules.

— Si tu veux quelque chose dans ma chambre ou dans la salle de bains, sers-toi. Ça ne m'énervera pas que tu prennes quelque chose. Même si je dois dire que tu devras grandir un peu avant de pouvoir mettre mes vêtements ou mes chaussures. Je n'ai pas de magazines coquins et je vais m'assurer de retirer mon pistolet avant que tu ailles dormir.

Logan écarquilla les yeux.

— Tu as une arme ?

— Je suis militaire, alors oui, j'ai une arme.

— Tu as déjà tué quelqu'un ?

Oz changea de position, gêné. Mais il ne voulait pas mentir à son neveu.

— Oui. Mais si ça peut aider, ils ont tenté de me tuer d'abord.

Il ignorait ce que son neveu pensait. Pendant une seconde, Oz pensa voir de l'intérêt dans le regard de Logan, or ensuite, son expression devint neutre et il haussa les épaules.

— Et si nous te préparions pour que tu ailles te coucher ? Tu as un pyjama dans ton sac ? le questionna Oz.

Logan hocha la tête.

— D'accord. Allez. Je vais te montrer où sont les choses dont tu auras besoin.

Presque trente minutes gênantes plus tard, Oz revint dans le salon, ressentant plus d'émotions qu'il ne l'avait fait depuis longtemps. Il était inquiet, le cœur brisé, et il était en colère contre sa sœur. Il n'arrivait pas à croire que Becky avait eu un fils et n'avait pas essayé d'entrer en contact avec lui. D'après Logan, elle avait vécu à Austin pendant des années, si près de Fort Hood. Oz n'était pas sûr qu'elle ait su où il était, pourtant il ne pouvait toujours pas se débarrasser de sa colère.

Logan n'avait pas dit grand-chose quand Oz avait changé les draps de son lit pour que l'enfant puisse dormir dans un lit propre. Il n'avait pas sorti ses affaires de son fichu sac poubelle de vêtements devant lui et il était évident qu'il attendait qu'Oz parte pour s'installer.

Il avait envie de serrer l'enfant dans ses bras, de lui dire qu'il était en sécurité, mais ils étaient des inconnus l'un pour l'autre. Il ne pensait pas que son neveu serait réconforté par son étreinte. Et le fait qu'il lui demande s'il était censé dormir dans le même lit que lui ? Bon sang... Est-ce que quelqu'un avait profité de lui ?

Oz avait tant de questions et aucune réponse.

Il supposait qu'elles viendraient avec le temps, mais il voulait que son neveu se sente en sécurité et aimé à présent. Pas une semaine, un mois ou un an plus tard.

Pendant une heure, Oz fit les cent pas dans le petit salon, son esprit tournant à toute vitesse en pensant à tout ce qu'il devait faire. Il devait contacter son commandant et lui parler de la situation. Son équipe devait être au courant aussi. Il savait sans le moindre doute que Trigger, Brain, Lefty, Lucky, Doc et Grover feraient tout ce qu'ils pourraient pour l'aider. Sans parler de Gillian, Kinley, Aspen et Devyn.

Il devait aussi établir un plan de garde familiale avec l'armée ; c'était particulièrement important, car il faisait partie de la Delta Force.

Un plan de garde familiale assurerait que les membres de la famille d'un militaire avaient tout ce qu'il fallait quand le soldat était déployé. Et étant donné qu'Oz était déployé plus souvent que les soldats moyens et qu'il était désormais un père célibataire, en quelque sorte, le plan devait être mis en place dès que possible.

Le plan de garde familiale était essentiellement composé d'instructions écrites et de documents légaux qui étaient utiles quand il était envoyé en mission. Ils indiqueraient où Logan devrait aller et qui serait son responsable légal pendant qu'Oz était à l'étranger. Il contenait aussi des informations médicales, des informations de contact pour les personnes qui s'occuperaient de Logan, des documents importants comme les papiers d'assurance, les informations financières et des directives pour les activités quotidiennes de l'enfant. Bien entendu, Oz ne connaissait pas encore les préférences de Logan ni à quoi ressemblait sa vie, mais il apprendrait.

L'idée d'abandonner Logan pendant qu'ils devaient s'adapter à cette nouvelle vie n'était pas agréable. Pour la première fois de la vie d'Oz, quelque chose était plus important que l'armée.

Il était surprenant qu'il se sente ainsi si tôt, mais il n'avait pas menti. Il tenait à lui. Il faisait partie de sa famille. Cela signifiait quelque chose pour Oz.

Il savait que Logan serait sa priorité à partir de ce moment-là.

Il parlerait à son équipe et à son commandant de ce que signifiait le fait d'avoir Logan dans sa vie au niveau des missions. Il n'était pas prêt à quitter l'équipe, pas du tout, cependant il devait être un élément stable dans la vie de Logan.

La douleur dans les yeux de son neveu était claire comme de l'eau de roche. Elle allait plus loin que la mort de sa mère. Il n'avait pas eu une vie facile et Oz n'avait pas les mots pour exprimer à quel point cela lui faisait du mal. Il voulait tout donner à Logan, à commencer par la stabilité et le fait de savoir qu'il était en sécurité, qu'il avait un foyer avec son oncle.

Oz soupira ; la tête lui tournait. Il avait beaucoup de choses à faire et il ne savait pas vraiment par où commencer. Le lendemain, il devrait s'assurer d'ajouter Logan sur son compte Tricare et faire en sorte qu'il ait une couverture médicale. Puis, il devrait l'inscrire à l'école. Il devrait probablement aussi passer un examen médical.

Et cela poussa Oz à penser que Logan était grand, mais qu'il était extrêmement maigre. Il commença à craindre qu'il n'ait pas été correctement nourri… ce qui le fit réfléchir à ce qu'il avait dans son propre garde-manger.

— Merde, s'exclama Oz en se levant pour aller voir.

Que mangeaient les petits garçons ? Qu'est-ce que *Logan* aimait manger ? Il n'en avait pas la moindre idée.

Tandis qu'il fouillait dans son garde-manger presque vide, l'idée d'être responsable du bien-être de son neveu fut soudain accablante. Que savait-il du rôle de père ? Rien ! Plus d'une petite amie l'avait accusé d'être complètement ignorant quand il s'agissait des autres.

Il avait été traité de salop égoïste quand il ne s'était pas donné la peine d'appeler une femme après être rentré de mission. Il avait du mal à se souvenir de la nourriture préférée de ses petites amies, de leurs fleurs préférées ou même de leurs anniversaires. Comment *diable* pourrait-il prendre soin d'un enfant ?

Sachant qu'il était en train de paniquer, sans pouvoir s'en empêcher, Oz traversa le couloir et posa son oreille contre la porte de la chambre. Il n'entendit rien. Il avait laissé Logan à l'intérieur quarante-cinq minutes plus tôt. Il tourna silencieusement la poignée et regarda à l'intérieur.

Son neveu était au centre de son lit king size, les jambes et les bras complètement tendus, comme s'il essayait de prendre autant de place que possible. Curieusement, il portait un pyjama rose avec des licornes. Le pantalon était trop court et lui arrivait à la moitié du mollet. Son ventre était exposé, car le haut était trop petit. Oz supposa qu'il s'agissait d'un pyjama d'occasion et que c'était peut-être tout ce que sa sœur avait pu se permettre.

Mais le plus important, c'était que Logan dormait profondément. Oz entendait ses légers ronflements depuis l'encadrement de la porte.

Prenant une décision qu'il était sûr de regretter, Oz laissa la porte de la chambre ouverte et se dirigea vers la porte d'entrée de l'appartement, qu'il laissa ouverte aussi, puis il se dirigea directement vers l'appartement de sa voisine. Elle s'appelait Riley.

Ils n'avaient jamais vraiment eu une conversation

entière ; ils avaient juste échangé des salutations de temps à autre. Or il ignorait vers qui se tourner à cette heure-là. Il pourrait probablement appeler Gillian ou l'une des autres femmes qui sortaient avec ses coéquipiers, mais il ne voulait pas les déranger si tard. De plus, il entendait la télévision dans l'appartement de Riley, il était donc presque sûr qu'elle était encore debout.

Et après ce qu'il s'était passé plus tôt ce soir-là, Oz espérait que Riley serait d'accord pour l'aider. Il avait entendu sa voisine mettre dehors son petit ami violent verbalement. Oz était resté dans le couloir pour s'assurer que l'homme parte sans s'en prendre physiquement à elle, et à ce moment-là, Riley avait semblé reconnaissante.

Il n'entrerait pas dans son appartement, ce ne serait pas sûr pour elle, mais surtout, il voulait garder un œil sur le *sien*.

Lorsqu'il frappa à sa porte, Oz retint sa respiration. Un bon agent Delta savait quand demander de l'aide et il espérait que Riley accepterait de donner un coup de pouce à son voisin.

CHAPITRE DEUX

Riley Rogers n'arrivait pas à dormir. Après avoir mis Miles dehors, elle avait nettoyé son appartement pendant des heures. Son ex était un porc. Il y avait de la vaisselle sale dans l'évier, il ne sortait jamais les poubelles et il laissait des verres sales et des assiettes pleines de restes sur la table basse pendant qu'il jouait à ses jeux vidéo stupides. Dégoûtant.

Après avoir nettoyé, elle avait fait les cent pas, pensant à tout ce qu'il s'était passé ce soir-là. Sa dispute avec Miles, les menaces de celui-ci... et son voisin.

Miles lui avait fait peur. Elle avait craint qu'il refuse de partir ou même qu'il devienne violent avec elle, néanmoins quand elle avait ouvert la porte et qu'elle avait vu son voisin imposant dans le couloir, clairement en train d'écouter, Riley avait été soulagée.

Porter était resté debout, les bras croisés, adressant des regards noirs à Miles et comme par magie, son désormais ex-petit ami avait reculé et était parti en ne prononçant que quelques menaces de plus.

Son voisin avait dit qu'il s'appelait Oz, toutefois elle supposait qu'il s'agissait d'un surnom, car elle avait reçu son courrier dans sa boîte aux lettres une fois, par erreur, et il avait été adressé à Porter Reed. Elle avait été ravie de se présenter ce soir-là... car que Dieu la pardonne, mais elle l'avait reluqué plus d'une fois. C'était mal. Elle avait été en couple, pourtant elle n'avait pas pu s'en empêcher. Chaque fois qu'elle avait vu cet homme, il avait été poli et serviable. Rien que ça prouvait qu'il était l'opposé de Miles.

Riley en avait tellement marre de sortir avec des nuls. Elle voulait un partenaire. Quelqu'un sur qui compter et qui pouvait compter sur elle. Mais au lieu de cela, elle trouvait des parasites, des gens qui voulaient qu'elle travaille pour financer toutes les dépenses pendant qu'ils traînaient à ne rien faire, qu'ils regardaient la télévision ou qu'ils fumaient de l'herbe. Et les quelques soldats de la base militaire toute proche avec qui elle était sortie n'avaient pas été mieux. Au moins, ils allaient travailler, néanmoins ils n'avaient pas tenu à elle en tant que personne, ils l'avaient vue uniquement comme une personne avec qui coucher de temps en temps. C'était déprimant.

Mais il y avait son voisin. Grand, musclé, avec des épaules si larges qu'elle ne pouvait pas voir le sommet de son crane. Il avait des cheveux bruns, comme les siens, et des yeux gris uniques. Riley n'aimait pas particulièrement être plus petite que la plupart des gens qu'elle rencontrait, mais il y avait quelque chose chez Porter qui lui donnait envie de poser sa tête sur son torse et de le laisser la protéger du monde. Ce qui était tout simplement stupide.

Cependant, le fait de penser à la manière dont il avait monté la garde devant sa porte, s'assurant que Miles sache qu'il était là et qu'il le surveillait, la faisait frémir de plaisir. Il l'avait protégée alors qu'elle était une inconnue et que peu d'hommes dans son passé l'avaient fait.

Elle avait été sur le point de faire un truc stupide, comme lui demander s'il voulait passer prendre un café ou quelque chose, quand un homme à l'air officiel avait traversé le couloir avec un petit garçon à ses côtés. Il avait dit à Porter que le garçon était son neveu et qu'il lui en donnait la garde.

Le choc sur le visage de Porter lui avait fait penser qu'il découvrait qu'il était un oncle pour la première fois. Ce qui était surprenant et déchirant. Ils avaient disparu à l'intérieur de son appartement et elle n'avait rien entendu de plus depuis.

Pourtant, elle avait écouté.

Les murs de son immeuble n'étaient pas très épais. Elle entendait fréquemment sa télévision ou sa musique, tout comme il percevait probablement chaque mot brutal prononcé par Miles pendant qu'ils étaient ensemble. C'était gênant, mais d'une certaine manière, cela avait été un catalyseur qui l'avait poussée à enfin le mettre à la porte. Le fait de savoir que son voisin avait entendu certaines des choses que Miles lui avait dites dans le passé et qu'elle n'avait toujours pas rompu avec lui était plutôt humiliant.

Riley savait qu'elle n'était pas la plus jolie fille du pâté de maisons. En réalité, elle était plutôt ordinaire. Du haut de son mètre soixante-deux, elle était plus petite que la plupart des femmes, cependant son poids était moyen. Elle était ni super mince ni en surpoids. Elle avait quelques formes plus généreuses – principalement au niveau de ses cuisses et ses fesses – mais de manière générale, elle était satisfaite de son apparence.

Elle n'avait pas beaucoup d'amis, pas de famille et elle passait la plupart de son temps à l'intérieur de son appartement. En tant que transcriptrice, elle travaillait de chez elle et elle utilisait Internet pour trouver du travail. Elle recevait des fichiers audios de médecins, d'auteurs et des personnes qui avaient besoin de quelqu'un pour retranscrire leurs mots. Elle écoutait leurs enregistrements, tapait ce qu'ils disaient et leur renvoyait les documents.

Elle avait la chance d'avoir de nombreux clients réguliers,

ce qui lui permettait de générer des revenus stables. Elle n'avait pas énormément d'argent, cependant elle en avait assez pour avoir un toit, payer ses factures et acheter à manger.

Elle avait rencontré Miles en ligne, comme quelques-uns de ses petits amis précédents, et elle en avait assez d'emprunter cette voie. Elle n'avait pas eu de chance jusque-là et même si Internet lui permettait de travailler de chez elle, de toute évidence, il ne l'aidait pas à trouver le grand amour.

Elle avait probablement besoin de s'éloigner un long moment des hommes en général. Les locataires de son étage devaient déjà penser qu'elle était la voisine bizarre de toute façon. Celle qu'ils ne voyaient jamais et qui n'avait pas d'amis. Qu'il en soit ainsi.

C'était mieux que d'être la fille qui était assassinée par un petit ami violent qu'elle refusait de quitter.

Soupirant, Riley était sur le point d'aller se coucher quand elle entendit quelqu'un frapper à la porte.

Elle s'immobilisa, son cœur battit la chamade et elle se demanda si Miles était revenu. Il l'avait fait auparavant : revenir en rampant après une dispute, la suppliant de le pardonner et lui disant à quel point il tenait à elle. Peu importe. Elle n'allait pas tomber dans le panneau, cette fois. Il était évident qu'il voulait juste un endroit où vivre, pour rester assis et fainéant. Elle en avait bel et bien fini avec lui.

Elle s'approcha de la porte sur la pointe des pieds pour regarder par le judas et voir qui frappait à sa porte à cette heure de la nuit. Riley fut choquée de découvrir son voisin, le beau Porter Reed, debout de l'autre côté. Il semblait nerveux et il n'arrêtait pas de regarder en direction de son propre appartement.

Sans réfléchir, Riley retira la chaîne et déverrouilla la porte avant d'ouvrir.

— Qu'est-ce qui ne va pas ? demanda-t-elle sans préambule.

— Je... Qu'est-ce que les garçons mangent pour le petit-déjeuner ? lâcha Porter.

Riley sourcilla.

— Quoi ?

— Je... Euh... Vous avez vu que je viens d'obtenir la garde de mon neveu. Il dort. J'ai ouvert la porte de la chambre et celle de l'appartement, alors je ne l'ai pas laissé seul. Mais j'ai commencé à penser au matin et il ne voulait rien manger ce soir, mais je ne sais pas ce qu'il va vouloir pour le petit-déjeuner demain matin.

— Qu'est-ce que *vous* mangez ? l'interrogea Riley.

— Euh... Généralement, une boisson protéinée, admit-il honteusement.

Riley ne put s'empêcher de plisser le nez en signe de dégoût.

— Je sais. J'imagine qu'il ne voudra pas de ça, mais je ne sais pas ce qui lui ferait plaisir, avoua son voisin.

— Vous voulez entrer ? proposa Riley.

— Merci, mais je ne peux pas. Je dois surveiller mon appartement et écouter au cas où Logan se réveillerait.

Effectivement, il l'avait dit, toutefois Riley était complètement déconcertée par le fait qu'il se soit présenté à sa porte et qu'il lui pose une question aussi simple.

— C'est vrai, désolée. Euh... Voyons... Des céréales, des Pop-tarts, des pancakes, des œufs brouillés peut-être, des barres granolas... Il n'a pas l'air difficile.

Mais au lieu de rassurer son voisin, ses mots semblèrent l'angoisser encore plus.

— Merde, dit-il entre ses dents. Je n'ai rien de tout ça. Pas même des œufs. Je dois aller au magasin. *Putain*, je ne peux pas aller au magasin s'il est dans l'appartement. Je ne peux pas le laisser seul. Est-ce que je devrais le réveiller et l'emmener avec moi ? Je n'en ai vraiment pas envie. Je ne sais même pas s'il m'aime bien. Il m'aimerait probablement moins si je le réveillais au milieu de la nuit pour se rendre dans un fichu magasin. Merde.

Le cœur de Riley fondit pour cet homme. Il était évident qu'il voulait faire ce qu'il fallait pour son neveu, mais il ignorait en quoi cela consistait pour le moment.

— Attendez, ordonna-t-elle.

Elle n'avait pas voulu être aussi brusque, néanmoins au lieu de s'énerver contre elle ou de lui demander de la fermer et de ne pas lui dire quoi faire, comme Miles l'aurait fait, il se contenta de hocher la tête. Il pinçait les lèvres sous l'effet de l'agitation et le stress le faisait froncer les sourcils.

Riley laissa la porte ouverte et se dirigea rapidement vers le fond de son appartement. Elle alla dans la cuisine et prit un des sacs de course réutilisables qu'elle gardait à disposition. Elle ouvrit son garde-manger et remplit la moitié du sac avec des denrées diverses qu'elle pensait être au goût de l'enfant. Heureusement, Riley n'était pas une maniaque de la santé, elle avait donc beaucoup de choix.

Puis, elle ouvrit son réfrigérateur et elle ajouta une boîte d'œufs dans laquelle il en restait six, un pot de fromage frais à tartiner à moitié mangé et une bouteille de deux litres de lait dans laquelle il en restait juste assez pour un bol de céréales. Elle prit le paquet de bagels sur le plan de travail et la boîte remplie aux trois quarts de Froot Loops.

Au dernier moment, elle ajouta deux bananes et trois pommes. Le sac était plein à craquer quand elle eut terminé et Riley se demanda si elle n'en avait pas trop fait, pourtant elle décida que l'homme et le garçon à côté avaient plus besoin de cette nourriture qu'elle et elle voulait qu'ils aient du choix.

Elle retourna rapidement à la porte, espérant que Porter ne soit pas parti. Il était encore là, le dos appuyé contre le mur en face de l'appartement de Riley. Il n'avait pas l'air moins stressé. En réalité, il semblait *plus* inquiet.

— Voilà, déclara-t-elle en lui tendant le sac.

Mais au lieu de le prendre, Porter se contenta de la dévisager d'un air confus.

— Qu'est-ce que c'est ?

— Des trucs pour le petit-déjeuner, lui expliqua-t-elle. Tout était déjà ouvert, désolée, mais j'avais plusieurs choses qui pourraient plaire à votre neveu. Vous pourrez découvrir ce qu'il préfère demain matin. J'ai mis des barres granolas – les barres molles, les dures sont dégoûtantes – des œufs, des bagels, du fromage frais à tartiner, des céréales, des bâtonnets au fromage, des fruits et du beurre de cacahouètes au cas où rien d'autre ne lui plairait. Tous les enfants mangent des sandwiches au beurre de cacahouète et à la confiture, je crois. Il y a d'autres trucs là-dedans. Ne me jugez pas, j'ai un faible pour le sucré.

— Je ne peux pas prendre ça, annonça Porter sans saisir le sac.

— Pourquoi pas ?

— Parce que c'est votre nourriture.

— Porter, ce n'est rien. Je ne maigris pas à vue d'œil, comme vous pouvez probablement le voir.

Il fronça les sourcils.

— Votre taille est très bien, lui dit-il.

Riley voulait se délecter de son approbation, ce qui était ridicule, mais elle ne se souvenait pas de la dernière fois où Miles lui avait fait un compliment.

— C'est ça. Quoi qu'il en soit, j'ai beaucoup de nourriture. Ça devrait vous dépanner jusqu'à ce que vous puissiez parler à votre neveu et découvrir ce qu'il aime manger. Je suppose que vous allez l'inscrire à l'école et vous devrez savoir s'il veut manger à la cantine ou s'il veut emporter sa propre nourriture, alors il vous faudra de la nourriture pour le déjeuner aussi. Et des aliments pour le dîner. Des bâtonnets de poulet, des hamburgers, des pâtes, ce genre de choses. La plupart des enfants mangent des tonnes, alors je suis sûre que tout ça ne durera pas longtemps.

Plus elle parlait, plus l'air ébranlé dans le regard de Porter s'intensifia. Riley réalisa qu'elle le faisait paniquer.

Prenant un risque, elle fit un pas en avant et posa une main sur son bras.

— Porter ?

Il sourcilla. Puis, il révéla :

— Personne ne m'appelle comme ça.

— Oh, euh... désolée.

— Non, ce n'est pas grave. Comment connaissez-vous mon nom ?

— Votre courrier a été mis dans ma boîte aux lettres, une fois. Je suis désolée, je peux vous appeler par votre surnom... Oz, c'est ça ?

— Ça me plaît que vous m'appeliez Porter, admit-il.

— D'accord, répondit Riley.

Elle ne pouvait pas imaginer une attirance entre eux, si ? Ce n'était ni le moment ni l'endroit, mais elle ne pouvait pas s'empêcher d'aimer la manière dont toute son attention était concentrée sur elle quand elle parlait. Il ne regardait pas son téléphone ni ses seins ni la télévision derrière elle, dont le volume était bas dans son appartement.

Il baissa les yeux vers le sac qu'elle tenait encore, puis il se tourna à nouveau vers son visage.

— Je ne devrais vraiment pas prendre votre nourriture.

— C'est bon, insista Riley en lui tendant le sac de nouveau.

— Je me sens terriblement mal.

— Il n'y a pas de raison. Comme ça, j'ai une excuse pour sortir de chez moi demain, argumenta Riley. Je suis juste désolée de ne pas avoir de beignets ou des roulés à la cannelle. Je suis sûre que votre neveu adorerait ça.

— Logan. Il s'appelle Logan. Et il a dix ans.

Riley sourit et laissa échapper un soupir de soulagement quand Porter prit le sac de nourriture.

— Je suis vraiment désolé de vous avoir dérangée. J'ai paniqué, admit Porter un peu honteusement.

— Ce n'est rien. Je suis ravie que vous l'ayez fait. Je travaille de chez moi, alors je suis presque tout le temps ici. Si vous avez besoin de quoi que ce soit, n'hésitez pas à venir. Je peux aussi vous donner mon numéro pour que vous puissiez m'écrire, si vous voulez. Je sais à quel point emménager avec des inconnus peut être effrayant pour un enfant.

Cette fois, l'inquiétude sur le visage de Porter lui était destinée.

— Vous viviez en famille d'accueil ?

Se réprimandant pour en avoir parlé, Riley hocha la tête.

— Ouais. Mes parents avaient beaucoup de problèmes et j'ai fait des aller-retour dans des familles d'accueil pendant la plus grande partie de ma vie. Ils se reprenaient et me ramenaient à la maison, puis ils retombaient dans leurs travers et je retournais dans le système. Je crois que j'ai vécu avec sept familles différentes. La plupart étaient de bonnes familles, mais c'était difficile de ne pas savoir combien de temps j'allais rester avec elles et si, ou quand, mes parents me reprendraient.

— Il n'avait qu'un sac poubelle pour ses affaires, révéla Porter.

Riley ne savait que trop bien de quoi il parlait.

— Ça craint. La plupart des enfants n'ont pas de valise ou de sac en toile quand ils entrent en famille d'accueil. Ils doivent apporter les effets personnels qu'ils peuvent faire tenir dans un sac poubelle en plastique. Est-ce que je peux vous donner un conseil ?

— Oui, s'il vous plaît.

— Lavez ses vêtements dès que vous pourrez. L'odeur de ce fichu plastique imprègne les vêtements facilement et ça craint de devoir la sentir partout où vous allez pendant la journée.

Porter sembla horrifié.

— Je le ferai. Demain, quand il se réveillera.

Riley hocha la tête.

— Ça ne vous dérange vraiment pas si je sollicite votre aide ? Je suis complètement dépassé.

— Vous avez l'intention de le garder ? ne put s'empêcher de demander Riley.

— *Bien sûr* que je vais le garder. C'est mon neveu. Il n'a personne d'autre pour prendre soin de lui.

— Je suis désolée si je vous ai offensé, reprit rapidement Riley. C'est juste que beaucoup de gens ne voudraient pas que leur vie soit bouleversée par un enfant qui n'est pas d'eux.

— Bouleversée ? Je crois que c'est *sa* vie qui est bouleversée, pas la mienne. Je déteste ne pas avoir su qu'il existait avant. Je déteste le fait de ne pas m'être réconcilié avec ma sœur avant sa mort. J'aimerais penser qu'elle s'était reprise en main, mais en regardant Logan et en voyant la douleur dans son regard, je ne suis pas sûr que ça ait été le cas. Je n'abandonnerai *jamais* mon neveu. Peu importe à quel point son apparition soudaine dans ma vie est difficile pour moi, ça doit être dix fois pire pour *lui*. Il va rester avec moi.

La chaleur dans l'estomac de Riley monta. Elle adorait que Porter soit aussi féroce en ce qui concernait son neveu. Il n'avait pas dit qu'il aimait l'enfant, mais ce n'était pas surprenant : il venait de le rencontrer et avec un peu de chance, l'amour viendrait avec le temps entre l'homme et le petit garçon.

— Dans ce cas, je serais ravie d'aider.

— Merci, dit Porter avec un soupir qui venait du cœur. Et je me sens stupide de ne pas savoir ce que les enfants mangent pour le petit-déjeuner.

— Soyez un peu indulgent avec vous-même. Il y a beaucoup de choses que vous ne saurez pas sur un garçon de dix ans, mais vous apprendrez vite.

— Je l'espère.

Porter se redressa et Riley vit presque son assurance revenir.

— Je vous rembourserai pour tout ça, annonça-t-il en désignant le sac.

— Ce n'est pas la peine.

— Si, il le faut. Est-ce vous... Vous voulez rencontrer Logan ? demanda Porter.

— Bien sûr que oui.

— Je veux dire, pas maintenant. Il dort. Enfin, j'espère. Mais demain, peut-être ? Nous avons beaucoup de choses à faire. Je dois l'ajouter à mes avantages sociaux et je dois m'occuper de l'école et tout ça, mais peut-être que vous pourriez venir dîner ?

Riley le regarda.

— Vous êtes nerveux à l'idée d'être seul avec lui ?

Elle ignorait comment elle le savait, pourtant elle avait l'impression de pouvoir lire cet homme comme un livre ouvert, ce qui était fou, étant donné qu'ils venaient de se rencontrer officiellement.

— Un peu. La conversation de ce soir ne s'est pas bien passée. Je sais que sa couleur préférée est le bleu et que son anniversaire est en octobre.

— Un jour à la fois, lui assura Riley. C'est tout ce que vous pouvez faire.

— Je sais. Alors, on se voit pour dîner ? Ou est-ce que c'est trop ?

— Je serai ravie de venir, accepta Riley en souriant.

Ce n'était pas comme si elle avait besoin de vérifier son agenda ou quelque chose comme ça.

— Vous voulez que j'apporte quelque chose ?

— Je m'en charge. S'il y a une chose que je peux faire, c'est faire griller des hamburgers. Six heures ?

— Ça me paraît bien. Oh, vous voulez mon numéro ? proposa-t-elle.

— Oui.

Riley attendit, mais il ne bougea pas. Elle fronça les sourcils.

— Vous voulez que j'aille chercher un morceau de papier pour l'écrire ?

Il sourit… Et voir les rides se former sur les côtés de ses yeux lui donna envie de passer ses doigts dessus. Cet homme était splendide. Elle ignorait comment il pouvait être célibataire, mais il semblait l'être.

— Donnez-moi juste votre numéro. Je vais m'en souvenir, expliqua-t-il.

Riley le lui communiqua, pas très sûre qu'il s'en souviendrait.

En riant, Porter se justifia :

— L'armée me confie des informations top secrètes que je ne peux jamais écrire. Je crois que je peux me souvenir de sept chiffres, ma chère fée de l'épicerie.

Riley sut qu'elle rougit en entendant le surnom. Et *bien entendu*, l'armée lui confiait des informations beaucoup plus secrètes. Elle ne savait pas ce qu'il faisait, mais à en croire les muscles de ses bras, elle supposait qu'il était probablement une sorte de soldat d'élite. Elle avait vécu dans la quartier depuis assez longtemps et elle était sortie avec assez de soldats pour reconnaître quelqu'un qui faisait autre chose que gratter du papier ou se tenir debout avec un fusil à la main.

— D'accord.

— Merci encore. Vous me sauvez la vie, répliqua Porter. Je vous écrirai demain pour m'assurer que vous voulez encore venir.

— Je ne changerai pas d'avis, lui assura Riley, complètement sûre d'elle.

Il lui adressa un petit mouvement du menton, puis il retourna vers son appartement.

Riley ne put s'empêcher de fixer ses fesses du regard quand il s'éloigna. Cet homme était une véritable montagne. Grand et inflexible. Pendant une seconde, elle pensa à leur différence de taille ; il faisait plus de trente centimètres de plus qu'elle. Ce serait très douloureux s'il décidait de la frapper, toutefois elle secoua la tête et repoussa cette idée.

Elle ne pouvait pas supposer que tous les hommes qu'elle rencontrait allaient lui faire du mal, c'était une manière de penser défaitiste qui rabaissait son estime d'elle.

Au lieu de cela... elle imagina qu'il serait agréable d'avoir son voisin sur elle pendant qu'elle était allongée sur le dos au lit. Il l'encerclerait, lui donnant certainement l'impression d'être petite et délicate.

C'était une idée bien plus agréable. Une idée surprenante, étant donné qu'elle n'avait jamais vraiment été très attirée sexuellement par Miles.

Elle était encore debout dans l'encadrement de la porte quand Porter s'arrêta devant la sienne et se retourna vers elle.

— Riley ? demanda-t-il.

— Oui ? répondit-elle, prête à répondre à ses questions.

— Vous êtes bien trop jolie et gentille pour ce connard que vous avez mis à la porte ce soir. C'est un abruti de ne pas voir qu'il avait une petite amie géniale. Bonne nuit.

Et après avoir prononcé des mots qui la stupéfièrent, Porter entra dans son appartement et ferma la porte derrière lui.

Il fallut un moment pour que Riley bouge, mais ensuite, elle ferma et verrouilla sa propre porte avant d'appuyer son dos dessus et de se laisser glisser jusqu'à ce que ses fesses soient par terre dans son hall.

Les mots de Porter résonnèrent dans sa tête. Elle pensait déjà que rompre avec Miles était une bonne idée, pourtant l'opinion de son voisin renforça sa décision. Il pensait qu'elle était jolie. Et une petite amie géniale. Riley était presque sûre qu'elle pourrait passer des semaines à être réconfortée par ses mots.

Elle ignorait si quelque chose se passerait entre eux. Instinctivement, elle savait que Porter Reed était un homme bien. Elle avait eu tort auparavant, cependant quelque chose lui disait qu'elle ne se trompait pas sur son compte.

Il était bon d'être avec un homme qui paniquait parce qu'il ne savait pas quoi donner à manger à son neveu, plutôt que de s'énerver à cause d'un jeu informatique stupide ou parce qu'il n'avait plus de drogue. Le fait qu'il n'ait pas peur de dire merci ou de demander de l'aide était un autre bonus.

En souriant, Riley se leva et se dirigea vers sa chambre. Elle devait rassembler les affaires que Miles avait laissées chez elle et s'organiser pour les lui rendre, mais pour le moment, elle était exténuée. Elle avait quelques missions à remplir le lendemain, elle devait aller au magasin et refaire le plein de nourriture… Puis, apparemment, elle allait dîner avec son voisin et son nouvel enfant.

Soudain, sa vie sembla plus excitante que quelques heures plus tôt. Riley avait hâte que le soleil se lève.

CHAPITRE TROIS

— Un enfant ? demanda Doc d'un air incrédule l'après-midi suivant.

Oz hocha la tête. Il n'avait pas arrêté de la journée. Il avait été encore plus reconnaissant envers la générosité de sa voisine ce matin-là, quand Logan avait mangé avec plaisir un peu de tout ce qu'elle lui avait donné. Il avait commencé par un bol de céréales, puis il avait dévoré une barre granola et même un peu d'œufs brouillés qu'Oz avait préparés. De toute évidence, l'enfant n'avait pas mangé depuis un moment et Oz promit mentalement de s'assurer qu'il aurait toujours assez de nourriture chez lui.

La conversation avait manqué de naturel. Elle avait été gênante, principalement à sens unique, mais Oz n'était pas intimidé. Il faudrait du temps pour qu'ils soient à l'aise ensemble, et en attendant, il devait juste offrir un foyer sûr à Logan.

Ils étaient allés à la base et Oz avait ajouté Logan à son dossier officiel. Il avait désormais sa propre carte d'identité militaire. Oz avait demandé à son neveu s'il voulait aller à l'école de la base militaire et sans hésiter, Logan avait refusé.

Oz ignorait s'il s'agissait de la bonne décision, car il ne

savait rien sur les écoles locales, néanmoins il était déterminé à donner le choix à Logan autant que possible sur ce qu'il se passait dans sa nouvelle vie.

Ils étaient allés à l'hôpital de la base pour que Logan consulte un médecin et qu'ils fassent les papiers nécessaires pour qu'il soit officiellement inscrit en CM2. Ils devaient encore aller faire les courses, puis au magasin de meubles. Logan avait au moins besoin d'un lit. Il lui fallait aussi des vêtements, des jouets et ce genre de choses, cependant cela devrait probablement attendre un jour de plus.

Oz avait suivi le conseil de Riley et il avait lavé tous les vêtements de Logan ce matin-là, puis il avait été attristé de nouveau en voyant le peu de choses que l'enfant possédait. Il ne comprenait pas pourquoi les services de protection de l'enfance n'avaient pas empaqueté toutes les affaires qu'il avait dans l'appartement où il avait vécu avec sa mère. Où étaient les affaires de sa mère ? Et les siennes ? Étaient-elles entreposées dans une unité de stockage, attendant qu'Oz les réclame ? Il devait parler à l'assistant social de Logan. Cependant, d'autres choses étaient prioritaires.

Oz n'avait pas eu le temps de présenter Logan à ses coéquipiers de la Delta avant qu'un administrateur qui travaillait dans le bâtiment l'emmène pour visiter les véhicules, y compris les chars d'assaut qui étaient garés là. Oz sentit un pincement dans ses entrailles quand le premier sourire sur le visage de son neveu avait été offert à l'homme qui lui avait demandé s'il voulait voir un char de près et en personne, mais il mit cette idée de côté. Il savait que gagner la confiance de Logan ne serait pas simple, et il serait patient. La récompense quand il l'obtiendrait enfin serait plus fantastique qu'Oz ne pouvait l'imaginer. Il le savait.

— Je sais, c'est fou, répondit Oz à Doc.

— De nous tous, je n'aurais jamais imaginé que tu serais le premier à avoir un enfant, plaisanta Trigger.

Oz gloussa.

— On est d'accord. Je veux dire, Lefty, Brain et toi avez des copines, pas moi.

— Tu t'en sors ? demanda Grover. Tu as besoin de quelque chose ?

— En réalité, j'ai besoin de tout, révéla honnêtement Oz. Mais je travaille dessus, merci. Ma voisine est venue à ma rescousse hier soir.

— Ta voisine... ? répéta Lucky.

— Ouais. Riley Rogers. Hier soir, c'était de la folie. Non seulement parce que Logan a été déposé sur le pas de ma porte si tard, mais parce que Riley a enfin mis son salop de petit ami à la porte. Il est allé chez elle et a commencé à s'en prendre à elle presque immédiatement. Les murs de mon bâtiment sont super fins, alors je les entends beaucoup. Il la réprimandait pour presque tout. Elle travaille de chez elle ; je ne sais pas vraiment ce qu'elle fait. Mais il lui disait qu'elle était fainéante et que c'était une salope parce qu'elle ne le laissait pas traîner plus souvent chez elle.

— Je suppose qu'il ne travaille pas, commenta sèchement Trigger.

— Apparemment pas. Quoi qu'il en soit, Riley en a enfin eu assez et elle a rompu avec lui. Il ne l'a pas bien pris. Je suis resté à la porte au cas où il déciderait d'en venir aux mains, mais comme je l'espérais, quand il m'a vu, il est parti sans la toucher.

— Tu crois qu'il va garder ses distances ? l'interrogea Lefty.

— Aucune idée. Mais je suis ravi qu'elle ait enfin eu la force de le mettre à la porte. Elle est bien trop jolie pour être traitée comme une merde, expliqua Oz.

— Alors, tu as dit qu'elle t'avait secouru ? On dirait que c'était plutôt le contraire, remarqua Brain.

— C'est vrai. Bref, quand le salop est parti, l'assistant social des services de protection de l'enfance est arrivé avec Logan. Elle a tout vu et elle a entendu ce qu'il a dit. Quand

Logan s'est endormi, j'ai réalisé que je n'avais rien à lui donner à manger le lendemain matin et je ne pouvais pas le laisser pour aller au magasin. Alors, je suis allé à côté et j'ai demandé de l'aide à Riley. Elle a fini par me donner un sac rempli d'aliments pour le petit-déjeuner. Je crois que la seule chose qui manquait, c'étaient des beignets.

— C'était vraiment gentil, souligna Doc.

— Tu vas la rembourser ? demanda Lucky.

— Je le ferai si elle me laisse faire. Mais j'ai l'impression qu'elle est un peu susceptible à propos de ce genre de choses. Je l'ai invitée à venir dîner ce soir. Je me suis dit que si Logan et moi n'étions pas seuls, peut-être que la situation serait moins gênante.

— Alors, tu as pensé qu'inviter une inconnue à dîner – une femme, en plus – rendrait les choses moins gênantes ? demanda Trigger en haussant les sourcils d'un air sceptique.

— Oh... Merde. Ouais ? répliqua Oz.

— Je vois. D'accord. Je suis sûr que ça se passera bien, intervint Lefty.

Oz n'en était plus si sûr, mais il n'allait pas désinviter Riley. Ce serait extrêmement impoli. Et il voulait parler d'autre chose avec ses amis.

— Logan a dit qu'il préférait aller à l'école en dehors de la base, et ça me convient, mais je vais quand même devoir établir un plan de garde familiale. Le commandant m'a donné un peu de temps pour m'occuper des détails, mais je ne vais pas pouvoir partir avec l'équipe avant que ce soit fait. C'est juste que... Je n'ai personne à qui confier Logan quand nous serons en mission... Et je me demandais si vous pensiez que Gillian, Kinley et Aspen seraient d'accord pour s'en occuper.

— Absolument, confirma Trigger sans hésiter.

— Bien sûr, ajouta Lefty.

— Je suis sûr que ce serait un honneur pour Aspen, compléta Brain.

— Et je suis sûr que Devyn serait d'accord pour servir de renforts si nécessaire, ajouta Grover en parlant de sa sœur, qui avait commencé à passer du temps avec les autres femmes.

Oz poussa un soupir de soulagement.

— Merci. J'avais l'intention de les appeler dès que possible pour le leur demander en personne, mais je serais reconnaissant si vous les préveniez. Dites-leur ce qu'elles doivent faire si nous partons en mission.

La partie suivante était plus difficile, mais Oz se lança. Il n'était pas du genre à remettre à plus tard les conversations difficiles.

— Si, Dieu m'en garde, il m'arrivait quelque chose... J'aimerais que l'un d'entre vous s'occupe de lui. Je ne veux pas qu'il entre dans le système. Il a eu une vie assez difficile et je ne supporte pas l'idée qu'il passe d'une famille d'accueil à une autre. Vous saviez que parfois, les enfants dans le système n'ont même pas de valise pour transporter leurs affaires ? Ils doivent utiliser un sac poubelle. C'est horrible.

Trigger fit un pas en avant et posa sa main sur l'épaule d'Oz.

— Tout d'abord, il ne va rien t'arriver. Nous sommes ensemble depuis longtemps et même s'il se passe des choses, nous veillons toujours les uns sur les autres. Si tu meurs, c'est que quelque chose s'est terriblement mal passé et que nous sommes probablement *tous* foutus. Deuxièmement, bien sûr que nous nous occuperions de ton neveu. Logan ne finira jamais dans le système de familles d'accueil. Il est probablement effrayé, inquiet et incertain à propos de son avenir avec son oncle. Il fait partie de ta famille, alors il fait partie de la nôtre aussi. Tu peux inscrire Gillian et moi comme tuteurs s'il t'arrive quelque chose.

Oz prit une profonde inspiration. Il adorait ses amis.

— Tu devrais probablement parler à Gillian d'abord, proposa-t-il.

— Non, répliqua immédiatement Trigger. Elle sera d'accord. Logan ne le sait peut-être pas encore, mais il a eu de la chance en étant placé chez toi. Ça craint pour sa mère, mais il va avoir une bonne vie ici. Non seulement tu es là pour lui, mais *nous* sommes là pour lui aussi maintenant.

— Euh... Nous avons fini la visite.

Le sergent qui avait emmené Logan voir les chars d'assaut et les autres grands camions de la base se tenait dans l'encadrement de la porte.

Oz se retourna et vit son neveu le fixer d'un regard qu'il ne savait pas comment interpréter.

— Super. Merci pour votre aide, sergent.

— Pas de problème. À plus tard.

Et sur ces mots, l'autre homme se retourna et sortit de la pièce.

Oz leva la main.

— Viens, je vais te présenter à mes meilleurs amis, Logan.

Le garçon avança prudemment, toutefois il ne s'approcha pas suffisamment pour qu'il puisse le toucher. Oz ne le prit pas mal. Il lui faudrait du temps pour apprendre à lui faire confiance.

— Ce sont les hommes avec qui je travaille tous les jours. Et quand je suis déployé, ce sont les gens qui me couvrent, tout comme je les couvre. Je te présente Trigger, Lefty, Brain, Lucky, Doc et Grover. Ce sont leurs surnoms et c'est comme ça que nous nous appelons.

Ses coéquipiers saluèrent Logan.

Le garçon regarda chacun d'entre eux, puis il leva les yeux vers Oz.

— Ce que tu fais est dangereux ?

Oz n'était pas sûr de vouloir parler de cela à ce moment-là. C'était trop tôt. Il ne voulait pas effrayer le garçon. Sauf que de toute évidence, il avait entendu au moins une partie de sa conversation avec l'équipe. S'il ignorait la question, Logan pourrait devenir plus nerveux.

S'accroupissant pour être face à face avec le garçon, Oz hocha la tête.

— Parfois, oui. Nous faisons partie des forces spéciales. Est-ce que tu sais ce que c'est ?

Logan écarquilla les yeux et hocha la tête.

— On nous envoie pour des missions de la plus haute importance. Pour secourir des gens, retrouver des méchants, aider d'autres pays quand quelque chose doit être fait et que leur armée ne peut pas le faire. Mais tu vois ces hommes derrière moi ?

Logan se tourna vers ses amis, puis il observa Oz de nouveau.

— Ce sont les meilleurs des meilleurs. Nous travaillons ensemble depuis très longtemps et je leur confierais ma vie, littéralement. Nous faisons toujours très attention. Je ne peux pas promettre de ne jamais être blessé, mais tu dois croire que nous allons tout faire pour rentrer à la maison. Trigger est marié, Lefty et Brain ont des petites amies. La sœur de Grover vit ici aussi. Alors nous avons tous des raisons très importantes de rentrer.

Logan sembla y réfléchir avant de dire :

— Et si tu meurs, quelqu'un d'autre prendra soin de moi ?

— Oui, ma femme et moi, répondit Trigger.

Oz fixa son neveu du regard, essayant de déchiffrer l'expression de son visage, en vain. Voyant que Logan ne répondait pas, Oz demanda :

— Est-ce que ça te convient ?

Logan croisa son regard et haussa les épaules. Puis, il murmura :

— Pourquoi ?

— Pourquoi quoi ? demanda Oz.

— Pourquoi est-ce qu'il s'occuperait de moi ? Je suis un inconnu.

— Tu n'es pas un inconnu, le contredit gentiment Trigger. Tu es le neveu d'Oz.

— Mais il ne me connaissait même pas avant hier, insista Logan.

— Ça ne veut pas dire que tu ne fais pas partie de ma famille, lui expliqua Oz. Je sais que nous avons beaucoup à apprendre l'un de l'autre et je ne voulais pas t'accabler, mais il est évident que nous devons parler de ça. Je suis en colère contre ma sœur, ta maman. Elle ne m'a pas parlé de toi et je ne sais pas pourquoi. J'aurais voulu tenter davantage de réparer notre relation. Elle était plus âgée que moi et quand j'ai terminé le lycée, elle prenait beaucoup de mauvaises décisions. Je savais que ses décisions allaient lui attirer des ennuis. J'entrais dans l'armée et je ne voulais pas que ses mauvais choix aient des conséquences sur moi. J'étais égoïste et je ne m'inquiétais que pour moi-même.

— Ce n'est pas juste, Oz, intervint Grover. Tu étais jeune.

Oz haussa les épaules, mais il ne détourna pas le regard de Logan.

— Ça fait plus de dix ans que je n'ai pas vu ou parlé à Becky. Et maintenant, je n'en aurai plus jamais l'occasion. Je le regretterai pour toujours. Mais tu sais contre qui je ne suis *pas* en colère ?

Logan secoua la tête.

— *Toi.* J'espère qu'un jour, tu seras suffisamment à l'aise pour me parler de ta vie. De ta maman. Des bonnes choses et des mauvaises. Nous sommes plus que les mauvaises décisions que nous avons prises dans notre vie et même si ta maman a fait des choses stupides, je suis certain qu'elle t'aimait. Ces hommes sont ma famille. Parfois, nous nous disputons et nous sommes en colère l'un contre l'autre, mais nous ne nous tournons jamais le dos. Quand Trigger et Gillian commenceront à avoir des enfants, ces enfants

seront comme mes nièces et mes neveux aussi. Je m'occuperai de leurs enfants sans poser de question, tout comme
ils le feront pour toi. Tu auras toujours un endroit où vivre,
Champion. Tu n'auras plus jamais à t'inquiéter pour ça.
D'accord ?

Logan hocha la tête.

— D'accord.

Oz se leva et fit face à son équipe.

— Je vais appeler Gillian, Kinley et Aspen sous peu.
Merci.

— Si tu as besoin de quelque chose, dis-le-nous,
annonça Lucky.

— Je suppose que tu ne vas pas participer à l'entraînement sportif à six heures. Je vais parler au commandant
pour le repousser à huit heures, quand tu auras déposé
Logan à l'école, déclara Trigger.

Oz ferma les yeux une seconde, puis il croisa le regard
de son ami avec gratitude.

— Merci.

— Pas de problème.

S'entraîner était obligatoire pour tous les soldats, mais
pour leur équipe Delta, c'était aussi un moment pour créer
des liens et pour discuter. Et étant donné qu'il ne voulait pas
laisser Logan seul chez lui, Oz n'avait pas été sûr de ce qu'il
se passerait. Repousser l'entraînement après avoir déposé
Logan à l'école lui retirerait un poids des épaules.

Il commençait encore seulement à intégrer le fait que
toute sa vie était sur le point de changer. Pas d'une mauvaise
manière, mais il se rendait aussi compte qu'être père célibataire n'était pas facile.

Oz ressentait un tout nouveau respect pour tous les
parents célibataires du monde. Le travail, l'école, les
courses : tout était plus difficile quand vous deviez vous
assurer que quelqu'un s'occupait de votre enfant et que ce
dernier ne restait pas seul.

— Tu es prêt à faire les magasins ? demanda Oz à Logan.

Le garçon se contenta de hausser les épaules. On aurait dit qu'il s'agissait de son mode de communication préféré.

— Super. Nous avons beaucoup à faire avant le dîner. Ma voisine va venir. C'est celle dont je t'ai parlé ce matin, celle qui s'est assurée que nous ayons à manger pour le petit-déjeuner.

Le visage de Logan ne changea pas, il se contenta de hausser les épaules de nouveau.

Oz soupira mentalement. Il n'allait pas être facile de rompre les boucliers de son neveu, toutefois il finirait par le faire. Du moins, il l'espérait.

CHAPITRE QUATRE

Riley tenait prudemment la cocotte en descendant le couloir vers l'appartement de Porter. Il avait dit qu'elle n'avait pas besoin d'apporter quoi que ce soit, mais elle trouvait qu'il était bizarre de se présenter les mains vides. Par conséquent, elle avait préparé un ragoût de haricots verts. Elle avait pris un risque : le neveu de Porter pourrait bien détester les légumes. Bon sang, *Porter* pourrait bien détester les légumes. Mais c'était un de ses plats préférés. Elle avait mis des oignons frits au-dessus et du fromage en plus pour essayer d'appâter les hommes.

Elle frappa à la porte et se tint dans le couloir, se sentant un peu gênée et très nerveuse. Était-ce une bonne idée ? Probablement pas. Riley était beaucoup Trop intéressée par son beau voisin. Ne venait-elle pas de décider qu'elle arrête-rait de voir des hommes un moment ? Et pourtant, elle était là.

Alors même qu'elle venait de décider qu'il serait peut-être mieux de retourner se cacher dans son appartement, la porte s'ouvrit et Porter apparut devant elle.

L'idée de battre en retraite s'effaça de son esprit quand

elle regarda son voisin. Il semblait stressé. Il y avait des rides autour de sa bouche et le sourire qu'il lui adressa était forcé.

— Salut, lança-t-il.

— Salut, répondit Riley.

Puis, elle baissa la voix.

— Est-ce que ça va ? Est-ce que Logan va bien ?

— Tout va bien. L'après-midi a juste été stressant, lui expliqua Porter.

Puis, plus fort, il reprit :

— Entre. Tu es pile à l'heure. Le dîner est presque prêt.

Riley laissa Porter lui prendre le plat des mains et elle pénétra dans l'appartement. Il était agencé comme le sien, mais à l'envers. Sa cuisine était à droite en entrant dans la pièce principale et celle de Porter était à gauche. Le couloir chez elle tournait à gauche, et celui de Porter tournait à droite. Elle fut quelque peu surprise de voir que l'appartement de Porter était immaculé. Elle supposait qu'elle avait des clichés et qu'elle avait supposé que l'endroit serait désordonné, simplement parce que c'était un homme. Mais en y réfléchissant, elle aurait dû supposer qu'il serait soigneux, étant donné qu'il faisait partie de l'armée.

Logan était assis dans le salon et il regardait la télévision.

— Logan, je te présente Riley Rogers. C'est notre voisine.

Le garçon ne leva même pas les yeux.

— Logan, répéta Porter. C'est impoli d'ignorer quelqu'un qui t'est présenté.

À contrecœur, son neveu détourna les yeux de l'émission pour la dévisager.

— Salut.

— Salut. Ravie de te rencontrer, lui dit Riley.

Logan haussa à peine les épaules et reporta son attention sur l'émission.

— Désolé, murmura Porter en se dirigeant vers la cuisine.

— Ce n'est rien, lui assura Riley à voix basse. Je suppose que la situation est un peu difficile pour le moment ?

À sa grande surprise, Porter posa la cocotte et mit ses mains sur le plan de travail. Il baissa la tête et soupira.

Elle eut mal au cœur pour lui. Elle ne connaissait pas cet homme depuis très longtemps, mais il était évident qu'il avait des difficultés.

— Je crois qu'il me déteste, confia Porter. Il m'a à peine adressé plus d'une douzaine de mots depuis que nous avons quitté la base cet après-midi. Il communique en grognant et en haussant les épaules. Je ne l'ai vu sourire qu'une fois aujourd'hui et c'était à l'intention d'un sergent de la base qui lui faisait faire la visite, pas pour moi. Nous sommes allés au magasin et j'ai acheté tout un tas de trucs, mais je ne sais pas si ça lui plaît, car il n'a fait que bouder en me suivant dans les rayons. J'ai acheté des meubles et de nouveau, d'après ce que je sais, il pourrait bien les détester, car pas une seule émotion n'est apparue sur son visage pendant tout ce temps.

Porter leva les yeux vers Riley et elle vit la frustration et la tristesse dans ses yeux.

— Je ne sais pas quoi faire.

Riley n'était pas vraiment une experte des enfants, cependant elle savait en partie ce que Logan pensait. Elle avait été à sa place. Envoyée chez des inconnus pendant que ses parents essayaient de remettre leurs vies sur les rails. Elle posa une main sur son bras.

— Tu dois être patient.

— Je sais, lui assura Porter en soutenant son regard. Mais je tiens déjà tellement à cet enfant, et il ne s'est passé qu'un jour ! Je veux qu'il sache que je suis désolé de ne pas avoir su qu'il existait auparavant et qu'il est en sécurité avec moi.

— Tu le lui as dit ? demanda Riley.

Porter sourcilla. Puis il secoua la tête.

— Pas vraiment. Il m'a entendu parler avec mon équipe aujourd'hui. Nous disions qu'ils allaient prendre soin de lui s'il m'arrivait quelque chose. Je me suis assuré qu'il sache que mes amis sont comme une famille et qu'ils sont désormais sa famille.

Riley s'efforça de trouver les bons mots. Elle n'était pas sûre d'être qualifiée pour aider cet homme et son neveu, mais elle voulait essayer.

— Quand on m'a retirée à mes parents pour la première fois, j'étais terrifiée. Je ne savais pas où j'allais vivre, ce que j'allais manger, où j'allais dormir. J'ai été placée dans une très gentille famille qui me traitait à merveille, mais ce n'était pas ce à quoi j'étais habituée. Ce n'était pas chez moi. Je ne les connaissais pas. Puis, dès que j'ai été à l'aise de nouveau, on est venu me chercher et on m'a ramenée chez mes parents. J'étais heureuse, cependant je me sentais aussi terriblement coupable, car l'autre maison avait commencé à me plaire. Mes parents faisaient beaucoup d'efforts, sauf qu'ils se disputaient beaucoup. Je n'étais pas à l'aise chez moi. Je devais toujours me tenir à carreau pour ne pas énerver l'un d'eux. La deuxième fois qu'on m'a emmenée, c'était un peu plus facile, mais effrayant quand même. La famille n'était pas aussi gentille que la première, néanmoins je n'avais pas à craindre d'être giflée ou de ne pas avoir assez à manger, comme chez moi. La culpabilité était encore présente. Chaque fois qu'on m'emmenait ailleurs, ces sentiments revenaient. J'étais perdue et le fait d'emménager avec des inconnus était toujours effrayant, même s'ils étaient gentils. Sois indulgent envers Logan, Porter. Vous n'allez pas automatiquement être meilleurs amis juste parce que vous êtes de la même famille. Et je sais que tu es un homme, mais tu vas devoir lui dire ce que tu ressens. Souvent. Il n'en fera probablement pas de même. Mais n'y fais pas attention. Parle-lui de ce que tu ressentais pour ta sœur. Dis-lui que tu tiens à lui. Que tu es ravi qu'il

soit là, même si ça signifie qu'il y aura beaucoup de changements dans ta vie. Si tu t'ouvres à lui, je crois qu'il finira par
te rendre la pareille. Par contre la confiance met du temps à
s'installer.

Porter bougea et avant qu'elle ne comprenne ce qu'il se
passait, elle se retrouva dans son étreinte.

Elle mesurait trente centimètres de moins que lui, mais
curieusement, ils allaient quand même bien ensemble. Elle
posa sa joue sur son torse et quand ses bras s'enroulèrent
autour d'elle, elle se sentit complètement encerclée par lui.
Elle sentit que Porter avait dû prendre une douche avant
qu'elle ne vienne. Son odeur était fraîche et propre. Même
son T-shirt semblait sortir de la machine.

Riley n'avait jamais été une personne tactile, principalement parce que ses parents ne l'avaient pas souvent serrée
dans ses bras, et elle avait appris à maintenir les gens à
distance. Pourtant au lieu de se sentir mal à l'aise... Elle eut
l'impression d'être rentrée à la maison.

Alors même qu'elle déplaçait ses mains pour lui rendre
son étreinte, Porter fit un pas en arrière. Ses joues étaient
roses, comme s'il était gêné.

— Je suis désolé, s'excusa-t-il.

— Pourquoi ? demanda Riley, confuse.

— Pour t'avoir touchée sans t'avoir demandé si je
pouvais le faire.

Un mouvement dans le coin de son champ de vision
attira l'attention de Riley. Elle tourna la tête et vit Logan
debout devant la cuisine.

— Ce n'est rien, assura-t-elle à Porter.

— Ce n'est pas rien, la contredit-il en secouant la tête. Ce
n'est jamais bien de toucher une femme sans d'abord s'assurer qu'*elle* est d'accord. C'est juste que... Je suis content
que tu sois là. Je suis désolé pour tout ce qui t'est arrivé,
mais ça me pousse à t'admirer encore plus. Et tu as raison, je
suis juste impatient. Je dois maîtriser ça et prendre les

choses comme elles viennent. Qu'est-ce que tu nous as apporté ?

Pendant un instant, Riley fut désorientée par le rapide changement de sujet, mais ensuite, elle réalisa qu'il avait vu aussi que Logan les observait.

— Un ragoût de haricots verts. Et avant que vous ne plissiez le nez et que vous disiez que vous n'aimez pas ça, faites-moi confiance, le mien vous plaira.

Elle se retourna et regarda Logan.

— Tu veux savoir ce qu'il y a dedans ?

Logan haussa les épaules.

Riley prit ça pour un oui.

— Bien entendu, il y a des haricots verts, mais tu pourras à peine les sentir, parce que j'ai mis une double dose de fromage. Il y a de la soupe crémeuse, de la crème aigre, et j'ai même ajouté des oignons frits sur le dessus. Tu en as déjà mangé, Logan ? l'interrogea-t-elle.

Elle n'avait pas dit que le plat contenait réellement de la crème de champignons, car cela avait tendance à déranger les gens s'ils n'aimaient pas les champignons. Elle détestait ça, pourtant elle adorait la crème de champignon. Cela n'avait rien à voir avec les champignons qu'elle refusait d'envisager de manger.

Logan répondit « non » d'une petite voix.

Riley décida que c'était une bonne chose qu'il lui parle. Elle sourit.

— Tu vas adorer. C'est comme des chips, mais en plus croustillant. Et ils te donnent très mauvaise haleine. C'est génial.

Cela lui fit gagner un petit sourire de la part du garçon. Riley observa Porter et s'immobilisa en voyant comment il la regardait. Il avait aussi un petit sourire sur le visage, et pendant une seconde, elle pensa qu'il allait la prendre à nouveau dans ses bras. Mais ensuite, il se tourna vers son neveu.

— Nous allons devoir nous assurer de nous brosser les dents juste après le dîner, pour ne pas nous faire tomber l'un l'autre à la renverse à cause de notre haleine. Cependant... Ça pourrait être amusant de voir qui sent le plus mauvais. On pourrait se souffler l'un sur l'autre et voir qui tombe en premier.

Les taquineries de Porter étaient terriblement adorables et Riley fut ravie de voir un autre sourire apparaître sur le visage de Logan.

— Merci d'avoir apporté quelque chose, reprit Porter. Tu n'étais pas obligée. En réalité, j'avais préparé une salade pour accompagner les burgers. Je voulais m'assurer que Logan mange quelques légumes en plus des protéines.

Et juste comme ça, le cœur de Riley gonfla de nouveau dans sa poitrine. Porter pensait peut-être qu'il ne s'en sortait pas bien avec son neveu, mais d'après elle, il faisait tout ce qu'il fallait.

— Super, s'exclama-t-elle.

— Le dîner sera prêt dans cinq minutes, si ça vous va.

Quand Riley hocha la tête, Porter se tourna à nouveau vers Logan.

— Va te laver les mains. Ensuite, reviens et aide-nous à mettre la table.

Sans un mot, Logan se retourna et sortit de la cuisine. Quand il fut hors de portée de voix, Porter fit un pas vers elle, mais il ne la toucha pas de nouveau. Riley ne se sentait pas du tout bousculée.

— Merci d'être venue. J'en suis reconnaissant. Je crois que le fait qu'il y ait quelqu'un d'autre pour briser la glace est une bonne chose. Ça facilite les choses.

Pour qui ? pensa Riley. Mais elle hocha la tête au lieu de poser la question, décidant que cela n'avait pas d'importance. Voir Porter dans une situation de vulnérabilité était intéressant. Intime.

— Je sais que tu as entendu Miles, déclara-t-elle plutôt.

Porter fronça les sourcils.

— Qui ?

— Mon petit ami... Enfin, mon ex-petit ami. Les murs de nos appartements sont fins et je sais qu'il était bruyant quand il criait sur moi.

Riley ignorait pourquoi elle en parlait, toutefois elle ne voulait pas que Porter ait une mauvaise opinion d'elle. Elle ne voulait pas qu'il pense qu'elle se laissait marcher sur les pieds.

— Il n'a pas toujours été comme ça. Au début, il était super gentil et serviable. Mais quand je lui ai dit qu'il ne pouvait pas traîner chez moi tous les jours parce que je devais travailler, il a commencé à se montrer aigri. Et jaloux, je suppose. Il a supposé que je le trompais. Mais je devais vraiment travailler.

— Tu n'as pas à me le dire, lui assura Porter quand elle prit une inspiration.

— C'est juste que... Tu as dû *tout* entendre. Et je sais que j'ai mis longtemps à le mettre à la porte, mais je n'arrêtais pas d'espérer que les choses changeraient. Qu'il me croirait quand je disais que je ne voyais personne d'autre. Mais quand il a commencé à m'insulter et à me faire peur, j'en ai eu assez.

— J'étais fier de toi, lui confia Porter, ses yeux gris et intenses luisant d'émotion. Personne ne mérite d'être traité de merde.

— Merci.

Riley détestait l'idée qu'il ait entendu cela et dans le fond, elle avait parfois l'impression qu'elle méritait moins que ceux qui avaient eu une enfance idyllique, qui avaient des postes importants. Toutefois elle repoussa ces sentiments et lâcha quelque chose qu'elle n'avait *pas* eu l'intention de mentionner. Jamais.

— Et je ne suis pas frigide.

Porter haussa les sourcils.

Riley ferma les yeux sous l'effet de l'humiliation, mais elle poursuivit.

— Je sais que tu l'as entendu dire ça plus d'une fois... Et certainement quand je l'ai mis à la porter, hier soir. Mais ce n'est pas vrai. La fois où nous avons couché ensemble, ce n'était pas agréable. Ni pour l'un ni pour l'autre, expliqua-t-elle, s'obligeant à ouvrir les yeux pour croiser le regard de Porter. Je crois que je savais déjà à ce moment-là que c'était un salop. Il ne travaillait pas et il voulait toujours que je paie pour tout. Ça ne me dérange pas de partager les repas et tout ça quand nous sortons ensemble, mais il ne montrait aucune envie de payer pour *quoi que ce soit*. Quand j'ai arrêté de vouloir manger au restaurant ou de lui acheter des choses, il a commencé à montrer son vrai visage.

— Riley, arrête, la coupa Porter, interrompant son discours.

Elle rougit.

— Je ne croirais pas une seule chose qu'a dit ce salop, même sans que tu expliques quoi que ce soit sur votre relation. Quelqu'un qui crie sur quelqu'un d'autre comme ça ne mérite pas qu'on lui prête attention. Je suis désolé que tu aies dû vivre tout ça, mais comme je l'ai dit, je suis fier que tu l'aies mis à la porte. Ça n'a pas dû être facile.

— Ça ne l'a pas été, confirma Riley. Il était plutôt effrayant. Est-ce que je t'ai déjà remercié d'être resté devant ton appartement ?

— Tu n'as pas à me remercier pour ça. En général, les brutes cèdent quand quelqu'un leur tient tête. Ils ne s'en prennent qu'aux gens qu'ils pensent pouvoir maîtriser.

— J'ai fini.

Riley se retourna et vit Logan debout dans l'encadrement de la porte de la cuisine à nouveau. Ce garçon se déplaçait vraiment silencieusement. Elle prit note mentalement de s'en souvenir à l'avenir et de ne pas se lancer dans une conversation profonde quand il pouvait apparaître ou entendre la discussion.

— Super. Viens, je vais te montrer ce qu'il y a dans la cuisine, proposa Porter à son neveu.

Riley se mit sur le côté tandis que Porter indiquait dans quel tiroir se trouvaient les couverts et où étaient les tasses, les assiettes, les verres et les bols. Le voir avec son neveu était extrêmement touchant. Il était gentil avec l'enfant. Il ne le prenait pas de haut, même quand il indiquait clairement qu'il s'attendait à ce que Logan l'aide dans l'appartement.

Logan emporta avec soin trois assiettes jusqu'à la petite table à côté de la cuisine, puis il revint chercher d'autres choses.

— Est-ce qu'il faut réchauffer ça ? demanda Porter.

Riley se tourna et vit son voisin tenant la cocotte qu'elle avait apportée.

— Non. Ça devrait encore être prêt à être servi.

— Excellent.

Puis, Porter retira le papier d'aluminium, se pencha en avant et inhala.

Il se tourna vers Logan qui venait de revenir dans la cuisine.

— Viens sentir ça, Champion. Nous allons avoir les pires haleines du monde après avoir mangé ça !

Le garçon ne sourit pas vraiment, mais ses lèvres s'étirèrent. Il se dirigea vers son oncle. L'homme et le garçon se tinrent côte à côte en se penchant sur le ragoût de haricots verts.

— Désormais, nous appellerons ça le ragoût d'oignons dans cette maison, déclara Porter, utilisant ce que Riley ne pouvait décrire que comme un ton « royal ».

Elle gloussa.

— Qu'est-ce que tu en penses ? Est-ce que nous devrions mettre la cocotte entière sur la table ou mettre le ragoût dans des bols dans la cuisine et les emporter dans l'autre pièce pour manger ? demanda Porter à Logan.

Logan haussa les épaules, mais il répondit :

— Des bols, je crois.

— Bonne idée, approuva immédiatement Porter. Je n'aime pas quand mes aliments se touchent dans mon assiette. Et je sais que c'est bizarre. Tout le monde me dit toujours que tout se mélange dans mon estomac, mais je n'aime pas mélanger les saveurs.

Logan leva les yeux vers son oncle d'un air surpris.

— C'est ce que Maman disait toujours aussi.

Porter sourit à Logan, mais Riley vit que son sourire était triste.

— Ouais, je crois que je le tiens d'elle. Ça rendait notre père fou. Il criait sur nous quand nous ne mangions pas un aliment parce que ça avait été « contaminé » par quelque chose d'autre dans notre assiette. J'avais oublié que Becky et moi avions ça en commun. Merci de me l'avoir rappelé.

L'homme et le garçon se regardèrent un moment, avant que Logan hoche la tête et détourne les yeux.

C'était un petit pas vers ce qui, avec un peu de chance, serait une belle relation entre eux.

Riley tendit le bras et prit un bol dans le placard, serrant discrètement le bras de Porter en signe de soutien lorsqu'elle passa à côté de lui.

Le dîner fut un peu gênant, mais Riley ne se souvenait pas d'avoir apprécié un repas à ce point depuis longtemps. Observer la dynamique entre Porter et Logan était intéressant. Le garçon jetait des regards furtifs à son oncle chaque fois qu'il pensait qu'il ne serait pas vu et Porter faisait de son mieux pour essayer d'être amusant. Logan ne dit pas grand-chose, toutefois il était évident qu'il écoutait tout ce qu'ils disaient.

Riley fut soulagée quand ils se resservirent du ragoût de haricots verts, désormais appelé ragoût d'oignons. Comme elle l'avait imaginé, le fromage et les autres ingrédients avaient dissimulé les haricots verts. Le plat n'était peut-être pas si sain avec tout ce qu'elle avait ajouté, mais à ce moment-là, cela n'avait pas d'importance.

Elle remarqua aussi que Logan avait poussé la salade un peu plus loin dans son assiette pour qu'elle ne touche pas son hamburger... Tout comme Porter.

L'homme et le garçon mangèrent plus que Riley n'aurait pu en avaler. Logan mangeait un peu trop vite, mais personne ne fit de commentaire, et Porter fit de son mieux pour faire la conversation sans sujet de discussion précis. Logan ne participa pas vraiment, il ne répondait qu'en haussant les épaules et en grognant quand on lui posait une question, mais au moins, il n'ignorait pas complètement son oncle.

Après le dîner, quand Logan commença à se diriger vers le canapé pour regarder la télévision, Porter l'arrêta.

— Il faut faire la vaisselle, Champion.

Logan se tourna vers lui.

— Je ne sais pas comment les choses se passaient chez ta maman, mais j'ai toujours pensé que c'est juste que la personne qui cuisine ne fasse pas la vaisselle. Tu as de la chance, car j'ai un super lave-vaisselle, alors tu peux juste le remplir et laisser la machine faire le travail.

Logan fixa son oncle du regard un long moment et Riley retint sa respiration. Quand le garçon se dirigea enfin vers la cuisine, elle laissa échapper un soupir de soulagement.

Apprendre les tenants et les aboutissants d'un nouveau foyer était difficile, elle le savait d'expérience. Comprendre quelles tâches étaient attendues de vous et ce qui pouvait énerver les personnes qui vivent dans la maison pouvait être effrayant. Elle suspectait Logan d'être particulièrement obéissant pour le moment pour se protéger. Elle supposa qu'il serait parfois désobéissant et irrespectueux, néanmoins elle était ravie que cela ne soit pas le cas ce soir-là.

Riley s'assit à la table tandis que Porter aidait Logan à remplir le lave-vaisselle. Il donna des conseils utiles au garçon pour placer la vaisselle à l'intérieur, puis il lui montra où se trouvaient les tablettes du lave-vaisselle et comment faire fonctionner la machine.

— Bien joué !

— Alors, si je prépare le dîner, tu rempliras le lave-vaisselle ? le questionna Logan.

C'était la première phrase complète que Riley l'entendait prononcer et c'était plaisant à écouter.

Il fallait reconnaître que Porter ne faisait pas tout un plat du fait que Logan parlait enfin.

— Ouais. Tu aimes cuisiner ?

— Pas vraiment. Mais parfois, si tu veux manger, il faut que tu prépares la nourriture toi-même.

Et juste comme ça, la bonne humeur de Riley tomba à pic. Elle n'aimait pas l'idée que Logan doive se débrouiller tout seul pour se préparer à manger. De toute évidence, cela ne plaisait pas à Porter non plus.

Porter s'accroupit devant Logan pour pouvoir le regarder dans les yeux en parlant. Il le faisait toujours, et elle pensait que c'était très attentionné.

— Malheureusement, c'est vrai. Mais tant que tu seras avec moi, ça n'arrivera pas. Honnêtement, je me fiche que tu fasses la vaisselle ou pas. Je veux juste que tu apprennes à être poli et responsable, et à aider à la maison en fait partie. Mais même si tu piques une crise et que tu refuses de m'aider, je te donnerai à manger. Je m'assurerai quand même que tu sois en sécurité et je prendrai soin de toi. Je t'aime, Logan. Je sais que nous venons seulement de nous rencontrer, mais tu es mon neveu et chaque fois que je te regarde, je vois ma sœur, ce qui est super. Je vais t'apprendre tout ce que je sais sur la cuisine, ce qui n'est pas beaucoup, c'est vrai. Mais je te promets que quand tu seras en charge dans la cuisine, je m'occuperai du nettoyage. Marché conclu ?

Logan hocha la tête.

Le cœur de Riley fondit pour ce qui semblait être la centième fois ce soir-là. En voyant à quel point Porter était gentil avec son neveu, elle avait du mal à le considérer uniquement comme un simple voisin. Il l'impressionnait, et il n'essayait même pas de le faire. Il essayait juste d'être le meilleur oncle possible.

Et le fait qu'il suive son conseil, au moins un peu, et qu'il dise directement à Logan qu'il l'aimait l'impressionnait aussi.

Elle observa Porter quand il se leva.

— Tu veux montrer ta nouvelle chambre à Riley ?

Comme on pouvait s'y attende, Logan haussa les épaules, mais il sortit de la cuisine et lança :

— Je peux te montrer ma chambre, si tu veux.

— J'adorerais la voir, accepta Riley en souriant.

En réalité, elle voulait rester avec Porter. Lui parler. Aider à le réconforter, car même s'il souriait, il était évident qu'il n'était pas tout à fait heureux. Elle ne pouvait pas lui en vouloir. Les petits détails que Logan révélait par inadvertance sur sa vie étaient déchirants. Et elle avait la sensation qu'ils n'en connaissaient pas la moitié.

Riley regarda Porter en suivant Logan dans le couloir et jusqu'à sa chambre. Elle le vit baisser la tête, s'agripper la nuque d'une main et former un poing de l'autre. Elle avait horreur de le voir aussi stressé, sauf qu'elle ne pouvait rien y faire. Elle ne pouvait que divertir Logan un moment pour donner un peu de temps à Porter afin qu'il se reprenne.

Logan la guida jusqu'à sa chambre, la deuxième, qu'elle utilisait comme studio dans son propre appartement. Elle poussa un petit cri de surprise quand elle la vit. Porter avait transformé la pièce en un endroit parfait pour un petit garçon. Riley ignorait comment Porter avait utilisé la pièce avant l'arrivée de Logan, mais à présent, elle contenait un grand lit, une commode et un petit bureau placé contre un mur. Il y avait une bibliothèque qui était presque vide, et elle voyait des vêtements accrochés dans le placard ouvert.

Partout où elle regardait, il y avait des équipements de baseball. Sur le mur, il y avait un poster du lanceur des Texas Ranger et il y avait un tapis en forme de balle de baseball sur le sol. Riley vit une batte, une balle et un gant dans le coin de la pièce. L'édredon était même orné du logo des Texas Rangers. Le surnom que Porter avait donné à son neveu avait beaucoup de sens maintenant.

— Alors... Tu aimes le baseball, hein ? demanda Riley.

Logan hocha la tête.

— Ouais. Shin-Soo Choo est mon joueur de champ extérieur préféré. Il est fantastique et il a attrapé tellement de chandelles incroyables. Il a même sauvé un enfant qui allait recevoir une balle dans le visage une fois. Et il frappe et lance de la main gauche, ce qui est cool. Il est de Corée du Sud et il a trois enfants. Tous leurs noms commencent par la lettre A, ce qui est admirable. Tu comprends ? A, comme admirable. Il a dépassé tous les joueurs des grandes ligues actifs en frappeurs atteints, avec un record de cent trente-deux.

— C'est quoi un frappeur atteint ? demanda Riley, ravie de voir l'enfant parler.

Il était évident qu'il avait une passion pour le baseball.

— C'est quand le batteur est frappé par un tir, expliqua Logan d'un air tout à fait sérieux.

Riley avait envie de rire, mais elle se retint et hocha plutôt la tête.

— Tant que le batteur fait de son mieux pour éviter d'être touché, il peut automatiquement aller à la première base. Et en deux mille dix-neuf, il était le huitième joueur le plus vieux de la Ligue américaine.

La tête de Riley lui tournait, mais elle essaya vaillamment de suivre.

— Alors, ton oncle sait que tu aimes le baseball et t'a acheté tout ça, hein ?

Logan hocha la tête et baissa les yeux vers le sol.

— Quand il a lavé mes affaires, il a vu mon T-shirt des Texas Rangers.

— J'ai l'impression que Porter est plutôt observateur.

— Ouais. Il doit l'être vu qu'il fait partie des forces spéciales.

C'était une nouvelle information pour Riley, pourtant elle n'était pas vraiment surprise. Il avait parlé de son équipe et même si elle avait juste supposé qu'il évoquait des hommes avec lesquels il travaillait sur la base militaire, il était sensé qu'ils soient aussi proches qu'ils l'étaient, car ils n'étaient pas juste des soldats ordinaires.

Puis, Logan la surprit en disant :

— Ma mère parlait souvent de lui. Elle disait qu'elle était fière de lui.

Assise sur le bord du lit, Riley n'était pas sûre de devoir parler de Porter derrière son dos, cependant étant donné que Logan parlait, elle poursuivit.

— On dirait que n'importe qui pourrait être fier de lui.

— Je ne sais pas trop pourquoi il est aussi gentil avec moi. S'il n'aimait pas ma maman, pourquoi est-ce qu'il m'aimerait, *moi* ?

Le cœur de Riley se brisa pour l'enfant.

— Il aimait ta maman, répliqua-t-elle immédiatement. Parfois, les adultes se disputent et ils arrêtent de se parler, mais ça ne veut pas dire qu'ils ne tiennent plus l'un à l'autre. Et il est gentil avec toi parce qu'il t'aime. Tu es son neveu. Même s'il n'a pas parlé à ta maman depuis longtemps, ça n'a rien à voir avec *toi*, Logan. Et je sais que s'il avait su que tu existais, il serait entré en contact avec vous et il aurait tout fait pour arranger sa relation avec ta maman.

— Elle n'était pas la meilleure des mères, avoua doucement Logan.

— La mienne non plus, admit-elle tristement.

Quand Logan leva les yeux vers elle, comme s'il avait besoin de savoir qu'il n'était pas le seul à ressentir ce genre d'émotions envers sa mère, elle poursuivit.

— Mon père et elle me frappaient parfois. Et ils oubliaient d'acheter de la nourriture. Et ils ne lavaient pas mes vêtements, alors les enfants à l'école se moquaient de moi. Quelqu'un les dénonçait et les autorités m'emmenaient. Je vivais dans des familles d'accueil jusqu'à ce que mes parents cessent de boire et reviennent dans le droit chemin. Les choses se passaient bien un moment, mais ensuite, ils recommençaient à boire et la même chose se reproduisait. Mais tu sais quoi ? Je les aimais quand même. Ils me faisaient du mal, ils m'ignoraient et ils me rendaient triste, mais c'étaient quand même mes parents.

— Que leur est-il arrivé ? la questionna Logan.

Il s'était assis sur le lit et il lui faisait face, les jambes croisées, les coudes posés sur ses genoux.

Riley s'allongea sur le dos et regarda le plafond.

— Je suis devenue assez âgée pour prendre soin de moi, pour pouvoir laver mes propres vêtements et préparer ma propre nourriture. J'ai appris à leur voler de l'argent pour pouvoir aller faire les courses. J'ai travaillé dur et j'ai terminé le lycée, et puis je suis partie. Quatre mois après mon déménagement, ils sont morts dans un accident de voiture, alors qu'ils conduisaient en état d'ivresse. Ils revenaient d'un bar et ils avaient trop bu. Ils sont tombés d'un pont et leur voiture a coulé. Même avec toutes leurs erreurs, ils ne méritaient pas ça.

— J'aimais ma maman, admit Logan. Je ne comprenais pas pourquoi elle était si méchante quand j'étais petit, mais elle s'était améliorée. Elle avait arrêté la drogue et on s'en sortait bien. Elle me manque.

Riley se redressa et tendit les bras vers Logan. Puis, elle se souvint de ce que Porter avait dit plus tôt sur le fait de demander la permission de toucher quelqu'un et elle demanda :

— Est-ce que je peux te serrer dans mes bras ?

Logan ne répondit pas verbalement, cependant il s'approcha d'elle et initia l'étreinte lui-même.

Riley enroula ses bras autour du petit garçon maigre. Elle ignorait ce qu'il s'était passé chez lui, mais l'amour qu'il avait encore pour sa mère était facile à voir.

Ils restèrent assis sur son lit l'un dans les bras de l'autre pendant quelques minutes, jusqu'à ce que Logan semble reprendre le contrôle de ses émotions.

Ne voulant pas qu'il soit gêné, Riley ajouta :

— Ton oncle est un homme bien. On dirait que ta maman et lui ont eu une enfance difficile aussi. Je ne doute pas un instant qu'il fasse tout ce qu'il faut pour s'assurer qu'à partir de maintenant, ta vie sera aussi facile que possible. Y compris en t'achetant un lit, des affaires de baseball et des vêtements. Mais ça ne veut pas dire que tu dois oublier ta maman. Ça ne veut pas dire que tu l'aimes moins. Tu peux aimer plus d'une personne. Et tu sais quoi ?

— Quoi ? demanda Logan en levant ses grands yeux remplis de larmes vers elle.

— Je parie qu'il voudra tout savoir sur ta maman. Il se sent très mal de ne pas avoir été en contact avec elle pensant si longtemps. Je sais que ça ne le dérangera pas que tu lui parles d'elle.

Riley prit note mentalement de s'assurer de parler à Porter de ce qu'elle avait dit à son neveu. Il pourrait être en colère contre elle, cependant il était évident que Logan voulait parler de sa mère et qu'il en avait besoin.

Logan hocha la tête.

— Ta chambre me plaît, commenta-t-elle.

— À moi aussi, admit Logan à voix basse.

— Je vis juste à côté, informa-t-elle au petit garçon. Si tu as un jour besoin de quelque chose, tu peux venir me voir quand tu veux.

— Merci. Riley ?

— Oui ?

— Est-ce que tu peux dire à Oz que je suis fatigué ? Je crois que je vais aller me coucher.

— Tu es sûr ? demanda Riley, détestant l'idée qu'il ne veuille peut-être pas passer du temps avec son oncle.

— Ouais. Je dois me laver les dents. Je vais aller à l'école demain et je veux plaire aux autres enfants.

— Ils vont t'adorer, lui assura Riley réalisant que Logan était nerveux à l'idée d'aller dans une nouvelle école.

Il haussa les épaules.

— D'accord, je vais le lui dire. Merci de m'avoir parlé et de m'avoir montré ta chambre, reprit Riley.

Logan hocha la tête.

— On se voit plus tard.

— À plus tard, la salua Logan.

Riley se leva et se dirigea vers la porte. Elle la ferma derrière elle et descendit le couloir vers le salon. Quand elle y arriva, Porter était debout à côté de la grande fenêtre qui donnait sur une cour verte derrière les appartements. Il y avait des tables de pique-nique, quelques barbecues publics et un terrain de volley que personne n'utilisait jamais. Et étant donné qu'il faisait nuit, il ne se passait certainement rien d'intéressant à l'extérieur. Alors, pourquoi regardait-il la cour comme si on allait ensuite lui poser des questions dessus ? Elle n'en avait pas la moindre idée.

Quand elle entra dans la pièce, il se retourna pour lui faire face et Riley n'aima pas le regard triste sur son visage. Elle sut immédiatement qu'il avait écouté sa conversation.

— Tu as entendu ? demanda-t-elle doucement.

Porter hocha la tête.

— Tu as été super avec lui.

— Je crois que je lui rappelle sa maman. Tu sais, parce

que je suis une femme, expliqua-t-elle, voulant réconforter Porter.

Il secoua la tête et cela lui rappela beaucoup Logan.

— Non, ce n'est pas ça. C'est juste toi.

— Ça passera, lui dit Riley. Tout est juste incertain pour lui maintenant.

— Je suis désolé pour tes parents, répliqua Porter.

Riley déglutit difficilement. Elle réalisa qu'il avait entendu ce que Logan avait révélé sur son enfance, mais aussi ce qu'elle avait raconté.

— Merci. Je suis juste contente qu'ils n'aient tué personne d'autre ce soir-là. Et honnêtement, c'était un soulagement, en quelque sorte. Ma mère avait mis beaucoup de pression sur moi pour que je leur donne de l'argent et elle m'avait fait culpabiliser. Je me sens vraiment mal d'avoir été soulagée de ne plus avoir à craindre qu'ils me harcèlent.

— Ne le sois pas, répondit Porter. Car tu as raison, ils n'auraient jamais cessé de te demander de l'argent. Quand une personne a une addiction, elle ne peut pas penser à quoi que ce soit d'autre que la manière dont elle va obtenir sa dose ou son verre.

— Ta sœur ? supposa gentiment Riley.

— Ouais. C'était horrible. Je n'avais pas encore dix-huit ans et elle faisait tout ce qu'elle pouvait pour que je lui donne l'argent que j'avais gagné en travaillant. Au début, je l'ai fait. Je pensais que je l'aidais. Mais elle l'utilisait uniquement pour s'acheter plus de drogue. Je me suis senti terriblement coupable quand notre père est mort. J'ai rejoint l'armée et j'ai refusé de lui envoyer plus d'argent, mais comme tu l'as dit, ça a été un soulagement de couper les ponts avec elle. Mais maintenant, je ne peux pas m'empêcher de penser à Logan et à la vie qu'il a eue.

— J'ai l'impression qu'elle avait enfin réussi à se

reprendre en main, confia Riley. Que les choses se passaient mieux.

— Ouais, dit Porter.

— Je suis désolée de lui avoir dit qu'il pouvait parler de sa mère..., commença Riley.

Mais Porter l'interrompit.

— Ne t'excuse pas. C'était intelligent. Je ne veux pas qu'il pense qu'il ne peut pas parler d'elle. Tu as raison, malgré toutes ses erreurs, elle était quand même sa mère et il l'aimait. Je ne lui prendrai jamais ça. Et en réalité, j'aimerais apprendre à connaître la femme qu'elle est devenue plutôt que de me souvenir de la droguée qu'elle était quand je l'ai vue pour la dernière fois. Merci de l'avoir suggéré. Je t'en dois une.

Elle secoua la tête.

— Non, tu ne me dois rien.

Porter rit, mais sans humour.

— Si. J'ai l'impression que je vais en devoir une à tant de gens au cours des huit prochaines années. Je n'avais pas réalisé à quel point il était difficile d'être père célibataire.

— Je serai heureuse d'aider comme je le peux.

Il la fixa un long moment.

— Tu es sérieuse, pas vrai ?

— Bien sûr, lui assura Riley.

— Plus tôt, tu as dit que tu travaillais de chez toi. Qu'est-ce que tu fais ?

— Je suis transcriptrice. Je prends ce que les gens enregistrent et je le tape pour eux. Parmi mes clients, j'ai quelques médecins et je tape leurs notes sur leurs patients. Je transcris aussi les livres que des auteurs écrivent... Enfin, ce qu'ils enregistrent. Et aussi des notes de conférences, ce genre de choses. De plus en plus de programmes automatisés sortent et font la même chose, mais j'espère qu'il y aura toujours de la demande pour que des humains le fassent. Je suis plus exacte que les machines et pour le domaine de la médecine, il y a une question de sécurité.

— Ça te plaît, remarqua Porter.

Ce n'était pas une question.

Riley hocha la tête quand même.

— Oui. Comme je n'ai pas de diplôme universitaire, j'ai eu du mal à trouver un travail que j'aimais et pour lequel j'étais qualifiée, mais je suis devenue meilleure et plus rapide pour transcrire avec les années et j'ai une liste de clients décente maintenant. Je ne deviendrai jamais riche en le faisant, mais ça me permet d'avoir un toit et ça m'occupe.

— L'armée a quelque chose qui s'appelle un plan de garde familiale. C'est essentiellement pour les soldats célibataires avec des enfants et ça explique en détail ce qui doit être fait avec les enfants quand les soldats sont déployés ou s'il leur arrive quelque chose. Mes amis et leurs petites amies ont déjà dit qu'ils seraient ravis de faire le nécessaire pendant que je serai déployé, ou s'il m'arrive quelque chose. Nous avons modifié notre emploi du temps pour que mes journées de travail commencent un peu plus tard, pour que je puisse m'assurer que Logan aille à l'école, mais...

Il laissa sa phrase en suspens.

— Mais quoi ? l'encouragea Riley, intriguée.

— Rien. C'est stupide.

— Porter, qu'est-ce qu'il y a ?

Il secoua la tête.

— Nous venons juste de nous rencontrer. Te demander de faire quoi que ce soit serait vraiment importun. Et, pour être honnête, tu me plais, Riley. Et je ne veux pas que tu penses que je profite de toi d'une quelconque manière, ou que mon intérêt pour toi n'est lié qu'à Logan.

Riley sourcilla sous l'effet de la surprise. Elle l'intéressait ? Ses doigts fourmillèrent et elle ne put s'empêcher d'avoir la chair de poule sur ses bras. Elle essaya de se souvenir qu'elle ne voulait voir personne pour le moment, pourtant elle savait que si cet homme l'invitait à sortir, elle accepterait immédiatement. Il n'était pas comme Miles ou comme les autres salops avec lesquels elle était sortie au fil des ans. Elle le savait jusque dans la moelle.

— Demande, ordonna-t-elle.

— Je pensais juste que parfois, certaines de mes réunions s'éternisent. Ou que je ne pourrai pas rentrer avant Logan. Je ne veux pas qu'il soit un enfant livré à lui-même comme Becky et moi l'étions. Je me demandais si ça t'ennuierait de le surveiller après l'école, jusqu'à ce que je rentre. Ça ne serait que deux heures les jours de semaine.

— Bien sûr, ça ne me dérange pas.

— Je sais que c'est beaucoup demander et si tu as du travail, je peux trouver une autre solution. Je suis sûr que l'école a des programmes extrascolaires ou quelque chose comme ça. Bon sang, j'aurais dû y penser avant de t'ennuyer.

Ses mots étaient rapides et s'emmêlaient. Riley sourit.

— Porter, j'ai dit que j'allais le faire. Ce n'est pas un problème. J'aime ton neveu. Je ne comprends pas son obsession pour le baseball, mais je peux faire semblant d'aimer regarder les matchs s'il en a envie.

Porter laissa échapper un long soupir et l'observa si longtemps que Riley ne savait plus où se mettre.

— Quoi ?

— Merci.

— De rien.

— Je te paierai pour ton temps, bien entendu.

Riley leva la main.

— Non.

— Si, Riley.

— Le truc, c'est que si tu commences à me payer, j'aurais l'impression d'être ton employée. Et notre amitié, relation, relation de voisinage, peu importe comment tu veux l'appeler, sera inégale.

— Tu as raison, concéda-t-il après une ou deux secondes. Mais tu devras venir *ici* quand Logan rentrera et tu mangeras ma nourriture. Je vais m'abonner à Netflix pour que tu ne t'ennuies pas et je vais acheter une télévision pour la chambre de Logan. Je vais prendre les chaînes de sport premium pour qu'il puisse regarder le baseball dans sa chambre et tu pourras regarder ce que tu veux ici. Tu peux utiliser le Wi-Fi. Je vais passer à la version la plus rapide possible. Comme ça, si tu as besoin de travailler ici, tu pourras le faire.

— Porter, tout va bien. Sérieusement.

Il s'approcha d'elle et il ne s'arrêta pas avant d'être debout juste devant elle. Riley dut incliner la tête en arrière pour maintenir le contact visuel. Il tendit lentement la main vers elle, lui donnant le temps de s'écarter, de rejeter son contact. Elle ne bougea pas.

Il enroula ses doigts autour de sa nuque et son pouce caressa la peau juste en dessous de son oreille.

— On dirait que j'ai beaucoup de regrets dernièrement. Ne pas avoir contacté ma sœur, ne pas avoir connu l'existence de mon neveu... Ne pas avoir fait connaissance avec ma voisine plus tôt.

Riley savait qu'elle affichait un sourire stupide, cependant elle ne pouvait pas s'en empêcher. Puis, elle reprit son sérieux.

— Tu me plais, Porter, mais je suis aussi un peu nerveuse après être sortie avec des hommes qui n'étaient pas des gens bien.

Il hocha la tête.

— Je comprends. Je vais être occupé à essayer de découvrir comment élever un enfant, alors je ne suis pas sûr de savoir combien de temps j'aurai pour être plus qu'un ami, de toute façon.

— Alors nous pourrions peut-être prendre les choses comme elles viennent. Ne pas nous précipiter, suggéra Riley, grimaçant mentalement en entendant à quel point ce qu'elle disait était nul.

— Ça marche. Et pour information, je ne suis pas du tout comme ce salop de Miles. Je n'élèverai *pas* la voix, ni sur toi ni sur Logan.

— Je sais. Tu es un homme bien, lâcha Riley, répétant ce qu'elle avait dit à Logan.

Porter grimaça.

— Pas tout le temps, mais j'essaie.

Il fit un pas en arrière et Riley eut horreur du froid qu'elle ressentit sans la chaleur de sa main sur son cou et sans sa proximité.

— Je vais m'assurer d'être à la maison quand il rentrera au moins une semaine, mais si tu veux venir et passer du temps avec nous, ça pourrait aider à le mettre à l'aise. Ensuite, quand vous serez tous les deux, ça ne sera pas si étrange et ça ne donnera pas l'impression que tu es sa baby-sitter. On dirait qu'il a l'habitude d'être souvent seul et je ne veux pas qu'il pense que je n'ai pas confiance en lui ou quelque chose comme ça.

De nouveau, la perspicacité et l'inquiétude de Porter à l'égard de Logan étaient extrêmement touchantes.

— Ça me paraît bien.

— Je vais t'envoyer les horaires de son bus par message. Je suis vraiment reconnaissant pour ton aide.

— Pas de problème. Tu t'en sors bien avec lui. Je sais que ça ne fait qu'une journée, mais sérieusement, tu t'en sors bien. Le lit, les affaires de baseball, la nourriture et les corvées, tout ça est bon.

— Je fais au mieux, admit Porter.

— Ça n'est que plus impressionnant. Je vais partir et te laisser prendre un peu de temps pour toi. Je suppose que tu n'as pas l'habitude de bavarder toute la journée.

Il rit.

— Je n'ai jamais autant parlé de ma vie.

— Passe une bonne soirée.

— Je vais te raccompagner, annonça Porter.

Riley rit.

— C'est juste au bout du couloir.

— Ouais, dit Porter.

Sachant qu'elle ne pourrait pas le convaincre de ne pas le faire, et adorant secrètement qu'il soit aussi protecteur, Riley se dirigea vers la porte. Il parcourut la courte distance jusqu'à l'appartement de Riley avec elle, puis il mit ses mains dans ses poches et lui adressa un signe de tête gêné.

— Merci encore. Ta cocotte sera propre et elle t'attendra demain.

— Pour que je la remplisse avec quelque chose d'autre ? le taquina Riley.

— Si tu veux, consentit Porter en souriant.

Elle commença immédiatement à penser à ce qu'elle pourrait préparer d'autre et qui pourrait plaire aux hommes d'à côté.

— On se voit plus tard.

— À plus tard, la salua Porter.

Il avait la même voix que son neveu plus tôt.

Riley ferma la porte et écouta celle de Porter se refermer. Il alluma la télévision. Elle n'avait jamais trop pensé à la finesse des murs avant la veille, mais alors qu'elle était debout dans son appartement, elle fut certaine que Porter avait bien entendu tout ce que Miles lui avait crié. C'était gênant, mais elle repoussa cette idée dans le fond de son esprit.

Son voisin avait admis qu'elle lui plaisait, peu importe ce qu'il avait entendu.

Souriant toute seule, Riley se dirigea vers sa chambre. Sa vie avait changé rapidement, mais elle y était habituée. Même s'il était agréable qu'elle s'améliore, pour une fois.

CHAPITRE CINQ

Oz avait chaud, il était fatigué et il était irrité après la séance d'entraînement à laquelle son équipe et lui avaient participé ce jour-là. Cependant, rien ne pouvait étouffer son enthousiasme quand il pensa à rentrer chez lui. C'était une sensation étrange. Dans le passé, il n'avait jamais eu hâte de finir sa journée et de retourner dans son appartement vide. Il aimait s'entraîner. Il adorait ramper dans la poussière et rôtir sous le soleil texan. Mais maintenant, il avait hâte de voir Logan.

Son neveu n'avait vécu avec lui qu'une semaine et demie, pourtant la vie d'Oz avait complètement changé pendant cette période. Il adorait écouter comment s'était passée sa journée à l'école. Logan était dans une période d'adaptation et Oz savait que les enfants à l'école n'avaient pas complètement intégré Logan, mais le garçon y travaillait. Oz n'aurait pas pu être plus ravi quand Logan avait initié une conversation sur la manière de se faire des amis.

Ils n'étaient pas encore vraiment amis, cependant Oz prenait du plaisir dans le fait qu'au moins, Logan lui parlait à présent.

Et puis, il y avait Riley.

Quand il avait demandé à sa voisine si elle pourrait surveiller Logan l'après-midi jusqu'à ce qu'il rentre chez lui, il l'avait fait par nécessité, mais aussi parce qu'il avait vraiment envie d'apprendre à la connaître.

Logan et elle semblaient se rapprocher de jour en jour. Il aurait pu être agacé par le fait qu'ils se lient d'amitié si facilement, alors que son neveu et lui étaient encore prudents l'un avec l'autre. Ils s'habituaient à leur nouvelle vie. Mais Riley était tellement ouverte et amicale qu'il ne pouvait pas s'énerver.

Oz avait pu la convaincre de rester dîner avec eux chaque soir, même si, inévitablement, elle était retournée chez elle juste après le repas. Elle lui avait dit qu'elle voulait qu'il ait du temps seul à seul avec Logan. Il supposait qu'elle avait raison et il voulait passer du temps avec son neveu… Néanmoins il se surprit à être déçu qu'elle parte chaque soir.

Riley Rogers était drôle, compatissante, jolie, intéressante et Oz voulait passer plus de temps avec elle.

Il était surpris par beaucoup d'aspects du fait d'être un père célibataire, mais une des choses les plus frustrantes était la difficulté à entretenir une nouvelle relation. Il ne pouvait pas laisser Logan seul et l'enfant était presque toujours là. Par conséquent, les occasions de dire à Riley qu'il avait un intérêt pour autre chose qu'une relation de voisinage étaient rares.

Mais ce week-end-là, Grover organisait une petite fête chez lui. Il venait d'acheter une ancienne ferme sur un petit bout de terrain. Il avait besoin d'aide pour nettoyer la propriété et pour abattre la vieille grange. L'équipe ne manquait jamais une occasion de se retrouver en dehors du travail.

— Alors, dix heures demain ? demanda Lefty à Grover.

Ils se tenaient tous dans le parking et discutaient avant de rentrer chez eux.

— Ouais. Mais en réalité, vous pouvez venir à n'importe quelle heure. Je vais probablement me lever tôt et commencer, mais vous pouvez venir quand vous voulez, dit Grover. Devyn passe la nuit chez moi et elle va s'assurer que nous ayons à manger.

Lucky sembla se redresser à ces mots.

— Je peux venir aussi tôt que tu le veux, annonça-t-il.

Doc gloussa.

— Par bonté de cœur, hein ? Le fait que la sœur de Grover soit là n'a rien à voir avec l'heure à laquelle tu vas venir aider.

Tout le monde rit. Ce n'était pas un secret que Lucky était intéressé par Devyn. Mais, pour le moment, elle faisait de son mieux pour le maintenir à distance.

— Pour information, et comme je te l'ai déjà dit, ça ne me dérange pas du tout que tu sortes avec ma sœur, intervint Grover. Le truc avec Devyn, c'est que quand elle a peur, elle fait son possible pour essayer de faire semblant que tout va bien. Elle a toujours été comme ça. Et depuis qu'elle a emménagé au Texas, elle n'a pas arrêté de faire semblant.

— De quoi a-t-elle peur ? demanda Lucky.

— Je ne sais pas, admit Grover en soupirant et en passant une main dans ses cheveux. Je te confierais ma vie, alors je peux certainement te confier ma sœur. En ce qui me concerne, tu as mon soutien sincère si tu veux essayer de la convaincre de sortir avec toi. Tout ce que je demande, c'est que tu fasses attention... Et que tu me le dises si tu découvres quelque chose d'inquiétant.

— Pas de souci, répliqua solennellement Lucky à son ami. Mais tu dois te souvenir que Devyn n'a plus cinq ans. Elle a beau être ta petite sœur, c'est aussi une adulte.

— Je sais. Mais je ne peux pas m'empêcher de me souvenir de la petite fille malade quand je la regarde. Nous pensions que nous allions la perdre à cause de la leucémie et il est difficile de se défaire de cette sensation, même plusieurs années après. Et c'est en partie pour ça que je n'ai pas exigé qu'elle me révèle ce qu'il se passe, expliqua Grover. Je ne voulais pas dire ou faire quelque chose qui la dissuaderait de se confier à son grand frère. Bref, et vous ? Vous savez à quelle heure vous allez arriver ?

— Gillian et moi allons probablement arriver plutôt vers onze heures. C'est le week-end et je n'ai pas beaucoup de matinées pour pouvoir rester au lit paresseusement avec ma femme, déclara Trigger en souriant.

— Kinley et moi serons là vers dix heures, les informa Lefty.

— Pareil pour Aspen et moi, ajouta Brain.

— Je peux arriver entre huit et neuf heures, proposa Doc.

— Tu vas amener ta jolie voisine ? demanda Trigger à Oz.

Il hocha la tête.

— Je vais essayer.

Oz avait parlé de Riley à ses amis et leur avait dit à quel point elle avait été serviable.

— Alors, le fait qu'elle passe du temps avec vous a fonctionné ? poursuivit Lefty.

— Extrêmement bien, confirma Oz à ses amis.

Les choses allaient si bien que même lui était surpris. Un soir, il s'était demandé qui mettre comme deuxième contact d'urgence pour l'école de Logan et elle s'était proposée. Elle avait dit qu'étant donné qu'elle était chez elle la plupart du temps, elle pouvait facilement se rendre rapidement à l'école de Logan si nécessaire.

— Gillian a hâte de la rencontrer, l'informa Trigger.

— Je pense qu'elle a hâte de rencontrer Gillian et les autres aussi, rétorqua Oz. Cela dit, elle est nerveuse à l'idée d'être face à face avec *vous*.

— Tu lui as dit ce que tu fais ? le questionna Lefty.

— Non. Mais je pense que Logan lui a révélé quelque chose. Tu te souviens quand je lui ai dit que nous faisions partie des forces spéciales au bureau ? Je crois qu'il le lui a raconté. Elle a fait quelques commentaires sur mes coéquipiers qui me font penser qu'elle comprend que nous ne sommes pas des soldats ordinaires, supposa Oz.

— Ça t'inquiète ? demanda Doc.

— Pas du tout, répondit honnêtement Oz. Elle s'occupe de mon neveu. Je lui fais confiance. Je n'ai juste pas eu le temps de m'asseoir et de lui parler sans que Logan soit là.

— Tu as appris quelque chose sur l'endroit où ses affaires ont été envoyées ? l'interrogea Trigger.

Oz secoua la tête.

— Non. J'ai appelé les services de protection de l'enfance et ils ont dit qu'ils me rappelleraient. Ça n'a pas de sens qu'ils prennent un enfant de chez lui avec seulement un sac poubelle rempli de ses biens personnels.

— Tu veux que je me renseigne ? proposa Grover.

— Merci, mais non. Logan va bien pour le moment. Je veux dire, j'aimerais pouvoir lui donner quelques souvenirs de sa mère et tout ça, mais il n'a pas besoin de vêtements, de jouets ou de quoi que ce soit. C'est juste le secret qui m'agace.

— Quand il y a des enfants impliqués, il y a toujours des secrets, soupira Lucky. Je veux dire, je ne le sais pas d'expérience, mais généralement, le gouvernement se tait quand il s'agit d'enfants.

— Ouais. Enfin, Logan va bien. Je crois que ça va lui plaire de sortir et de prendre l'air demain. Mais je suis inquiet à l'idée qu'il soit près des équipements et de tout ça, confia Oz.

— Ne t'inquiète pas. Nous le surveillerons. Ça ira, lui assura Grover.

— Tu as des nouvelles de Somalie ? demanda Oz à Trigger.

La tension croissante là-bas l'avait inquiété. C'était en partie la raison pour laquelle ils s'étaient entraînés aussi dur dernièrement. D'habitude, il adorait partir en mission, mais les dates potentielles de celle-ci n'étaient pas bonnes. Il voulait passer plus de temps pour créer un lien avec Logan, pour le rassurer en lui montrant qu'il était en sécurité et que même si Oz était déployé, quelqu'un prendrait quand même soin de lui et il ne retournerait pas dans le système.

— Rien de nouveau depuis ce matin, annonça Trigger. Nous attendons encore. Tu sais que je te préviendrai quand j'apprendrai quelque chose.

Oz hocha la tête. Il ne voulait pas penser à partir... Même s'il se sentait coupable pour cette petite partie de lui qui avait un peu hâte. Être père célibataire était *difficile* et partir en mission lui permettrait de faire une pause. C'est pourquoi il se sentait coupable. Cela ne faisait qu'une semaine et demie et il avait déjà hâte d'avoir un peu de répit. Être responsable d'un autre être humain était tellement déroutant. Il *voulait* voir Logan, il aimait l'avoir dans sa vie, toutefois il devait s'habituer à ne pas avoir de temps pour lui.

Il regarda sa montre, et vit qu'il était déjà dix-sept heures trente. Il avait envoyé un message à Riley pour lui dire qu'il aurait peut-être un peu de retard ce jour-là et elle avait été d'accord pour rester avec Logan jusqu'à ce qu'il rentre.

— À demain, lança-t-il en se dirigeant vers sa Ford Expedition blanche.

Il ne lui fallut pas longtemps pour parcourir les routes jusqu'à son immeuble. L'avantage de vivre à Killeen, c'était qu'il n'y avait pas autant de circulation qu'à Austin ou dans les plus grandes villes.

Il monta les marches jusqu'à son étage en courant. Oz avait hâte de découvrir si Logan avait passé un bon vendredi. Il voulait savoir ce qu'il avait appris à l'école... Et surtout, il voulait savoir s'il s'était fait des amis. Cela préoccupait Oz. Il voulait que son neveu ait hâte d'aller à l'école, pas qu'il appréhende de s'y rendre parce qu'il n'avait pas d'amis.

Il n'arrêtait pas de penser à Riley non plus. Au moins une partie de son envie de rentrer chez lui était liée à elle. Il savait qu'elle s'en sortait bien avec les enfants, qu'elle cuisinait très bien et qu'elle travaillait dur. Mais il voulait découvrir des choses plus personnelles. Est-ce qu'elle préférait les chiens ou les chats ? Aimait-elle faire des activités en plein air ou était-elle satisfaite de passer du temps en intérieur ? Aimait-elle les surprises ? Décorait-elle beaucoup son appartement pour les fêtes ? Prenait-elle toute la place au lit ? Des choses qu'il découvrait habituellement quand il sortait avec une femme.

Et Oz voulait vraiment inviter Riley à un rendez-vous. Il voulait lui faire plaisir, lui témoigner sa reconnaissance pour toute son aide. Il avait déjà appris que quand elle se levait et qu'elle s'étirait après le dîner, elle était sur le point de prendre congé. Même s'il appréciait qu'elle essaie de ne pas rester trop longtemps pour lui laisser du temps seul à seul avec Logan, il avait horreur de la voir partir.

Quand Oz entra chez lui, il sut immédiatement que son appartement était vide. Il n'entendit pas les rires de Riley ou la voix aiguë de Logan. Il n'y avait pas d'odeur alléchante de quelque chose en train de cuire provenant de la cuisine.

Juste avant de paniquer, Oz vit un mot posé au milieu de la table.

Il le prit et lut l'écriture féminine de Riley.

Nous devenons fous à rester enfermés. Nous sommes allés au petit parc en face du bâtiment. Logan va m'apprendre à lancer une balle de baseball. Prie pour moi ! Lol. Je ne voulais pas que tu t'inquiètes si tu rentres avant nous. J'ai pensé que vous pourriez faire une soirée fast-food et nourriture surgelée : des nuggets de poulet, des frites et des rouleaux de pizza. J'ai apporté ma friteuse pour que vous l'empruntiez. À bientôt.

~Riley

Oz réalisa qu'il affichait un grand sourire. Puis, il reprit son sérieux. Elle ne semblait pas avoir l'intention de se joindre à eux pour le dîner et cette idée était déprimante. Elle avait probablement autre chose à faire.

Mince... Elle avait peut-être un rendez-vous.

Il repoussa cette idée. Il ne pensait pas qu'elle emmènerait Logan au parc si elle devait se préparer à sortir plus tard. Cependant, il ignorait combien de temps il fallait à Riley pour qu'elle se prépare pour un rendez-vous. Il était possible qu'elle en ait vraiment un. Elle était plutôt incroyable et n'importe quel homme serait sacrément chanceux de la considérer comme sa petite amie.

Avec cette idée fraîche en tête, Oz n'hésita pas à se retourner et à se diriger à nouveau vers la porte. Il sentait mauvais après avoir passé toute la journée sous le soleil pendant son entraînement, mais il ne voulait pas attendre une minute de plus que nécessaire avant de voir Riley et son neveu.

Il traversa le parking et se dirigea vers le petit parc en face du bâtiment. Ce n'était rien de plus qu'une étendue d'herbe avec des balançoires et un toboggan. Toutefois la grande zone ouverte à côté du terrain de jeu était parfaite pour lancer des balles. Prenant note mentalement d'y emmener Logan plus souvent, il se dirigea vers les deux seules personnes qui se trouvaient dans le parc.

En s'approchant, il vit Logan tendre le bras en arrière et lancer une balle en direction de Riley.

Elle leva le gant de baseball qu'elle avait sur la main, et ferma les yeux quand la balle s'approcha d'elle.

Oz vit ce qui allait arriver quelque seconde avant que ce

ne soit le cas, cependant il ne fut pas assez rapide pour l'en empêcher.

La balle fit un petit écart et étant donné que Riley avait les yeux fermés, elle ne déplaça pas le gant pour l'attraper.

Au lieu de cela, la balle heurta sa joue, rebondit et tomba sur l'herbe près d'elle. Elle laissa échapper un petit cri de détresse et elle tomba immédiatement à genoux, posant ses mains sur sa joue.

Oz fut à ses côtés quelques instants après qu'elle soit touchée.

— Laisse-moi voir, ordonna-t-il en posant sa main sur les siennes sur sa joue.

Riley secoua la tête.

— Donne-moi une seconde.

— Il faut que je voie si c'est grave, lui expliqua Oz.

Elle le regarda et il vit des larmes dans l'œil qu'elle avait ouvert. Son estomac se serra.

— Je vais bien, assura-t-elle.

Oz voyait clairement qu'elle essayait de se reprendre. Son admiration pour elle augmenta.

— J'en suis sûr. Mais, s'il te plaît, laisse-moi regarder une seconde.

Il voulait voir si sa pommette était blessée ou si la balle avait fait éclater des vaisseaux sanguins dans son œil.

Riley baissa lentement la main et Oz parcourut sa joue du regard. Elle était rouge et elle aurait probablement un œil au beurre noir, mais rien ne semblait inhabituel ou gonflé. Il toucha délicatement la peau de sa joue, remarquant au passage à quel point elle était douce.

— Est-ce que tu peux ouvrir ton œil ?

Elle hocha la tête et ouvrit lentement son œil du côté de son visage qui avait été frappé. Mis à part les larmes, il semblait aller bien. Laissant échapper un soupir, Oz lui adressa un petit sourire.

— Tu vas bien. Tu vas probablement avoir un coquard,

mais je n'ai pas l'impression que tu as quelque chose de cassé.

— Tu es médecin ? demanda-t-elle.

— Eh bien, non. C'est Doc, notre personne de confiance en ce qui concerne les problèmes médicaux de l'équipe, mais nous avons tous été entraînés pour les situations d'urgence.

Elle hocha la tête, puis elle regarda derrière lui.

— Logan, murmura-t-elle.

Oz se retourna et regarda son neveu. Il était encore debout là où il avait été quand il avait lancé la balle et il semblait immobilisé sur place. Il écarquillait les yeux et son visage était blanc comme un linge.

Immédiatement inquiet, Oz se leva.

À la seconde où il le fit, Logan fit un pas rapide en arrière.

Instinctivement, Oz s'immobilisa. Ne voulant pas que l'enfant se retourne et s'enfuit, ce qu'il était de toute évidence sur le point de faire, Oz tendit les mains sur les côtés, essayant d'avoir l'air aussi peu menaçant que possible.

— Elle va bien, Champion.

Logan ne répondit pas. Il maintint son regard rivé sur les mains d'Oz.

Et cela tua Oz. Pas à cause de la peur de son neveu, mais à cause de ce que cela *signifiait*.

— Je ne suis pas en colère. Riley non plus. Les accidents, ça arrive. Elle va bien.

Puis, Riley se plaça à côté de lui, faisant ce qu'elle pouvait pour rassurer l'enfant.

— De toute évidence, je suis nulle au baseball. Ton joueur de champ extérieur préféré aurait honte de moi, déclara-t-elle, essayant de détendre l'atmosphère.

Mais Logan ne se détendit pas. Il resta sur place, les muscles tendus, prêt à partir en courant.

— Regarde-moi, Logan, lui ordonna gentiment Oz.

Il attendit que Logan lève les yeux pour croiser son regard.

— C'était un *accident*. Riley va bien. Tu vas bien. Je ne suis pas en colère. Tout va bien.

Logan cligna des yeux et Oz fut ravi de voir qu'il intégrait enfin ce qu'il disait.

— Je ne voulais pas lui faire de mal, pardon, avoua doucement Logan.

— Je le sais.

— Je ne voulais pas la lancer si fort.

— Je n'aurais pas dû fermer les yeux, argumenta Riley. Tu m'as dit de ne pas perdre la balle des yeux et je ne t'ai pas écouté. Tout ça, c'est *ma* faute, pas la tienne.

Les épaules de Logan se détendirent légèrement, mais de toute évidence, sa garde était encore en place.

— Est-ce que tu vas me donner une fessée ?

Oz voulait lui dire tant de choses. Dans son esprit, les raisons pour lesquelles Logan était absolument terrifié tournoyaient, mais il ne répondit que :

— Non.

— J'irai me coucher sans dîner, proposa l'enfant.

— Ce n'est pas nécessaire, lui assura Oz. J'ai commis des erreurs très souvent, mais ça ne veut pas dire que je devais être puni pour ça. Je vais m'approcher de toi. S'il te plaît, ne t'enfuis pas, dit-il à son neveu.

Puis, il se tourna vers Riley une seconde.

— Ça va ?

— Oui, répliqua--elle immédiatement.

Elle reposa sa main sur sa joue et il était évident qu'elle avait encore mal, mais elle faisait de son mieux pour minimiser la chose. Pour Logan. Son admiration pour elle se décupla et il fut incroyablement reconnaissant.

— Je te donnerai de la glace dès que nous serons de retour à l'appartement. Tiens bon juste quelques minutes de plus.

— Je vais bien, lui rappela-t-elle. Occupe-toi de Logan. Il doit savoir que tu ne vas pas lui faire de mal.

Oz le savait et l'idée que son neveu ait peur de lui était vraiment bouleversante. L'idée que quiconque ait levé la main sur ce garçon lui fit serrer les poings. Mais il se détendit immédiatement et les desserra, ne voulant pas effrayer Logan davantage.

Il fit un pas vers son neveu, puis un autre, soulagé de voir que le garçon ne partait pas en courant. Il s'approcha à moins de deux mètres de Logan, puis il s'accroupit et s'assit sur ses talons, espérant que la position aiderait l'enfant à se sentir plus en sécurité.

— C'était un accident, Champion, répéta-t-il. Ça arrive.

— J'ai fait du mal à Riley, geignit Logan.

Sa lèvre inférieure tremblait.

— C'est vrai, concéda Oz.

Puis, il ajouta :

— Mais elle va bien.

— Je mérite d'être battu, gémit Logan.

— Non, tu ne le mérites pas, rétorqua Oz.

Les souvenirs remontèrent à la surface.

— À quoi est-ce que ça servirait ? Tu t'es déjà excusé et tu as dit que ce n'avait pas été ton intention. Riley a déjà admis qu'elle aurait dû garder les yeux ouverts et qu'elle aurait au moins dû éviter la balle. À quoi ça servirait que Riley ou moi te frappions ? Est-ce que ça effacerait ce qu'il s'est passé ?

Oz attendit que Logan secoue la tête.

— Est-ce que tu te sentirais moins coupable ?

— Non.

— Est-ce que ça permettrait à Riley de se sentir mieux ?

— Peut-être, répondit-il cette fois.

— Certainement pas, réfuta Riley derrière lui.

Oz l'entendit s'approcher, mais elle n'envahissait ni son espace ni celui de Logan.

— Mon père nous frappait, ta maman et moi, quand nous étions petits. Ça n'arrivait pas tout le temps. Générale-ment, il criait juste sur nous. Mais de temps en temps, il nous surprenait en étant violent. Il me giflait quand je ne voulais pas manger quelque chose qu'il avait préparé pour le dîner. Il me donnait des coups de poing dans le dos quand je ne marchais pas assez vite pour lui. Il me frappait du revers de la main dans la voiture si je disais quelque chose qui ne lui plaisait pas. Tous ces coups n'ont fait que m'effrayer. Et me rendre triste. Est-ce que ta maman te frap-pait quand tu faisais une bêtise ?

Oz n'était pas sûr de vouloir connaître la réponse, pour-tant il fut profondément soulagé quand Logan secoua la tête.

— Non. Mais parfois ses petits amis le faisaient.

— D'accord. Je veux que tu m'écoutes, Champion. Est-ce que tu m'écoutes ?

Logan hocha la tête.

— Je ne te frapperai *jamais*. Jamais. Peu importe ce que tu fais. Il se pourrait que je te parle d'une voix très stricte qui pourrait sembler un peu effrayante. Il se pourrait que je te demande de faire une pause pour que nous puissions avoir un peu d'espace et que nous puissions nous calmer tous les deux. Il se pourrait même que je te donne des corvées supplémentaires à l'appartement. Mais je ne lèverai jamais la main sur toi. Ce n'est *jamais* admissible de frapper quel-qu'un de plus petit et de plus faible que toi. Jamais. Les femmes, les enfants, et même les hommes. Je n'irai pas jusqu'à dire que tu ne dois jamais frapper personne de toute ta vie, car parfois, tu dois te défendre et défendre les autres autour de toi. Par contre, tu ne dois jamais lever les poids ou donner des coups de pied à quelqu'un qui ne peut pas se défendre.

Oz pria pour que le garçon intègre ses mots. La dernière chose qu'il voulait, c'était que Logan marche toujours sur des œufs près de lui, craignant qu'il le batte ou qu'il crie sur lui s'il faisait la moindre erreur. Oz avait grandi ainsi et cela avait été horrible.

Plusieurs moments s'écoulèrent avant que Logan demande enfin :

— Promis ?

— Je te le promets, répondit Oz en dessinant une croix sur sa poitrine. Sur mon honneur de soldat, je ne te frapperai pas. Quoi qu'il arrive.

Puis, la lèvre de son neveu recommença à trembler.

— Je ne voulais pas te faire de mal, ajouta-t-il à Riley juste avant d'éclater en sanglots.

Riley contourna Oz avant qu'il ne puisse se relever. Elle enroula ses bras autour du petit garçon et le berça.

— Je le sais. Apparemment, je suis juste nulle au baseball. Si nous allons voir un match un jour, tu devras faire attention aux balles perdues pour qu'elles ne me touchent pas.

Logan hocha la tête contre elle.

Oz se plaça à côté de Riley et tendit la main vers son visage. Il passa délicatement son pouce sur la joue rouge et légèrement bouffie. La marque donnait bien trop l'impression qu'elle avait reçu un coup de poing dans la figure et cela le mettait extrêmement mal à l'aise.

— Logan ? Nous devons ramener Riley à la maison et mettre de la glace sur son visage.

Son neveu leva les yeux vers lui et hocha la tête. Il s'écarta de Riley et essuya les larmes de ses joues tout en se reprenant.

— Est-ce que tu peux aller chercher la balle et son gant avant que nous partions ? demanda Oz.

Logan hocha la tête à nouveau et courut jusqu'à la balle de baseball, derrière l'endroit où Riley avait été assise pendant qu'ils jouaient.

Sachant qu'il n'avait que quelques secondes avant que Logan ne revienne, Oz dit :

— Il en va de même pour toi. J'ai beau être plus grand et plus fort, je ne te frapperai pas non plus, Riley. Je ne te crierai pas d'insultes et je ne te rabaisserai pas. Je t'admire trop pour faire quelque chose qui te ferait du mal.

— Je le sais, lui assura-t-elle.

Ils se fixèrent du regard et Oz aurait juré qu'il voyait plus que de l'amitié dans les yeux de Riley. Mais ensuite, Logan revint, interrompant le moment. Sans réfléchir, il tendit la main à son neveu.

Quand Logan baissa les yeux vers sa main et hésita, Oz se le reprocha mentalement. *Trop tôt*, se dit-il. Laissant retomber sa main, il reprit :

— Viens, rentrons à la maison. Je ne sais pas toi, mais je meurs de faim. J'ai été au soleil toute la journée et un peu de malbouffe me ferait le plus grand bien.

C'était un mensonge. Oz ne mangeait jamais ce genre de nourriture, mais pour son neveu, il ferait n'importe quoi.

— Tu sens un peu mauvais, commenta Logan.

Oz était sur le point de répondre... quand il sentit une petite main se glisser dans la sienne.

Son cœur se gonfla et Oz sourit à son neveu.

— Ouais, eh bien, passe la journée à ramper dans la poussière et on verra si tu sens la rose.

— Est-ce que ça te plaît ? demanda Logan.

Oz ne put s'empêcher de prendre la main de Riley. Elle lui avait fait sacrément peur en tombant à genoux et il avait besoin de cette connexion avec elle. Elle avait été blessée parce qu'elle avait joué avec son neveu. Puis, elle avait été juste derrière lui, essayant de consoler Logan, lui permettant de se sentir en sécurité. Rien ne semblait plus parfait que d'être debout entre eux, leurs mains connectées, tandis qu'ils se dirigeaient vers son appartement.

— En réalité, j'adore ça, révéla Oz en réponse à la question de Logan.

Il ne connaissait pas son neveu depuis longtemps, mais il pouvait à peine imaginer une époque où l'enfant n'avait pas été dans sa vie. Et chaque jour, ils semblaient un peu plus à l'aise l'un avec l'autre. Chaque jour, Logan posait un peu plus de questions et il s'ouvrait sur ses goûts. C'était exaltant et effrayant à la fois.

— J'espère que quand tu seras grand, tu trouveras quelque chose à faire que tu adores. Quelque chose qui te passionne.

Ils parlèrent d'insectes, de terre, et des pires odeurs du monde en retournant à l'appartement d'Oz. Quand ils arrivèrent à la porte, Oz lâcha les mains de Logan et Riley pour prendre ses clés.

— Je vais rentrer chez moi, déclara Riley.

Oz se retourna pour la fixer du regard.

— Quoi ?

— Je vais rentrer chez moi, répéta-t-elle en désignant la porte du pouce.

— Non, répondit résolument Oz en ouvrant la porte et en tendant la main vers le bras de Riley.

Elle le laissa l'attirer dans son appartement, mais dès que la porte se referma, elle reprit :

— Porter, je...

Il l'interrompit en se tournant vers Logan.

— Est-ce que tu pourrais aller dans ma salle de bains et prendre la bouteille bleue d'analgésiques dans le placard à côté du lavabo ?

Sans un mot, Logan se précipita dans la chambre de son oncle.

— Sérieusement, je vais bien, Porter. Vous avez besoin de temps entre vous.

— C'est faux. Nous devons prendre soin de toi. Nous assurer que tu vas bien. Logan a besoin de le faire parce que c'est lui qui t'a fait du mal. J'ai besoin de le faire parce que l'idée que tu sois à côté et que tu aies mal me déchire.

Elle sourcilla.

— Je... Je suis juste ta voisine.

Riley n'avait pas l'air d'en être complètement sûre, ce qui plut à Oz. Ce qui lui plut beaucoup même.

— C'est faux, lui répéta Oz sans hésiter. Tu es tellement plus que ma voisine. Je sais que les choses sont un peu étranges parce que tu m'aides avec Logan, mais je vais être clair. Je veux sortir avec toi, Riley. Je veux t'emmener dîner, flirter avec toi, voir si ton goût est aussi bon que ton odeur et te montrer de toutes les manières possibles que tu m'intéresses, pas à cause de ce que tu as fait pour Logan et moi, mais pour la personne que tu es.

— Oh... Euh... D'accord, balbutia-t-elle.

— D'accord ? demanda-t-il. Tu vas sortir avec moi ?

Elle lui adressa un sourire timide et hocha la tête.

— Et tu vas me laisser te dorloter un peu ce soir ? Je déteste l'idée que tu aies été blessée. Le fait que tu étais complètement en dehors de ton élément en recevant cette balle avec Logan, mais que tu l'as fait quand même pour essayer de lui faire plaisir, c'est très important pour moi. Mais peut-être que tu ne devrais plus jouer à la balle avec lui pendant un moment, au moins jusqu'à ce que je t'apprenne à les attraper. Je ferai plus d'efforts pour l'emmener à l'extérieur et pour jouer avec lui.

— Je n'ai pas besoin d'être dorlotée.

— D'accord. Je vais juste jouer au docteur avec toi, alors, la taquina Oz.

Elle rougit et lui adressa un autre petit sourire.

— De plus, si je dois manger ces cochonneries ce soir, toi aussi.

Elle gloussa.

— Tu pourrais découvrir que ça te plaît.

— J'en doute.

— Tu dis ça maintenant.

— Voilà ! intervint Logan en courant vers eux avec la petite bouteille dans les mains.

— Merci, Champion. Installons Riley sur le canapé. Nous allons confectionner un sac de glace pour elle et nous allons lui donner quelque chose à boire pour qu'elle puisse avaler le médicament. Ensuite, tu pourras m'aider à préparer le dîner.

— Des nuggets de poulet. Miam ! s'exclama Logan avec un grand sourire.

— Oh, oui, miam, répondit Oz avec d'autant d'enthousiasme qu'il pouvait rassembler.

Il entendit Riley ricaner discrètement. Il passa un bras autour d'elle et l'attira à ses côtés. Il aima entendre son rire se transformer en inspiration quand il la toucha.

Elle était douce là où il fallait et il adorait la manière dont elle allait si bien contre lui. Il l'aida à s'asseoir sur le canapé, même si elle n'avait pas vraiment besoin d'aide. C'était simplement une bénédiction de pouvoir la toucher et d'avoir son bras autour d'elle pour une fois. Quand elle fut installée, il posa une main sur l'épaule de Logan et l'emmena dans la cuisine.

— Voyons voir les dégâts que deux hommes peuvent faire ici, d'accord ? proposa-t-il à son neveu.

Le sourire sur le visage du petit garçon lui rappela tellement celui de sa sœur qu'Oz ferma les yeux une seconde.

Il chérirait chaque minute qu'il passerait avec cet enfant, car il savait que bientôt, Logan grandirait et partirait vivre seul. Il avait raté les dix premières années, mais il ferait tout ce qu'il pouvait pour que son neveu se sente en sécurité, aimé et protégé pour le restant de ses jours.

CHAPITRE SIX

Riley était partie après le dîner tous les soirs pour essayer de ne pas tomber amoureuse de Porter trop fort et trop vite. Mais il était évident que cela n'avait pas aidé. Cet homme était formidable. Séduisant, attentionné, un père incroyablement bon, même s'il avait été jeté dans l'arène de manière imprévue.

Elle avait eu l'intention de divertir Logan pendant environ une heure avant que son oncle ne rentre à la maison, puis de les laisser avec le dîner de nourriture surgelée.

Bien entendu, les choses ne s'étaient pas passées ainsi.

Son visage palpitait encore et le souvenir de la douleur immédiate qui avait envahi sa joue quand la balle de base-ball l'avait frappée était encore très frais dans son esprit. Elle avait été atterrée que Logan ait si peur d'être grondé pour un accident. Mais elle devait admettre que Porter s'en était très bien sorti pour apaiser son neveu et pour le rassurer en lui disant qu'il ne le frapperait jamais.

Puis, quand il lui avait assuré la même chose, Riley avait été fichue. Elle savait qu'il faisait en partie référence à Miles dans sa déclaration et même si cela la gênait, elle décida de se concentrer sur la signification de ses mots plutôt que sur la honte qu'elle ressentait à cause de ses décisions passées.

Riley semblait toujours tomber amoureuse vite et fort. Elle essayait de modérer son enthousiasme quand elle commençait à sortir avec quelqu'un, néanmoins elle avait tendance à vouloir voir le bon chez les gens. Et elle se sentait seule. Toutefois après Miles, qui était facilement le pire petit ami qu'elle ait eu, elle avait été déterminée à rester seule un moment.

Bien entendu, c'était avant que Porter n'entre brusquement dans sa vie avec son adorable neveu.

À présent, il voulait l'emmener sortir. Elle n'avait même pas hésité avant d'accepter. Il était différent de tous les hommes avec lesquels elle était sortie, et c'était positif.

Et passer du temps avec Logan était amusant aussi. Le petit garçon était intelligent et elle apprenait quelque chose de nouveau sur lui tous les jours. Assise sur le canapé, elle écouta Porter et Logan parler de la meilleure manière de confectionner un sac de glace et lequel serait le plus confortable pour elle. Elle sourit, ne grimaçant que légèrement à cause de la douleur que cela provoqua.

Son téléphone vibra pour indiquer qu'elle avait reçu un message et Riley fronça les sourcils en le lisant.

Miles avait été casse-pieds depuis qu'elle l'avait mis à la porte. Au début, il n'avait pas arrêté de s'excuser et de dire qu'il était désolé, mais désormais il l'insultait de tous les noms par message parce qu'elle l'ignorait. Elle avait espéré qu'il comprendrait le message que tout était fini entre eux, sauf qu'il ne cessait de la harceler.

Riley avait cherché dans tout son appartement et elle avait rassemblé tout ce qu'elle pensait lui appartenir dans une boîte qu'elle avait déposée à la poste. Elle avait dit à Miles ce qu'elle avait fait et elle lui avait dit d'aller chercher la boîte avant que quelqu'un ne la vole. Elle avait remarqué le lendemain que la boîte avait disparu, mais Miles n'avait pas arrêté de lui écrire et de l'appeler.

Désormais, il disait qu'elle ne lui avait pas tout rendu, qu'il voulait aller chez elle et récupérer ses affaires lui-même. Mais cela n'arriverait pas. Riley n'était pas stupide. Elle n'allait pas le laisser revenir dans son appartement. Il essaierait de réclamer des affaires qui n'étaient pas à lui et il la volerait certainement.

Elle savait que Porter l'aiderait si elle le lui demandait, mais elle était trop gênée pour l'impliquer. Miles dirait *sans aucun doute* un tas de choses horribles s'il voyait Porter l'aider et elle mourrait de honte, même si Porter ne croyait pas un mot de ce que disait Miles.

Elle pouvait s'occuper de Miles seule. Tôt ou tard, il finirait par se lasser de la harceler, elle n'avait qu'à être patiente.

Elle ignora le message, comme elle avait ignoré la plupart des autres.

Son ex et Porter étaient aussi différents que la nuit et le jour. Elle essaya d'imaginer ce que Miles aurait fait s'il l'avait vue être frappée au visage par une balle de baseball et elle décida qu'il aurait probablement ri et qu'il lui aurait dit qu'elle aurait dû se baisser.

Lorsqu'elle se souvint de la peur et de l'inquiétude dans la voix et le contact de Porter quand il s'était agenouillé près d'elle par terre, Riley ferma brièvement les yeux pour contenir ses émotions. Personne ne s'était inquiété pour son bien-être depuis longtemps. Ses parents l'avaient aimée à leur manière, toutefois ils n'avaient jamais été très sensibles. Ils étaient trop occupés à boire et à essayer de défendre leurs compétences de parents devant les autorités pour se donner la peine de faire quelque chose d'aussi ordinaire que la serrer dans leurs bras.

— Voilà un peu d'eau, Riley, dit Logan en lui tendant un verre très prudemment.

— Merci, Logan. C'est gentil.

Il resta debout là, à la fixer.

— Quoi ?

— Oz m'a dit de m'assurer que tu prenais tes cachets et que tu n'essayais pas de faire semblant que tout allait bien.

Riley gloussa. On aurait dit que Porter la connaissait déjà bien. Elle n'aimait pas prendre de médicaments, même s'il s'agissait juste d'Aleve. Cependant elle ne voulait pas inquiéter davantage Logan. Par conséquent, elle ouvrit la bouteille et en sortit deux cachets. Elle les mit dans sa bouche et les avala avec de l'eau.

— Bonne fille, commenta Porter à sa droite.

Bon sang, c'était merveilleux à entendre. Riley devait se reprendre.

— Nous avons mis de la glace dans un sac et nous l'avons enveloppé dans une taie d'oreiller. Une serviette serait trop épaisse, alors tu ne sentirais pas le froid aussi bien, et les serviettes en papier deviennent humides et molles. Oz a proposé la taie d'oreiller. Si elle devient trop mouillée, dis-le-moi et j'irai en chercher une autre.

Le ton de Logan était rempli d'inquiétude et d'enthousiasme. De toute évidence, il était inquiet pour elle et encore plein de regrets.

Riley tendit la main vers le sac de glace.

— Merci de prendre aussi bien soin de moi, dit-elle au petit garçon.

— On prépare des nuggets de poulet, des rouleaux de pizza et des bâtonnets au fromage pour le dîner, l'informa-t-il.

Riley le savait déjà, mais elle hocha quand même la tête.

— Ça me paraît bien.

— Je n'ai jamais mangé de rouleaux de pizza, admit Logan.

— Ça va te plaire, lui assura Riley.

Elle ignorait si c'était le cas, or elle n'allait pas dire quoi que ce soit pouvant le décourager. Elle avait découvert une semaine et demie auparavant que Logan était plutôt réservé, mais quand il essayait quelque chose de nouveau, en particulier de la nourriture, il était généralement agréablement surpris.

Porter leva la main pour se gratter le visage et Riley remarqua que Logan sursauta, s'écartant du bras de son oncle. Porter aperçut sa réaction aussi, mais il ne dit rien. Il allait falloir du temps pour que Logan comprenne que quand son oncle disait qu'il ne le frapperait pas, c'était la vérité.

Riley n'était pas surprise. Elle avait eu du mal à faire confiance aux gens pendant longtemps après être partie de chez ses parents. Elle avait cru ses parents quand ils avaient dit qu'ils allaient faire plus d'efforts. Que personne ne l'emmènerait de nouveau. Et ils avaient menti encore et encore, retombant dans leurs vieilles habitudes, buvant trop et la négligeant. Elle avait fait confiance aux mauvaises personnes quand elle avait eu une vingtaine d'années, et même à présent, alors qu'elle avait vingt-huit ans, elle avait fait confiance à Miles quand il avait dit qu'il allait trouver du travail.

Mais pour une raison ou pour une autre, elle savait que Porter avait été sincère quand il leur avait dit, à Logan et à elle, qu'il ne leur ferait pas de mal. Il respirait la bonté et c'était rafraîchissant.

Il faudrait faire fonctionner plusieurs fois la friteuse pour que toute la nourriture soit prête, et après avoir demandé la permission, Logan alla attendre dans sa chambre. Riley et Porter se retrouvèrent seuls dans le salon.

— Est-ce que tu as encore mal ? demanda Porter en s'asseyant sur le bord du canapé à côté d'elle.

— Juste un peu, dit Riley.

— Je sais que la glace n'est probablement pas agréable, mais maintiens-la sur ton visage aussi longtemps que possible. Ça empêchera le gonflement et avec un peu de chance, l'œil au beurre noir ne sera probablement pas trop sombre.

— D'accord.

Ensuite, Porter baissa les yeux vers ses genoux.

— Il avait tellement peur.

Riley savait exactement de quoi Porter parlait.

— Oui, confirma-t-elle.

— Il croyait que j'allais le battre, murmura Porter.

Riley hocha la tête.

— Je veux dire, je ne suis pas stupide, je sais ce qu'il se passe dans le monde. Mais je *déteste* qu'il ait appris ça chez ma sœur. Becky avait essayé de me protéger de notre père, mais ça n'a jamais fonctionné. Il la frappait et ensuite, il s'en prenait à moi. Je la suppliais de ne pas se mettre sur son chemin quand il était de mauvaise humeur. Nous avions de longues conversations et nous disions que quand nous grandirions, nous ne laisserions plus jamais quelqu'un nous traiter ainsi. Je n'arrive pas à croire qu'elle couchait avec des hommes qui étaient comme notre père. Et qu'elle les ait laissés frapper son enfant.

Porter secoua la tête.

— Ça me rend tellement triste.

Riley tendit sa main libre et la posa sur la cuisse de Porter. Il ne s'agissait pas d'un contact sexuel ; elle voulait le réconforter.

— Tu ne peux pas en vouloir à ta sœur. La drogue est horrible, mais une fois que quelqu'un est accro, il est difficile de s'en sortir. Et rien n'a d'importance, ni la nourriture, ni faire le nécessaire pour être en sécurité ni, malheureusement, les enfants qu'ils peuvent avoir. Et beaucoup de gens sont malhonnêtes. Becky aurait pu commencer à sortir avec un homme qui, d'après elle, l'aurait aidé à se débarrasser de son addiction ou qui les aurait bien traités, son fils et lui, mais ensuite, elle a pu découvrir qu'il n'était pas comme elle l'imaginait. Et une fois qu'on est dans une relation toxique, en particulier si on est accro à la drogue, il n'est pas facile de s'en sortir. Sois indulgent envers elle, Porter.

Il prit une profonde inspiration et couvrit la main de Riley de la sienne.

— Je suppose que tu parles d'expérience, ce que je déteste aussi.

— Les choses ne sont pas allées si loin avec Miles. Et tu as raison, j'ai été dans une relation toxique dans le passé, et y mettre un terme et partir a été une des choses les plus difficiles que j'aie faites. J'ai juré de ne plus jamais sortir avec quelqu'un comme ça... Et puis j'ai rencontré Miles, et nous savons tous les deux comment ça a fini.

— Mais tu l'as mis à la porte avant que les choses n'aillent trop loin, argumenta Porter.

— Ouais. Mais je n'ai pas d'enfant. Et si c'était le cas et si j'avais vécu avec Miles, il n'aurait pas été aussi simple de partir, se justifia Riley, voulant encore soulever un point important.

— Je commence à mieux comprendre et je n'ai Logan que depuis peu de temps. Je jugeais beaucoup les gens qui prenaient de la drogue et je commence tout juste à voir que tout n'est pas noir ou blanc. Je me sens mieux, car Logan dit que Becky avait changé récemment. Je déteste juste voir la peur dans ses yeux quand il me regarde ou quand je bouge trop vite.

— Laisse-lui du temps. Il observe attentivement tout ce que tu fais. Il t'imite tout le temps. Il apprendra que tu ne veux que son bien. Tu gagneras sa confiance sous peu, j'en suis sûre.

Porter l'examina.

— Est-ce que je vais gagner la tienne ? demanda-t-il.

Riley sourcilla.

— Je te fais confiance.

— Vraiment ? insista-t-il en inclinant la tête. Parfois, j'ai l'impression que c'est le cas... Ensuite je pose une question innocente sur les messages que tu as reçus et tu changes de sujet en espérant que je laisserai tomber. Je te vois aussi m'observer aussi attentivement que Logan, comme si tu t'attendais à ce que je m'en prenne à toi.

Riley soupira et essaya de retirer sa main, mais Porter la tint fermement. Elle était gênée d'être assise là à prêcher la confiance et le fait d'être patient, mais il avait vu clair dans son jeu.

— Je vais gagner ta confiance aussi, répéta Porter avec assurance. Tu verras que je peux être un havre de paix pour toi. Tu verras que si tu te donnes entièrement à moi, je ferai tout ce qui est en mon pouvoir pour te protéger. De moi, des salops qui pensent qu'ils peuvent profiter de toi simplement parce que tu es une femme, et même de tes propres pensées autodestructrices. Je te chérirai exactement comme tu es, car je pense que tu es vraiment géniale.

Riley fixa Porter du regard, incertaine de savoir si elle avait bien entendu.

La friteuse sonna, leur indiquant que la première fournée de nourriture était prête. Porter soutint son regard en se penchant en avant et Riley ferma les yeux.

Elle sentit ses lèvres toucher légèrement son front, puis il se leva.

Elle ouvrit les yeux et le regarda entrer à grands pas dans la cuisine. Il sortit la première fournée de nourriture, la plaça dans un saladier et déposa celui-ci dans le four pour le garder au chaud avant de mettre un autre sachet d'aliments dans le panier et de rallumer la friteuse.

Il revint dans le salon et demanda :

— Est-ce que tu as besoin de quelque chose ? Quelque chose d'autre à boire ? Et ne demande pas d'alcool, ce ne serait pas une bonne idée maintenant. J'ai de l'eau, du thé, et je peux trouver un soda quelque part.

— L'eau que Logan m'a apportée plus tôt est suffisante, lui dit-elle.

— D'accord. Je vais aller voir si Logan va bien. Quand je reviendrai, est-ce que tu seras encore là ?

Riley haussa un sourcil.

— Tu crois que je sortirais en douce pendant que tu es avec son neveu ?

Porter l'examina un autre long moment.

— Peut-être, admit-il. Je sais que tu allais retourner chez toi si je ne t'avais pas attirée dans mon appartement avant que tu ne puisses protester. Et pour information, c'était inhabituel pour moi. Généralement, je n'attire pas les femmes dans des endroits où elles ne veulent pas être.

— Si je ne voulais pas être là, je ne le serais pas, lui rétorqua Riley. Ma joue palpite, je ne veux pas faire de scène devant Logan et je mesure trente centimètres de moins que toi, mais je ne me serais pas laissé faire si je n'avais pas voulu entrer.

Porter sourit.

— C'est noté. Si la friteuse sonne, la dernière portion de nourriture est juste à côté. Mets juste tout ce qu'il y a dedans dans le saladier qui est dans le four et ajoute la dernière portion.

— Je sais utiliser ma propre friteuse, déclara Riley en souriant.

— Tu es sûre que je ne peux pas faire griller un steak ? Ça ne prendra pas trop longtemps, proposa Porter.

Il ressemblait à un petit garçon qui demandait un bonbon.

— Tu survivras à un repas de nourriture surgelée, l'informa-t-elle.

Il soupira et donna l'impression qu'elle venait de lui confisquer son jouet préféré, puis il abdiqua :

— Bon, d'accord.

Riley ne put s'empêcher de rire. Et cela fit palpiter sa joue.

— Aïe, se plaignit-elle, mais elle ne cessa pas de sourire.

Le comportement de Porter changea immédiatement.

— Je devrais peut-être appeler Doc et voir s'il peut passer pour jeter un œil à ta joue. Tu es peut-être plus blessée que je ne le pensais.

Il se déplaça pour prendre son téléphone, qui était posé sur le plan de travail de la cuisine, mais Riley l'en empêcha.

— Je vais bien. Je te le promets. Ça va juste être doulou-reux un moment.

— D'accord, mais si tu ne te sens pas mieux avant la fin de la soirée, si la glace et le cachet ne t'apaisent pas, j'appel-lerai Doc.

Riley se sentait déjà mieux que quand ils étaient revenus à l'appartement, elle savait donc que le traitement fonction-nait, cependant elle acquiesça quand même.

— D'accord. Va voir Logan.

Porter la regarda un long moment, puis il hocha la tête et se retourna pour aller dans le couloir.

Quand il fut hors de sa vue, Riley s'appuya contre le coussin du canapé et soupira. Elle avait pensé que sa soirée serait plutôt ennuyeuse. Elle aurait salué Porter quand il serait rentré, puis elle serait rentrée chez elle et elle aurait lu ou regardé la télévision tout en écoutant les sons étouffés de ses voisins qui s'installaient pour la soirée à travers les murs fins. Mais au lieu de cela, elle s'était fait mal, Porter avait pris soin d'elle et ils avaient appris que Logan avait un long chemin à parcourir avant qu'il ne puisse refaire confiance à quelqu'un. Riley avait accepté un rendez-vous avec le voisin pour lequel elle avait un énorme béguin. Il était fou de voir à quel point les choses pouvaient changer rapidement.

Quarante minutes plus tard, Riley sourit aux deux chez-soi assis en face d'elle. Après avoir observé les rouleaux de pizza d'un air méfiant, Logan avait mordillé le coin de l'un d'entre eux. Il avait écarquillé les yeux et avait déclaré qu'ils étaient « délicieux ». Porter et lui avaient senti les nuggets de poulet, les rouleaux de pizza et les bâtonnets de fromage.

Porter avait même trouvé un paquet de frites dans le fond de son congélateur et il les avait passées à la friteuse.

— Je dois admettre... que c'est sacrément bon, dit Porter.

Riley ne put que lui sourire d'un air suffisant.

Puis, il se tourna vers Logan.

— Mais ne t'y habitue pas. Nous devons équilibrer la malbouffe avec de la bonne nourriture. Demain, nous mangerons une bonne dose de légumes pour rééquilibrer nos corps.

— D'accord, accepta Logan.

Riley ne put que secouer la tête sous l'effet de la surprise. La plupart des enfants qu'elle connaissait rechignaient à manger des légumes, mais de toute évidence, Logan avait de l'estime pour ce que son oncle disait et pensait, même après une seule semaine et demie.

Puis Porter se tourna vers elle.

— Qu'est-ce que la friteuse peut faire d'autre ?

— Des chips de pomme, des rouleaux à la cannelle, des s'mores à la banane, des bâtonnets de pain perdu, des hamburgers, des sandwiches grillés au fromage, des croquettes de patate douce... Même des gâteaux à l'ananas. Il y a des tas de recettes de toute sorte de choses sur Internet. Des boulettes de viande, des côtes de porc, du poisson-chat, des pommes de terre au four, du saumon, du maïs en épi, même des spanakopitas.

— Des spank-a-ko-quoi ? demanda Porter en souriant.

— Pas spank, *span*-akopita. C'est grec et c'est super bon, lui expliqua Riley.

— Est-ce qu'il y a quelque chose que ta friteuse ne peut pas préparer ? demanda Porter.

Elle y réfléchit un instant avant de dire :

— De la soupe.

Tout le monde rit.

— Effectivement, ça ne serait probablement pas bon, approuva Porter.

— Cela dit, j'ai quelques mijoteuses que je pourrais te prêter si tu veux essayer une recette de soupe, lui proposa-t-elle.

Porter leva une main.

— Je ne suis pas un mauvais cuisinier, mais je ne vais pas tirer sur la corde. De plus, je ne laisserais jamais une mijoteuse sur le feu pendant que je suis absent. Ce serait chercher les ennuis.

Riley n'était pas surprise. Porter semblait prendre la sécurité très au sérieux, y compris celle de sa voisine, ce qui lui faisait infiniment plaisir. Sa joue lui faisait bien moins mal après qu'elle avait posé le sac de glace fait maison dessus avant de manger. Elle avait vu les yeux de Logan et de Porter se focaliser sur la marque rouge sur son visage plus d'une fois, mais aucun d'eux n'en parla, ce pour quoi elle était reconnaissante.

— Alors, Logan, demain nous allons chez Grover... Tu crois que je devrais inviter Riley ?

Riley resta bouche bée.

— Quoi ?

— Il doit démolir une grange sur le terrain qu'il vient d'acheter, car elle représente un risque pour la sécurité, et nous allons tous nous retrouver pour l'aider. Gillian, Kinley, Aspen et Devyn seront là. Tu veux venir ?

— Moi ? Euh... Je ne suis pas sûre, bredouilla Riley.

— Oz a dit que je pourrais aider les hommes, annonça Logan avec enthousiasme.

Elle croisa le regard de Porter.

— Est-ce que c'est une bonne idée ? Je veux dire, est-ce que c'est dangereux ?

Le sourire de Porter ne fit que s'agrandir.

— Quoi ? demanda Riley.

— J'adore juste que tu sois inquiète pour lui. Ça ira. Nous ne ferons rien qui puisse représenter un danger pour lui ou pour nous, lui assura Porter. Ce sera bon pour toi de prendre l'air. Et j'adorerais que tu rencontres mes amis.

Riley avait vraiment envie d'y aller, néanmoins elle était aussi nerveuse. Il lui avait parlé des autres femmes. De toute évidence, il les appréciait et les respectait, ce qui la rassurait, mais l'effrayait terriblement aussi. Et si ses amis ne l'aimaient pas ?

Elle avait dû rester silencieuse trop longtemps, car Logan ajouta ses supplications à celles de son oncle.

— Je ne connais personne non plus, dit-il. Nous pourrons traîner ensemble si personne ne nous aime.

Le plus triste, c'était que Logan semblait vraiment penser qu'il s'agissait d'une possibilité.

— Qui pourrait ne pas t'aimer ? lui demanda-t-elle. Tu es gentil et attentionné et je suis sûre que tu aideras énormément les hommes.

Elle regarda Porter.

— Tu es sûr ? ajouta-t-elle à son attention.

Elle n'avait pas besoin d'expliquer ce qu'elle voulait dire. Était-il sûr de *vouloir* qu'elle soit là ? Était-il sûr de vouloir qu'elle rencontre ses amis ? Cela semblait être un grand pas en avant, plus encore que leur premier rendez-vous.

— J'en suis sûr, confirma-t-il.

D'une certaine manière, les quatre mots transmettaient exactement à quel point il était sûr de tout ce qu'il se passait entre eux.

— D'accord.

— Super ! dit Porter. J'ai dit à Grover que nous serions là vers dix heures. Est-ce qu'on peut partir à neuf heures trente ?

— Bien sûr.

Riley ouvrit presque la bouche pour lui demander s'il voulait qu'elle prépare le petit-déjeuner pour eux, mais elle s'en empêcha au dernier moment. Elle commençait à aimer un peu trop passer du temps avec eux deux. Elle était déjà impliquée jusqu'au cou et si les choses entre Porter et elle ne fonctionnaient pas, il serait extrêmement gênant de vivre à côté de chez lui. Le voir amener une autre femme chez lui la déchirerait. Il serait difficile de voir Logan tous les jours sans pouvoir faire partie de sa vie.

Secouant la tête, Riley fit de son mieux pour repousser ces pensées au fond de son esprit. Porter et elle ne sortaient pas encore vraiment ensemble, même s'il l'avait invitée à un rendez-vous. Elle les imaginait déjà en train de rompre et elle se sentait déprimée. Elle était ridicule.

— Porte des vêtements que tu peux salir, lui recommanda Porter. Grover a des quads et il a dit que nous pourrions faire un tour si nous en avons envie. Il y a un sentier accolé à la propriété qu'il a achetée.

— Un jean et un T-shirt ? demanda Riley. Est-ce que c'est ce que les autres vont porter ?

La dernière chose qu'elle voulait, c'était arriver en jean si tout le monde allait être en robe d'été ou quelque chose comme ça.

— Je ne sais pas, mais elles ne seront pas habillées comme si elles allaient rencontrer la reine d'Angleterre ni rien de tout ça, l'informa Porter en riant. Ne t'inquiète pas. Elles vont t'adorer.

Riley s'empêcha de ricaner. Les hommes étaient tous les mêmes. Ils étaient tellement sûrs qu'un groupe de femme pouvait s'entendre juste parce qu'elles étaient du même genre. Elle savait que ce n'était pas le cas. Les hommes étaient bien plus décontractés quand ils rencontraient de nouvelles personnes. Ils suivaient juste le mouvement. Mais le fait que Porter amène une femme dans son cercle d'amis était probablement complètement différent.

— Vraiment, insista Porter. Crois-moi.

Ils en revenaient à la question de la confiance. Il savait à quel point il était difficile pour elle de faire confiance à autrui, mais quand Riley regarda Logan, elle vit qu'il hochait la tête. Si le garçon pouvait faire confiance à son oncle, elle aussi. Elle hocha la tête également.

Porter afficha un grand sourire.

— Super. Logan, est-ce que tu pourrais m'aider à emporter les couverts dans la cuisine ?

Riley se leva.

— Vous avez cuisiné, je vais nettoyer, proposa-t-elle.

— Non. Tu as amené la friteuse. Et il ne faut vraiment pas que je reste assis sur mes fesses après avoir mangé tout ça. Logan et moi allons nous en occuper.

Elle ne pouvait pas vraiment discuter étant donné qu'il avait essentiellement dit qu'il voulait passer du temps avec son neveu.

— Je vais y aller, dans ce cas, annonça-t-elle en se levant.

Pour sa défense, Porter ne protesta pas. Il se contenta de la regarder un long moment, essayant probablement de lire dans ses pensées pour s'assurer qu'elle ne partait pas parce qu'elle était mal à l'aise ou qu'elle ne passait pas un bon moment, mais qu'elle devait vraiment partir. Il dut voir quelque chose de rassurant sur son visage, car il hocha la tête et dit :

— Je vais te raccompagner.

— Sérieusement, Porter, c'est juste à côté.

— Un homme s'assure toujours que son amie rentre en toute sécurité, répondit-il simplement.

Puis, il se tourna vers Logan.

— Tu peux rester ici quelques minutes tout seul, Champion ?

Logan hocha la tête.

— Je ne crois pas qu'un vélociraptor va fondre sur moi et me kidnapper pendant les deux minutes qu'il te faudra pour ramener Riley chez elle, le taquina-t-il.

Pendant une seconde, Porter fixa son neveu du regard, puis il éclata de rire.

— C'est ça. Je ne veux juste pas que tu sois nerveux parce que tu es seul.

Logan avait ri avec son oncle, mais il devint sérieux.

— J'étais tout le temps tout seul dans mon autre maison. Pendant les deux dernières années, Maman travaillait beaucoup.

— Je comprends, dit Porter. Mais ce n'est pas mon truc de laisser un enfant se débrouiller tout seul. Je ne doute pas que tu sois assez responsable pour t'en sortir tout seul, je n'aime juste pas ça. Ça me met mal à l'aise. Le fait que Riley vienne passer du temps avec toi après l'école, ce n'est pas parce que je ne te fais pas confiance ou parce que je pense que tu vas t'attirer des ennuis, c'est pour ma propre tranquillité d'esprit. D'accord, Champion ?

Logan hocha la tête.

— D'accord. Et... J'aime bien qu'elle soit là.

Riley eut envie de pleurer à nouveau. Même sans essayer, Porter montrait à son neveu à quel point il tenait à lui. Il expliquait ses actes et il ne donnait pas à Logan l'impression qu'il était un poids ou un bébé.

— D'accord, alors si un T-Rex ou un autre genre de dinosaure apparaît dans les deux minutes où je ramènerai Riley à sa porte pour m'assurer qu'il n'y a pas de dinosaures effrayants en train de se cacher chez *elle*, utilise ta batte de baseball pour te défendre jusqu'à ce que je puisse venir aider, d'accord ?

Logan sourit.

— D'accord, Oz.

— Et si tu peux mettre ces couverts dans le lave-vaisselle et rassembler les poubelles pour que nous puissions les descendre, j'en serais reconnaissant.

Au lieu d'être agacé parce qu'Oz lui donnait des corvées, les épaules de Logan se redressèrent comme s'il était fier d'aider.

— Je peux le faire.

— Merci. Je reviens tout de suite, dit Porter en avançant vers Riley.

Il prit son coude dans sa main et l'attira vers la porte.

— Je me suis bien amusée aujourd'hui, Logan, reprit Riley. Je promets d'attraper la balle avec mon gant la prochaine fois, et pas avec mon visage. On se voit demain.

— Au revoir, la salua Logan tandis qu'il se concentrait sur le fait de porter les trois assiettes jusqu'à la cuisine sans les faire tomber.

Riley marcha à côté de Porter tandis qu'il les guidait hors de son appartement et le long du couloir jusqu'au sien. Elle sortit sa clé de sa poche et déverrouilla la porte. Porter ne s'écarta pas d'elle.

Cependant, quand la porte s'ouvrit, il n'entra pas de force et il ne la mit pas mal à l'aise. Non pas que Riley soit le moins du monde mal à l'aise avec lui. Elle n'aurait pas eu d'objection à ce qu'il entre, mais elle savait qu'ils avaient tous les deux conscience que Logan était seul à côté. Et en dépit des plaisanteries de Porter sur les vélociraptors, il n'était pas à l'aise à l'idée de le laisser seul trop longtemps.

— Prends un autre analgésique avant d'aller dormir, ordonna gentiment Porter. Et ça ne te fera sans doute pas de mal de remettre un peu de glace sur cette joue ce soir.

— Je vais bien, insista Riley.

— Je n'aime pas te voir souffrir, se justifia-t-il doucement.

Elle haussa les épaules.

— Ça fait partie de la vie, répliqua-t-elle avec philosophie.

— Ça ne veut pas dire que ça doit me plaire, rétorqua-t-il.

Puis, il posa sa paume sur la joue qui n'était pas douloureuse.

— Merci d'avoir accepté de venir demain.

— Tu es vraiment sûr que tu veux que je vienne ? demanda-t-elle à nouveau.

— Absolument. Je n'ai pas pu passer autant de temps que je le voulais avec toi. Et même si je vais travailler sur la grange avec mes amis et que nous ne serons pas ensemble toute la journée, je pourrais quand même avoir plus que les deux heures que nous passons ensemble le soir.

La peau de Riley fourmilla de plaisir.

— Je ne vais pas te laisser seule avec les femmes toute la journée non plus. J'ai vraiment envie de t'emmener faire du quad. Est-ce que ça te pose un problème ?

— Non. J'ai hâte de le faire.

— Bien.

Elle vit les yeux de Porter s'assombrir juste avant qu'il ne révèle :

— J'aimerais t'embrasser ce soir.

Déglutissant difficilement, Riley se lécha les lèvres et hocha la tête.

Il baissa la tête lentement, lui laissant le temps de changer d'avis. Mais il était impossible que Riley dise ou fasse quelque chose qui repousserait Porter. Elle avait rêvé de ce moment plus souvent qu'elle ne voulait l'admettre.

Sa main était encore sur son visage et quand ses lèvres effleurèrent les siennes, leur position lui sembla très intime. Elle posa ses propres mains sur la taille d'Oz et se mit sur la pointe des pieds pour essayer de lui faciliter les choses. Riley sentit l'autre main d'Oz sur le bas de son dos... Mais elle ne pouvait penser qu'à ses lèvres délicieuses sur les siennes.

Il ne l'écrasa pas contre lui. Il ne poussa pas sa langue dans sa bouche. Au début, il se contenta de goûter ses lèvres, les mordillant et passant sa langue dessus, comme s'il découvrait quel goût elle avait. Mais à la seconde où elle ouvrit sa bouche pour lui, il n'hésita pas à accepter l'invitation.

Il approfondit leur baiser, faisant tourner la tête à Riley.

Elle avait reçu beaucoup de baisers dans sa vie, mais rien ne l'avait jamais excitée comme le baiser de Porter. Elle sentit ses tétons durcir sous son T-shirt et elle ne parvenait pas à être assez proche de lui.

Riley appuya sa poitrine contre lui et ouvrit davantage la bouche. Essayant d'en avoir plus. Sa langue se battit en duel avec celle de Riley. Quand il inclina la tête pour entrer davantage en elle, les mains de Riley s'agrippèrent au tissu de son T-shirt.

Elle grogna quand leurs mouvements lui firent mal à la joue.

Porter écarta immédiatement sa bouche de la sienne.

Riley ne voulait pas le lâcher. Elle essaya de rester serrée contre lui, mais il était trop grand et trop déterminé à s'assurer qu'elle allait bien.

— Est-ce que je t'ai fait mal ? demanda-t-il de façon bourrue.

Ses lèvres étaient un peu gonflées après leur baiser et Riley avait envie d'approcher sa tête de la sienne.

— Non.

— Tu as gémi, souligna-t-il, même si elle le savait déjà.

Riley ferma les yeux et se pencha en avant pour poser son front contre le torse de Porter. Elle sentit son cœur battre fortement sous son T-shirt et elle s'agrippa au tissu. Il avait retiré sa main de son visage quand elle s'était penchée en avant et elle le sentait caresser légèrement son dos.

Après un moment, elle se reprit et leva la tête. Cependant, elle ne rompit pas son étreinte. Riley ignorait ce qu'elle allait dire, mais elle n'avait pas à s'inquiéter. Porter dit exactement ce qu'elle pensait.

— C'était sacrément incroyable.

Elle hocha la tête.

— Ouais.

— Je n'ai jamais vraiment beaucoup aimé qu'on m'embrasse. Je veux dire, ça a toujours été un moyen d'arriver à une fin pour moi.

Porter grimaça.

— Je sais que ça sonne mal, mais c'est vrai. Avec toi ? J'ai l'impression que je pourrais t'embrasser pendant des heures et ne pas m'en lasser. J'adore sentir ton corps réagir à mon toucher et à mes caresses. C'est sacrément excitant.

Riley sentit comment son corps avait réagi à leur baiser. Son érection était dure contre son ventre tandis qu'elle restait collée à lui. Elle aimait savoir qu'elle l'excitait à ce point.

Léchant ses lèvres, elle sentit encore son goût sur sa peau.

Il grogna.

— Sur ce, je vais te laisser, annonça-t-il en laissant retomber ses mains.

Mais il lui fallut une seconde pour s'écarter d'elle. Son regard parcourut le visage de Riley, puis descendit vers son corps, s'attardant un instant de trop sur sa poitrine avant qu'il ne croise son regard à nouveau. Riley était très consciente que ses tétons durs étaient visibles à travers son T-shirt. Elle avait toujours eu de la poitrine et elle était complexée par ses seins. Mais voir l'approbation et le désir dans les yeux de Porter lui donna envie de cambrer le dos et de se pavaner un peu.

Il leva la main et passa à nouveau son pouce sur la joue douloureuse.

— Merci d'être aussi gentille avec Logan. Tu as été très courageuse et je sais que tu as minimisé ta douleur pour lui. C'est très important pour moi.

— C'est un bon garçon, commenta-t-elle.

— Oui. On se voit demain matin. Je vais voir si je peux faire en sorte que Logan mange quelque chose de sain pour le petit-déjeuner. Après ce dîner, il aura besoin de protéines et de légumes pour demain. Toi aussi. Ne mange pas de Pop-tarts ou de beignets pour le petit-déjeuner, d'accord ? Prépare-toi peut-être une omelette ou quelque chose comme ça.

Bon sang. Personne n'avait jamais veillé sur son bien-être comme Porter.

— D'accord.

— D'accord.

Puis, il passa son pouce sur la lèvre de Riley une dernière fois avant de faire enfin un pas en arrière.

— Verrouille la porte, ordonna-t-il.

Sachant qu'il resterait là jusqu'à ce qu'elle soit en sécurité à l'intérieur, Riley lui sourit une fois de plus et ferma la porte. Elle attacha la chaîne et ferma à clé avant d'écouter ses pas s'éloigner dans le couloir.

À travers le mur, elle entendit la porte de Porter s'ouvrir et se fermer, puis elle l'entendit parler à Logan. Elle ne discernait pas les mots, mais même le son grave et rauque de leur conversation l'apaisa. Elle était heureuse qu'ils s'entendent mieux et que Logan semble plus à l'aise dans son nouvel environnement jour après jour.

Il ne s'était pas encore fait beaucoup d'amis à l'école, ce qui l'inquiétait, mais elle espérait qu'avec le temps, cela changerait. Logan était un peu timide, cependant il était amusant et gentil. Elle ne pouvait pas imaginer que quelqu'un ne veuille pas être son ami.

Riley alla dans sa chambre. Elle prit deux autres analgésiques et trempa un gant de toilette dans l'eau froide pour le poser sur son visage. Elle était trop fatiguée pour assembler un sac de glace, un gant de toilette froid devrait faire l'affaire.

Elle se changea et se mit au lit, soudain exténuée. Elle avait eu une longue journée avec le travail, les jeux avec Logan, sa blessure, puis la compagnie de Porter et Logan pendant le dîner.

Et puis, il y avait eu ce baiser...

Grâce à Porter, elle se sentait belle et chérie, et elle ne s'était pas souvent sentie ainsi dans sa vie. Mais ce n'était pas pour cette raison qu'elle tombait amoureuse de lui. C'était le fait de voir qu'il était incroyable avec son neveu qui la faisait fondre de l'intérieur. Une personne qui traitait un enfant effrayé comme Porter le faisait était une personne qui traitait sa petite amie avec respect. Du moins, elle l'espérait.

Le lendemain, elle pourrait voir Porter interagir avec ses amis, et cela lui montrerait le genre d'homme qu'il était. Allait-il agir comme un macho avec ses amis les plus proches ou serait-il le même homme qu'elle avait appris à connaître au cours de la semaine précédente ? Le temps le lui dirait.

CHAPITRE SEPT

Oz n'avait pas été nerveux à l'idée d'amener Riley chez Grover. Il avait annoncé à ses amis qu'il l'amènerait avant même de l'inviter. Il avait été persuadé de pouvoir la convaincre. Il savait aussi sans l'ombre d'un doute qu'elle plairait aux autres femmes et qu'elle apprécierait leur compagnie. Il avait du mal à comprendre pourquoi elle ne voyait pas à quel point elle était fantastique, mais il supposait que son éducation avait beaucoup à voir avec sa nervosité. Il lui semblait que les gens qu'elle avait laissé entrer dans sa vie avaient profité de sa confiance. Ses parents. Les hommes avec lesquels elle était sortie. Et à cause de ses expériences, elle n'avait pas souvent été complimentée. Il jurait de changer cela.

Il ferait n'importe quoi pour l'aider à s'épanouir. Riley n'était pas *obligée* de l'aider avec Logan. Elle n'était pas obligée de l'aider à préparer les repas. Elle n'était pas obligée d'être aussi accueillante et ouverte avec son neveu et lui. Pourtant elle en avait fait plus pour l'aider qu'elle ne pouvait l'imaginer.

Quand Logan avait été déposé chez lui, Oz avait eu beaucoup de difficultés. Il n'avait pas été sûr de pouvoir être le genre de modèle dont son neveu avait besoin, en dépit de sa détermination à essayer. Cependant avec l'aide de Riley, de ses coéquipiers et de leurs femmes, il commençait à prendre l'habitude d'être un père. Il savait qu'il ferait des bêtises à l'avenir, mais pour le moment, il ne pensait pas s'en sortir trop mal.

Oz regarda Logan et sourit. Il travaillait côte à côte avec Trigger, ratissant du vieux foin moisi vers la grande porte qui avait prudemment été démontée plus tôt. Grover avait l'intention d'utiliser les portes pour un projet dans la maison. Logan et Trigger discutaient derrière les masques qu'ils portaient pour protéger leurs poumons et l'intégrité structurelle du bâtiment avait été vérifiée trois fois avant que quiconque n'entre.

Doc avait promis à Logan que plus tard, il pourrait s'asseoir dans le bulldozer et aider à démolir la grange. Le petit garçon avait été fou de joie. Chaque jour, Oz voyait son neveu s'ouvrir un peu plus et même pendant la courte période où il avait été avec lui, l'enfant avait semblé se détendre énormément.

Mais de temps à autre, comme la veille quand Riley avait été blessée, Oz voyait les conséquences de la maltraitance qu'il avait connue. Il était extrêmement méfiant et vigilant. Et même si Logan avait commencé à s'ouvrir à Oz... Il avait encore l'impression que le garçon ne lui disait pas tout. Il ne parlait pas souvent de sa vie chez sa mère et quand on lui posait une question directe sur le sujet, il se refermait.

Son neveu lui cachait quelque chose, et Oz avait horreur de ça. Il comprenait que Logan soit prudent quand il parlait de sa mère d'une manière qui pouvait sembler peu flatteuse, néanmoins Oz savait qu'il ne pourrait pas vraiment faire face à tout ce qu'il avait traversé s'il ne lui parlait pas. La semaine suivante, il parlerait à son commandant de la possibilité de mettre Logan en contact avec un psychologue pour enfants. Si Logan ne parlait pas à Oz, il s'ouvrirait peut-être à quelqu'un de plus qualifié.

Oz n'avait pas non plus réussi à découvrir où étaient les affaires de Logan. Il était arrivé avec un seul satané sac en plastique de vêtements ; il *devait* avoir d'autres affaires. Mais les services de protection de l'enfance le faisaient tourner en bourrique. C'était n'importe quoi et Oz était frustré, cependant il n'avait pas voulu faire d'histoires et prendre le risque qu'on lui retire Logan.

Par conséquent, il avait laissé tomber. Mais les nombreuses questions qu'il avait à propos de la situation de sa sœur et de ce qu'il s'était passé étaient encore présentes. Tout ce qu'il savait, c'était que quelqu'un s'était introduit chez eux et qu'elle avait été tuée. Le coupable n'avait pas été découvert et les policiers enquêtaient encore.

Il avait besoin de savoir que la personne qui avait tué sa sœur paierait pour ce qu'elle avait fait. Or pour l'instant, il n'avait obtenu que des paroles rassurantes indiquant qu'ils enquêtaient sur l'affaire et qu'ils le préviendraient s'ils trouvaient quelque chose.

Mais ce jour-là était amusant et oui, ils travaillaient dur sous le soleil pour démolir la grange de Grover. Ils s'amusaient beaucoup et être à l'extérieur était rafraîchissant, même s'il faisait chaud. Oz jeta un œil en direction de la maison et vit que les femmes étaient encore assises sur le grand porche couvert. Grover avait apporté quelques merveilleux rocking chairs en bois qui étaient à l'extérieur de tous les restaurants Cracker Barrel.

Riley avait été silencieuse et nerveuse quand ils étaient arrivés, mais il la vit rire à quelque chose qu'une des autres femmes avait dit, et il sourit.

— Elle est bien pour toi, commenta Grover, qui se trouvait à côté de lui.

Se tournant vers son ami, Oz hocha la tête.

— Tu sais, elle attire mon attention depuis un

moment. Je veux dire, je pouvais l'entendre dans son appartement et je la voyais dans les couloirs de notre bâtiment, mais je n'avais jamais vraiment pensé à elle au-delà de la colère que je ressentais quand son imbécile d'ex criait sur elle. Je regrette de ne pas avoir appris à la connaître plus tôt, mais à présent, je me rends compte qu'elle n'aurait sans doute pas fait attention à moi si ce n'était pour Logan.

— Tu crois qu'elle est avec toi à cause de lui ? demanda Grover en fronçant les sourcils.

— Non ! Je veux dire, je ne pense pas. Je crois juste qu'après que la relation avec son ex s'est finie aussi mal, elle était prête à arrêter de voir des hommes. Elle l'avait dit. Je ne sais pas si elle aurait été prête à se lancer dans une relation. Mais honnêtement, je ne sais pas ce que j'aurais fait sans elle.

— Tu sais que nos femmes t'auraient aidé, le réprimanda Grover.

— Je sais, assura Oz, mais Logan aurait pu se sentir davantage comme un fardeau. Pour Riley, c'est facile de venir à côté. Et elle... Elle a vécu la même chose. Je crois que ça les a rapprochés.

— Parce qu'elle a été placée en famille d'accueil ?

— Ouais.

Oz avait parlé de Riley et de ce qu'elle avait traversé à ses amis.

— Kinley aussi, lui rappela Grover.

— Je sais. Mais je ne peux pas vraiment aller voir Logan et lui dire : « Voilà, tu vas aimer Kinley parce qu'elle a eu une enfance aussi pourrie que la tienne », expliqua Oz en fronçant les sourcils. Riley et Logan se sont bien entendus naturellement et j'en suis reconnaissant.

— C'est difficile à croire parfois, mais je pense que tout arrive pour une raison. Cette raison peut être difficile à comprendre quand tu es au milieu de la merde que la vie t'a fait tomber dessus, mais plus tard, avec un peu d'introspection, tout a du sens, argumenta Grover.

Oz y réfléchit un moment. Il n'était pas content que Becky soit décédée avant qu'il ne puisse se réconcilier avec elle, mais à présent, il avait Logan dans sa vie. Il ignorait ce qu'il se passerait à l'avenir, or pour le moment, il espérait que Grover avait raison.

— Comment va Devyn ? demanda Oz.

Grover soupira et secoua la tête.

— Pas bien. Elle me cache quelque chose et ça me tue. Avant, nous étions très proches, mais maintenant, elle ne veut pas me parler et je ne sais pas pourquoi. J'ai parlé à ma mère et elle s'inquiète aussi. Mais Devyn refuse de lui parler. Alors j'essaie juste de garder un œil sur elle.

— Tu sais que ce n'est plus cette petite fille fragile avec une leucémie, pas vrai ? demanda gentiment Oz.

— Ouais, mais une partie de moi voudra toujours la protéger. Elle sera toujours ma petite sœur.

— Et Lucky ? Est-ce que tu étais honnête quand tu lui as dit que ça ne te dérangeait pas qu'il sorte avec elle ?

— Absolument, confirma Grover sans hésiter. Je vous aime. Et si Lucky ou Doc finissait avec elle, je serais fou de joie. Mais elle se comporte froidement. Ça le rend dingue.

Oz ne put s'empêcher de rire.

— C'est probablement bon pour lui. Il a eu de la chance avec presque tout le reste dans sa vie, il est temps qu'il travaille pour quelque chose.

Grover sourit.

— C'est vrai. Ce sera intéressant de voir qui a le plus de patience.

— Pour ce que ça vaut... Je pense qu'elle commence à l'avoir dans la peau, fit remarquer Oz.

— Ouais. Il peut peut-être trouver ce qui ne va pas. Je lui en serais reconnaissant pour toujours si c'était le cas, révéla Grover.

— Tu as eu des nouvelles de cette femme en Afghanistan ? l'interrogea Oz.

Grover fronça les sourcils et haussa les épaules.

— Sierra ? Non. Et juste entre nous... Ça ne me plaît pas beaucoup.

— Elle pétait le feu. Elle mesurait tout juste un mètre cinquante et elle te tenait tête, se rappela Oz.

— Ouais, et ça me rend encore plus méfiant qu'elle ne me donne plus de nouvelles, avoua Grover. Si elle ne voulait pas que je lui envoie d'e-mails, j'imagine qu'elle me l'aurait juste dit la première fois que j'ai essayé d'entrer en contact avec elle quand nous sommes rentrés.

— Est-ce que tu as cherché à savoir ce qu'il se passait ?

Grover secoua la tête.

— Pas encore. Je veux dire, ce n'est pas très bon pour mon ego qu'elle semble amicale pendant que nous étions là-bas et qu'elle m'ignore à la seconde où nous sommes partis. J'ai reporté ça parce que je ne suis pas sûr de vouloir découvrir qu'elle va bien et que je ne lui plaisais juste pas plus que ça.

— Et s'il lui était *vraiment* arrivé quelque chose et qu'elle ne peut pas répondre à tes e-mails ?

— Je sais. C'est pour ça que je vais parler au commandant pour voir s'il peut se renseigner. Si elle m'ignore, elle ne saura jamais que j'ai vérifié qu'elle allait bien et je pourrai aller de l'avant. Mais sinon...

Grover laissa sa phrase en suspens.

Oz ignorait ce que son ami pouvait faire si quelque chose n'allait pas, toutefois c'était quelque chose dont il s'inquiéterait un autre jour. Ce jour-là, le soleil brillait et ils avaient une grange à abattre.

— Eh, Oz, regarde ce qu'on a trouvé ! cria Logan en levant quelque chose en l'air.

L'enfant tenait la carcasse du plus gros rat qu'Oz ait jamais vu.

— Dégueu, marmonna Oz à son ami avant d'adresser un grand sourire à son neveu et de lever les pouces.

Grover rit.

— Ouais, j'en ai trouvé quelques-uns, c'est pour ça que j'ai été ravi de laisser le ratissage à Trigger et Logan.

— Malin, lui répondit Oz.

Grover donna une tape dans le dos d'Oz et alla aider Doc de l'autre côté de la grange. Lefty s'approcha de lui quelques minutes plus tard et se tint à ses côtés.

— Alors, Riley était en famille d'accueil quand elle était petite ?

— Ouais. Enfin, en quelque sorte.

— En quelque sorte ? demanda Lefty en haussant un sourcil.

— Ses parents ont perdu la garde plusieurs fois, et pendant qu'ils s'efforçaient d'arranger ce que les services de protection de l'enfance réclamaient, elle vivait avec d'autres familles.

Lefty siffla.

— C'est dur. Je ne sais pas ce qui est pire, ne pas avoir de parents ou être emmené loin d'eux tous les deux ans pendant qu'ils se reprennent en main.

— Je sais. Et ils sont morts quand elle avait dix-huit ans et elle a été seule depuis. Je sais que Kinley et elle n'étaient pas dans la même situation en grandissant, mais j'espère qu'elles auront assez en commun pour bien s'entendre, confia Oz.

— Le simple fait qu'elles étaient en famille d'accueil quand elles étaient petites ne veut pas dire qu'elles vont être les meilleures amies du monde, l'avertit Lefty.

— Je sais. C'est juste que... Je veux qu'elles plaisent à Riley. Elle est contente d'être seule, mais je pense qu'elle s'épanouirait vraiment avec quelques amies qui la comprennent vraiment.

Lefty désigna le porche de la tête.

— Je ne crois pas que tu aies à craindre qu'elle ne se fasse pas d'amis.

Oz regarda dans cette direction et vit que les femmes étaient à nouveau en train de rire ensemble. Il se détendit un peu.

— Je savais qu'elles s'entendraient bien, reprit-il, plus pour lui-même que pour l'homme debout à côté de lui.

— Ce sont de bonnes personnes. Tout le monde a besoin d'amis. Je ne sais pas ce que j'aurais fait sans vous tous à mes côtés pendant les mois où Kinley était dans le programme de protection des témoins. Vous m'avez permis de rester sain d'esprit quand je voulais mettre le pays en pièces pour la rechercher. Gillian avait Ann, Wendy et Clarissa avant qu'elle ne commence à fréquenter Trigger, mais elles étaient déjà mariées avec des enfants ou en couple. Je crois que c'était bon pour elle d'avoir Kinley et Aspen. Et je sais que Kins se sent chanceuse d'avoir Gillian, Aspen et même Devyn dans sa vie.

Oz n'arrivait pas à croire qu'ils discutaient des amitiés des femmes, mais cela ne semblait pas du tout étrange. Pas quand il le faisait parce qu'il voulait s'assurer que Riley soit à l'aise.

— Merci pour le réconfort.

— Pas de problème. Mais je ne vais pas commencer à parler de règles et d'autres affaires de femme avec toi, le prévint Lefty en souriant. Allez, démolissons cette grange pour pouvoir aller chercher une bière et traîner avec nos copines.

Oz rit.

— Ça me paraît bien. Est-ce que tu pourras m'aider à garder Logan à l'œil ? Je ne veux pas qu'il se fasse mal.

— Bien entendu. Nous veillons tous sur lui. Ça ira.

Oz hocha la tête et se tourna une dernière fois vers le porche avant de se concentrer sur les vieilles planches pourries autour de lui. Plus vite ils démoliraient la grange, plus vite il pourrait s'assurer que Riley allait bien. Et avec un peu de chance, il pourrait l'emmener faire le tour en quad qu'il lui avait promis.

* * *

Riley rit à quelque chose qu'avait dit Gillian. Elle avait été plutôt silencieuse jusque-là, laissant les autres femmes parler autour d'elle, mais elle s'amusait. Tout le monde avait les pieds sur terre et était très accueillant ; elle était soulagée.

Elle n'avait pas su comment les autres femmes la recevraient. Elle s'était sentie à l'écart presque toute sa vie. À cause de son éducation, parce qu'elle n'avait pas été plus loin que le lycée et parce qu'elle travaillait de chez elle plutôt que dans un bureau... Pour tout autant d'autres raisons.

Mais avec Gillian, Kinley, Aspen et Devyn, elle ne se sentait pas du tout mal à l'aise. Elles étaient toutes assises sur le porche et elles regardaient les hommes démolir la grange. Elle ne put s'empêcher de laisser son regard s'attarder sur Porter. Il avait retiré son T-shirt et elle avait l'impression qu'elle avait besoin d'un éventail pour se refroidir. Ses épaules étaient larges et chaque fois qu'il ramassait quelque chose, ses muscles ondulaient de manière sexy. Elle n'arrivait pas à décider si elle préférait ses bras, son dos ou ses abdominaux.

— Arrête de baver, la taquina Gillian en se penchant vers Riley et poussant son bras du coude.

Riley sursauta et observa les autres femmes. Elle vit qu'elles la regardaient. Riley rougit et ne put que sourire et hausser les épaules.

Tout le monde rit.

— Tu n'as pas à te sentir mal. Voir Trigger torse nu me

donne envie de l'emmener et de lui faire des choses, lui confia Gillian.

— Gage essaie encore de rattraper le temps perdu pendant que j'étais dans le programme de protection des témoins, ajouta Kinley avec un petit sourire mystérieux.

— Je crois que c'était la chose la plus courageuse que j'aie jamais vue, lui avoua Gillian. Sérieusement. *Et* tu es partie avant d'avoir guéri après avoir été battue et jetée de ce pont. Soit tu es folle, soit tu es pare-balles.

Kinley grimaça.

— C'est probablement la première option.

Riley bougea sur sa chaise.

— Mais est-ce que ça va maintenant ?

Porter lui avait dit ce que les autres femmes avaient traversé. C'était une autre raison pour laquelle elle avait eu l'impression de ne pas mériter d'être avec elles.

— Je vais bien. Avant une tempête, j'ai remarqué que mes os me font mal, mais heureusement, le climat est plutôt bon par ici, assura Kinley en souriant.

Puis, elle redevint sérieuse.

— J'ai entendu dire que nous avions beaucoup en commun en ce qui concerne notre enfance.

Riley sut immédiatement qu'elle parlait des familles d'accueil.

— Ouais. Mais mes séjours étaient temporaires jusqu'à ce que mes parents se reprennent en main et puissent me récupérer.

— Je suis désolée, mais ça ne me semble pas beaucoup mieux que ma situation, admit Kinley. Je veux dire, d'accord, tu avais encore ta mère et ton père, mais tu ne savais jamais quand on t'emmènerait de nouveau. Ça a dû être doulou-reux qu'ils continuent de faire les conneries à cause desquelles tu étais emmenée loin de chez toi.

C'était vrai. Kinley avait mis dans le mille avec son observation. Riley s'était souvent demandé pourquoi ils ne l'avaient pas suffisamment aimée pour faire ce qu'il fallait pour s'assurer qu'elle ne soit plus jamais emmenée dans une autre maison. Ils n'avaient pas arrêté de retomber dans leurs vieilles habitudes.

— Ouais. Je restais souvent éveillée la nuit et je me demandais pourquoi je ne pouvais pas encore rentrer chez moi. Je me demandais pourquoi mes parents n'avaient pas immédiatement fait le nécessaire pour me récupérer, avoua Riley.

— Ça craint. Avant, je priais pour que les familles avec lesquelles j'allais vivre m'aiment suffisamment pour m'adopter, mais ce n'est jamais arrivé. Je n'arrivais pas à comprendre ce que j'avais fait de mal chaque fois que j'étais emmenée dans une autre maison, raconta Kinley.

— Et je me demandais pourquoi mes parents aimaient l'alcool plus que moi, répondit Riley.

Kinley se pencha vers elle et tendit la main. Riley la prit et d'une certaine manière, elle se sentit bien mieux quand l'autre femme la serra délicatement.

— Ça ne s'oublie pas, hein ? demanda-t-elle doucement.

Riley secoua la tête.

— Les choses deviennent plus faciles. Je sais que c'est un peu banal et je ne veux pas l'être, mais avec l'homme qu'il te faut...

Elle marqua une pause pour regarder en direction de la grange, puis elle poursuivit :

— Et avec les bonnes amies, c'est incroyable de voir que tu peux oublier le passé quand tu es enfin heureuse et satisfaite.

Riley avait recherché cette satisfaction pendant dix ans et elle ne l'avait toujours pas trouvée. Même si elle devait admettre que le temps qu'elle avait passé avec Oz et Logan l'avait beaucoup aidée à croire qu'elle pouvait enfin être heureuse.

Kinley lui serra la main une dernière fois, puis s'appuya de nouveau contre le dossier de son siège.

— J'ai une question, dit Gillian.

— Dis-moi, l'encouragea Riley.

— Pas pour toi. Pour Devyn.

Tout le monde se tourna vers l'autre femme. Riley avait été intimidée quand elle avait été présentée à Devyn. Elle était grande ; elle mesurait presque un mètre quatre-vingt. Elle avait de beaux et longs cheveux blonds et les yeux les plus bleus qu'elle ait jamais vus. Elle avait pensé que Devyn devait être mannequin ou quelque chose comme ça, et quand elle l'avait dit, Devyn avait ri et avait dit qu'elle était « seulement » une technicienne de soins vétérinaires dans une clinique locale.

— Je veux savoir pourquoi tu as vraiment déménagé au Texas, annonça Gillian d'une voix douce, mais remplie de détermination.

— Tu sais pourquoi, répliqua Devyn. Mon patron voulait sortir avec moi et ce n'était pas réciproque. Quand il s'en est pris à moi physiquement et qu'il m'a poussée sur la table d'examen, j'en ai eu assez. J'avais besoin d'un nouveau départ. Ça m'a pris beaucoup trop de temps de trouver un emploi ici, mais maintenant que je l'ai, je suis heureuse.

— Je suis désolée, ça a dû être difficile. Mais pourquoi ici ? Je veux dire, tu es douée dans ton travail. J'imagine que n'importe quelle clinique vétérinaire du Missouri t'aurait engagée. Est-ce que ton patron était tellement horrible qu'il t'a empêchée de trouver du travail ailleurs ? Et tu as deux frères qui vivent encore dans le Missouri ; ils ne pouvaient pas t'aider ?

Devyn resta silencieuse un long moment.

— Disons juste que le timing était plutôt bon, en réalité. Ça m'a donné l'excuse parfaite pour quitter la ville et prendre un nouveau départ.

Riley n'aimait pas ce que cela impliquait. Pas du tout.

— Mais, qu'est-ce que ça veut dire ? l'interrogea Kinley. Je me souviens aussi que tu ne voulais pas parler à ta mère le jour où Grover lui a téléphoné.

— Écoutez, je vous apprécie, mais je n'aime vraiment pas parler autant de moi. Je vais bien. Tout va bien, assura Devyn d'un air un peu désespéré.

Riley voyait que tout n'allait pas bien, mais elle ne la connaissait pas suffisamment pour considérer qu'elle pouvait insister.

Apparemment, Gillian n'hésitait pas.

— Je comprends que tu penses que tu n'as pas eu beaucoup de chance avec les hommes dans le passé. Et je sais que tu étouffais en grandissant, que tu as raté beaucoup de choses à cause de la leucémie. Mais tu peux nous faire confiance. Et aux hommes aussi. En particulier à Lucky. Il ferait n'importe quoi pour toi.

— C'est ça qui me fait peur, marmonna Devyn.

— *Beaucoup* de gens feraient à peu près n'importe quoi pour te protéger. Tes frères, Lucky, les mecs de l'équipe, nous... Tu n'as qu'à t'ouvrir à nous, insista Gillian.

— Parfois, les gens qui sont censés te protéger sont ceux qui te font le plus de mal, argumenta calmement Devyn.

Riley savait ce que cela signifiait. Elle l'avait vécu elle-même avec ses propres parents.

De toute évidence, ce qu'elles avaient entendu ne plut pas aux autres femmes et Kinley ouvrit la bouche pour dire quelque chose, mais Devyn redressa les épaules et indiqua clairement qu'elle changeait de sujet et qu'elle ne voulait plus parler d'elle en demandant fermement à Aspen :

— Est-ce que Brain se souvient des langues qu'il pensait avoir oubliées quand ton ex l'a frappé à la tête ?

Aspen hésita, comme si elle voulait vraiment reparler du commentaire troublant de Devyn, mais ensuite, elle adressa un petit sourire à son amie et accepta le changement de sujet.

— Il va très bien, en réalité. Quand il a vraiment commencé à se souvenir, tout a semblé lui revenir en même temps.

Riley avait entendu parler de l'amnésie temporaire de Brain en ce qui concernait toutes les langues qu'il connaissait, toutefois elle avait ignoré que l'ex d'Aspen lui avait fait du mal. Porter ne lui avait pas raconté cette partie de l'histoire... Probablement parce qu'il ne voulait pas qu'elle ait peur de Miles.

— Qu'est-il arrivé à ton ex ? demanda-t-elle.

Aspen soupira.

— Il est mort le soir où il a essayé de tuer Kane. Il a été électrocuté.

— Et le salop a eu un enterrement de héros, marmonna Gillian.

— Sérieusement ? s'étonna Riley.

— Ouais. C'était ma parole contre celle d'un homme mort, expliqua Aspen. Un homme mort qui avait été décoré plusieurs fois par l'armée et qui n'avait jamais été réprimandé pour quoi que ce soit au cours de sa carrière.

— Ça craint vraiment, soupira Riley. Je pourrais écrire une lettre à quelqu'un pour leur dire qu'il n'était pas aussi génial qu'il en avait l'air, si tu penses que ça pourrait aider.

Les quatre femmes la dévisagèrent, les yeux écarquillés.

— Je veux dire... si tu veux, bégaya Riley.

— Merci, lui répondit Aspen. Mais ça ira. Je ne peux pas dire que je suis ravie de la manière dont les choses se sont déroulées, mais Kane va bien et nous sommes heureux. Ça me suffit.

Riley l'admirait. Elle n'était pas sûre qu'elle serait aussi digne à sa place. Comme on pouvait s'y attendre, penser à ce qui était arrivé à Aspen et à la manière dont son ex avait blessé Brain lui rappela Miles et le fait qu'il n'avait pas cessé de lui écrire et de l'appeler. Il devenait de plus en plus difficile d'ignorer ses messages. Dans le dernier, il se plaignait en disant qu'elle avait un de ses jeux vidéo. Elle avait regardé dans ses CD et ses DVD et elle n'avait pas trouvé son jeu stupide. Mais Miles n'avait pas arrêté de la harceler à ce sujet.

Cependant, elle n'y avait pas pensé plus tôt... Et s'il la voyait avec Porter ? Ou Logan ? Et s'il décidait de s'en prendre à eux ? Elle frémit. Elle ne voulait même pas imaginer que quelqu'un d'autre soit blessé à cause de ses mauvais choix.

Or elle n'avait pas le temps de s'appesantir là-dessus ; Aspen reprit la parole.

— De plus, Kane et moi avons mieux à faire que de penser à mon salop d'ex...

Tout le monde se pencha en avant en voyant qu'elle ne continuait pas immédiatement.

— Ah oui ? Comme quoi ? demanda Kinley impatiemment.

Aspen afficha un grand sourire quand elle annonça :

— Je suis enceinte.

Le silence fut complet pendant un instant tandis qu'elles intégraient ses mots. Puis, tout le monde bondit et entoura Aspen.

— Oh, mon Dieu ! Félicitations ! s'extasia Gillian.

— C'est tellement génial ! lui dit Kinley.

— Je préfère que ça arrive à toi qu'à moi, commenta Devyn en riant.

— Félicitations, ajouta Riley en souriant en serrant légèrement l'autre femme dans ses bras.

Quand elles furent toutes à nouveau installées sur leurs sièges, Gillian l'interrogea :

— Est-ce que vous essayiez d'avoir un bébé ? Je veux dire, ne le prends pas mal, mais vous n'êtes même pas encore mariés.

— Ouais, nous avons envisagé de nous marier plusieurs fois, même s'il ne m'a pas encore officiellement fait sa demande. Nous avons parlé d'avoir des enfants et nous sommes tombés d'accord pour dire que nous en voulions tous les deux. J'ai eu des règles bizarres toute ma vie et mon gynécologue m'a dit une fois que je pourrais avoir plus de mal à tomber enceinte. Nous avons décidé d'arrêter les contraceptifs et de prendre les choses au jour le jour. Je vous jure, Kane a de super spermatozoïdes ou quelque chose comme ça, parce que je suis presque sûre d'être tombée enceinte presque immédiatement.

— C'est génial. Comment ça va se passer avec ton travail ? la questionna Devyn. Tu viens de commencer ce nouvel emploi de secouriste avec le service ambulancier par ici, non ?

Aspen plissa le nez.

— Oui. Et je me sens terriblement mal. Je veux dire, ça doit être le cauchemar de n'importe quel manager : ils engagent quelqu'un et cette personne tombe enceinte. Mais je suis déterminée à travailler aussi longtemps que possible, et tant que c'est sûr pour moi et pour le bébé. J'adore ce que je fais et je recommencerai quand le bébé sera né. Mais j'ai quand même l'impression d'être escroquée.

— Pourquoi ? demanda Kinley.

— Je ne peux pas coucher après avoir dit « Dépêche-toi de rentrer, j'ovule », expliqua Aspen en souriant.

Tout le monde rit. Quand elles se reprirent, Gillian demanda :

— Alors... Quand aura lieu le mariage ?

Aspen haussa les épaules.

— Je ne sais pas. Kane a dit que même si nous ne faisions pas les choses de manière conventionnelle, il ne voulait pas me priver de toute la demande en mariage. Un petit mariage me conviendrait parfaitement. Mes parents et les siens voudront être là, mais je ne veux pas dépenser de l'argent pour une robe, une grande réception et tout ça. Est-ce que vous serez déçues si nous n'organisons pas de réception ?

Riley vit clairement qu'Aspen était inquiète à ce sujet, pourtant tout le monde la rassura immédiatement.

— Bien sûr que non. Vous devez faire ce qu'il faut pour vous, lui répondit Devyn.

— Nous pouvons vous voir tous les jours, nous pouvons célébrer l'événement comme vous le voulez, la rassura Gillian.

— Je ne crois pas que vous ayez besoin de quoi que ce soit pour la maison ou un autre cadeau pour commencer votre vie, alors nous allons juste vous acheter des affaires pour le bébé, ajouta Kinley.

— Je crois que vous devriez faire ce qui est mieux pour Brain et toi, ajouta Riley. Si vous essayez de faire plaisir à tout le monde, ce sera juste plus stressant, et ce n'est pas bon pour le bébé.

— C'est bien vrai, confirma Aspen en souriant.

Puis, elle se tourna vers Kinley.

— Quand allez-vous vous marier, Lefty et toi ?

— Dès que nous pourrons organiser un voyage à San Francisco. Il est déjà agacé par le fait que ça prenne autant de temps. Je crois qu'il est prêt pour que nous nous enfuyions à Las Vegas pour nous marier là-bas, expliqua Kinley en souriant.

— Eh bien, honnêtement, ce n'est pas une mauvaise idée, soupira Gillian. Avec leur travail, je sais qu'ils sentent tous une certaine pression pour se marier au plus vite. Ils veulent que nous soyons protégées.

— Je sais. Mais je crois que nous verrons ce qu'il se passe si nous ne pouvons pas aller à San Francisco le mois prochain ou quelque chose comme ça. Nous voulons juste nous marier. Est-ce que c'est mal que je veuille en finir avec ça pour que nous puissions aller de l'avant ? demanda Kinley.

— Je ne pense pas. Quand tu trouves la personne avec laquelle tu veux passer le reste de ta vie, tu veux que cette vie commence dès que possible. En tout cas, c'était comme ça pour moi, argumenta Gillian en souriant.

— Je suis complètement d'accord, approuva Aspen. Et maintenant que je suis enceinte, je suppose que ma demande en mariage aura lieu d'ici peu, et il ira de l'avant en organisant une cérémonie rapide.

Riley était assez détendue pour se permettre de demander :

— Parce ce qu'ils sont dans l'armée ?

Quatre paires d'yeux se tournèrent vers elle et elle eut l'impression d'avoir dit quelque chose de mal vu la manière dont elles l'examinaient.

— Tu ne sais pas ce qu'ils font ? l'interrogea Gillian.

Craignant d'avoir vraiment foiré cette fois, Riley déglutit difficilement.

— Euh... Ils sont dans l'armée. Mais je ne connais pas leurs emplois exacts. Je crois que tout le monde a une... euh... spécialité de groupes professionnels militaires ; c'est comme ça que ça s'appelle ?

— Oui, c'est ça, confirma Aspen. Par exemple, j'étais une Soixante-huit Mike.

Elle regarda les autres.

— Est-ce qu'on lui dit ? Je ne sais pas quel est le protocole dans ce cas.

Riley se sentit malade. *Me dire quoi ?* Elle avait l'impression d'avoir dix ans de nouveau et d'être assise sur le banc de touche pendant que tout le monde mangeait son déjeuner avec leurs mères le jour de la Fête des Mères à l'école. Toujours mise à l'écart.

Gillian se pencha en avant et posa ses coudes sur ses genoux.

— Parle-nous d'Oz et toi, proposa-t-elle.

Avec l'impression d'être sur la sellette sans comprendre pourquoi, Riley était extrêmement mal à l'aise.

— C'est mon voisin. Je l'aide avec Logan jusqu'à ce qu'il rentre à la maison du travail pendant la semaine.

Gillian agita impatiemment la main.

— D'accord, mais est-ce que vous sortez ensemble ? Je veux dire, Oz n'a jamais ramené de femme à nos petites réunions.

Riley ne savait pas où elle en était avec les autres femmes, mais soudain, elle fut un peu irritée.

— Je ne sais pas ce que vous voulez savoir. Est-ce que Porter me plaît ? Oui. Je crois que je lui plais aussi. Et en ce qui concerne le fait de sortir ensemble... Ça dépend de votre définition. Nous avons dîné ensemble tous les soirs depuis que Logan est venu vivre avec lui. Il m'a embrassée hier soir et il a dit qu'il voulait m'inviter à sortir. Nous ne nous connaissons pas encore très bien... La preuve, j'ignore des choses sur son travail et vous le gardez secret.

— Je suis désolée si nous sommes si mystérieuses, intervint Aspen. Mais ils ne parlent pas beaucoup de leur travail. Si quelqu'un dit quelque chose à la mauvaise personne, ça peut vraiment être une question de vie ou de mort.

Riley resta bouche bée.

— Dans ce cas, vous ne devriez pas me le dire. Je ne suis vraiment pas plus que la voisine de Porter. Si ce qu'il fait est super secret, alors je ne veux pas le savoir. Du moins, pas pour le moment. Et pas de vous. La dernière chose que je veux, c'est le mettre en danger.

— J'en suis reconnaissant, Riley, déclara une voix grave à sa droite.

Riley se retourna et vit Porter debout à côté du porche. Elle ignorait depuis combien de temps il était là, mais de toute évidence, il avait entendu au moins une partie de leur conversation.

Il se tourna vers les autres femmes.

— Et je vous remercie de suivre le protocole de sécurité opérationnelle. Je vais prendre le relais.

Il tendit la main vers Riley.

— Et si nous faisions cette balade en quad que je t'ai promise ?

Le regard de Riley passa de sa main à la grange. À sa grande surprise, elle était presque entièrement démolie. Elle avait été tellement concentrée sur la conversation avec les autres femmes qu'elle ne l'avait pas remarqué. Porter avait remis son T-shirt, mais ses tempes luisaient de sueur. Elle n'avait jamais vraiment aimé les activités en plein air, mais voir le résultat du travail de Porter l'excita plus encore que quand elle l'avait regardé torse nu.

— Est-ce que vous avez besoin de quelque chose avant que je parte ? demanda-t-elle aux autres ?

Elles lui sourirent.

— Ça va, répliqua Kinley. Vas-y.

Riley regarda Aspen.

— Est-ce qu'il sait que... Tu sais ?

L'autre femme lui adressa un clin d'œil.

— Probablement pas, étant donné qu'il n'a rien dit. Mais n'hésite pas à le lui dire. Kane et moi annoncerons la nouvelle aux autres pendant votre absence.

— Est-ce que je sais quoi ? l'interrogea Porter, l'air inquiet. Est-ce que tu vas bien ? demanda-t-il à Aspen.

— Je vais bien. Maintenant, vous avez tous les deux quelque chose à dire à l'autre. Si j'étais vous, je partirais tant que je le peux, les taquina-t-elle. Je suppose que vous n'avez pas beaucoup de temps pour vous maintenant que Logan est là. Pendant que nos hommes l'occupent, tu as l'occasion parfaite de passer un peu de temps seul à seule avec Riley.

— Si tu es sûre que ça va, dit-il.

— Je suis sûre. Allez-y, ordonna Aspen.

Porter contourna les escaliers et tendit à nouveau la main.

Riley se leva immédiatement et se dirigea vers lui. Elle s'arrêta en haut des escaliers et observa les femmes.

— Vous serez encore là quand nous reviendrons ? Je ne veux pas que vous partiez sans avoir l'occasion de vous dire au revoir.

— Nous serons là, lui confirma Gillian. Promis.

Riley hocha la tête et descendit quelques marches avant de pouvoir prendre la main de Porter. Ses doigts chauds s'enroulèrent autour des siens et même si elle était encore nerveuse à cause de ce dont les femmes avaient parlé et de ce qu'il pourrait lui dire, elle lui faisait confiance.

Tandis qu'ils se dirigeaient vers le quad situé à côté de la maison, Riley le questionna :

— Comment va Logan ?

— Très bien. Passer du temps avec mes amis lui a fait du bien, je crois. Il a l'air plus détendu que jamais depuis qu'il a emménagé avec moi.

— Bien, dit Riley en poussant un soupir de soulagement.

Si quelqu'un avait besoin de ça, c'était bien Logan. Elle espérait qu'il verrait que son oncle était un véritable ami pour les autres hommes, ce qui pourrait permettre à Logan d'être plus à l'aise avec sa nouvelle situation.

Porter s'arrêta à côté de la machine. Elle n'avait pas semblé si grande quand Riley avait été assise sur le porche, mais maintenant qu'elle était à côté, elle semblait énorme.

— Ça ira, déclara Porter comme s'il pouvait lire dans ses pensées.

Il prit un casque et l'attacha sur la tête de Riley. Riley ne put s'empêcher de sentir des fourmillements quand il la toucha. Elle adorait être aussi proche de lui. Puis, il mit son propre casque et passa sa jambe par-dessus le siège.

— Viens, Riley. Monte derrière moi et accroche-toi.

Elle ne savait pas vraiment comment monter et elle espérait que personne ne regardait son essai maladroit pour s'installer sur la machine. Elle entendit Porter rire, mais elle l'ignora. Quand elle fut enfin assise derrière lui, elle se sentit soudain timide. Elle posa délicatement ses mains de chaque côté du corps de Porter.

— Je t'ai dit de t'accrocher, lui rappela Porter en prenant ses mains et en les enroulant autour de son ventre.

Riley avança sur le siège pour être plus à l'aise. Elle était à présent collée contre le dos de Porter et elle posa ses paumes contre son ventre.

— Je ne vais pas me casser, assura-t-il. Et la dernière chose que je veux, c'est que tu tombes en arrière. Alors, accroche-toi, chérie.

Tomber en arrière ?

Riley s'agrippa plus fort à Porter et ignora un autre rire.

Il démarra le quad et le moteur bruyant indiqua clairement qu'ils ne parleraient pas pendant le trajet.

— Accroche-toi ! lui rappela Porter une fois de plus par-dessus son épaule.

Puis, il appuya sur l'accélérateur et l'engin bougea brusquement.

Riley ferma les yeux tandis qu'ils s'élançaient en avant.

CHAPITRE HUIT

Oz adorait sentir les mains de Riley autour de sa taille. Il savait qu'elle avait été terrifiée quand ils avaient pris la route, mais plus il conduisait sur le chemin autour de la propriété de Grover, plus elle se détendait. Il la sentit poser sa joue sur son dos et il lui serra la main.

Grover lui avait parlé d'un endroit à quelques kilomètres qui serait parfait pour discuter. Il y avait une petite crique à proximité et même si quelques autres quads pouvaient passer, ils auraient toute l'intimité dont ils avaient besoin.

Il n'était pas vraiment surpris par le fait que les autres hommes et lui faisaient partie de la Delta Force ait été mentionnée, mais il était ravi que les autres femmes soient prudentes quand elles en parlaient. Cependant, il voulait que Riley le sache. Pas seulement parce qu'elle veillait sur son neveu, mais parce qu'elle prenait rapidement de l'importance dans sa vie.

Oz aurait été bien plus effrayé par la vitesse à laquelle il tombait amoureux d'elle sans ses coéquipiers. Il avait vu la rapidité à laquelle ils s'étaient liés à leurs femmes et leurs relations étaient encore solides. Trigger était marié et il savait que Brain allait demander Aspen en mariage sous peu. Il avait parlé avec eux de la manière dont il le ferait et ils avaient tous apporté leurs suggestions. Lefty voulait aussi emmener Kinley à San Francisco, où ses parents vivaient, pour pouvoir officiellement l'épouser aussi.

Par conséquent, les sentiments d'Oz pour sa jolie voisine ne semblaient pas déplacés quand il pensait aux circonstances qui avaient permis à ses amis de rencontrer leurs femmes.

Riley s'appuya contre lui dans le tournant et il ne put s'empêcher d'être fier de la rapidité à laquelle elle apprenait les nuances subtiles du quad. Ce n'était pas vraiment comme faire de la moto, mais il aimait qu'elle soit en harmonie avec ses mouvements.

Il resta à l'affût de l'endroit dont Grover lui avait parlé et fut soulagé quand il le reconnut immédiatement. Il dirigea le quad sur le côté du chemin pour qu'il ne coupe pas la route à qui que ce soit d'autre, puis il éteignit le moteur.

Il se retourna et sourit à Riley.

— Alors ? demanda-t-il. Tu aimes faire du quad ?

— J'adore ! Du moins, quand tu conduis. Je ne crois pas que je serais à l'aise si je prenais le guidon.

— Tu t'en sortirais, la rassura-t-il. Descends et je vais te montrer pourquoi nous nous sommes arrêtés ici.

Oz attendit que Riley ait passé sa jambe par-dessus l'arrière de la machine et il se leva avant de descendre lui-même. Riley fit un pas et chancela.

— Doucement, l'avertit Oz en passant un bras autour de sa taille.

— J'ai l'impression que mes jambes sont en compote, s'exclama-t-elle.

— Vas-y doucement, tu vas retrouver tes jambes de terre, déclara-t-il.

— Mes jambes de terre ? demanda-t-elle en riant.

Oz défit son casque d'une main, ne voulant pas la lâcher une seule seconde. Il le posa sur le siège et prit celui de

Riley. Sans détourner le regard d'elle, Oz plaça le casque à côté du sien. Puis, il prit son visage entre ses mains. Son pouce effleura le léger bleu qu'elle avait sur la joue. La glace qu'elle avait utilisée la veille avait bien aidé à réduire la gravité des vaisseaux sanguins éclatés.

— Est-ce que ça te fait mal ? demanda-t-il.

Riley secoua la tête.

— Non. Et j'ai utilisé du fond de teint pour cacher le léger œil au beurre noir que j'avais ce matin. En réalité, c'était plutôt un cerne sombre sous mon œil qu'autre chose.

Oz se délecta d'elle. S'il n'avait pas su ce qu'il s'était passé la veille, il aurait juste pensé qu'elle ne dormait pas suffisamment ou quelque chose de la sorte.

Puis, il fit ce à quoi il avait pensé toute la journée. Il souleva son menton d'un doigt et baissa la tête.

Riley se mit sur la pointe des pieds pour le retrouver à mi-chemin. Elle serra son corps contre le sien, l'utilisant comme soutien. Il avait beau avoir envie de la dévorer, Oz fit de son mieux pour maintenir leur baiser léger et simple. Il la mordilla et passa sa langue sur sa lèvre inférieure pulpeuse. Il adorait qu'elle s'ouvre immédiatement à lui. Elle mit sa détermination à l'essai en tirant la langue et en léchant les lèvres d'Oz. Mais il recula, maintenant ses bras autour d'elle, et sourit.

Elle fit la moue.

— Tu appelles ça un baiser ? demanda-t-elle.

Il rit.

— Pour le moment, oui. Je veux te montrer quelque chose et nous devons parler. Si je t'embrasse comme nous en avons tous les deux envie, nous ne ferons ni l'un ni l'autre. Et ce quad ressemblerait de plus en plus à un bon endroit pour te prendre.

Riley rougit, mais elle regarda le quad à côté d'elle avec intérêt.

— Bon sang, aie un peu pitié de moi, la supplia Oz en

l'embrassant sur le front. Viens, Grover a dit que ce n'était pas loin d'ici.

Le petit sourire qui s'échappa de ses lèvres le fit sourire. Elle semblait avoir autant envie de lui qu'il avait envie d'elle. Il les guida entre les arbres, écartant les branches du chemin de Riley. Il entendit le ruisseau avant de le voir.

Riley inhala avec plaisir dès qu'elle vit leur destination. Quelqu'un avait installé un banc sous l'ombre des arbres. À ce moment-là, il n'y avait pas plus qu'un fin filet d'eau, car il n'avait pas beaucoup plu au Texas, cependant Oz ne pouvait pas nier que l'endroit était beau. Des oiseaux chantaient au-dessus d'eux et les arbres donnaient beaucoup d'ombre.

Il guida Riley vers le banc et, après l'avoir testé pour s'assurer qu'il pourrait soutenir leur poids, il la fit asseoir. Il s'assit à côté d'elle et garda sa main dans la sienne.

— C'est tellement beau, commenta Riley en regardant autour d'elle avec émerveillement. Tu peux peut-être convaincre Brain d'amener Aspen ici pour sa demande en mariage.

— Bonne idée, confirma Oz.

Riley rougit.

— Enfin, s'il en a envie. Je ne veux pas présumer quoi que ce soit.

— Tu ne présumes rien. Brain veut mettre la bague au doigt d'Aspen plus que tout au monde, mais il ne veut pas la précipiter non plus.

— Euh... Tu te souviens quand j'ai demandé à Aspen si tu savais une certaine chose ? demanda Riley.

— Ouais. Elle a dit qu'elle allait bien, mais est-ce que c'est vrai ?

— Elle est enceinte, lâcha Riley.

Oz la fixa du regard une seconde avant d'afficher un grand sourire.

— Sans déconner ?

Elle lui rendit son sourire.

— Sans déconner. Je ne crois vraiment pas qu'il la précipiterait s'il lui demandait de l'épouser.

— C'est génial. Je ne savais même pas qu'ils essayaient d'avoir un enfant.

— Je n'ai pas eu l'impression que ce soit le cas. Pas vraiment. Je suppose qu'ils ont eu une conversation sur le fait d'avoir des enfants et qu'ils en voulaient tous les deux. Et ils sont tombés d'accord pour laisser la nature suivre son cours. Enfin, d'après Aspen... Apparemment, les spermatozoïdes de Brain sont aussi intelligents que lui.

— Il aura encore plus hâte de l'épouser, alors, souligna Oz.

Il n'était pas déçu que Brain ne l'ait pas encore annoncé aux autres et à lui. Il supposait que si Aspen l'avait dit aux filles, Brain était sans doute en train de le dire aux hommes. Oz ne put s'empêcher d'être ravi que Riley soit incluse dans la grande annonce d'Aspen.

— Le mariage n'est pas nécessaire pour qu'un bébé naisse, le taquina Riley.

— Non, mais on en revient à ce dont les filles parlaient avant que nous ne partions, dit Oz.

Riley fronça les sourcils sous l'effet de l'inquiétude. Il décida de ne pas tourner autour du pot.

— Je suis presque certain que Logan t'a dit que je faisais partie des forces spéciales. Nous faisons partie de la Delta Force, Ri. On nous envoie pour des missions spécialisées plus courtes quand nous sommes déployés. Généralement, elles sont plutôt dangereuses, et je sais que Brain va vouloir s'assurer qu'Aspen et son enfant sont pris en charge, juste au cas où. Il l'a échappé belle et il sait ce qui est en jeu.

Il essaya de lire dans les pensées de Riley, mais l'expression de son visage était neutre.

— C'est tout ?

— Quoi donc ? demanda Oz.

— C'est de ça qu'elles parlaient ? Que vous faites partie des forces spéciales ?

— Je suppose, oui.

— Je le savais déjà, admit Riley. Logan l'a laissé échapper quand il m'a montré sa chambre, dit Riley.

— Les forces spéciales, c'est une chose, mais la Delta est un peu différente. C'est plus intense et plus dangereux que, disons, les rangers.

— Plus dangereux ? répéta Riley en fronçant les sourcils.

— Ouais, mais nous sommes doués dans notre travail. *Très* doués.

Oz observa Riley tandis qu'elle intégrait ce qu'il disait.

— Je suppose que je ne réalisais pas vraiment que, plus tôt, les autres parlaient du fait que vous faites partie des forces spéciales... enfin... de la Delta Force, expliqua Riley. Je veux dire, il est évident que vous êtes proches. Et honnêtement, même si je ne suis pas ravie que vous partiez pour des missions dangereuses, je pense que tu as les meilleures personnes pour te couvrir.

La conversation se déroulait bien mieux qu'Oz n'aurait pu l'imaginer. Il n'avait pas su comment elle allait réagir, mais il avait entendu des autres Deltas dire que leurs petites amies n'avaient pas pris la nouvelle sur leur travail aussi bien. Certaines d'entre elles avaient été hystériques, pensant que leurs hommes allaient mourir chaque fois qu'ils partaient en mission. Il aurait dû savoir que Riley ne réagirait pas mal.

— Je leur confierais ma vie, et c'est réciproque. Nous sommes aussi prudents que possible, mais ça ne veut pas dire qu'il n'y a pas de risque. Et je ne serais pas surpris si Brain et Aspen se mariaient avant que nous partions pour notre prochaine mission.

— Ce sera bientôt ? demanda Riley.

— C'est possible. Je ne pourrai pas te dire où nous allons ni pour combien de temps. Mais il se passe des choses et il se pourrait que nous devions intervenir et prêter assistance.

Riley le fixa du regard un long moment. Puis, elle hocha la tête.

— D'accord.

— D'accord ?

— Eh bien, ce n'est pas *génial*, mais rien de ce que je dirai ne pourra changer ce que tu fais et je ne voudrais pas que ce soit le cas. De toute évidence, tu aimes ton travail et tu es doué pour ça. Où ira Logan quand tu ne seras pas là ? demanda-t-elle.

— Merci, murmura doucement Oz, approchant la main de Riley de ses lèvres pour y déposer un baiser. Tu n'imagines pas à quel point ton soutien compte pour moi. Et j'ai établi un plan de garde familiale pour Logan. Gillian a proposé de le garder jusqu'à notre retour.

Oz ne savait pas pourquoi il se sentait soudain coupable à ce sujet. Il voulait expliquer qu'il avait pris ces dispositions avant de la connaître, mais il n'en fit rien. La dernière chose qu'il voulait, c'était inscrire une petite amie dans son plan de garde familiale, puis rompre avec elle. Non pas qu'il ait l'intention de rompre avec Riley, toutefois il avait l'impression que leur relation était trop fraîche pour quelque chose d'aussi conséquent que prendre soin de son enfant pendant son absence.

— Je crois que c'est un très bon choix, confirma Riley.

Oz ne sentit ni rancœur ni jalousie dans sa voix.

— Tu as de très bons amis, Porter.

— Je sais, dit-il. Et ce sont tes amis aussi maintenant, lui assura-t-il.

— C'est vrai, hein ? demanda-t-elle avec un petit sourire.

Ils restèrent silencieux un moment, écoutant simplement les oiseaux chanter et l'eau clapoter sur les roches dans le ruisseau.

— Porter ? demanda Riley au bout d'une minute.

— Oui ?

— Merci de m'avoir amenée ici. Je veux dire, près de ce ruisseau, mais aussi chez Grover en général. Je ne sors pas beaucoup et ça a été un changement de rythme agréable.

— De rien. Si seulement j'avais pensé à apporter un pique-nique ou quelque chose comme ça. Ce n'est pas vraiment un rendez-vous pour l'instant.

Riley lui adressa un grand sourire.

— C'est le meilleur rendez-vous que j'ai eu depuis long-temps, admit-elle doucement. Tu m'as présenté tes amis. J'ai été incluse quand Aspen a annoncé aux autres qu'elle était enceinte. Tu as été honnête avec moi à propos de ce que tu fais. Et ne t'inquiète pas, je ne dirai rien à personne. Je ne connais personne à qui le dire, mais quand même. Et tu m'as permis de monter pour la première fois sur un quad. Je suis ravie que tu n'aies pas conduit comme un fou pour m'impressionner, ça m'aurait juste foutu une peur bleue. Tu as tellement partagé avec moi et je n'ai rien ni personne à partager avec toi. Je sais que les choses vont à sens unique entre nous, mais je suis reconnaissante quand même.

— Je ne veux pas de ta reconnaissance, lui répondit honnêtement Oz. Et rien n'est à sens unique. Tu ne comprends pas. Je suis complètement dépassé avec Logan. Je ne sais pas comment être un père, en particulier pour quelqu'un qui a perdu sa mère. Certes, Becky était ma sœur, mais je ne la connaissais même pas. Je veux dire, je sais qui elle était quand nous étions plus jeunes et je savais qui elle était quand j'ai arrêté de lui parler, mais je ne sais rien de Becky, la mère de Logan. Parfois, je pense que je ne *veux* pas savoir, que ça m'énerverait d'entendre comment Logan était traité, mais ensuite, parfois, je pense qu'elle s'était reprise en main et qu'elle était une bonne mère. Enfin, je m'embrouille, mais tu n'as pas à apporter quoi que ce soit dans notre relation à part toi-même. Le fait que tu restes avec Logan l'après-midi me permet de me détendre et de ne pas m'inquiéter pour lui. Et il n'y a rien de mieux que de t'entendre rire quand je rentre à la maison. Tu m'as aidé à créer un foyer dans mon appartement, Ri, et je ne sais pas comment te remercier pour ça. Alors, ne pense plus que nous ne sommes pas à égalité, d'accord ?

— J'essaierai, mais je ne peux pas m'empêcher de penser que n'importe qui aurait aidé comme je l'ai fait. Et passer du temps avec Logan n'est pas un problème, pas du tout. Il est merveilleux et même pendant la courte période où il a été avec toi, j'ai vu des changements en lui... Des changements positifs. Il est respectueux et il te regarde sans arrêt. Tu penses peut-être que tu ne sais pas ce que tu fais, mais ça n'a pas d'importance, car d'après moi, tu fais tout ce qu'il faut.

— Je veux quand même t'inviter à un vrai rendez-vous, lui annonça Oz.

— D'accord, mais moi, j'ai l'impression d'être à vrai rendez-vous, insista Riley.

— Alors, nous sortons officiellement ensemble, pas vrai ? demanda Oz.

Riley rougit et hocha la tête.

— Et notre relation est exclusive ?

— Je l'espère, dit Riley.

— Oui, rétorqua fermement Oz.

Elle sourit.

— Peut-être que nous devrions sceller ça d'un baiser ?

— Très bonne idée, approuva Oz en baissant la tête.

Oz ignorait combien de temps ils restèrent assis sur le banc à s'embrasser. Il dut faire appel à tout son contrôle de lui pour ne pas passer ses mains sous le T-shirt de Riley et le passer par-dessus sa tête. Il voulait toucher tout son corps. Voir ses tétons durs sans son T-shirt et sans son soutien-gorge. Mais il ne voulait pas non plus lui manquer de respect en la prenant sur ce banc dur. Il voulait que leur première fois ait lieu dans son lit. Il voulait prendre son temps et lui montrer à quel point elle lui plaisait.

Le son de quads passant sur le chemin interrompit leur paisible solitude.

Riley s'écarta de lui ; ses yeux étaient vitreux. Ses lèvres étaient gonflées à cause de leurs baisers et Oz dut faire appel à toute sa détermination pour ne pas baisser à nouveau la tête vers elle.

Elle se lécha les lèvres et rougit quand elle leva les yeux vers lui.

— Bon sang, tu es tellement belle, s'émerveilla Oz en passant le dos de ses doigts sur la joue rose de Riley.

— Et tu es irrésistible, lui annonça Riley.

Il désigna ses jambes de la tête.

— C'est réciproque. Je ne sais pas si j'ai déjà été aussi dur juste parce que j'embrasse quelqu'un.

Son érection s'appuyait contre la braguette de son pantalon de treillis et il était mal à l'aise. Oz était un peu gêné de faire remarquer son désir, mais il voulait aussi s'assurer que Riley sache ce qu'elle provoquait chez lui. Elle s'enflamma dans ses bras et il savait qu'ensemble, ils feraient brûler les draps quand ils en arriveraient là.

— Je n'ai jamais eu envie de quelqu'un comme ça, admit-elle. D'habitude, je suis un peu partagée à l'idée de coucher. C'est pourquoi Miles et moi n'avons essayé qu'une fois.

— Ça ne fait pas de toi une personne frigide, comme il t'en a accusé, mais une personne intelligente. Et je suppose que ça signifie que tu n'as pas eu de bonnes relations sexuelles dans le passé. Je veux que tu saches, même si ça donne l'impression que je suis un macho exubérant et arrogant, que j'ai *hâte* de te montrer ce que tu rates. Je vais faire de mon mieux pour dépasser toutes tes autres relations.

— Je ne crois pas que ce sera dur, lui confia Riley.

— Oh, c'est bien dur, lâcha Oz.

Il grimaça dès qu'il prononça ces mots.

Mais heureusement, Riley rit.

— Je l'ai cherché, pas vrai ?

— Ce que je veux dire, c'est que ce que je ressens avec toi ne ressemble à rien de ce que j'ai ressenti auparavant. Je te respecte, j'ai hâte d'être assis en face de toi pour le dîner et de parler de ta journée. J'aime passer du temps avec toi en dehors de la chambre et ça ne m'est pas arrivé depuis long-temps. J'adore t'embrasser et je serais ravi de continuer à le faire jusqu'à ce que tu sois à l'aise pour aller plus loin.

— Je n'ai jamais rencontré un homme comme toi, admit Riley.

— Bien, répondit immédiatement Oz. Parce que je n'ai jamais rencontré une femme comme toi non plus.

Le bruit des autres véhicules s'estompa.

— J'ai beau vouloir rester assis ici et t'embrasser plus longtemps, nous devrions probablement rentrer. Pour nous assurer que Logan va bien, reprit Oz.

Riley hocha la tête.

— Tu crois qu'Aspen et Brain ont annoncé la nouvelle aux autres ?

— Probablement. Normalement, ils auraient attendu que je sois là, mais je suis sûr qu'Aspen savait que tu me le dirais.

— Je ne sais toujours pas comment elles peuvent être aussi accueillantes. D'après ce qu'elles savent, nous sommes juste amis.

— Elles savent que non, rétorqua Oz en se levant.

Il lui prit la main tandis qu'ils se dirigeaient vers le quad.

— Comment ? demanda Riley en inclinant adorable-ment la tête sur le côté.

— Parce que je n'ai jamais amené « d'amie » à une de nos petites réunions. Je n'ai jamais voulu qu'une femme avec laquelle je n'avais rien de sérieux se fasse des idées.

Il sentit Riley trébucher légèrement à ses mots et Oz

profita de l'occasion pour enrouler son bras autour de sa taille et pour l'attirer contre son flanc.

— Et tu es sérieux avec moi ? l'interrogea Riley.

Il était impressionné par le fait qu'elle ait le courage de poser la question.

— Absolument. Je suis sérieux à cent pour cent, confirma-t-il.

Puis, sans hésiter une seule seconde, il se pencha et l'embrassa sur la bouche. Le baiser fut rapide et taquin, mais pas moins puissant que les longs et lents baisers qu'ils avaient échangés plus tôt.

— Eh bien. Je suppose que c'est une bonne chose que je ressente la même chose. Autrement, ça aurait été extrêmement gênant.

Oz éclata de rire.

— Ouais, ça l'aurait été, hein ?

Elle lui sourit et Oz déglutit difficilement. Elle était tellement belle. La lumière du soleil jouait à cache-cache dans les arbres et quand un rayon se posa sur les cheveux bruns de Riley, ils étincelèrent. Ses yeux couleur noisette semblaient plus bleus dans la lumière du soleil et verts à l'ombre. Oz savait qu'il ne se lasserait jamais d'apprendre de nouvelles choses sur elle. Elle l'obligerait à rester sur le qui-vive et il adorait cela.

Il l'aida à remettre son casque, lui donnant un autre baiser au passage. Puis, il monta sur le quad et mit son propre casque. Cette fois, quand elle enroula ses bras autour de lui, elle n'hésita pas à se coller à son dos. Elle posa ses mains à plat sur son ventre de nouveau et ses doigts jouèrent avec le bord de son T-shirt.

Il s'appuya contre sa main et prit une profonde inspiration. Avant de démarrer le moteur, Oz se retourna pour la regarder.

— Attention, Ri. Tu joues avec le feu.

— C'est plutôt bon d'être une vilaine fille, le taquina-t-elle. Est-ce que tu es en train de dire que tu n'aimes pas ça ?

Il aimait ça. Il adorait sentir ses doigts l'explorer. Il aurait voulu qu'elle les passe sous son T-shirt et contre sa peau nue. Bon sang, il savait déjà qu'il aurait des fantasmes où elle prenait son sexe dans sa main et où elle le masturbait pendant qu'il conduisait. Bien entendu, ce n'était ni intelligent, ni sûr, ni très intime sur ce chemin public, mais rien de tout cela ne semblait avoir d'importance pour le sexe très impatient d'Oz.

— Tu sais que j'adore sentir tes mains sur moi, mais je demande grâce. La dernière chose que je veux, c'est retourner chez Grover avec une érection, lui répondit Oz avec honnêteté.

Il la sentit pousser un soupir de frustration.

— Tu as raison. Et je suis trop poule mouillée pour faire quoi que ce soit ici. Je suis plutôt du genre à faire l'amour à huis clos.

— Je ne ferais jamais rien qui te mette mal à l'aise, lui assura Oz. Je parle beaucoup, mais je n'ai jamais été un exhibitionniste.

Il lui prit la main, embrassa sa paume, puis la plaça à nouveau sur son estomac, quelques centimètres plus haut qu'avant.

Comprenant le message, elle remonta son autre main et croisa les doigts.

— Allez, on rentre !

— Oui, m'dame, répondit-il en souriant avant de démarrer le moteur.

Le trajet de retour jusqu'à la maison de Grover sembla encore plus intime qu'à l'aller. Riley le tenait plus fort et il conduisait un peu plus lentement, souhaitant prolonger le temps qu'ils avaient ensemble. Il adorait son neveu, néanmoins il prit note mentalement de faire ce qu'il pouvait pour trouver le temps d'emmener Riley à un rendez-vous dès que possible. Il savait que ses amis pourraient garder Logan pour leur laisser ce temps seul à seule.

Il souriait encore quand ils se garèrent dans le jardin de Grover, pensant qu'il adorerait avoir Riley rien que pour lui sous peu. Tous les hommes étaient sur le porche avec les femmes à présent et tout le monde souriait et riait. Il avait eu raison : Aspen et Brain avaient probablement annoncé leur grande nouvelle. Oz savait qu'ils ne tarderaient pas à se marier. Si *sa* femme était enceinte, Oz n'attendrait pas une seconde de plus que nécessaire pour lui passer la bague au doigt. Dans l'armée, le mariage donnait beaucoup plus de protection et de stabilité au conjoint.

— Viens, invita-t-il à Riley après avoir garé le quad et avoir posé leurs casques sur le siège. Allons fêter ça avec nos amis.

Le grand sourire sur le visage de Riley lui révéla tout ce qu'il avait à savoir. Riley voulait être intégrée, elle voulait faire partie du groupe. Ce qu'elle ignorait, c'était que c'était déjà le cas, rien qu'en étant elle-même. Il vit la bouche de Gillian articuler « Tu le sais maintenant ? » à l'intention de Riley. Il ne put s'empêcher de rire en voyant que la femme de son ami était peu discrète en lui demandant si Oz lui avait dit qu'il faisait partie de la Delta Force.

Et il vit le plaisir sur le visage de Riley quand elle hocha la tête. Il savait qu'elle se sentait acceptée et cela lui donna envie de l'embrasser à nouveau, juste là, devant tout le monde. Mais au lieu de cela, il secoua la tête face aux singeries de Gillian quand elle applaudit d'enthousiasme.

Puis, Brain intervint :

— Il était temps que vous rentriez.

Avant qu'Oz ne puisse lui demander pourquoi il était pressé, Brain mit un genou à terre devant Aspen.

Oz vit que Riley avait le souffle coupé, cependant il ne put que sourire.

— Je voulais attendre que tout le monde soit là. J'ai

essayé d'imaginer quelque chose de romantique et d'exubérant pour ma demande en mariage, et rien ne semblait aller. Sauf le faire ici, devant tous nos amis. Épouse-moi, Aspen. Dès que possible. Maintenant que tu es enceinte, il est inutile d'attendre. Et je ne te le demande pas uniquement parce que tu vas avoir mon bébé. Je veux que vous soyez protégés dès que possible, toi et notre petit bout de chou.

Aspen afficha un grand sourire. Elle hocha immédiatement la tête.

— Oui, bien sûr !

Tout le monde applaudit et les acclama tandis que Brain se leva et prit Aspen dans ses bras. Il les fit tournoyer, puis il se pencha pour l'embrasser.

Oz baissa les yeux vers Riley. Elle affichait un grand sourire. Il lui prit la main. Désormais, elle faisait partie de leur groupe d'amis. Il devait juste être patient pour rendre leur relation plus permanente. Et le fait que l'idée ne l'effraie pas lui confirma au plus profond de lui qu'elle était la femme qu'il leur fallait.

À lui *et* à Logan.

CHAPITRE NEUF

Oz était ravi de son achat. Il s'était arrêté au centre commercial en rentrant du travail pour acheter un cadeau pour Logan. Cependant, la raison derrière ce cadeau n'était pas aussi agréable. Ils avaient été informés qu'ils partiraient en Somalie le lendemain. Par conséquent, il devrait préparer Logan et lui annoncer qu'il vivrait chez Gillian pendant son absence.

C'était un autre bouleversement dans la vie du petit garçon et Oz était plus que conscient que ce n'était pas juste. Logan méritait un foyer stable et avec Oz, il ne pourrait pas l'avoir. Néanmoins il était aimé et cela devrait être suffisant pour le moment.

Une semaine s'était écoulée depuis qu'ils avaient démoli la grange de Grover et Logan semblait de plus en plus à l'aise dans sa nouvelle maison. Il n'avait pas l'air aussi décontracté à l'extérieur de l'appartement, mais le jeune garçon refusait de dire si quelque chose n'allait pas. Oz avait décidé de prendre les choses comme elles venaient et de ne pas trop insister pour que le garçon s'ouvre à lui. S'il se passait quelque chose à l'école, il espérait qu'il l'en informerait ou qu'il en parlerait à Riley sans tarder.

Brain et Aspen s'étaient mariés quelques jours plus tôt. Il était parti pour le déjeuner et quand il était revenu à la base deux heures plus tard, il portait une alliance et il était marié. Ils s'étaient rendus au palais de justice et avaient eu une cérémonie courte et simple. Ils n'avaient pas l'intention d'organiser une grande réception, toutefois ils avaient promis de faire une énorme fête prénatale peu avant l'accouchement.

La relation avec Riley allait bien. Elle restait dîner tous les soirs, puis il la raccompagnait à son appartement et ils s'embrassaient un moment avant qu'il ne la laisse à contre-cœur pour passer une ou deux heures avec Logan avant qu'il ne soit l'heure pour lui d'aller se coucher.

La situation n'était pas vraiment idéale, mais Oz essayait d'être patient. Ils avaient passé tant de temps à se préparer pour leur déploiement qu'Oz n'avait pas le cœur de demander à un de ses amis de venir chez lui pour s'occuper de Logan pendant qu'il sortait avec Riley. Elle le comprenait, néanmoins cela dérangeait Oz.

Et à présent, il devait partir pour une durée indéterminée et il espérait simplement que Riley ne renoncerait pas à lui avant qu'ils ne commencent vraiment à sortir ensemble. Il n'était pas facile d'avoir une relation pour les agents des forces spéciales. Ajoutez un enfant et les choses se compliquaient de manière exponentielle. Mais Oz n'avait jamais renoncé dans la vie et il n'avait pas l'intention de commencer maintenant.

Il déverrouilla la porte et entendit un son agréable. Des rires.

Logan et Riley étaient dans le salon et ils n'avaient pas remarqué qu'il était entré. Leurs têtes étaient baissées vers le téléphone de Riley et on aurait dit qu'ils regardaient une vidéo. Tandis qu'il les observait, Riley s'appuya contre le dossier de son siège et hocha la tête à l'intention de son neveu. Logan bondit et commença à effectuer une danse étrange. Cela ressemblait plus à des sursauts et des ondulations qu'à des pas de danse. Quinze secondes plus tard, ils rirent de nouveau et Logan s'approcha pour regarder la vidéo que Riley avait enregistrée.

Ils rirent de nouveau et Riley lança :

— C'est parfait, Logan. Bien joué !

— Qu'est-ce qui est parfait ? demanda Oz.

Le garçon et la femme sursautèrent en entendant sa voix, puis Riley rit à nouveau.

— Salut ! On ne t'a pas vu entrer !

C'était évident et Oz lui sourit.

— Qu'est-ce que vous faites ?

— Oh, c'est un défi de danse sur TikTok, lui annonça Riley.

— Ce qui n'a aucun sens pour moi, admit tristement Oz. C'est quoi, TikTok ?

— C'est une application et *tout le monde* publie des trucs dessus, lui expliqua Logan.

— Ah, répliqua Oz.

Il avait beaucoup à apprendre sur ce qui était cool pour les enfants à cette époque. Le fait de vivre avec Logan lui avait prouvé qu'il était complètement déconnecté de la musique populaire, des émissions de télévision et de la mode.

— Nous en ferons d'autres demain, déclara Riley à Logan.

— D'accord.

Oz s'éclaircit la gorge. Il devait annoncer qu'il allait partir, mais il avait horreur de gâcher l'ambiance. Décidant d'attendre un peu plus longtemps, il retourna dans l'entrée, où il avait laissé le cadeau de Logan. Tous les enfants aimaient les cadeaux, et même si celui-ci était plus pratique que futile, il espérait qu'il plairait à son neveu.

— Je t'ai acheté quelque chose, aujourd'hui, annonça-t-il en tirant la valise dans la pièce.

Il était allé au centre commercial, ce qui était un énorme sacrifice, car il détestait cet endroit, et il avait trouvé la valise parfaite pour Logan. Elle était blanche et décorée pour ressembler à une balle de baseball. Elle était un peu trop petite au goût d'Oz, mais il n'avait pas pu s'empêcher de l'acheter.

Logan fixa la valise du regard un long moment.

Et au lieu d'être ravi de recevoir le cadeau, il semblait sur le point de pleurer.

— Champion ? demanda Oz, l'inquiétude montant en lui.

— Je te *déteste* ! cria Logan d'une voix qu'Oz ne l'avait jamais entendu utiliser.

Elle était pleine de douleur et de colère et il était évident que l'humeur légère qu'il y avait eu à son arrivée avait été anéantie.

Logan ne donna pas à Oz l'occasion de répondre. Il le dépassa en courant et il partit dans sa chambre, claquant la porte aussi fort que possible.

Oz grimaça et se détourna du couloir pour aviser Riley, puis il regarda à nouveau l'endroit où son neveu avait disparu. Il ne savait pas du tout quoi dire, car il ne savait pas ce qu'il avait fait de mal.

Riley se leva et s'approcha lentement de lui, les sourcils froncés par l'inquiétude.

— Je ne comprends pas ce qu'il vient de se passer, admit Oz.

Riley lui prit les mains et lui demanda gentiment :

— Pourquoi une valise ?

— Parce que je viens d'apprendre que nous serons déployés demain. Il doit aller chez Gillian pendant mon absence et je ne voulais pas qu'il utilise à nouveau ce fichu sac en plastique.

Le visage de Riley se détendit et elle posa ses mains de chaque côté du visage d'Oz.

— La première fois qu'on m'a retirée à mes parents, j'ai dû utiliser un sac poubelle pour y mettre certaines de mes affaires, parce que nous n'avions pas de valise. J'étais perdue et effrayée face à ce qu'il se passait. Mais après un moment, je me suis installée dans ma maison d'accueil. Jusqu'à ce qu'un jour, ma mère d'accueil arrive avec une valise. Elle m'a dit que je devais rassembler mes affaires parce que je devais partir. Je ne savais pas où j'allais. Tout ce que je savais c'était que cette valise indiquait un autre changement à une époque très déroutante. Je... Je crois que Logan a vu la valise et a pensé que tu le mettais à la porte. Qu'il devait partir.

Oz recula, sous le choc, puis il ferma les yeux tandis que l'angoisse submergeait son corps. Il n'avait pas voulu que Logan pense qu'il le mettait à la porte. Pas du tout.

Il avait commis une erreur. Une énorme erreur.

Il ouvrit les yeux et retira la main de Riley de sa joue. Il embrassa sa paume, puis il se retourna immédiatement et alla dans le couloir.

Il frappa à la porte de Logan et entendit son neveu crier :

— Va-t'en ! Je n'ai pas fini de rassembler mes affaires !

Sachant qu'il devait arranger la situation sur-le-champ, Oz ouvrit la porte.

Logan était debout devant son armoire, retirant brusquement ses T-shirts et ses pantalons des cintres et les jetant derrière lui en direction du lit.

— Logan, arrête et écoute-moi, déclara Oz d'une voix basse et angoissée.

— Non ! Je ne veux pas t'écouter ! Tu m'as fait croire que tu voulais de moi, que j'allais rester. J'aurais dû savoir que c'était faux ! Maman disait toujours que tu étais génial, mais de toute évidence, elle ne te connaissait pas *du tout* !

Oz en avait assez. La douleur dans les mots de son neveu lui rongeait le cœur. Il aimait le fait que Becky ait parlé de lui à son enfant, néanmoins il voulait que Logan comprenne ce qu'il venait de se passer.

Il entra dans la chambre et retourna Logan pour qu'il soit face à lui. Il tint ses bras fermement, mais sans lui faire mal, pour qu'il n'ait pas d'autre choix que de lui faire face.

— Je t'ai acheté cette valise parce que je pensais qu'elle te plairait. Qu'elle te permettrait de te souvenir de moi. C'est *moi* qui pars, Logan, pas toi.

Le petit garçon s'était débattu pour se libérer de son oncle, pourtant à ces mots, il s'immobilisa.

— Exactement. Je dois partir en mission demain. Généralement, nous ne sommes pas prévenus longtemps à l'avance et cette fois, ce n'est pas différent. Je savais que ça allait arriver, mais j'espérais avoir deux semaines de plus avec toi avant. J'ai tout organisé pour que tu vives avec Gillian pendant mon absence, car bien évidemment, tu ne peux pas rester ici tout seul, mais quand je rentrerai, *tu reviendras ici*. Je ne te mets pas à la porte. Tu es une partie de moi et je ne te laisserai *jamais* partir. Je t'aime, Logan. À tel point que ça m'effraie.

— Je ne dois pas partir ? répéta calmement Logan.

— Non. Pas pour de bon. Juste pendant que je suis déployé, insista Oz. Je suis vraiment désolé. La valise était une idée stupide. Je n'ai pas réfléchi. J'aurais dû savoir ce que tu allais ressentir. Je ne suis pas encore très doué pour cette histoire d'oncle et je vais probablement me tromper encore souvent. Mais mes intentions sont bonnes. Je ne te ferai jamais de mal intentionnellement. Je t'aime, Champion. Est-ce que tu me pardonnes ?

— Tu t'excuses ? l'interrogea Logan avec hésitation.

— Oui. Quand je commets une erreur, je m'excuse. C'est ce que les hommes font. Je suis désolé si je t'ai donné l'impression de ne pas vouloir de toi ici. *J'aime* te voir quand je rentre à la maison. Tu m'as permis de ne pas me sentir si seul. S'il te plaît, dis-moi que tu me pardonnes.

Logan hocha la tête, mais il fronça les sourcils.

— Est-ce que ta mission va être dangereuse ?

Oz soupira.

— Je ne vais pas te mentir, Champion, presque toutes les missions représentent un certain danger. Mais tu as rencontré mes coéquipiers ; ils me couvrent. Nous avons tous de bonnes raisons de rentrer sains et saufs. Trigger a Gillian, Lefty a Kinley, Brain a Aspen et le bébé qu'elle porte. Et les autres hommes ont des familles et des proches aussi. Nous ne nous comportons pas comme des fous sans faire attention.

— Combien de temps vas-tu partir ? s'informa Logan.

Oz lâcha les bras de Logan et s'agenouilla devant lui.

— Je ne sais pas. J'aimerais le savoir. Parfois, nos missions se terminent rapidement et parfois, elles durent plus longtemps. Il pourrait s'agir de quelques jours ou d'un mois, voire plus. Si je le savais, je te le dirais. C'est la partie difficile de mon métier. Une des bonnes choses, c'est que, même si je ne peux pas te dire où je vais et pour combien de temps, les hommes de l'armée ordinaire partent bien plus longtemps que moi. Parfois, ils sont déployés pendant un an.

— Un an ? répéta Logan, les yeux écarquillés.

— Ouais. Mais je ne partirai pas aussi longtemps, lui assura Oz.

— Promis ?

— Promis. Cela dit, je vais te demander une faveur pendant mon absence.

— Quoi ? le questionna Logan avec méfiance.

— S'il te plaît, ne joue pas à la balle avec Riley. Nous savons tous les deux qu'elle n'est pas capable de rattraper quoi que ce soit.

Oz fut soulagé de voir un petit sourire sur le visage de son neveu. Ils se tournèrent tous les deux en direction de la porte quand ils entendirent un léger reniflement. Riley était là, essuyant ses larmes.

— Riley ? l'interpella Logan. Pourquoi est-ce que tu pleures ? Qu'est-ce qui ne va pas ?

— Je vais bien, lui répondit-elle. Je suis juste heureuse que ton oncle et toi ne vous disputiez plus.

Logan baissa les yeux vers le sol une seconde, puis il regarda Oz.

— Je suis désolé de t'avoir dit que je te détestais. Ce n'est pas vrai.

— J'en suis ravi. Nous devons trouver un moyen d'emporter tes affaires chez Gillian, étant donné que de toute évidence, la valise était une mauvaise idée. Et maintenant que j'y pense, ça ne fonctionnerait pas vraiment quoi qu'il arrive parce qu'elle est toute petite, argumenta Oz. Qu'est-ce que tu dis de ça ? J'ai un sac en toile de plus. Il n'est pas très chic et il y a probablement encore du sable dedans qui vient de mon dernier déploiement, mais nous pourrions mettre beaucoup plus de choses dedans.

— Tu me donnerais un de tes sacs en toile ? s'étonna Logan.

— Bien entendu. Mais souviens-toi, je t'ai prévenu. Il pourrait sentir un peu mauvais.

— Super ! souffla Logan.

Oz rit.

— Oz ? reprit l'enfant.

— Ouais, Champion ?

— Je veux utiliser ton sac, mais... est-ce que je peux regarder la valise ? Je n'en ai jamais eu.

— Bien sûr, lui répondit Oz. Elle est à toi. Tu peux mettre tout ce que tu veux dedans. Des chaussures, les affaires de toilette que tu utilises, même ton oreiller si tu veux.

Oz avait été surpris par la quantité de gel douche, de shampooing et de déodorant dont l'enfant de dix ans semblait avoir besoin. Il ne se souvenait même pas de s'être brossé les cheveux à l'âge de Logan, mais les choses avaient changé avec les années, c'était certain.

— Le sac en toile est dans le fond de mon armoire. Va le chercher et prends la valise. Nous allons nettoyer le désordre ici et trouver ce qu'il te faut pour passer au moins une semaine chez Gillian. Si je pars plus longtemps, elle pourra te ramener ici pour que tu prennes ce qu'il te faut de plus. D'accord ?

— D'accord ! approuva Logan.

Il hésita une seconde avant de sortir à toute vitesse de la chambre.

Pendant un instant, Oz pensa qu'il allait le serrer dans ses bras, mais il savait qu'il en espérait trop et trop tôt. En particulier après un malentendu aussi colossal.

— Tu as bien fait, intervint doucement Riley.

Oz, qui était accroupi par terre, se redressa et regarda les vêtements étalés dans toute la pièce. Il secoua la tête.

— Non, je me suis planté.

— Et ensuite, tu as arrangé la situation. Porter, si tu penses que les autres parents sont tout le temps parfaits, tu as tort. Regarde les miens. Ils faisaient des erreurs tout le temps, et je les aimais quand même. Certes, j'aurais voulu que les choses soient différentes quand j'étais plus jeune, mais ils faisaient de leur mieux à l'époque. Je sais que c'est différent parce qu'ils étaient alcooliques, mais quand même. Et tu t'es excusé. Je ne rappelle pas que ma mère ou mon père m'aient dit un jour qu'ils étaient désolés quand j'étais emmenée à cause de ce qu'ils faisaient. Ils rejetaient la faute sur les employés des services de protection de l'enfance en disant qu'ils étaient incompétents, ils s'accusaient l'un l'autre, ils s'emportaient et répétaient qu'il était injuste de devoir prouver leur mérite en tant que parents. Mais ils ne se sont pas assis une seule fois avec moi pour s'excuser.

— Je n'arrive pas à oublier la trahison que j'ai vue dans ses yeux, admit Oz.

Riley se tourna vers le couloir pour voir si Logan était là avant de se diriger vers Oz. Elle enroula ses bras autour de lui, appuyant sa joue contre son torse.

— Sois un peu indulgent envers toi-même. Tu as fait quelque chose que tu pensais qu'il aimerait. Tu ne pouvais pas savoir.

— J'aurais dû le savoir, grommela Oz.

Mais il enroula ses bras autour de Riley et la serra contre lui.

— J'aurais voulu que tu sois mon oncle, déclara-t-elle. Comme ça, j'aurais pu aller chez toi quand j'en avais besoin.

— Je ne suis *pas* ton oncle, répliqua catégoriquement Oz. Mais tu peux quand même venir chez moi n'importe quand si tu en as besoin.

Riley leva la tête et posa son menton sur le torse d'Oz.

— Merci, murmura-t-elle.

— J'ai horreur de partir avant de t'avoir emmenée à un rendez-vous, lui avoua-t-il.

— Je compte le quad comme un rendez-vous, lui assura-t-elle.

— D'accord. Alors, avant que je puisse t'emmener à notre *second* rendez-vous, rétorqua Oz.

— Alors, tu n'auras qu'à t'assurer de rentrer sain et sauf pour pouvoir le faire, lui suggéra Riley.

Elle savait qu'elle était inquiète et c'était agréable.

— Je vais revenir, Ri.

— Promis ? demanda-t-elle, répétant la question de Logan.

— Promis, jura-t-il avec un petit sourire.

— Vous n'allez pas commencer à vous embrasser, si ? les interrogea Logan depuis l'encadrement de la porte.

Riley sursauta dans ses bras, mais Oz la tenait fermement. Il regarda son neveu par-dessus la tête de Riley. Il avait un de ses vieux sacs en toile à la main, le bout traînant par terre, et sa valise en forme de balle de baseball dans l'autre.

— Peut-être que si. Est-ce que ça va te déranger ? le questionna-t-il, curieux de savoir ce que Logan pensait du fait qu'il soit avec Riley.

S'il détestait cette idée, Oz ne renoncerait pas à la possibilité de sortir avec sa voisine, mais il devrait peut-être changer la manière dont il abordait cela.

— Non. Tant que je n'ai pas à regarder, annonça Logan en entrant dans la pièce.

Oz sourit à Riley.

— Eh bien, voilà, dit-il doucement.

Riley rougit, mais elle se lécha les lèvres et reprit :

— Alors, d'accord.

Ne pouvant pas s'en empêcher, Oz se pencha et toucha brièvement ses lèvres dans un baiser chaste. Il en voulait davantage, mais il devait s'assurer que Logan était à l'aise avec tout ce qu'il se passait. Oz se sentait terriblement coupable de lui avoir fait penser une seule seconde qu'il allait devoir partir.

Riley lui sourit, puis elle fit un pas en arrière et posa ses mains sur ses hanches.

— On dirait qu'on a un tas de choses à plier. Je vais commencer par les T-shirts. Logan, occupe-toi de tes pantalons. Fais une pile avec ceux que tu veux emmener et quand tu auras fini, tu pourras passer ma pile en revue et décider quels T-shirts tu veux prendre et quels T-shirts nous allons ranger.

— Et moi, qu'est-ce que tu veux que je fasse ? demanda Oz.

Le regard coquin dans les yeux de Riley poussa presque Oz à la prendre dans ses bras et à l'emmener dans sa propre chambre, mais il se contenta de lui sourire.

— S'il y a vraiment du sable dans ce sac, est-ce que tu peux essayer de le retirer ? Je suis sûre que Gillian n'a pas envie d'avoir une plage dans sa chambre d'amis. Et si tu as du Lysol, pulvérise-le aussi. Logan pense peut-être que c'est cool de sentir le soldat puant, mais je suis sûre que sa professeure et ses camarades de classe ne seront pas d'accord.

Si Oz n'avait pas su que Riley était célibataire et sans enfant, il aurait pu penser qu'elle était mère depuis des années. Elle semblait savoir exactement quoi dire et quoi faire pour détendre Logan. Elle était un cadeau du ciel et il avait envie qu'elle sache à quel point elle comptait pour lui.

Deux heures plus tard, la valise de Logan était faite et ils avaient mangé leur dernier repas ensemble. Les minutes s'écoulaient trop rapidement et un instant plus tard, Riley annonça qu'il était temps qu'elle rentre chez elle.

Elle serra Logan dans ses bras longtemps tendrement et elle lui dit qu'il pouvait l'appeler quand il en avait envie. Même au milieu de la nuit. Ses paroles rassurantes semblèrent l'aider à se sentir mieux, même si Oz ne put s'empêcher de penser à tout ce qui pourrait mal se passer et pousser son neveu à appeler Riley.

— Je vais raccompagner Riley à son appartement, d'accord, Champion ?

Logan hocha la tête distraitement. Il était désormais habitué à cette routine.

— Je reviens tout de suite. Prépare-toi pour aller au lit. J'irai te voir en revenant pour te souhaiter une bonne nuit. Si tu as d'autres questions, je serai ravi d'y répondre.

Logan descendit le couloir, puis courut brusquement vers Riley. Il la serra fortement dans ses bras, puis se retourna et se précipita dans sa chambre.

Riley renifla et Oz eut horreur de voir que les deux personnes les plus importantes dans sa vie étaient tristes à cause de lui.

Il enlaça ses doigts avec ceux de Riley et sortit de l'appartement avec elle. Ils avancèrent dans le couloir et il continua de lui tenir la main pendant qu'elle déverrouillait sa porte. Cette fois, il ne resta pas à l'extérieur comme d'habitude. Il l'incita à entrer et, dès que la porte fut fermée, il la prit à nouveau dans ses bras.

Ils restèrent ainsi un long moment. Oz sentait les doigts de Riley s'enfoncer dans les muscles de son dos tandis qu'elle le serrait contre elle.

— Ri ? demanda-t-il, le visage blotti contre ses cheveux.

— Je vais bien, marmonna-t-elle sans lever la tête.

Oz rit.

— Et si tu me regardais pour essayer de m'en convaincre ? proposa-t-il.

Elle leva le menton et il soupira en voyant les larmes dans ses yeux. Il passa ses pouces sous ses cils.

— Je serais de retour très vite. Pense à tout le travail que tu vas pouvoir finir sans avoir à faire mon travail de parent la moitié du temps.

— Vous allez me manquer tous les deux, avoua doucement Riley. J'ai toujours hâte d'aller chercher Logan à l'arrêt de bus et il est tellement... intéressant. Penser aux journées interminables de transcription sans la récompense de vous voir à la fin est un peu déprimant.

— Tu pourrais aller voir Logan chez Gillian. Je suis sûr que ça ne la dérangera pas.

— Je sais, et je suis sûre que je le ferai, mais tu vas me manquer aussi, Porter.

Le cœur d'Oz gonfla dans sa poitrine.

— Tu vas me manquer aussi, Ri. Je me suis habitué à te voir tous les jours.

— J'ai horreur de ne pas savoir où tu vas et quand tu reviendras.

Oz se raidit. C'était une des choses les plus difficiles des relations. Il voulait la rassurer, lui dire qu'ils travailleraient avec l'armée somalienne, qu'ils ne feraient rien seuls, cependant il ne pouvait pas révéler le moindre détail.

— Mais je suis sacrément fière de toi, ajouta Riley. Même sans savoir ce que tu fais, je veux dire à toutes les personnes que je connais, qui ne sont pas nombreuses, à quel point tu es formidable et que tu sauves le monde. Que tu nous protèges. Que tu fais ce que tant de gens ne seraient pas capables de faire.

Bon sang. Cette femme.

— Merci, dit doucement Oz.

— Non, merci à *toi*. Je vais m'inquiéter à chaque seconde pendant ton absence, mais ça ira, je le sais. Je vais botter les fesses de tes coéquipiers si ce n'est pas le cas, prévint-elle en plaisantant.

Oz rit.

Puis, une des mains de Riley monta le long de son cou et s'emmêla dans ses cheveux. Elle l'attira contre elle et se mit sur la pointe des pieds.

Ne pouvant pas s'empêcher de la taquiner, Oz demanda en souriant tout en résistant à ses signaux évidents :

— Tu veux quelque chose ?

Riley grogna.

— Oui. Toi.

Ce mot fit durcir le sexe d'Oz immédiatement. Il savait qu'elle ne voulait pas dire ce qu'il avait interprété, mais son pénis l'ignorait. Il baissa la tête et donna à Riley ce qu'elle voulait. Ce qu'ils voulaient tous les deux.

Il fit un pas en arrière, puis un autre, jusqu'à ce qu'elle soit dos au mur. Il passa une jambe entre celles de Riley et il appuya sa cuisse contre son entrejambe chaud. Elle gémit dans sa bouche tandis qu'il l'embrassait et elle lui tira fortement les cheveux. Il sentit une des jambes de Riley monter le long de la sienne ; elle s'ouvrait à lui.

Oz la tint contre lui d'une main dans sa nuque et il plongea l'autre sous son T-shirt. Il saisit un de ses seins généreux.

Riley écarta sa bouche de la sienne et sa tête se heurta au mur.

— Ouiiii, siffla-t-elle.

Oz ne put s'empêcher de baisser le bonnet de son soutien-gorge et de pincer son téton entre ses doigts. En réponse, elle cambra le dos, poussant sa poitrine contre lui, et la jambe qu'elle avait passée autour de sa cuisse se resserra.

Oz baissa les yeux, se lécha les lèvres et déglutit difficilement. Elle était magnifique et elle prenait vie à son contact. Il appuya ses hanches contre son ventre, lui permettant de sentir à quel point elle l'excitait, avant de baisser à nouveau la tête.

Ils s'embrassèrent contre le mur pendant plusieurs minutes. Assez longtemps pour qu'Oz baisse le tissu qui couvrait son autre sein et qu'il le caresse aussi. Assez longtemps pour qu'il sente l'odeur de l'excitation de Riley et assez longtemps pour qu'il comprenne que s'il n'arrêtait pas, il éjaculerait certainement dans son pantalon.

Lâcher son téton fut étonnamment difficile, mais il finit par déplacer sa main vers sa hanche. Il raffermit sa prise sur sa nuque avant de lever la tête et de remettre le soutien-gorge et le T-shirt de Riley en place. Riley protesta, levant le menton et tentant de maintenir ses lèvres sur les siennes. Mais il était trop grand et il devait vraiment arrêter.

Ils haletaient tous les deux et la rougeur avait atteint le col du T-shirt de Riley. Oz avait hâte de voir si cette rougeur descendait jusqu'à sa poitrine.

— Nous devons arrêter, déclara-t-il après un moment.

— Je sais, confirma Riley. Mais je n'en ai pas envie.

Oz sourit. Au moins, ils étaient sur la même longueur d'onde.

— Je suppose que je ne suis pas frigide, après tout, commenta-t-elle avec un petit sourire et en rougissant.

Oz renâcla.

— Je te l'ai dit.

Elle sourit, puis soupira.

— Tu devrais retourner voir Logan. Je suis sûre qu'il doit avoir d'autres questions.

— Si tu as besoin de quoi que ce soit, n'hésite pas à appeler mon commandant. Ou Gillian. Et si Miles n'arrête pas de t'écrire, tu dois appeler la police et demander une mesure d'éloignement contre lui.

Riley sursauta sous l'effet de la surprise.

— Tu es au courant ?

— Ouais. C'est difficile de ne pas le voir, étant donné que ton téléphone n'arrête pas de sonner. J'ai regardé qui c'était l'autre soir, quand il a vibré et que tu étais occupée avec Logan. Je ne vais pas m'excuser pour ça, Riley. Il était verrouillé, mais j'ai vu les aperçus des messages. Pour information, je crois que c'est intelligent de l'ignorer, en particulier si tu n'as pas ce jeu vidéo qu'il réclame, mais si ça va plus loin, n'hésite pas à appeler la police. D'accord ?

— D'accord. Et je n'ai *pas* son jeu vidéo stupide. Je l'ai cherché partout. À ce stade, je suis prête à aller acheter cette connerie et la lui donner. Je veux juste qu'il arrête. Je veux qu'il disparaisse. Je ne sais pas où il l'a mis, mais il n'est pas ici.

Oz posa son front contre le sien.

— Je ne suis pas censé dire quoi que ce soit, mais... Je ne crois pas que nous serons déployés longtemps cette fois. Les tensions montent là où nous allons, mais nous nous y rendons en tant que conseillers. Le gouvernement ne veut pas que nous soyons impliqués dans des échanges de coups de feu. Nous allons entraîner une partie de leurs unités, puis, avec un peu de chance, nous rentrerons à la maison.

Riley hocha la tête.

— D'accord.

Oz sentit une partie de la tension de son corps s'apaiser.

— Sois prudente pendant mon absence, dit-il.

— Je le serai. Sois prudent aussi, répondit-elle.

Prenant une profonde inspiration et sachant que l'un d'eux allait devoir faire le premier pas pour qu'ils se séparent, il se redressa. Oz caressa les cheveux de Riley, puis il ne put s'empêcher de passer son pouce sur sa joue, là où la balle de baseball l'avait frappée.

— Et ne joue pas à la balle avec Logan, compris ?

Elle afficha un faible sourire.

— Compris.

— On se voit bientôt, ajouta Oz en laissant retomber ses mains et en faisant un pas en arrière.

Riley ne bougea pas de l'endroit où elle se trouvait, appuyée contre le mur. Il savait qu'il ne pourrait jamais entrer à nouveau dans son appartement sans se souvenir des baisers les plus sexy qu'il ait jamais échangés.

— Sois prudent, répéta-t-elle.

Oz hocha la tête. Il leva le menton en signe d'adieu, puis il tendit la main vers la poignée de la porte. Il ne regarda pas en arrière quand la porte se referma derrière lui et qu'il se dirigea vers son appartement. Il devait retourner auprès de Logan et s'assurer que l'enfant était absolument certain qu'il reviendrait vivre avec lui. Il avait assez perdu dans la vie ; Oz était déterminé à ne pas s'ajouter à la liste.

D'habitude, le soir qui précédait une mission, il se concentrait uniquement sur les manœuvres et sur la logistique de ce qui était sur le point de se dérouler, mais ce soir-là, il voulait uniquement s'assurer que les gens qu'il aimait iraient bien.

Qu'il aimait...

Aimait-il Logan ?

Oui, absolument.

Riley ?

Oz hocha mentalement la tête. C'était fou, mais il pensait l'aimer aussi. Il n'était pas prêt à l'épouser, mais s'il la perdait, il savait sans le moindre doute qu'il perdrait quelque chose de précieux et qu'il pleurerait toujours ce qui aurait pu exister entre eux.

À ce moment-là, debout dans le hall de son immeuble, la main sur la poignée de la porte, Oz prit une décision. Quand il reviendrait, il cesserait de tourner autour du pot en ce qui concernait sa relation avec Riley. Logan approuvait, ou du moins, il ne s'opposait pas à l'idée, à en croire sa réaction quand il les a surpris l'un dans les bras de l'autre. Ils avaient une alchimie incroyable et Riley *plaisait* à Oz. Elle était drôle, attentionnée et il n'avait jamais ressenti une telle attirance pour quelqu'un.

Si Riley Rogers pensait qu'il était intense à présent, elle n'avait encore rien vu. Quand Oz voulait quelque chose, il se donnait à cent pour cent. C'était ainsi qu'il avait surmonté la formation de la Delta Force et qu'il avait réussi à survivre à plusieurs missions dont personne n'aurait dû revenir en un seul morceau.

Sa détermination à offrir une vie fantastique à son neveu, mais aussi à montrer à Riley à quel point elle commençait à compter pour lui se décupla.

Il n'avait pas voulu partir en mission, mais il avait l'impression que c'était l'impulsion dont il avait eu besoin en ce qui concernait sa relation avec Riley.

Oz ouvrit la porte en souriant et la verrouilla derrière lui. Tout en se dirigeant vers la chambre de Logan, il jura mentalement de faire tout ce qu'il fallait pour renforcer sa relation avec son neveu et avec sa voisine.

CHAPITRE DIX

Riley regarda le calendrier au-dessus de son bureau pour ce qui semblait être la centième fois cet après-midi-là. Porter était parti trois jours plus tôt et elle ne s'était jamais sentie aussi seule. Elle avait été habituée à être seule la plupart du temps avant que Porter et Logan n'entrent dans sa vie, mais à présent, elle ne semblait plus capable de se concentrer. Elle s'inquiétait pour Porter, se demandant où il était et si ses coéquipiers et lui allaient bien. Elle s'inquiétait pour Logan et elle se demandait s'il était heureux chez Gillian.

Elle s'inquiétait à cause de Miles, car il avait menacé de venir chez elle et de défoncer sa porte si elle ne lui donnait pas le jeu qu'il prétendait avoir laissé chez elle.

À cause de lui, tous les petits bruits la faisaient sursauter et elle était légèrement honteuse d'être en manque d'affection à ce point alors qu'un mois plus tôt, elle avait été parfaitement satisfaite de rester chez elle nuit et jour.

Quand le téléphone sonna, il ne fut pas très surprenant que Riley sursaute à nouveau et fasse presque tomber son ordinateur portable de la table située devant elle. Émettant un petit rire nerveux, elle regarda l'écran et vit que l'appel provenait de Gillian.

Son cœur commença immédiatement à battre plus fort dans sa poitrine. Y avait-il un problème ? Avait-elle eu des nouvelles de l'armée à propos des hommes ? Riley appuya sur le bouton vert.

— Allô ?

— Salut, Riley, c'est Gillian.

— Qu'est-ce qui ne va pas ? Est-ce que les hommes vont bien ?

— Tout va bien, désolée de t'avoir fait peur. Je n'ai pas eu de nouvelles de Trigger ou de l'équipe. J'appelle à propos de Logan.

Merde. Riley n'avait même pas imaginé qu'il y avait un problème avec Logan.

— Que se passe-t-il ? demanda-t-elle.

— Il va bien, assura rapidement Gillian. C'est un très bon garçon. Il est calme. Presque trop calme. J'arrive à peine à le faire parler avec moi. Je me demandais si ça te dérange-rait si je l'amenais chez toi après l'école, aujourd'hui. Je crois que te voir lui ferait du bien. Tu sais, pour qu'il reprenne sa routine.

— Bien sûr, accepta Riley en soupirant de soulagement.

Elle ne pouvait pas nier que le petit garçon lui manquait, et elle serait ravie de le voir.

— Et... C'est peut-être trop demander, et je compren-drais si tu refusais, poursuivit Gillian. Mais je pense qu'il vaudrait peut-être mieux qu'il dorme dans son propre lit chez Oz. Il a l'air... perdu. Et je *déteste* le voir comme ça. Je n'essaie pas de te le refiler ni rien dans ce style. J'aime beau-coup qu'il soit ici, mais il a dit plus d'une fois que tu lui manquais, alors j'ai pensé...

— Oui, accepta Riley, l'interrompant. Ça ne me dérange pas que tu le ramènes ici pour de bon. Je peux dormir chez Oz et l'amener à l'arrêt de bus le matin. Mais... est-ce que nous aurons des soucis avec l'armée ? Porter m'a dit qu'il avait rempli des documents qui disent que Logan vit chez toi.

— Je ne sais pas du tout, admit Gillian.

Elle ne semblait pas du tout inquiète.

— Mais il est plus important de faire ce qu'il faut pour Logan que de suivre le plan de garde familiale à la lettre. On s'occupe de lui et il sera en sécurité. C'est tout ce qui compte.

Riley pensa brièvement au fait que Miles avait menacé de venir chez elle ; Logan ne serait peut-être pas autant en sécurité que Gillian le pensait. Cependant, son ex ne saurait pas qu'elle était dans l'appartement voisin avec Logan, tout devrait donc bien se passer.

— D'accord. Mais si Porter s'énerve, tu devras m'aider à lui expliquer, argumenta Riley.

— Oz ne va pas s'énerver, et surtout pas contre toi, lui affirma Gillian. Il est fou de toi... *Et* de Logan. Il serait plus bouleversé s'il rentrait à la maison et qu'il découvrait que Logan n'allait pas bien.

— C'est vrai, approuva Riley.

— Il ne devrait pas tarder à rentrer de l'école, alors nous serons là dans environ quarante-cinq minutes. Ça devrait lui donner le temps de faire son sac. Est-ce que ça te convient ?

— Bien sûr ! lui répondit Riley.

Mentalement, elle essayait de décider s'ils avaient assez à manger ou s'ils devaient aller au magasin, mais il lui sembla qu'il y aurait assez de nourriture dans l'appartement de Porter et dans le sien, du moins pour ce soir-là.

— Merci d'avoir appelé. Je sais que je ne suis pas la mère de Logan, mais j'aime penser que je suis son amie et je ne crois pas qu'il soit mal à l'aise. Je suis sûre que ça n'a rien à voir avec toi.

— Je ne le prends pas mal, la rassura Gillian. Il a eu une période difficile dernièrement. Et avoir une routine est important. Il s'est habitué à toi et à sa nouvelle chambre, maintenant. On se voit plus tard.

— Soyez prudents sur la route, conclut Riley.

— Ne t'inquiète pas. Salut.

— Salut.

Riley raccrocha et son regard se perdit dans le vide une minute. Elle se demanda si Logan irait bien... Porter lui manqua encore plus. Il aurait su quoi faire pour aider son neveu à se sentir mieux. Même si le fait d'être père était nouveau pour lui, il semblait apprendre très vite. Il n'était pas parfait, comme le prouvait le fait qu'il ait apporté une valise à Logan, mais il avait immédiatement rectifié son erreur. Il avait parlé à son neveu, il s'était excusé et il s'était assuré que l'enfant sache qu'il n'avait pas eu l'intention de lui faire de la peine.

Riley secoua la tête et se leva. Elle avait beaucoup à faire avant que Gillian n'arrive avec Logan moins d'une heure plus tard. Elle devait faire son sac, trouver ce qu'ils allaient manger pour le dîner, envoyer quelques e-mails pour dire à ses clients qu'ils ne devraient pas attendre leurs transcriptions.

Mais tandis qu'elle s'agitait dans sa chambre, Riley souriait. Elle avait hâte de retrouver la routine où elle travaillait le matin et où elle passait l'après-midi avec Logan. Elle ne pourrait pas voir Porter pour le dîner, mais au moins, elle ne serait plus seule.

* * *

Deux heures plus tard, Riley était assise à côté de Logan sur le canapé de Porter. Le petit garçon l'avait serrée fermement dans ses bras quand il l'avait vue, et la sensation avait été fantastique. Gillian n'était pas restée longtemps, juste assez pour s'assurer que Logan sache qu'elle ne l'abandonnait pas et après lui avoir donné son numéro de téléphone au cas où il aurait besoin de quelque chose.

Riley leur avait préparé un goûter, des pizzas-bagels faites maison, et à présent, elle voulait voir si elle pouvait persuader Logan de s'ouvrir un peu plus.

— Alors... Est-ce que ça va ? demanda-t-elle.

Logan hocha la tête.

— Gillian est gentille, hein ?

— Hum hum.

D'accord, cette conversation n'allait pas bien loin jusque-là. Logan n'avait jamais été une pipelette, mais elle n'avait pas eu autant de mal à le faire parler depuis les deux premiers jours qu'elle avait passés avec lui.

— Porter me manque, lui avoua-t-elle honnêtement. C'est bizarre, parce qu'on ne se connaît pas depuis très longtemps, mais il y a quelque chose chez lui qui me donne l'impression d'être en sécurité. Et il est amusant, même s'il n'essaie pas d'être drôle. J'aime savoir qu'il est juste à côté, au cas où, et maintenant qu'il est parti, tout est vraiment calme.

— Il ronfle, annonça doucement Logan en baissant les yeux vers ses doigts, sur ses genoux. Enfin, il ne ronfle pas vraiment, mais il respire très profondément. Je peux l'entendre depuis ma chambre. Savoir qu'il est là, que je ne suis pas seul dans l'appartement, ça me donne l'impression d'être en sécurité aussi.

Riley fit de son mieux pour garder une voix stable.

— Est-ce que tu étais souvent seul dans ton autre maison ?

Logan haussa les épaules.

— Maman travaillait de nuit. Alors elle partait après le dîner et elle ne revenait généralement pas avant que j'aille à l'école.

Riley se sentait terriblement mal pour Logan et sa mère. Elle ne pouvait même pas imaginer ce qu'on pouvait ressentir en laissant son petit garçon seul à la maison, de jour ou de nuit, pour aller travailler.

— Avant, elle partait tout le temps le soir pour traîner avec ses amis, mais elle avait arrêté de faire ça. Elle avait eu beaucoup de mal à trouver du travail et le seul qu'elle avait trouvé était de nuit.

Riley s'approcha de Logan.

— Je suis sûre qu'elle n'aimait pas te laisser seul.

— Non, confirma Logan. Elle s'excusait beaucoup, mais elle disait qu'elle me faisait confiance pour que je sois sage pendant son absence.

Il leva les yeux vers elle.

— Je sais que ce n'était pas la meilleure mère du monde, je ne suis pas stupide, mais elle avait changé. Elle ne prenait plus autant de drogue.

Riley se sentait tellement mal pour le petit garçon. Elle savait qu'il n'était pas facile d'arrêter la drogue d'un coup. Mais on aurait dit que sa mère avait essayé.

— Elle t'aimait, déclara-t-elle à Logan.

Il hocha la tête.

— Je suis vraiment désolée qu'elle soit décédée, ajouta Riley à voix basse.

Plusieurs instants s'écoulèrent avant que Logan ne réponde.

— Moi aussi. Mais est-ce que je suis une mauvaise personne parce que je préfère être ici ?

— Oh, Logan. Non, pas du tout. Ça m'est souvent arrivé d'être envoyée dans une nouvelle famille d'accueil et de ressentir la même chose. La plupart des maisons me plaisaient beaucoup. Elles étaient propres et il n'y avait pas de cafards qui me montaient dessus pendant que je dormais. Je pouvais manger régulièrement, personne n'oubliait d'acheter de la nourriture. Et je n'avais pas à écouter mes parents se crier dessus quand ils étaient ivres. Je me souviens que j'étais triste quand je devais rentrer à la maison. J'aimais mes parents, mais même s'ils faisaient de leur mieux, ils n'étaient pas très doués pour prendre soin de moi.

Logan hocha la tête comme s'il comprenait parfaitement de quoi elle parlait. Elle avait l'impression qu'il s'ouvrait un peu à elle, elle demanda donc :

— Alors, tu es content de vivre avec ton oncle et tu aimes Gillian... Est-ce qu'il se passe autre chose qui ne te plaît pas en ce moment ? Comment ça va à l'école ?

Riley vit la lèvre inférieure de Logan trembler avant qu'il n'en reprenne le contrôle et elle sut qu'elle avait mis dans le mille.

Il haussa les épaules.

Riley décida que la meilleure façon de faire parler Logan était de continuer à lui montrer qu'ils avaient probablement beaucoup d'expériences en commun.

— Quand j'avais à peu près ton âge, j'avais une meilleure amie. Nous étions très proches. Mais un jour, elle a juste décidé qu'elle ne m'aimait plus. Elle traînait avec l'une des filles populaires de l'école et elles m'ont rendu la vie difficile pendant plusieurs années. Elles se moquaient de moi et personne ne voulait s'asseoir avec moi pour déjeuner. Elles disaient que je sentais mauvais et elles couinaient comme des cochons quand je passais près d'elles. C'était horrible. Je détestais aller à l'école.

— Que s'est-il passé ? l'interrogea Logan à voix basse. Qu'est-ce que tu as fait ?

— J'ai été envoyée dans une autre maison d'accueil à cette époque-là et comme elle était un peu loin de celle de mes parents, j'ai dû changer d'école. C'était difficile aussi, car je ne connaissais personne, mais ça me plaisait parce que je n'avais pas à faire face à mon ancienne meilleure amie et à son nouveau groupe d'amies méchantes. Quand je suis retournée chez mes parents, je leur ai dit que je voulais continuer d'aller à la nouvelle école et ils ont rempli les documents nécessaires pour que ce soit le cas.

Logan leva les yeux vers elle à ce moment-là.

— Je déteste mon école, admit-il. La plupart des enfants sont méchants. Pas juste avec moi, mais avec tout le monde.

Riley ne savait pas quoi dire. Elle voulait lui dire qu'il pouvait changer d'école, cependant ce n'était pas son rôle. Et elle ne savait pas s'il se sentait triste parce qu'il avait dû quitter son ancienne école et les amis qu'il avait peut-être eus là-bas ou s'il se passait vraiment quelque chose de plus grave. Elle se sentait complètement dépassée et elle ne pouvait pas l'aider à régler ce problème en particulier. C'était horrible.

Elle se rapprocha du petit garçon et passa un bras autour de ses épaules.

— Je suis désolée, dit-elle doucement. Je ne sais pas pourquoi les enfants sont méchants les uns envers les autres. J'aimerais te dire que ça ira mieux, mais je ne sais pas si c'est vrai. Peut-être que tu peux voir quels autres enfants ils traitent mal et que tu peux essayer d'être ami avec eux. Je veux dire, si tu te sens mal, je parie qu'eux aussi, et ils pourraient être ravis d'avoir un nouvel ami.

— Peut-être, supposa Logan en haussant les épaules.

— Et si tu détestes vraiment ton école à ce point, je parie que si tu parles à ton oncle, il se renseignera pour pouvoir t'inscrire dans une autre.

— Je lui ai déjà dit que je ne voulais pas aller à l'école de la base militaire, admit Logan.

— Et alors ? l'encouragea Riley.

Il leva les yeux vers elle et l'espoir dans ses yeux était presque douloureux à voir.

— Je veux dire, les gens changent d'avis tout le temps. Ce n'est pas la fin du monde, ajouta-t-elle.

Il hocha la tête.

— Réfléchis-y. Tu t'es ouvert à moi et ça s'est bien

passé, pas vrai ? Parle à Porter, Logan. Il t'aime et il aura horreur de savoir que tu es malheureux et que tu ne le lui as pas dit. Je ne dis pas qu'il pourra faire disparaître tous tes problèmes comme par magie, mais parfois, parler à quelqu'un permet de voir que les choses ne vont pas si mal.

— D'accord, dit-il d'une voix faible.

— D'accord, répéta Riley. Alors... Qu'est-ce qu'on va faire cet après-midi ? Tu veux aller au parc et jouer à la balle ?

Il écarquilla les yeux et secoua la tête.

— Oz m'a dit de ne pas jouer à la balle avec toi, même si tu me supplies.

Riley gloussa.

— Je ne suis pas *si* mauvaise.

Logan haussa les sourcils.

— Bon, d'accord, je le suis. Mais je veux faire une activité avec toi qui te plaît. Et tu aimes le baseball. Alors... qu'est-ce que tu as d'autre à proposer ?

Logan y réfléchit un moment, puis il annonça d'une voix hésitante :

— Et si nous faisions une cible et que je m'entraînais à jeter la balle dessus. Tu pourrais regarder et m'aider à ramasser les balles après que je les lance.

— Parfait, approuva Riley avec un grand sourire.

L'idée ne lui semblait pas du tout palpitante, mais si Logan était heureux, elle l'était aussi.

— Je crois que nous devrions aller au magasin, mais pour ce soir, qu'est-ce que tu dirais de manger des hot-dogs couverts de piment, de fromage et de haricots en sauce ?

Logan sourit.

— Miam !

— Bien. Va chercher tes balles et ta batte. Nous allons au parc, en face.

Ils se levèrent et Logan se dirigea vers sa chambre pour

SUSAN STOKER

prendre ses affaires. Mais il se retourna avant de traverser le couloir.

— Riley ?

— Oui ?

— Je suis désolé que ton amie t'ait fait ça.

— Moi aussi.

— Et merci de m'avoir laissé revenir ici. J'aime bien Gillian. Elle est vraiment gentille. Mais elle n'est pas toi.

Riley se sentit larmoyer.

— De rien. Tu m'as beaucoup manqué.

Logan hocha la tête et se retourna pour aller dans sa chambre.

Riley prit quelques profondes inspirations pour reprendre le contrôle de ses émotions, puis elle alla chercher la crème solaire dans la salle de bains de Porter. S'ils allaient à l'extérieur, même s'il était tard dans l'après-midi, elle voulait que Logan soit protégé.

* * *

Plus tard, après qu'elle avait regardé Logan lancer un million de balles – il n'en avait pas lancées tant que ça, mais c'était l'impression qu'elle avait eue –, leur dîner peu nourrissant, et le visionnage d'une rediffusion de la *Roue de la Fortune* à la télévision, Riley annonça à Logan qu'il était temps d'aller se coucher. Il avait école le lendemain et même si elle savait qu'il n'avait pas envie d'y aller, il devait quand même se reposer.

— Où vas-tu dormir ? demanda Logan.

Riley haussa les épaules.

— Ici, sur le canapé.

Logan fronça les sourcils d'un air confus.

— Pourquoi ? Tu peux utiliser le lit d'Oz.

La simple *idée* de dormir dans le lit de Porter donnait à

Riley l'envie de faire des choses, même si elle n'était pas sûre qu'elles arriveraient.

— Ça ira ici.

Mais à en juger par le regard têtu sur le visage de Logan, elle sut qu'il n'aimait pas ça.

— D'accord. Tu peux prendre mon lit et moi, je vais dormir sur le canapé.

— Ça ira, tenta de lui répéter Riley, mais il n'avait pas l'intention de l'écouter.

— Non. Ça n'ira pas. Tu es une femme et tu devrais avoir un lit confortable. Si quelque chose ne va pas avec le lit d'Oncle Oz, tu devrais prendre mon lit et je dormirai sur le canapé. Ce n'est pas comme si je ne l'avais jamais fait avant.

Ses mots la rendirent fière et un peu émue en même temps.

— Tout va bien avec le lit de ton oncle. C'est juste que... c'est *son* lit. Et je trouve ça bizarre de l'utiliser.

— Mais il n'est pas là. Quelle importance ?

De toute évidence, il était hors de question qu'elle explique à un enfant de dix ans que les draps sentaient probablement l'odeur de Porter et que celle-ci la pousserait à le désirer encore plus. Mais elle aimait vraiment qu'il soit inquiet à ce point pour elle.

Sachant qu'elle allait le regretter, elle conclut :

— Je suppose que ça n'a pas d'importance. Tu as gagné. Je vais dormir dans sa chambre et tu peux garder la tienne. D'accord ?

— D'accord, approuva joyeusement Logan. Tu n'es pas obligée de te lever demain matin. Je vais mettre un réveil.

Parfois, ce qu'il lui disait l'attristait. Elle se souvenait d'avoir appris à mettre son propre réveil quand elle avait son âge, car il était impossible que ses parents se réveillent pour l'emmener à l'école après avoir bu toute la nuit. Elle supposait qu'il en allait de même avec la mère de Logan. Après avoir travaillé toute la nuit, elle ne se levait probablement pas à la même heure que lui non plus.

— Ça ira, je ne vais certainement pas aller me coucher longtemps après toi. De plus, je veux m'assurer que tu manges un petit-déjeuner sain et je veux t'accompagner à l'arrêt de bus.

— D'accord.

Logan se leva et disparut dans le couloir. Riley entendit l'eau couler dans la petite salle de bains du couloir.

Elle ferma les yeux et essaya de se reprendre. Il était trop tard pour faire une lessive. Elle aurait dû le faire quand elle était arrivée à l'appartement avec Logan. À présent, elle devrait dormir dans le lit de Porter, sous ses couvertures, et imaginer à quel point il serait merveilleux qu'il soit là avec elle.

Elle prit son temps pour nettoyer la cuisine déjà propre et pour remettre tout à sa place avant de traverser le couloir. Elle frappa légèrement à la porte de Logan.

— Ouais ? demanda-t-il.

Elle regarda à l'intérieur.

— Tout va bien ? demanda-t-elle.

Il hocha la tête.

— Hum hum.

— D'accord. Dors bien. Je ne sais pas si je ronfle ou si je respire fort, car personne ne m'a jamais dit que je le faisais, mais je vais laisser ma porte entrouverte, alors si tu as besoin de quoi que ce soit au milieu de la nuit, tu peux venir me chercher.

Logan hésita, puis hocha la tête.

— Merci. Je... Je sais que je suis casse-pieds, mais c'est juste que j'aime être ici.

— Tu n'es pas casse-pieds, lui assura Riley. Promis. Et j'aime que tu sois ici aussi. Maintenant, dors. Est-ce que ça te va si on fait des pancakes pour le petit-déjeuner ?

— Super, répondit-il en souriant.

— Bonne nuit, Logan.

— Bonne nuit, Riley.

Elle ferma la porte, la laissant entrouverte avant de prendre une grande inspiration et de se diriger vers la chambre de Porter. Elle avait mis son sac à l'intérieur plus tôt et quand elle ouvrit la porte, elle prit une autre respiration apaisante.

On aurait dit que Porter venait de partir. Les couvertures sur le lit étaient tirées, comme s'il les avait mises de côté quand il s'était réveillé le jour où il était parti sauver le monde. Il y avait un fauteuil dans un coin de la pièce et le tiroir du haut de sa commode était partiellement ouvert. Elle entra dans la salle de bains adjacente et ne put s'empêcher de sourire.

Porter avait beau être un as des forces spéciales qui était méticuleux dans la plupart des aspects de sa vie, il était tout sauf maniaque dans sa salle de bains.

Une serviette avait été jetée sur la barre de la douche au lieu d'être soigneusement accrochée au porte-serviette sur le mur. Il y avait des restes de crème à raser dans le lavabo et son dentifrice n'était pas rebouché. C'était étrange, mais voir le lavabo sale la réconforta, d'une certaine façon.

Riley fut rapide : elle rangea la pièce, aligna la bouteille de bain de bouche, la crème à raser et la boîte de vitamines C sur le comptoir. Elle reboucha le dentifrice pour qu'il ne sèche pas et elle remit la brosse à dents de Porter dans le pot à côté du lavabo. La serviette sur la barre était sèche. Par conséquent, elle la plia et l'accrocha sur le porte-serviette à côté de la douche.

Il était un peu étrange d'être dans l'espace personnel de Porter, mais elle ne pouvait pas nier que cela lui plaisait. Elle sortit de la pièce et prit son sac, cherchant le T-shirt trop grand qu'elle aimait porter pour dormir. Puis, elle retourna dans la salle de bains et se changea.

S'il semblait étrange d'être dans l'espace de Porter, et le

fait de se déshabiller dans une pièce où il était souvent nu l'était davantage. En fermant les yeux, elle pouvait imaginer Porter retirer ses sous-vêtements avant de monter dans la baignoire. Elle pouvait presque le voir frotter la serviette sur son corps, probablement avec impatience et pas très minutieusement, pour se sécher.

Secouant la tête, Riley fit de son mieux pour reprendre le contrôle de son imagination. Elle était là pour surveiller Logan, pas pour fantasmer sur son voisin. Elle parvint à se brosser les dents et à trouver une serviette propre pour le matin avant de retourner dans la chambre.

Riley se mit au lit et tira les couvertures jusqu'à son menton. Le matelas était confortable et ses draps étaient extrêmement doux. Elle prit note mentalement de lui demander où il les avait achetés, puis elle rejeta immédiatement cette idée. Elle n'avait pas l'intention de dire à Porter qu'elle avait dormi dans son lit. Hors de question. Bien entendu, Logan vendrait certainement la mèche à un moment ou à un autre, mais elle n'allait pas révéler cette information de son plein gré.

Cela semblait trop... intime. Elle ne pensait pas qu'il serait en colère parce qu'elle dormait chez lui pendant son absence, en particulier parce qu'elle le faisait dans l'intérêt de Logan, toutefois elle ne voulait pas qu'il s'énerve parce qu'elle avait envahi son espace personnel.

Cependant, il n'avait pas semblé réticent à l'idée d'envahir le *sien* quelques soirs auparavant, quand il l'avait collée au mur et que ses mains l'avaient caressée sous son T-shirt.

Prenant une profonde inspiration, Riley se sentit entourée par Porter. Son odeur légèrement musquée et terreuse imprégnait ses draps et ses oreillers. Quand Logan avait suggéré qu'elle dorme là, elle avait su que cela arriverait. Qu'elle serait excitée par le simple fait d'être dans l'espace de Porter. Par le fait d'être allongée entre ses draps. Où il s'était probablement masturbé...

Elle refusait de penser à lui avec une autre femme dans ce lit. Il lui avait dit qu'il n'était sorti avec personne depuis longtemps.

Tandis qu'elle l'imaginait, sa main se déplaça sans vraiment qu'elle y pense. Elle effleura son téton dur avant de se poser sur l'élastique de sa culotte. Elle jeta un coup d'œil à la porte, puis elle ferma les yeux. Logan allait bien. Il dormait. Elle pouvait le faire.

Passant ses doigts sous l'élastique, elle écarta davantage les jambes et elle tourna son visage vers l'oreiller. De nouveau, l'odeur de Porter la submergea. Elle commença à caresser son clitoris, pensant qu'il avait été incroyable de sentir les mains de Porter sur elle l'autre soir.

Il ne lui fallut pas longtemps. Elle ne s'était pas masturbée depuis longtemps et être entourée par l'odeur de Porter sembla la faire jouir encore plus vite.

Riley imagina ce qu'elle ressentirait en étant dans ce lit *avec* Porter. Avec ses mains entre ses jambes, en levant les yeux vers lui tandis qu'il la pénétrait délicatement, faisant attention à ne pas lui faire mal. Il la prendrait doucement au début, s'assurant qu'elle jouisse avant lui. Puis, il la prendrait brusquement. Il plongerait en elle, chaque coup l'enfonçant un peu plus dans le lit jusqu'à ce qu'elle doive tendre les mains au-dessus de sa propre tête pour s'empêcher de heurter le mur.

Il pencherait la tête en arrière et elle verrait les veines palpiter dans son cou tandis qu'il explosait profondément en elle. Il grognerait son nom en jouissant, maintenant ses hanches en place tout en la pénétrant aussi profondément que possible.

Il n'en fallut pas plus. L'imagination débordante de Riley et les caresses frénétiques sur son clitoris la firent jouir et

SUSAN STOKER

elle laissa échapper un petit gémissement. Son corps trembla de plaisir et l'effort physique la fit haleter.

Elle retira sa main de son entrejambe et ferma les yeux, allongée, satisfaite... Elle se sentait terriblement coupable. Bon sang, elle venait de se masturber dans le lit de Porter.

Mais elle ne pouvait nier que cela avait été merveilleux.

Elle avait sommeil.

La journée avait été longue et Riley était exténuée.

Elle s'endormit avec l'odeur de Porter dans les narines, heureuse que Logan soit en sécurité. Elle pria pour que Porter rentre sain et sauf. Elle s'était habituée à la présence de l'homme et du garçon et elle avait hâte d'avoir un autre rendez-vous avec Porter.

CHAPITRE ONZE

Oz était sale et fatigué, mais très heureux d'être de retour au Texas. Ils étaient partis huit jours et il n'avait jamais été aussi impatient de rentrer chez lui.

Une partie de ce qu'il ressentait devait se voir sur son visage, car Trigger lui poussa l'épaule et lança :

— C'est différent, hein ?

— Quoi ? demanda Oz.

— Rentrer à la maison quand tu sais que quelqu'un t'attend.

— Je ne sais pas si quelqu'un m'attend, répliqua Oz.

— Menteur, rétorqua Trigger en souriant. J'ai vu la manière dont Riley et toi vous regardiez quand nous étions chez Grover. Je pense qu'elle sera très heureuse de te voir.

Trigger n'avait pas tort. Oz essaya de cacher son sourire, en vain.

Le téléphone dans la main de Trigger sonna et il souriait encore quand il répondit.

— Salut, Di, nous venons d'atterrir... D'accord... Ça marche... Je suis sûre que ce n'est pas un problème. Je vais le lui dire. À bientôt. Je t'aime.

— Est-ce que Gillian va bien ? demanda Oz.

— Oui, ça va. Mais tu devrais savoir que... Il y a quelques jours, Logan est retourné chez toi.

— Quoi ? s'exclama Oz, la panique le submergeant.

— Attends, ne panique pas. Je ne connais pas les détails, mais apparemment, Gillian a appelé Riley et lui a demandé si elle pourrait rester chez toi avec lui. Elle a accepté et Logan a pris son bus habituel jusqu'à chez toi tous les jours après l'école.

Toute sorte de scénarios prirent vie dans l'esprit d'Oz. Le fait que Riley reste chez lui avec Logan ne le dérangeait pas, mais il se demanda pourquoi ce changement avait eu lieu. Logan avait-il causé des ennuis à Gillian ? Était-il malade ? Toute sorte de scénarios négatifs lui traversèrent l'esprit. Et quand il vérifia son téléphone, il vit qu'il n'avait pas de messages de Riley pour lui expliquer ce qu'il se passait.

Il paniquait, aucun doute là-dessus.

— Vas-y, lui proposa Trigger. Nous allons nous occuper de tout ici. Mais nous devons quand même faire le compte-rendu de mission demain, l'avertit-il.

Reconnaissant, Oz hocha la tête à l'intention de son ami et dirigeant.

— Je t'en dois une.

— Laisse tomber, reprit Trigger. Mais sois prudent sur la route. Ça ne fera de bien à personne si tu conduis comme un fou et si tu as un accident. Logan est encore à l'école pour le moment, de toute façon. Alors, rentre chez toi, demande à Riley de t'expliquer ce qu'il se passe et pour l'amour du ciel... Prends une fichue douche. Tu pues.

Oz fit un signe de la main à son ami, mais prendre une douche était la dernière chose qu'il avait en tête à ce moment précis. Il devait rentrer chez lui. Il devait s'assurer que Logan allait bien. Et que Riley aussi. Toutes les pensées à propos de la mission qu'ils venaient de remplir lui sortirent de la tête.

Il ne se souvenait pas d'avoir conduit depuis la base

jusqu'à son appartement ; il savait uniquement que le trajet avait semblé trop long. Il monta les marches de deux en deux jusqu'au deuxième étage. Il lui fallut trois essais pour mettre sa clé dans la serrure et quand la porte s'ouvrit enfin, il laissa tomber son sac en toile par terre et cria :

— Riley !

Personne ne répondit, ce qui l'inquiéta davantage. Dans le fond de son esprit, il savait qu'il n'avait pas de raison d'être inquiet, mais le changement de plan le dérangeait.

Il parcourut rapidement son appartement pour s'assurer qu'elle ne dormait pas, hésitant uniquement quand il vit un sac sur le sol de sa chambre qui n'avait pas été là quand il était parti. La pièce sentait le chèvrefeuille, ce qui n'avait pas non plus été le cas une semaine auparavant. C'était une odeur qu'il associait à Riley. Il lui avait fait un compliment sur son odeur auparavant et elle lui avait dit que c'était dû à sa crème, qui s'appelait Chèvrefeuille méditerranéen Aerin. Il se fichait du nom du produit, il savait juste qu'il lui rappellerait toujours Riley.

Il se retourna et se dirigea à nouveau vers la porte. Il l'ouvrit brusquement, prêt à aller à côté pour voir Riley, mais il s'arrêta net quand la femme qu'il cherchait désespérément apparut juste devant lui.

Il saisit ses épaules et l'attira dans son appartement.

— Tu es de retour ! déclara Riley avec un énorme sourire. Je t'ai entendu à travers le mur. Quand as-tu...

Oz l'interrompit en posant ses lèvres sur les siennes. Il la dévora comme s'il mourait de soif et qu'elle était un énorme verre d'eau. Et elle ne résista pas. Riley ouvrit la bouche et le laissa entrer, lui donnant autant que ce qu'elle recevait.

S'écartant en haletant, Oz tint Riley par les épaules et balaya son corps du regard.

— Est-ce que ça va ?

— Bien sûr que oui. Et *toi* ?

— Oui. Est-ce que Logan va bien ? Pourquoi est-il parti de chez Gillian ? Est-ce que quelque chose ne va pas ?

— Il va bien. Je suppose que tu sais déjà que je suis restée ici avec lui, rétorqua sèchement Riley,

Oz se retourna, attira Riley dans le salon et la fit asseoir sur le canapé avant de parler.

— Gillian a appelé Trigger, mais elle ne lui a pas dit grand-chose. Elle a juste dit que Logan était ici avec toi. Que s'est-il passé ?

— Rien de grave, révéla calmement Riley. Gillian ne pensait pas qu'il était très à l'aise chez elle et elle a pensé qu'il préférerait revenir ici. Et elle avait raison. L'appartement est nouveau pour lui, mais c'est son foyer. Et la situation est difficile à l'école, alors c'est comme un refuge, ici. J'étais ravie de rester avec lui jusqu'à ce que tu reviennes.

Oz poussa un soupir de soulagement, puis il intégra ce qu'elle venait de dire. Il s'assit sur le canapé à côté d'elle.

— La situation est difficile à l'école ? Comment ça ? Dans quel sens ?

— Je crois que tu devrais lui en parler, répondit Riley après un moment d'hésitation.

Oz secoua la tête.

— Non. Je dois savoir ce qu'il t'a dit. Je ne sais pas comment faire en sorte qu'il ait confiance en moi. Je veux dire, je crois que c'est le cas en surface, mais je vois bien qu'il se retient. Et de toute évidence, il est à l'aise avec toi s'il était d'accord pour que tu sois là et qu'il s'est ouvert sur ce qu'il se passe à l'école. S'il te plaît, dis-moi comment je peux l'aider. J'ai peur que les choses empirent si je dois attendre que Logan me le confie.

Le visage de Riley s'adoucit.

— C'est juste qu'il ne se fait pas d'amis comme il le devrait. Je crois qu'il y a un groupe d'enfants qui sont plutôt méchants et qui les embêtent, lui et quelques autres, et il se sent seul.

Oz laissa échapper un profond soupir.

— Mais il n'est pas en retard sur le plan scolaire ?

— Pas que je sache. Je l'ai aidé avec ses devoirs et je n'ai pas l'impression qu'il ait des difficultés. Je suis presque sûre que c'est juste parce qu'il est nouveau et que les autres ne sont pas très accueillants. Ça le frustre.

— D'accord. Je vais voir si je peux le pousser à m'en parler.

Puis, il prit les mains de Riley dans les siennes.

— Et toi, ça va ? Où en est la situation avec Miles ?

Riley plissa le nez.

— Ça va si mal ?

Elle haussa les épaules et il sut qu'elle allait minimiser ce que Miles faisait à présent.

— Ce n'est rien. Il croit encore que j'ai un de ses jeux en otage.

— Est-ce qu'il t'écrit encore ?

— Ouais.

Oz passa son pouce sur le dos de la main de Riley.

— Merci d'avoir veillé sur mon neveu pour moi. Honnêtement, je n'aurais jamais imaginé te refourguer autant de choses ce soir-là, quand je suis venu te demander ce que j'étais censé lui donner pour le petit-déjeuner.

— C'est un bon garçon, Porter. Et j'aime passer du temps avec lui.

— Alors... Tu as dormi ici. Dans ma chambre ?

Il la regarda rougir.

— Je suis désolée. Je n'avais pas l'intention de le faire, mais quand Logan a compris que j'allais dormir sur le canapé, il m'a posé des questions. Il ne comprenait pas pourquoi je ne dormais pas tout simplement dans ta chambre.

— J'ai senti ton odeur dedans. Le chèvrefeuille.

La rougeur de Riley s'intensifia.

— J'ai apporté ma lotion parce que ma peau a été très sèche dernièrement. Désolée.

— Ne t'excuse pas. Ça me plaît.

Puis, il pensa à quelque chose.

— Tu as dormi dans mon lit...

Elle se mordit la lèvre et hocha la tête.

— Bon sang, c'est *tellement* excitant, commenta-t-il doucement.

Les grands yeux couleur noisette de Riley étaient rivés sur les siens et il vit qu'elle respirait plus rapidement. Il adorait l'idée qu'elle soit là. Dans son espace. Utilisant ses oreillers. Sa peau nue contre ses draps. Il sentit son sexe palpiter dans son pantalon et il commença à baisser la tête.

Elle leva le menton pour trouver ses lèvres et à ce moment-là, ils entendirent quelqu'un à la porte.

Riley recula et se tourna dans cette direction. Oz tourna la tête à temps pour voir Logan entrer dans la pièce. Le soulagement de voir son neveu souriant et en un seul morceau le submergea. Oz bondit du canapé et avança vers Logan.

Sans réfléchir, il mit un genou à terre et le serra fermement dans ses bras.

— Tu es de retour, marmonna Logan contre son épaule.

— Oui, Champion. C'est bon de te voir. Tu m'as manqué !

— Vraiment ? demanda Logan.

Oz recula.

— Bien sûr que oui. Ça m'a manqué de jouer à la balle avec toi. De préparer le dîner. Et même de travailler sur ces fichus problèmes de mots. Être là avec toi et bien mieux que d'être allongé dans la poussière et de manger des plats préparés.

Logan plissa le nez.

— Tu sens très mauvais.

Oz éclata de rire. Il avait complètement oublié qu'il ne

s'était pas douché depuis des jours. Il avait eu tellement envie de retrouver Riley et Logan qu'il n'avait rien eu d'autre en tête.

— Désolé, Champion. J'avais trop hâte de revenir ici pour vérifier que Riley et toi alliez bien. Comment ça s'est passé, à l'école ?

Il remarqua la grimace subtile de Logan avant qu'il ne réponde :

— Bien.

— D'accord. Je crois que nous devons parler de certaines choses. Je ne suis pas en colère parce que tu voulais revenir ici plutôt que de vivre chez Gillian, mais nous devrions en parler. Et je ne reçois pas d'ondes positives de ta part à propos de l'école. Je sais que l'école, ce n'est pas amusant, mais c'est nécessaire pour que tu grandisses et que tu sois intelligent, pas une andouille.

Les lèvres de Logan tressaillirent, mais Oz poursuivit.

— Mais pour le moment, je suis juste heureux d'être à la maison et de voir que tu vas bien. Et si je me douchais pour qu'on aille jouer à la balle un moment ? Ensuite, nous pourrons dîner avant de parler de tout ce qu'il s'est passé pendant mon absence. D'accord ?

— Je vais faire mon sac et retourner dans mon appartement. Je vais vous laisser tranquilles pour que vous ayez un peu de temps entre oncle et neveu, annonça Riley en se levant du canapé.

— Non !

Oz et Logan le dirent tous les deux en même temps.

Oz sourit à son neveu avant de se retourner vers Riley.

— Pourquoi tu ne viens pas avec nous au parc ? Tu pourras faire la critique. Je suis sûr que tu as travaillé dur cette semaine. Et si Logan et moi préparions le dîner pour *toi* ce soir ?

— Comme si tu n'avais pas travaillé dur, marmonna Riley.

Puis, elle ajouta à voix haute :

— Je ne sais pas, vous avez besoin de passer du temps ensemble.

— Ça va. Pas vrai, Logan ? demanda Oz, espérant que le petit garçon serait d'accord avec lui.

— Ouais, ça va. S'il te plaît, Riley ? Reste ?

Oz savait qu'elle ne pourrait pas résister au regard de chiot de Logan et il avait raison.

— Bon, d'accord, mais seulement jusqu'à la fin du repas.

Oz se leva et lui adressa un grand sourire. Elle lui avait manqué aussi. Bien entendu, son neveu lui avait manqué, mais pas de la même manière que Riley.

— Je vais aller me changer et je vais prendre mes affaires de baseball, déclara Logan en laissant tomber son sac à dos au milieu du couloir et en se dirigeant vers sa chambre.

Oz secoua la tête, mais il laissa le sac à dos là où il était. Puis, il s'approcha de Riley. Il prit son visage entre ses mains.

— Désolé, je sens mauvais, dit-il.

Elle gloussa.

— Ce n'est rien.

— Dis-moi, est-ce que tu t'es douchée ici ? Ou est-ce que tu attendais que Logan soit à l'école pour te préparer dans ton appartement ?

Il la vit déglutir difficilement et la rougeur qui avait disparu de ses joues revint.

— Ici, admit-elle doucement.

L'idée qu'elle soit nue dans sa douche était sacrément érotique.

— Dis-moi que tu as dormi nue, la supplia-t-il.

Riley rit.

— Hors de question. Pas avec ton neveu au bout du couloir.

— Mince, se plaignit Oz.

— Tu es fou, commenta-t-elle en le poussant légèrement. Va te doucher. Tu sens vraiment très mauvais.

— Alors, si je voulais t'embrasser de nouveau, tu me dirais d'aller me faire voir ? la taquina-t-il.

— Non. Mais d'après les sons qui proviennent de la chambre de ton neveu, il va revenir dans deux secondes. Il va être impatient d'aller au parc, alors tu devrais mettre le turbo.

Oz adorait cela. Il adorait plaisanter avec Riley. Il n'avait pas l'impression de devoir faire attention à chaque mot qu'il lui adressait.

— Peut-être que je devrais faire en sorte que tu sentes aussi mauvais que moi. Comme ça, ça ne te dérangerait pas que je ne me sois pas douché depuis des jours.

— Ça ne me dérange pas, admit-elle. Ça signifie que tu étais quelque part dans le monde en train de faire ce que tu pouvais pour le rendre meilleur. J'admire ce que tu fais, Porter. Ça me rend fière de te connaître.

Même sans savoir ce qu'il avait fait ni où il l'avait fait, elle était fière de lui. Oz était plus déterminé que jamais à la garder auprès de lui.

Il l'embrassa, s'assurant de ne pas la toucher avec son treillis noir ou le haut de son uniforme, qui étaient sales. Il jeta un coup d'œil dans le couloir et ne vit pas Logan. Il sentit qu'il pouvait enfouir son visage contre son oreille et dire :

— Je vais aller me doucher et je vais imaginer que tu es là, mouillée et couverte de savon. Ensuite, je vais me faire jouir pour me débarrasser de cette érection que j'ai depuis que je suis rentré à la maison pour te retrouver. J'ai envie de toi, Riley. Quand tu seras prête. Pas de pression.

Ensuite, elle l'époustoufla en reculant pour croiser son regard et en disant :

— J'ai envie de toi aussi, Porter. Et puis, chacun son tour.

Oz fronça les sourcils.

— Quoi ?

— Le fait que tu te masturbes dans la douche. Ce n'est que justice… Car j'ai fait la même chose dans ton lit.

Oz s'étrangla presque. L'idée qu'elle se masturbe dans son lit était suffisante pour qu'il lui prenne la main. Il avait fait deux pas avec Riley derrière lui, pensant uniquement à l'emmener dans la douche et à la prendre comme il en avait eu envie depuis des semaines, mais Logan apparut dans le couloir et leur coupa la route.

— J'ai mes affaires ! annonça-t-il.

Puis, il fronça les sourcils.

— Tu es censé te doucher, l'accusa-t-il. Il va faire nuit si tu prends trop de temps.

Oz entendit Riley rire derrière lui et elle lâcha sa main. Il la sentit tapoter son bras.

— Allez, gros bras, nous t'attendrons ici.

— Plus tard, l'avertit-il d'une voix grave et rauque.

— J'ai hâte, admit-elle.

Même s'il ne voulait pas la laisser, il dépassa Logan et ébouriffa ses cheveux.

— Je ne vais pas tarder, annonça-t-il à son neveu. Et si tu prenais ton sac à dos et que tu commençais tes devoirs pendant que vous attendez ? Comme ça, tu n'auras pas à les faire plus tard.

— D'accord, accepta Logan d'une voix qui révélait qu'il n'était pas très content de faire ses devoirs à ce moment-là, mais qu'il n'allait pas désobéir.

Oz regarda Riley et sentit son sexe palpiter. Il était grand temps de prendre une douche. Mais il se consola en pensant que sous peu, elle serait dans son lit et qu'il y serait aussi. Il avait hâte.

CHAPITRE DOUZE

Porter était rentré de mission depuis deux jours. Riley n'arrivait pas à croire qu'elle avait été aussi directe avec lui l'autre soir. Et elle rougissait encore en pensant qu'elle lui avait avoué qu'elle s'était masturbée dans son lit.

Mais elle se sentait à l'aise avec lui. Elle n'était pas gênée du tout. Dommage qu'ils n'aient pu que passer de courtes périodes à s'embrasser le jour de son retour. Ce soir-là, après le dîner, quand Porter avait demandé à Logan pourquoi il était parti de chez Gillian, elle avait eu l'impression qu'ils devaient vraiment parler de certaines choses ensemble.

Et même s'ils avaient tous les deux protesté quand elle avait annoncé qu'elle partait, Riley était rentrée chez elle. Elle ne voulait pas s'imposer. Par conséquent, elle avait dit au revoir à Logan et Porter l'avait raccompagnée à son appartement comme toujours. Il avait refusé d'entrer, disant que s'il le faisait, il ne retournerait pas auprès de Logan avant longtemps. Au lieu de cela, il l'avait embrassée presque désespérément dans l'entrée et il était parti en lui adressant un long regard charnel qui promettait de bonnes choses à venir.

Porter avait eu des réunions tout au long de la journée suivante et il lui avait dit qu'il rentrerait tard ce soir-là. Il avait semblé se sentir coupable en lui demandant si elle pouvait s'assurer que Logan mange quelque chose pour le dîner et elle avait fait de son mieux pour le rassurer en lui disant que cela ne la dérangeait pas. Elle aimait passer du temps avec son neveu.

Cependant, Riley avait hâte de revoir Porter. Elle avait envie de lui. Elle désirait presque désespérément que Porter pose ses mains sur elle. Riley ne savait pas comment ils s'organiseraient. Peut-être qu'elle pourrait ne pas retourner dans son appartement et qu'ils pourraient attendre que Logan soit endormi pour qu'elle puisse enfin être dans le lit de Porter avec lui.

Elle devrait se sentir coupable de vouloir faire l'amour avec Porter alors que Logan était là, mais le petit garçon lui avait dit l'autre soir qu'il n'avait pas d'objection à ce qu'elle sorte avec son oncle. Que cela lui plairait, en réalité. Ça avait été un peu étrange qu'il en parle, mais elle ne pouvait pas nier qu'elle était reconnaissante.

À présent, Logan et elle attendaient que Porter rentre à la maison. Riley, parce qu'elle voulait lui retirer son pantalon et Logan, parce qu'il aimait simplement être avec son oncle, même s'il ne l'avait pas exprimé à voix haute.

Ils regardaient la *Roue de la Fortune* quand ils entendirent un grand bruit dans le couloir.

— Ouvre cette putain de porte, salope !

Riley se raidit en reconnaissant cette voix. Miles.

— Je te jure que si tu n'ouvres pas la porte, je vais la défoncer, Riley ! Tu as ignoré mes messages et mes appels trop longtemps. Ces conneries s'arrêtent ici et maintenant !

D'après le ton et les messages méchants qu'il lui avait laissés, il était évident qu'il s'énervait de plus en plus contre elle.

— Laisse-moi entrer pour que je puisse trouver mes

affaires moi-même. Tu es tellement inutile, putain. Je suis sûr que tu ne regardes pas au bon endroit !

Riley secoua la tête sous l'effet de la frustration. Elle n'avait vraiment pas son jeu vidéo stupide. Elle avait fouillé tout son appartement et elle lui avait assuré qu'il n'était pas là. Mais il ne l'avait pas crue. Elle avait imaginé qu'il finirait par se lasser de la harceler et qu'il partirait. De toute évidence, elle avait eu tort.

Logan émit un son à côté d'elle et la culpabilité de Riley se décupla quand elle vit à quel point il avait peur. Puis, le petit garçon se leva et lui prit la main. Il la mit debout avec précipitation et l'attira de l'autre côté du canapé. Il désigna un petit espace entre le mur et le canapé.

— Toi d'abord !

Riley fronça les sourcils.

— Quoi ?

— Cache-toi ! Il y a de la place. J'ai déjà vérifié. Si tu t'allonges un peu sur le côté, tu passeras. Tu es petite.

Riley avait envie de pleurer. Il avait déjà vérifié ?

Elle ouvrit la bouche pour dire qu'il n'était pas nécessaire qu'ils se cachent. Ils étaient en sécurité chez Porter et Miles ne savait pas qu'ils étaient là. Puis, son téléphone commença à sonner. Il était posé sur le plan de travail de la cuisine. Il vibra tandis que la sonnerie démodée et bruyante qu'elle avait configurée retentissait.

— Je le *savais* ! hurla Miles dans le couloir. Je savais que tu te tapais ton voisin ! Espèce de salope infidèle !

Puis, quelques secondes plus tard, Miles commença à frapper à la porte de *Porter*.

— Ouvre, salope ! Je sais que tu es là ! J'entends ton téléphone sonner !

— Riley ! cria Logan d'une voix basse et insistante.

Sans réfléchir, elle bougea. Elle ne pensait pas que Miles puisse entrer, mais que se passerait-il s'il y arrivait ? Elle devait être courageuse et dire à Logan de se cacher pendant qu'elle faisait face à son ex, mais il avait vraiment l'air en colère. Et honnêtement, elle ignorait ce qu'il lui ferait si elle ouvrait la porte ou s'il réussissait à la défoncer. Alors... se cacher semblait être une bonne idée à ce moment-là.

Elle s'allongea par terre et se tourna sur le côté, puis elle se faufila dans le petit espace derrière le canapé. Elle était menue du haut de son mètre soixante-deux, toutefois il n'était pas facile de se glisser dans la cachette. Le canapé s'écarta un peu du mur, mais elle espérait que ce ne serait pas suffisant pour que Miles le remarque s'il entrait.

Riley avança autant que possible, donnant de l'espace à Logan pour qu'il se cache derrière le meuble aussi. Sa propre respiration lui semblait bruyante tandis qu'elle haletait sous l'effet de la peur.

Miles n'avait pas cessé de frapper à la porte. Son téléphone continuait de sonner. Il sonnait cinq fois avant de dériver l'appel à la boîte vocale. De toute évidence, Miles raccrochait et la rappelait. Le téléphone n'arrêtait pas de retentir tandis qu'il l'assaillait depuis le couloir.

Elle ne comprenait pas pourquoi il souhaitait aussi désespérément récupérer un jeu. Certes, il aimait les jeux vidéo, cependant sa réaction était terriblement excessive.

Miles l'insulta de tous les noms possibles et Riley se sentit coupable que Logan doive entendre les terribles choses qu'il hurlait. Pendant qu'ils sortaient ensemble, elle n'aurait jamais imaginé que Miles ferait une chose pareille, sauf peut-être le dernier jour, quand elle en avait eu assez. Il avait été violent verbalement, surtout vers la fin, néanmoins il ne s'en était jamais pris à elle physiquement.

À présent, presque chaque mot qui sortait de sa bouche était une menace envers son bien-être. Il avait aussi commencé à insulter Porter, disant que c'était un monstre, un homme des cavernes, un yéti. Il l'accusait d'avoir couché avec lui pendant qu'ils sortaient ensemble et qu'elle regretterait de l'avoir trompé.

Tout ce qu'il disait était complètement ridicule, or il était évident que Miles était lancé et qu'il était complètement irrationnel. Riley ignorait s'il était ivre ou drogué ou quelque chose comme ça, mais même s'il n'avait pas été quelqu'un de bien, cet homme n'était pas celui avec qui elle était sortie.

La porte semblait trembler dans ses gonds. Elle ne pouvait pas bien la voir depuis l'endroit où elle se trouvait derrière le canapé, mais elle supposait qu'elle le remarquerait si les verrous cédaient.

Elle ferma les yeux et tressaillit à chaque coup du poing de Miles sur la porte. D'un moment à l'autre, il parviendrait à entrer... Et s'il la trouvait, elle ne savait pas ce qu'il ferait.

Riley tremblait à présent. Sa nervosité prenait le dessus. Elle sentit la main de Logan autour de sa cheville et elle se concentra sur cette sensation. Elle devait garder le contrôle d'elle-même. Pour *lui*. Si Miles réussissait à entrer d'une manière ou d'une autre, elle ne le laisserait pas lever la main sur le petit garçon. Hors de question.

Puis, aussi soudainement qu'il avait commencé, le vacarme cessa.

Riley pouvait encore entendre des cris dans le couloir, mais ils étaient étouffés à présent, comme s'ils venaient de loin. Et Miles ne frappait plus à la porte, Dieu merci.

Avant qu'elle ne puisse sortir de sa cachette et qu'elle n'essaie de découvrir ce qu'il se passait et ce qu'elle devait faire, Riley entendit la porte de l'appartement s'ouvrir brusquement. Elle heurta le mur du vestibule et s'immobilisa. Elle entendit quelqu'un se précipiter dans le salon. Heureusement, la personne continua d'avancer. Elle l'entendit descendre le couloir où se trouvaient les chambres.

En quelques secondes, la personne revint et elle l'entendit dire :

— Merde !

Porter.

Il était de retour.

Riley avança suffisamment pour que sa tête dépasse du canapé. Elle vit Porter debout près de l'entrée qui donnait sur le couloir. Il passa une main dans ses cheveux, l'air agité, et il regardait le téléphone de Riley sur le plan de travail de la cuisine.

— Porter ? murmura-t-elle tout en faisant de son mieux pour sortir de sa cachette.

Il tourna brusquement la tête et il se déplaça dès qu'il la vit.

— Riley ! s'exclama-t-il.

Une de ses mains était enroulée autour de son biceps et il l'aida à se lever avant qu'elle ne réalise qu'il était juste devant elle.

— Où est Logan ?

— Je suis là, annonça Logan en rampant à reculons pour sortir de sa cachette.

Porter maintint une main sur le bras de Riley et l'attira vers l'autre côté du canapé pour s'approcher de son neveu. Il s'agenouilla, attirant Riley avec lui, et il enroula un bras autour du garçon et l'autre autour d'elle. Il enfouit sa tête dans l'épaule de Logan et frémit.

— Porter ? Nous allons bien, déclara Riley, essayant de l'apaiser.

À la seconde où elle l'avait vu, elle avait réalisé qu'ils étaient en sécurité, car il ne laisserait pas Miles les toucher.

— Donne-moi une seconde, marmonna-t-il contre le T-shirt de Logan.

— Logan a bien agi, lui annonça Riley. Il a trouvé un endroit où nous pouvions nous cacher au cas où Miles réussissait à entrer. Et en parlant de ça... Où est-il ?

Elle sentit que Porter prenait une profonde inspiration, puis il leva la tête et la regarda.

— Un de nos voisins a appelé la police. Ils sont arrivés ici en même temps que moi. Ils l'ont emmené au rez-de-chaussée, avec un peu de chance pour le mettre dans leur voiture de patrouille. Je suis venu ici pour vérifier que vous alliez bien. Vous allez bien ?

Logan hocha la tête.

Porter posa sa grande main sur le côté du cou de Logan et posa son front contre celui de son neveu un moment. Puis, il hocha la tête et se leva lentement, aidant Riley à se lever aussi.

— Bon, alors... Apparemment, ignorer ton ex n'a pas très bien fonctionné.

Elle ne put s'en empêcher. Riley rit. Elle n'arrivait pas à croire qu'elle avait trouvé quoi que ce soit de drôle à propos de cette situation, pourtant les mots de Porter étaient l'euphémisme de l'année. Puis, elle reprit son sérieux.

— Je devrais lui parler.

— Non ! répliqua Porter d'un ton mordant. Hors de question. Je ne veux pas que tu t'approches de ce connard.

Riley haussa les sourcils et désigna Logan de la tête en disant :

— Ton langage.

— C'est bon, commenta Logan entre eux. J'ai déjà entendu des gros mots. Le type à la porte en a dit beaucoup. Je ne connaissais pas certains d'entre eux, mais c'était évident qu'ils n'étaient pas gentils.

Riley baissa la tête et soupira. Une chose de plus qu'elle regrettait.

Puis, la main de Porter se posa sur sa joue.

— Regarde-moi, Ri, ordonna-t-il.

Elle ouvrit les yeux et croisa le regard de Porter. Le gris était bien moins tempétueux que quelques minutes plus tôt.

— Je ne veux pas que tu t'approches de ce type.

— Je sais, mais peut-être que je peux le convaincre que je n'ai vraiment pas ses affaires, lui rappela-t-elle.

Porter pinça les lèvres.

— Il croira ce qu'il veut. Te voir, en particulier maintenant, n'est pas une bonne idée. Mais tu vas devoir faire une déclaration à la police.

— D'accord, accepta-t-elle.

Porter baissa les yeux vers Logan.

— Champion ?

— Oui ? dit Logan.

— Tu as bien fait de t'assurer que Riley et toi étiez en sécurité. J'ai traversé la pièce et je n'ai pas pensé un instant à regarder derrière le canapé.

Au lieu d'avoir l'air fier de lui-même, Logan eut l'air triste quand il hocha la tête. Riley voulait savoir pourquoi, mais quelqu'un se racla la gorge dans l'entrée.

Porter se déplaça plus vite que jamais. Il se plaça devant Logan et elle, entre eux et la personne qui se trouvait à la porte. Mais il s'agissait juste d'un agent de police, pas de Miles ou d'une autre menace.

— On dirait que vous les avez trouvés, commenta l'agent à Porter.

— Ouais, ils vont bien, répondit Porter.

— Il nous faudra une déclaration.

Riley hocha la tête et prit une profonde inspiration. Elle essaya de contourner Porter, mais il l'en empêcha en passant un bras autour de sa taille. Baissant les yeux vers elle, il énonça :

— Si tu as besoin de plus de temps, ce n'est pas un problème.

— Non, ça va. Je veux juste en finir et me détendre. J'avais hâte que la soirée arrive.

— Moi aussi, murmura Porter.

Puis, il l'embrassa sur le front et hocha la tête à l'intention de l'agent.

Ils passèrent l'heure suivante à raconter ce qu'il s'était passé à deux agents de police différents, y compris l'histoire de Riley et Miles. Ils demandèrent s'ils pouvaient chercher le jeu à propos duquel Miles continuait de se plaindre dans l'appartement de Riley et elle accepta. Elle n'avait rien à cacher, surtout pas son jeu ridicule. Elle dit aux agents qu'elle était disposée à donner cinquante dollars à Miles pour qu'il en achète un nouveau, mais Porter répondit qu'il était hors de question qu'elle donne le moindre centime à son ex.

Quand Porter ferma la porte derrière le dernier agent, Riley pouvait à peine garder les yeux ouverts.

— Viens, lui proposa Porter.

Elle le suivit sans commentaire tandis qu'il l'attirait dans sa chambre, puis dans sa salle de bains. Il ouvrit l'eau de la baignoire et quand elle fut chaude, il mit le bouchon. Il fit couler une bonne quantité de gel douche sous le jet avant de se tourner vers elle.

— Je sais que ce n'est pas une baignoire Jacuzzi chic et que ce n'est pas un massage de luxe super profond, mais je pense que tu as besoin d'un long bain chaud.

Elle eut les larmes aux yeux. Elle ne se souvenait pas d'avoir été aussi choyée.

Il prit son visage entre ses mains et l'inclina vers lui.

— J'ai eu tellement peur quand je n'arrivais pas à vous trouver. Je crois que cette soirée m'a fait perdre dix ans de vie.

— À moi aussi, admit-elle.

— Détends-toi. Je vais rester avec Logan un moment et m'assurer qu'il va bien.

— Il a dit qu'il avait déjà repéré cette cachette. Je parie qu'il l'a même essayée, pour s'assurer qu'il aurait de la place, révéla Riley à Porter.

Il fronça les sourcils.

— Je vais lui parler. Est-ce que tu vas rester ce soir ? Pas pour le sexe... C'est juste que... J'ai envie de te serrer dans mes bras. De me prouver que tu vas bien.

— Ça me plairait, accepta-t-elle. Et c'était vrai. Elle pourrait prendre un bain dans son propre appartement, mais elle aimait être là avec Porter et Logan. Et l'idée de dormir dans le lit de Porter avec lui était trop attrayante.

Porter se pencha en avant et elle se mit sur la pointe des pieds. Le baiser qu'ils échangèrent était intime et doux, et non pas passionné et explosif. On aurait dit que Porter savait qu'elle avait besoin de douceur à ce moment-là. Elle avait horreur d'avoir amené un danger sur le pas de sa porte et le fait que Logan aurait pu être blessé à cause d'elle. Les policiers lui avaient dit qu'ils pensaient que Miles croyait enfin que son jeu vidéo n'était pas dans l'appartement, mais elle ignorait si cela le maintiendrait à distance. Il avait été terriblement en colère ce soir-là et elle était terrorisée.

Balayant cette pensée, elle se ramena dans le moment présent. Elle se concentra sur les lèvres de Porter posées sur les siennes. Il s'écarta d'elle et caressa ses cheveux.

— Je vais mettre un de mes T-shirts sur le lit pour toi. Je suis sûr qu'il te couvrira jusqu'aux genoux. Mais si tu veux quelque chose de chez toi, dis-le-moi et j'irai le chercher.

Il était toujours si gentil avec elle.

— Ton T-shirt fera l'affaire.

Riley avait l'impression qu'une fois qu'elle passerait le T-shirt par-dessus sa tête, elle ne voudrait pas le rendre. Même s'il ne se passait jamais rien entre eux, et elle doutait qu'il en soit ainsi, elle voulait quelque chose pour se souvenir de ce moment. Pour se souvenir d'avoir été chérie. Pour se souvenir qu'il l'avait désirée et qu'il avait pris soin d'elle.

— Prends ton temps dans le bain, lui ordonna-t-il avant de s'éloigner d'elle.

Il ferma la porte de la salle de bains. Elle ferma les yeux et soupira, s'appuyant contre le plan de travail et s'y accrochant tout en posant ses fesses contre le bord.

Ce soir-là avait été terrible. Effrayant. Elle avait eu l'intention de coucher avec Porter, pas juste de dormir. Même si elle ne pouvait pas nier que l'idée de se blottir contre lui et de s'endormir dans ses bras était absolument séduisante.

Riley ignorait combien de temps elle avait passé dans la baignoire, mais elle se sentait bien mieux quand elle en sortit enfin. Mieux encore, elle sentait l'odeur de Porter. Elle entrouvrit la porte de la salle de bains simplement enroulée dans une serviette et elle vit que la pièce était vide. Elle prit le T-shirt que Porter avait laissé pour elle sur le lit et elle retourna à la hâte dans la salle de bains.

Elle était plus que prête à faire l'amour avec Porter, mais elle n'avait pas encore très envie qu'il la voie nue.

Elle passa le T-shirt par-dessus sa tête et sourit en voyant qu'effectivement, il lui arrivait presque aux genoux. Elle se brossa les dents et les cheveux, puis elle se dirigea vers la porte. Elle avait envie de s'allonger, mais d'abord, elle s'assurerait que Porter sache qu'elle était sortie de la baignoire et qu'elle était habillée.

Elle se dirigea vers le salon et s'arrêta quand elle regarda dans la chambre de Logan.

Porter était assis par terre, les yeux rivés sur le garçon, qui était profondément endormi dans son lit.

— Porter ? murmura-t-elle.

Il leva les yeux et leva immédiatement. Le désir dans son regard la brûla presque tandis qu'il la scrutait de la tête aux pieds.

— Est-ce qu'il va bien ?

Porter hocha la tête et sortit de la pièce, fermant presque complètement la porte. Puis, il posa sa main dans le bas du dos de Riley et la conduisit vers sa chambre.

Quand ils furent à l'intérieur, il ferma presque complètement sa propre porte, la laissant entrouverte de quelques centimètres, puis il parla enfin.

— C'est juste que... Quand il s'est endormi, je n'ai pas pu partir. J'aime tellement cet enfant et j'ai horreur d'avoir raté les années que j'aurais pu passer avec lui. Ce soir, il m'a dit qu'il détestait son école. Qu'il y a un groupe d'enfants méchants dans sa classe, pas juste avec lui, mais avec presque tout le monde. Je suis ravi qu'il se soit enfin ouvert à moi, mais je n'aime pas l'idée de ne pas pouvoir en faire davantage pour l'aider.

— Je crois que ce soir lui a prouvé qu'il pouvait compter sur toi quand il a besoin de toi, commenta Riley.

— Ouais, je suppose. Mais je pense qu'il me cache encore des choses.

— Porter, il ne va pas te dire absolument tout ce qui l'ennuie. Tu dois lui accorder plus de temps, répondit gentiment Riley.

— Je sais, mais ça me déchire de sentir qu'il cache quelque chose.

Riley réalisa qu'elle n'était pas la seule à avoir besoin d'être choyée ce soir-là. Porter venait de rentrer d'une mission qui avait dû être stressante et à présent, il devait s'occuper d'un enfant. Il avait eu peur ce soir-là, il l'avait admis plus tôt, alors il avait besoin qu'elle soit là pour lui tout comme elle avait eu besoin de lui.

— Va te changer, ordonna-t-elle. Ensuite, viens te coucher.

Il afficha un sourire fatigué.

— N'importe quel autre soir, ces mots m'auraient donné une érection immédiate.

— C'est une bonne chose que nous ayons déjà décidé que nous n'irions pas par là ce soir alors, pas vrai ? déclara Riley.

— Je suis ravi que tu sois là. Et que tu ailles bien, lui annonça Porter.

— Moi aussi. Maintenant, vas-y. Je vais éteindre la lumière.

Il hocha la tête et se retourna pour aller dans la salle de bains.

Riley éteignit le plafonnier et se glissa sous les couvertures. Il ne lui fallut pas longtemps pour que Porter finisse et la rejoigne. Elle aperçut ses larges épaules, quelques poils sur son torse et de longues jambes musclées avant qu'il ne soulève la couverture.

Puis, elle se retrouva dans ses bras. Sa peau était chaude et douce et même si elle savait qu'elle devrait être timide, être avec lui était parfait. Le T-shirt qu'elle portait remonta le long de sa jambe quand elle se tourna vers lui et qu'elle leva le genou pour le poser contre la cuisse de Porter.

Il poussa un profond soupir et Riley sentit la tension disparaître de son corps. C'était exactement ce dont elle avait besoin. Ce dont ils avaient besoin tous les deux. Elle ne se sentait pas mal à l'aise, elle ne se demandait pas ce qu'elle devrait faire ou comment elle devrait le toucher. Ils étaient simplement deux adultes qui s'imprégnaient l'un de l'autre.

— Tu as la même odeur que moi, murmura-t-il.

— Je sais.

— Je préfère ton odeur, lui dit-il.

Riley sourit.

— C'est noté.

Une minute s'écoula en silence. Puis, Porter reprit :

— Ça me plaît. Beaucoup.

— À moi aussi.

— Je suis désolé de ne pas être rentré plus tôt.

— Non, le réprimanda-t-elle. Miles allait faire ce qu'il avait prévu, quoi qu'il arrive. C'est fait. Je vais bien. Logan va bien. Tu vas bien. Nous allons de l'avant.

Elle sentit Porter sourire contre ses cheveux.

— D'accord, Ri.

— Qu'est-ce qui est prévu pour demain ? demanda-t-elle.

— Je dois assister à d'autres réunions pour conclure la mission dont nous venons de revenir. Je dois m'occuper de l'école de Logan, car s'il est malheureux, je vais voir ce que je peux faire pour arranger les choses. J'en ai assez d'essayer de m'occuper de la paperasse pour récupérer les affaires que Logan a bien pu laisser chez Becky. Je déteste ça, mais rien de ce qu'il avait avant ne semble vraiment lui manquer, alors je vais passer à autre chose. Je veux aussi mettre à jour mon plan de garde familiale et t'inscrire comme la personne avec qui Logan vivra quand je serai déployé de nouveau... Si ça te convient ?

— Bien sûr que oui. Il ne pose pas de problèmes. Ce n'est pas un fardeau d'être avec lui quand tu n'es pas là, Porter.

— Je ne veux juste pas que tu penses qu'il est la seule raison pour laquelle je veux être avec toi. Je voudrais être avec toi même s'il n'était pas là.

— Je sais. C'est étrange de penser qu'il y a peu, j'étais prête à ne plus sortir avec un homme avant très longtemps. Et puis, je vous ai rencontrés, Logan et toi. Maintenant, je n'imagine plus ne pas vous voir tous les jours.

— Est-ce que tu regrettes que nous allions aussi vite ? l'interrogea-t-il.

— Non.

Et c'était vrai. Porter était tellement différent de toutes les personnes avec qui elle était sortie ; c'était fou. Elle serait bête de tirer sur le frein alors qu'elle était plus heureuse que jamais.

— Comment va ton travail ? Est-ce qu'on perturbe ton organisation ?

— Non, ça va, lui assura Riley, ravie qu'il ait posé la question. Je n'ai pas vraiment modifié le nombre d'heures que je passe à travailler, je travaille juste à des heures *différentes*. C'est agréable de mettre mon ordinateur et mes écouteurs de côté l'après-midi et de me détendre avec Logan, et avec toi quand tu rentres.

— Bien. La dernière chose que je veux, c'est que l'on mette en péril ton gagne-pain.

Et c'était une raison de plus pour laquelle elle était tombée folle amoureuse de l'homme qui était dans ses bras.

Ils restèrent silencieux et Riley adorait la sensation des

doigts de Porter dans le bas de son dos. Il la caressait distraitement tout en la serrant contre lui. Il finit par se détendre complètement sous elle et Riley réalisa qu'il s'était endormi.

Souriant en entendant sa respiration profonde – il ne ronflait pas, mais il n'était vraiment pas silencieux – elle ferma les yeux aussi. Elle supposait que les sons qu'il émettait pourraient agacer certaines femmes, mais grâce à eux, Riley ne se sentait pas si seule. Tout comme Logan, elle aimait savoir qu'il était juste là, juste au cas où.

CHAPITRE TREIZE

Oz dut prendre quelques secondes pour comprendre où il était et qui était au lit avec lui. Mais quand ce fut le cas, il ne put s'empêcher de sourire. La veille avait été difficile. Il n'avait pas été présent quand Riley et Logan avaient eu besoin de lui, cependant son neveu avait fait du bon travail en gardant la tête froide et en se cachant avec Riley.

Oz avait été exténué quand Logan s'était endormi. Après un retour de mission émotionnellement difficile, puis la discussion avec son neveu sur son école, Oz était vanné.

S'endormir dans les bras de Riley avait été exactement ce dont il avait eu besoin. Rien à propos de la nuit dernière n'avait été gênant, même si c'était la première fois qu'ils partageaient un lit. Il avait été si fatigué qu'il n'avait pu que penser à passer le T-shirt qu'elle portait par-dessus sa tête, mais ensuite, sa voix basse et rassurante l'avait bercé.

Il avait une autre longue journée devant lui. Avec le reste de son équipe, ils devaient terminer le rapport sur tout ce qu'ils avaient fait et dit en Somalie et même si d'habitude, les comptes-rendus de mission intenses ne le dérangeaient pas, celui-ci semblait plus agaçant. Oz savait que c'était parce qu'il voulait être chez lui avec Logan et Riley.

Il avait demandé à Brain si l'impatience qu'il ressentait à l'égard de son travail disparaissait et son coéquipier s'était contenté de sourire et de secouer la tête.

— Tu apprends à vivre avec. Mais ça aide quand ta femme n'a pas de problème avec le fait que l'armée te prend beaucoup de temps.

Et Riley n'avait pas de problème avec son emploi du temps. Elle s'était efforcée de le rassurer et de s'assurer que Logan et lui n'aient jamais l'impression d'être un fardeau. Oz savait qu'il devrait en faire davantage pour montrer à Riley à quel point il l'appréciait, mais il ignorait comment faire.

Elle était tellement douée avec les petites attentions pour leur rappeler, à Logan et à lui, qu'elle pensait souvent à eux. Elle leur avait même acheté des plateaux de cafétéria assortis quelques jours plus tôt... pour que leurs aliments ne se touchent pas quand leur nourriture était servie. C'était un cadeau adorable et pratique. Il s'était senti un peu bête de manger dans un plateau, toutefois il avait adoré le sourire sur le visage de Riley quand elle avait vu qu'ils aimaient les utiliser.

Les choses avaient avancé rapidement entre Riley et lui, mais il savait au fond de lui qu'elle était la femme de sa vie. Le fait que son équipe le soutienne autant aidait beaucoup. Personne ne doutait de lui. Personne ne lui disait de ralentir. Trigger, Lefty et Brain étaient passés par là. Et Oz était déterminé à ne pas laisser un terroriste fou, un tueur à gages ou un ex faire du mal à sa femme.

Le fait de penser à l'ex-petit de Riley crispait Oz. Miles n'était pas seulement un salop, il était stupide d'avoir laissé partir Riley. Il ignorait à quel point elle était merveilleuse. Or la perte de Miles était en faveur d'Oz et il ferait tout ce qui était en son pouvoir pour s'assurer qu'il ne s'approcherait pas de sa famille.

Sa famille...

Il aurait dû paniquer par le fait de penser ces mots, mais au lieu de cela, il se sentait satisfait. C'était la raison pour laquelle il faisait tout ça. Pour que sa femme et son enfant soient protégés du mal de ce monde.

Riley bougea contre lui et Oz baissa les yeux vers elle. Ses lèvres étaient pincées et il sentait sa jambe lisse et douce contre sa cuisse. Ils ne semblaient pas avoir beaucoup bougé pendant la nuit. Il se sentait détendu et plus il restait allongé près d'elle, plus il s'excitait.

Mais au lieu d'avoir l'impression qu'il devait coucher avec elle dans la seconde, il se contenta d'apprécier l'intimité de se réveiller avec quelqu'un d'autre.

Il vit un mouvement du coin de l'œil qui attira son attention et Oz leva les yeux. Il vit Logan debout dans l'encadrement de la porte de la chambre.

— Bonjour, Champion, le salua Oz. Tu viens avec nous ?

Même s'il avait parlé à voix basse, Riley bougea contre lui.

— Vous êtes habillés, pas vrai ? demanda Logan.

De toute évidence, Riley entendit sa question, car elle changea de position nerveusement contre Oz. Le glissement de sa jambe nue contre la sienne démentit ce qu'il allait dire.

— Bien entendu. Viens ici.

Logan entra dans la chambre et monta sur le lit. Il se coucha perpendiculairement à eux à leurs pieds en appuyant sa tête sur sa main pour les regarder.

Oz s'assit tout en maintenant un bras autour de Riley pour qu'elle soit obligée de se redresser avec lui. Les couvertures continuaient de cacher les parties inférieures de leurs corps aux yeux de Logan et heureusement, l'apparition de son neveu avait tué l'érection matinale d'Oz.

— Tu as bien dormi ? interrogea Oz à l'enfant.

Celui-ci hocha la tête, mais de toute évidence, il avait quelque chose en tête.

— La situation est folle en ce moment, mais je t'ai

promis hier soir que nous irions visiter d'autres écoles de la région pour voir s'il y en a une qui te plaît davantage. Je sais que tu n'avais pas très envie d'aller à l'école de la base, mais elle pourrait te plaire si tu lui donnes une chance, lui annonça Oz.

Logan hocha la tête de nouveau.

— Est-ce qu'il y a autre chose qui te travaille, petit ? le questionna Oz.

— C'est juste que… est-ce que je peux avoir des secrets ? Je veux dire, des gros secrets ? demanda Logan.

Oz sentit Riley se raidir contre lui, néanmoins il fit de son mieux pour ne pas réagir de manière excessive. Il n'était pas sûr d'être qualifié pour naviguer dans ces eaux troubles, pourtant il essaya.

— C'est difficile de répondre à cette question sans connaître le secret, mais d'après moi, les secrets ont tendance à devenir de plus en plus grands avec le temps. Les révéler à quelqu'un de confiance peut t'aider à faire en sorte qu'ils ne semblent pas trop accablants.

Logan baissa la tête et s'affala sur le dos, regardant le plafond tandis qu'Oz poursuivait :

— Le truc, c'est que certains secrets sont acceptables. Comme celui que Riley nous a caché quand elle nous a acheté ces super plateaux pour le dîner. Nous savions qu'elle nous cachait quelque chose, mais quand nous avons vu notre surprise, c'était palpitant et amusant, argumenta Oz. Mais d'autres secrets peuvent être nocifs. Pour la personne qui le garde ou pour la personne que ça concerne. Ces secrets-là ne sont pas bons.

Logan hocha la tête et lança :

— Mais c'est difficile de savoir en qui avoir confiance.

Oz détestait l'incertitude dans la voix de son neveu. Il voulait dire à l'enfant qu'il pouvait avoir une confiance absolue en lui, puis exiger de savoir quel secret il gardait. Cependant il prit un moment pour réfléchir à sa réponse.

Riley parla avant lui.

— Quand j'avais ton âge, personne n'était au courant de la situation avec ma mère et mon père. J'étais la nouvelle élève à l'école, car je devais changer d'établissement quand on m'emmenait loin de chez moi, et je n'avais pas de bons amis en qui avoir confiance. Et puis, un jour, ma professeure m'a demandé de rester en classe pendant la récréation. J'étais terrorisée, je pensais que j'allais avoir des ennuis. Mais elle a passé un bras autour de moi et elle m'a dit qu'elle avait remarqué que j'avais du mal avec le travail scolaire, et elle m'a demandé ce qui n'allait pas. Si tout allait bien à la maison. J'ai pleuré et je lui ai dit que je vivais avec des inconnus et que j'attendais que mes parents viennent me chercher quand ils y seraient autorisés. Et tu sais ce qu'il s'est passé ?

Logan se tourna vers elle.

— Quoi ?

— Ma professeure m'a donné plus de temps pour faire mes devoirs. Elle n'avait pas su ce qui m'arrivait et comme je le lui ai dit, elle a pu être indulgente avec moi. Chaque jour, elle me demandait comment je me sentais et elle s'assurait que j'allais bien. Son attention m'a aidée. Beaucoup. C'était difficile de lui confier mon secret, mais quand je l'ai fait, je me suis sentie bien mieux. Je ne l'ai pas dit à mes camarades de classe, pourtant le fait qu'une seule personne le sache et me donne plus de temps pour faire mes devoirs m'a permis de me sentir bien mieux.

Logan hocha la tête et fixa à nouveau le plafond.

Oz voulait le supplier de lui dire ce qu'il considérait comme un si grand secret, mais il voulait aussi qu'il lui en parle de sa propre initiative. Qu'il lui fasse assez confiance pour lui confier ce qui le travaillait. Il observa Riley et vit qu'elle était aussi inquiète que lui, néanmoins il était prêt à donner à Logan le temps de penser à ce qu'ils avaient dit.

Il serra l'épaule de Riley et sentit les doigts de celle-ci

s'appuyer sur son torse en guise de réponse. Il adorait le fait qu'ils puissent communiquer sans mots.

— Je me disais... Killeen a un programme de baseball pour les jeunes. Est-ce que tu aimerais te renseigner à ce sujet ? proposa Oz à Logan.

Son neveu se redressa sur le lit.

— Vraiment ? Genre, pour que je joue, pas juste pour regarder ?

— Ouais, vraiment. Et c'est pour que tu joues, bien évidemment.

— Mais, est-ce que c'est cher ?

— Je ne sais pas du tout combien ça coûte, mais je crois que tu seras très bon, Champion. Tu as un bon bras pour les lancers et tu n'as pas de problème pour frapper la balle quand je te la lance. Si tu veux jouer, je trouverai un moyen de faire en sorte que ce soit possible.

Logan écarquilla les yeux et hocha lentement la tête, comme s'il avait peur de se montrer trop enthousiaste et de voir son rêve s'envoler.

— Alors, d'accord. Je vais me renseigner. Nous verrons comment rejoindre la ligue et quand ils s'entraînent. Si nous pouvons te faire entrer, nous commencerons dès qu'ils te le permettront, annonça Oz.

Logan sourit. Un énorme sourire insouciant qu'Oz n'avait encore jamais vu sur son visage.

— Génial ! cria-t-il.

Puis, il descendit du lit et se dirigea vers la porte.

— Où est-ce que tu vas ? demanda Oz.

— Je dois vérifier que mon matériel de baseball est propre et que je suis prêt pour le début des entraînements ! expliqua Logan sans se retourner.

Il sortit avant qu'Oz ne puisse répondre.

— Je crois qu'il est enthousiaste, remarqua Riley.

— Tu crois ? demanda Oz.

Puis, il bougea rapidement, se retournant pour se placer

au-dessus de Riley, qui fut soudain allongée sur le dos, sour-
cillant sous l'effet de la surprise.

— Tu es belle.

Il ne fut pas surpris qu'elle rougisse.

— Ouais, c'est ça. Je viens de me réveiller et mes
cheveux sont probablement en désordre.

— Oui, confirma Oz en souriant quand elle plissa le nez.
Mais ils sont comme ça parce que tu as dormi dans mes
bras. Dans mon lit. Toute la nuit. Alors, je n'ai jamais rien vu
d'aussi beau.

— Porter, murmura-t-elle.

— Hier soir a été très important pour moi, lui confia-t-il.
J'en avais besoin. La connexion avec un autre être humain.
Avec *toi*. Mais ça a aussi renforcé le fait que je veuille que *ça*
arrive, dit-il en les désignant tous les deux. Toi et moi. Qu'on
sorte ensemble. Qu'on fasse l'amour. Qu'on essaie de
trouver comment élever Logan pour qu'il soit un enfant
équilibré et normal. Quand je pense à toutes les manières
dont je peux le bousiller, ça me terrorise. Mais ensemble,
nous formons une très bonne équipe. Dis-moi que tu en as
envie aussi. Que tu veux être mienne. Que le fait que j'ai un
enfant ne t'effraie pas.

— Je ne suis pas effrayée, répondit immédiatement
Riley. J'ai toujours voulu avoir une grande famille.

Le sexe d'Oz se durcit brusquement à ces mots. De toute
évidence, elle le sentit, car elle lui sourit timidement.

— Merde. D'accord. Bon, nous n'avons pas le temps
maintenant pour que je te montre toutes les manières dont
j'*adore* cette idée. Mais, sauf s'il y a d'autres désastres, si des
ex-petits amis deviennent fous ou si l'armée m'envoie en
mission demain, je vais m'assurer que tu saches à quel point
je tiens à toi ce soir. Je veux plonger si profondément en toi
qu'aucun de nous ne saura où est la limite entre toi et moi.
Je veux te voir jouir si fort que tu en perdras la tête avant
que je ne jouisse tout aussi fort. Ça va arriver, Riley. Ici.

Depuis que tu m'as dit que tu t'étais masturbée dans mon lit, je te jure que je peux te sentir sur mes draps. J'ai besoin de toi. Et pas juste pour le sexe, même si j'ai l'impression que ce sera incroyable. Mais parce que tu es *toi*.

— Euh... wouah, répliqua-t-elle doucement.

— Je sais. Ça fait beaucoup. Mais, merde. La vie est trop courte pour ne pas prendre ce que tu veux. Et je te veux, Riley Rogers. Je veux tout de toi.

— Je te veux aussi.

— Bien. Maintenant... J'ai beau adorer que tu ne portes rien d'autre que mon T-shirt, je vais devoir te demander de mettre ton jean avant que nous allions donner à manger à mon neveu.

Riley gloussa.

— Je peux le faire. Mais tu devras mettre un T-shirt. Ma libido pourrait bien ne pas être capable de supporter le fait que tu sois torse nu.

Oz éclata de rire.

— D'accord.

Puis, il devint sérieux.

— Ça va fonctionner entre nous, déclara-t-il.

— Je l'espère. Je n'ai rien souhaité aussi fort depuis longtemps.

— Ça va fonctionner. Tu veux que je fasse les pancakes ce matin ou tu veux les faire ?

— Je vais préparer la pâte si tu les cuis. Logan aime que tu fasses des formes différentes et je ne sais pas le faire. Les miens ressemblent juste à des taches informes.

— Ça marche.

Puis, Oz se pencha en avant et l'embrassa sur le front.

— J'aimerais t'embrasser comme il faut, mais j'ai mauvaise haleine. Et si je commence à t'embrasser maintenant, je pourrais bien ne pas m'arrêter, admit-il.

Riley sourit.

— Je crois que je n'ai jamais connu un homme qui admette avoir mauvaise haleine.

— Je vais être le premier à faire beaucoup de choses pour toi, annonça Oz avec assurance.

Après certains des commentaires passés de Riley, il avait l'impression qu'aucun homme ne l'avait jamais vraiment satisfaite. Et il était prêt à s'en charger.

Oz s'écarta d'elle et roula sur le côté. Il aperçut sa cuisse nue et sa culotte rouge avant de s'obliger à détourner le regard. Chaque moment passé ensemble lui donnait envie de passer davantage de temps avec elle. Et il pouvait dire en toute honnêteté que cela n'était jamais arrivé auparavant.

— Je vais utiliser la salle de bains dans le couloir, lui dit Riley.

— Merci d'être restée hier soir, reprit Oz, en sûreté dans l'encadrement de la porte de la salle de bains.

— Merci de m'avoir laissé rester, répondit-elle.

— L'invitation est permanente, laissa-t-il échapper.

Il n'avait pas eu l'intention de presque l'inviter à emménager avec lui, mais elle passait déjà beaucoup de temps dans son appartement. Il pouvait tout aussi bien s'assurer qu'elle sache qu'elle était vraiment la bienvenue.

Elle pinça les lèvres et hocha la tête.

Oz était un peu déçu. Il voulait qu'elle acquiesce immédiatement et commencer à parler des tiroirs qu'elle pouvait utiliser. Cependant, Riley n'était pas comme ça. Elle était prudente parce qu'elle ne voulait pas s'imposer.

Mais Oz avait l'impression qu'elle ne serait jamais un fardeau.

— Le temps passe, la taquina-t-il. Va préparer la pâte. Je vais aller voir Logan pour m'assurer qu'il se prépare pour l'école et vérifier qu'il n'est pas trop absorbé par ses affaires de baseball.

— Profite de ta douche, lança Riley en souriant.

Puis, elle sortit du lit, enfila son jean et se dirigea vers la porte.

Oz l'observa jusqu'à ce qu'elle disparaisse dans le couloir, puis il s'obligea à fermer la porte de la chambre. Il devrait s'occuper de lui-même dans la douche, mais étant donné ce qu'il ressentait à ce moment-là et avec le souvenir d'avoir Riley dans ses bras encore frais, il savait qu'il ne mettrait pas longtemps à jouir. Riley le menait par le bout du nez et elle n'en avait pas la moindre idée. Oz adorait cela.

* * *

Riley eut du mal à se concentrer sur son travail quand elle fut de retour dans son appartement. Il lui avait fallu une heure ou deux pour bien reprendre le rythme. Son esprit était accaparé par des pensées à propos de Porter et de Logan. Elle n'arrivait pas à croire qu'elle avait passé toute la nuit dans les bras de Porter. Cela avait été mieux que dans ses fantasmes. Il avait été chaud, mais pas trop, et le fait qu'il soit à ses côtés lui avait offert un sentiment de sécurité. Elle ne s'était pas sentie aussi protégée depuis longtemps... Peut-être même qu'elle n'avait jamais ressenti un tel sentiment de sécurité.

Si elle était retournée dans son appartement, elle aurait probablement fait des cauchemars dans lesquels Miles défonçait la porte et levait la main sur elle. Mais au lieu de cela, elle avait dormi comme un bébé. Porter ne laisserait personne lui faire du mal. C'était réconfortant et exaltant en même temps.

Et Logan lui brisait encore le cœur. Elle détestait le fait qu'il ait cherché une cachette au cas où il en aurait besoin. Il n'aurait pas dû avoir à faire cela. Il aurait dû se sentir en sécurité avec son oncle. Mais étant donné que Porter était un inconnu et que de toute évidence, Logan avait eu une enfance difficile jusque-là, il avait ressenti le besoin de trouver un plan au cas où les choses se passeraient mal.

Puis, ce matin-là, quand il avait parlé de secrets... Riley avait voulu le prendre dans ses bras, le serrer contre elle et lui dire qu'il pouvait avoir une confiance absolue en elle et en son oncle. Or de toute évidence, il lui fallait plus de temps. Elle espérait juste que cela ne prendrait pas trop longtemps. Elle avait l'impression que l'homme et le petit garçon avaient besoin l'un de l'autre et plus vite Logan comprendrait qu'il pouvait faire confiance à Porter, plus vite ils seraient heureux.

Cependant, elle savait mieux que quiconque que la confiance ne pouvait pas être forcée. Porter devait trouver un moyen de prouver à son neveu que quoi qu'il arrive, il pouvait compter sur lui.

Après le déjeuner, Riley vit quelque chose du coin de l'œil qui attira son attention. C'était son téléphone. Quand elle travaillait et qu'elle portait ses écouteurs, elle configurait toujours l'alerte lumineuse de son téléphone pour savoir quand elle recevait un appel. Elle n'en recevait pas souvent, mais quand c'était le cas, elle voulait pouvoir répondre.

Elle retira ses écouteurs et prit son portable. Méfiante, car elle ne reconnaissait pas le numéro, Riley décrocha.

— Allô ?

— Est-ce que Riley Rogers est là ?

— C'est moi.

— Bonjour. Je suis le principal McClain. Il y a eu un incident avec Logan Reed et nous n'avons pas pu joindre son tuteur. Vous êtes sur la liste de ses contacts d'urgence.

Le cœur de Riley sombra comme s'il avait cessé de battre.

— Est-ce que Logan va bien ?

— Oui, il va bien. Mais nous avons besoin que quelqu'un vienne le chercher à l'école. Il est renvoyé et son renvoi prend effet immédiatement.

Qu'est-ce que... ? Renvoyé ? Riley avait un million de questions, mais elle était déjà en mouvement. Elle ignorait ce qu'il s'était passé ; elle savait uniquement qu'elle devait rejoindre Logan.

— J'arrive. Vous êtes sûr qu'il va bien ?

— Oui. Venez à la porte principale. On vous ouvrira avec l'interphone, puis allez directement dans le bureau principal. C'est sur la droite en entrant.

La voix de l'homme était pragmatique et dépourvue d'émotions.

— D'accord. Je serai là dans dix minutes.

— À plus tard, dit le principal avant de raccrocher.

Tandis qu'elle descendait les escaliers en vitesse, Riley essaya de joindre Porter, mais l'appel fut immédiatement transféré sur la boîte vocale. Un jour, il lui avait dit que quand ils étaient en réunion, tout le monde éteignait son téléphone pour pouvoir se concentrer. C'était censé, car ils ne parlaient pas du temps qu'il faisait. Ils parlaient sans doute de sujets de sécurité nationale top secret et très sensibles. Mais à ce moment-là, le fait de ne pas pouvoir le joindre la stressait.

Riley plaça son téléphone dans son sac et se précipita vers sa voiture sur le parking du bâtiment. La Toyota Camry était vieille et pas très chic comparée à l'Expedition de Porter, mais elle l'emmenait là où elle avait besoin d'aller en sécurité, alors elle lui convenait.

Huit minutes et demie plus tard, elle s'arrêta devant l'école de Logan. Elle se gara sur un emplacement du parking des visiteurs et courut jusqu'aux portes. On lui ouvrit immédiatement la porte grâce à l'interphone et elle se rua vers le bureau. Elle avait besoin de voir Logan de ses propres yeux. Elle devait s'assurer qu'il allait bien.

D'un côté de la porte, un garçon était assis contre le mur.

Il était roux et il tenait un sac de glace sur son visage. Or au lieu d'avoir l'air bouleversé par sa blessure, l'enfant eut l'audace de lui adresser un sourire narquois quand elle entra.

Un frisson parcourut le corps de Riley. Le garçon avait beau avoir le même âge que Logan, il lui rappelait bien trop les brutes auxquelles elle avait fait face quand elle avait eu son âge. L'enfant ne semblait pas s'inquiéter de quoi que ce soit, certainement pas de blesser quelqu'un d'autre émotionnellement.

Détournant son attention du garçon pour se tourner vers la secrétaire, elle se présenta :

— Je suis Riley Rogers. Je suis là pour Logan Reed.

— Vous pouvez entrer dans le bureau de monsieur McClain. Logan est à l'intérieur.

Elle hocha la tête et, ignorant l'enfant qui la dévisageait, Riley ouvrit la porte, essayant de ne pas être mal à l'aise à l'idée d'être dans le bureau du principal. Elle était adulte, mais apparemment, certaines choses ne changeaient jamais.

Logan était assis sur une chaise, les jambes pendant au-dessus du sol. Il baissait la tête, mais il la releva quand elle entra. Son visage refléta une peur absolue quand il croisa son regard et cela fit vaciller Riley. Avait-il peur d'*elle* ?

Elle se dirigea droit vers lui et s'agenouilla par terre devant lui. Elle posa légèrement ses mains sur ses genoux.

— Est-ce que ça va ?

Logan hocha la tête.

— Tu es sûr ?

Il acquiesça encore.

Riley voulait ajouter quelque chose. Elle voulait que Logan lui parle, mais il était évident qu'il s'était refermé pour le moment. C'était le principal qui devrait lui dire ce qu'il s'était passé.

— Merci d'être venue aussi vite. Je suis le docteur Leonardo McClain, l'informa l'homme en tendant la main vers elle.

Riley avait envie de lever les yeux au ciel. Il utilisait son titre intentionnellement. Elle supposait qu'il voulait s'assurer qu'elle sache que c'était lui, la personne importante dans la pièce, la personne avec le doctorat. Et Leonardo ? Pas Leo ? Cela lui sembla prétentieux aussi. Mais elle lui accorda le bénéfice du doute. Beaucoup de gens n'avaient pas de surnom.

Elle lui serra la main et se présenta :

— Riley.

— Bien.

Leonardo s'assit et désigna Logan.

— Nous avons eu un gros problème ici aujourd'hui. Monsieur Reed a frappé Gary Wittingham, un autre garçon de sa classe, assez fort pour lui faire un bleu au visage.

— Pourquoi ?

Le principal sourcilla. Riley ne brisa pas le contact visuel.

— Je ne crois pas que la raison a de l'importance. Le problème, c'est que nous ne tolérons pas la moindre agression physique dans notre établissement.

— Je le comprends, et je pense que c'est une très bonne politique. Mais je voudrais quand même savoir pourquoi Logan a frappé l'autre garçon. Le contexte a de l'importance.

— En réalité, non, contredit Leonardo pompeusement.

Riley en avait assez de son attitude. Elle se tourna vers Logan.

— Pourquoi est-ce que tu as frappé Gary ?

Pendant un instant, elle pensa qu'il ne lui répondrait pas. Il baissa les yeux vers ses mains, posées sur ses genoux, refusant de croiser son regard, et expliqua enfin :

— Il a touché Lacie.

Riley fronça les sourcils.

— Quoi ?

Cette fois, la voix de Logan était plus forte et il leva les yeux vers elle.

— Il a touché Lacie. Elle est dans ma classe et elle est grosse, alors personne ne lui parle beaucoup. Mais elle est gentille avec moi. À la récréation, Gary s'est moqué d'elle. Il parlait de ses... *seins*.

Il murmura le dernier mot et il était évident que Logan était gêné à l'idée de le prononcer et encore plus par le fait de parler de cette partie du corps d'une fille.

— Ensuite, il l'a poussée contre le mur, là où les professeurs ne pouvaient pas le voir, et il l'a touchée. *Là*. Je voyais bien que Lacie avait très peur. J'ai dit à Gary d'arrêter et il m'a demandé ce que j'allais faire. Alors je lui ai donné un coup de poing. Lacie est partie en pleurant. Gary est allé voir le professeur et a rapporté que je l'avais frappé.

Riley vit rouge. Elle n'était pas en colère contre Logan. Non, elle était extrêmement en colère parce que les adultes avaient laissé tomber Lacie et Logan.

Elle se leva et fixa le principal du regard.

— D'accord, alors vous renvoyez Logan parce qu'il a protégé un autre enfant ?

Leonardo ne tressaillit même pas.

— Non, il est renvoyé parce qu'il a frappé un autre enfant. Comme je l'ai dit, nous ne tolérons pas la violence physique ici.

— Mais le harcèlement sexuel est acceptable ? rétorqua Riley.

Le principal sembla surpris un moment, puis il répondit :

— Les enfants ici sont trop jeunes pour savoir de quoi il s'agit. Logan aurait dû demander à un professeur de gérer la situation. La violence n'est pas la réponse.

Riley avait envie de s'arracher les cheveux.

— Alors, vous êtes en train de dire que Logan aurait dû laisser Lacie seule avec cette brute, qui touchait ses *parties intimes*, pour aller chercher un professeur ? C'est ridicule ! Il est impossible de savoir ce que cet enfant aurait pu lui faire pendant que Logan allait chercher de l'aide.

— Nous ne pouvons pas permettre aux élèves de se frapper, insista le principal.

— Vous ne pouvez pas les laisser s'agresser sexuellement non plus, aboya-t-elle en retour.

Il y eut de l'agitation dans le bureau de la secrétaire, ce qui l'empêcha d'ajouter quoi que ce soit. Ils entendirent la secrétaire dire :

— Vous ne pouvez pas juste...

Puis, Porter entra.

Il se dirigea directement vers Logan, tout comme Riley l'avait fait, et il posa ses mains sur ses épaules.

— Ça va, Champion ?

Logan hocha la tête, mais il baissa à nouveau les yeux vers ses genoux, refusant de croiser le regard de son oncle.

— Que se passe-t-il ? J'étais en réunion et je ne pouvais pas répondre au téléphone, mais quand j'ai eu une pause, j'ai vu que l'école avait appelé plusieurs fois, tout comme Riley. J'ai supposé qu'il s'était passé quelque chose et je suis venu directement ici. J'ai téléphoné en chemin, mais votre secrétaire n'a pas voulu me dire ce qu'il se passait. Elle m'a juste dit que Riley était là et que Logan avait des ennuis.

— Veuillez vous asseoir, monsieur Reed, reprit Leonardo.

— Je préfère rester debout, refusa Porter d'une voix glaciale.

Riley ne put s'empêcher d'admirer sa ténacité.

— D'accord. Je suis le docteur Leonardo McClain, le principal.

— Je m'en doutais. Est-ce que quelqu'un peut me dire ce qu'il se passe, bordel ?

Riley vit Leonardo froncer les sourcils et elle supposa que c'était dû au gros mot de Porter. Mais quelques gros mots étaient bien justifiés et Porter ne savait même pas encore ce qu'il se passait.

Elle décida d'aller au cœur du sujet et de mettre Porter au courant de ces absurdités.

— Logan a vu un enfant du nom de Gary toucher la poitrine d'une fille et il l'a frappé. Le *docteur* McClain se fiche de la *raison* pour laquelle il a frappé la brute, il ne donne d'importance qu'au fait qu'il l'a tapé. Alors, il le renvoie.

Elle ne put s'empêcher de faire transparaître son dédain dans sa voix.

Riley vit tout le corps de Porter se raidir. Elle vit chaque muscle de sa mâchoire se tendre.

Il.

N'était.

Pas.

Content.

— Regarde-moi, Logan, ordonna gentiment Porter à son neveu.

À contrecœur, Logan leva haut le menton et regarda son oncle dans les yeux.

— Est-ce que c'est bien ce qu'il s'est passé ? Tu as protégé cette fille ?

— Oui, monsieur.

Riley n'avait jamais entendu Logan appelé son oncle « monsieur » et de toute évidence, Logan était terrifié à l'idée d'avoir des ennuis.

Porter serra délicatement l'épaule de Logan, puis avisa le principal.

— Alors, vous renvoyez mon neveu parce qu'il a frappé quelqu'un qui agressait une de vos élèves. Que va-t-il arriver à l'autre enfant ? Je suppose que c'est celui qui est assis dans l'autre pièce.

— Son père va venir le chercher et va l'emmener à l'hôpital pour s'assurer qu'il n'est pas blessé plus gravement que notre infirmière le pensait, annonça le principal.

— Et ? aboya Porter.

— Et il va s'excuser à la fille en question.

Riley pensait que les yeux de Porter allaient sortir de leurs orbites.

— Vous ne pouvez pas être sérieux, putain.

— Je vais devoir vous demander de faire attention à votre manière de parler, rétorqua Leonardo.

— Vous ne plaisantez *pas*, s'offusqua Porter en secouant la tête. Vous allez vraiment obliger cette petite fille, qui était probablement terrifiée quand Gary l'a touchée, à faire face à son agresseur et accepter ses excuses *forcées et hypocrites*. C'est la chose la plus stupide que j'aie jamais entendue. Qu'allez-vous faire pour la protéger et pour protéger les autres filles de ce crétin à l'avenir ? Et je suppose que votre raisonnement ridicule signifie que l'autre garçon n'est pas renvoyé ?

— Il n'a frappé personne, confirma Leonardo d'un ton un peu moins moralisateur.

— C'est ça. Il a juste touché une fille de manière inappropriée sans sa permission. C'est *tellement* mieux. Combien de temps Logan sera-t-il renvoyé ?

— Une semaine, déclara le principal.

Porter hocha la tête.

— Viens, Logan. Nous n'avons plus rien à faire ici.

Riley voyait bien que Porter se contrôlait à peine, mais elle ne put s'empêcher de le respecter encore plus. Il n'allait pas rester pour laisser le prétentieux docteur McClain le prendre de haut une seconde de plus.

Logan se leva. Ses épaules étaient affaissées et de toute évidence, il craignait d'être seul avec son oncle. Porter maintint une main sur son épaule en le faisant sortir du bureau du principal.

Gary avait encore un air suffisant, assis contre le mur, et

Riley vit que Porter l'avait remarqué, cependant il ne dit pas un mot en se dirigeant vers la sortie. Son silence glacial était un peu intimidant, même pour Riley, et elle savait sans l'ombre d'un doute que ce n'était pas un homme violent.

Quand ils furent à l'extérieur du bâtiment, il prit enfin la parole.

— Tu viens avec nous, lui imposa Porter.

Riley ne discuta pas. Elle trouverait un moyen de récupérer sa voiture plus tard. Ce n'était pas comme si elle sortait beaucoup, elle pouvait sans sortir sans le véhicule un moment. Elle espérait juste que l'école ne la ferait pas remorquer.

Prouvant qu'il était en alerte plus que jamais, Porter ajouta :

— Je vais demander à un des mecs de ramener ta voiture chez toi.

Riley se contenta de hocher la tête.

Porter ouvrit la portière de la voiture pour Logan et attendit qu'il monte. Avant de la refermer, il annonça :

— Je vais parler à Riley une seconde, Champion. Ne bouge pas.

Il attendit que son neveu hoche la tête avant de fermer la portière. Puis, il prit le bras de Riley et l'emmena derrière la voiture. Il s'arrêta quand ils furent juste derrière le véhicule, puis il l'attira contre lui si vite que la tête lui tourna une seconde.

Mais elle n'hésita pas à le serrer aussi. Elle sentit Porter trembler contre elle.

— Porter ?

— Je vais bien, lui assura-t-il. Je suis juste *vraiment* en colère maintenant.

Elle se tut, ne sachant pas quoi dire pour l'aider. Riley ne pouvait que le serrer contre elle.

Il ne lui fallut pas longtemps pour que Porter se reprenne en main. Il leva la tête et dit :

— Merci d'être venue le chercher aussi vite. Je suis désolé de ne pas avoir été joignable.

— De rien. C'est pour ça que tu m'as inscrite comme contact d'urgence.

— Le fait d'être parent est bien plus dur que je ne l'imaginais, putain. Je ne sais pas si je vais y survivre, admit-il.

— Tu vas y arriver, s'exclama Riley.

Il soupira.

— Bon, Logan est en train de paniquer et je dois lui parler. Merci de venir avec nous.

— Pas de problème.

Puis, Porter lui prit la main et l'emmena du côté passager du SUV. Il attendit qu'elle soit installée sur son siège pour retourner du côté conducteur. Sans un mot, il démarra le moteur et sortit du parking.

Riley pensait qu'ils rentreraient directement à l'appartement, mais elle réalisa rapidement que ce n'était pas la destination que Porter avait en tête. Elle ne savait pas où il allait, cependant elle ne dit rien.

Elle était plutôt choquée quand il s'arrêta devant un centre commercial et qu'il se gara devant un glacier.

Quand Porter éteignit le moteur, il sortit du véhicule.

— Venez, ne restez pas assis là, les invita-t-il en voyant que ni Riley ni Logan ne bougeaient.

Ne sachant pas à quoi Porter pensait, Riley obéit et sortit de la voiture.

Il les dirigea vers le glacier, leur acheta d'énormes coupes de glace, puis trouva une petite table à l'avant.

Logan semblait sur le point de pleurer, toutefois il resta silencieux. Il prit quelques bouchées du dessert, sauf que de toute évidence, il n'avait pas d'appétit.

— Bon, alors, je crois que je suis assez calme pour vous parler ce qu'il s'est passé maintenant, reprit Porter. Si j'ai bien compris, il y avait une fille dans la cour de récréation qui a été touchée par ce Gary et ça ne lui a pas plu. Alors

tu as frappé Gary pour qu'il arrête et il t'a balancé.
C'est ça ?

Logan hocha la tête.

— Lacie est timide. Elle est grosse aussi. Je ne dis pas ça
pour être méchant, c'est juste comme ça, expliqua-t-il. Elle
est plus grosse que les autres filles de la classe. Gary se
moque d'elle tout le temps. Il fait des bruits de cochon et
des trucs comme ça quand le professeur ne peut pas l'entendre. Ça la rend vraiment triste. Elle est très gentille avec
moi, pas comme Gary et les autres enfants. Il l'a bloquée
dans le coin de la cour de récréation, là où les professeurs ne
pouvaient pas le voir, et il l'a poussée contre le mur et il a
touché... Tu sais quoi. Lacie avait peur, je le voyais bien, et
elle lui a dit d'arrêter, mais il ne voulait pas le faire. Elle a
commencé à pleurer. Alors je me suis approché et j'ai dit à
Gary d'arrêter aussi. Il a dit non. Et il m'a dit d'essayer de
l'en empêcher. Alors, je l'ai fait.

Logan avait parlé rapidement, comme s'il voulait tout
dire avant que son oncle ne commence à lui crier dessus.

Porter tendit la main et la posa dans la nuque de Logan,
se penchant vers lui jusqu'à ce qu'ils ne soient qu'à quelques
centimètres l'un de l'autre.

— Je suis fier de toi, Champion.

Logan eut l'air choqué.

— Hein ?

— Je suis fier de toi, répéta Porter. Tu n'étais pas obligé
d'intervenir. Tu aurais pu ignorer ce qu'il se passait. Mais tu
ne l'as pas fait. Tu es intervenu pour aider Lacie quand elle
en avait besoin. Tu sais que ta mère et moi ne nous enten-
dions pas bien, mais elle a réussi à élever un très bon
garçon. Je sais qu'elle a commis des erreurs, mais je ne pourrais pas être plus ravi de ce que tu as fait.

— Mais, j'ai *frappé* Gary.

— Oui, confirma Porter. Et cet abruti le méritait.
Personne ne devrait toucher les parties intimes de *qui que ce*

soit sans son consentement. Est-ce que tu sais ce qu'est le consentement ?

— Oui. Ça veut dire qu'on ne peut pas le faire sans que la personne soit d'accord, répondit Logan.

— C'est ça. Je me fiche que la personne ait cinq ans ou quatre-vingt-quinze ans. Ce n'est *jamais* bien. Et cela vaut pour les hommes et les femmes, les filles *et* les garçons. Ce n'est jamais bien. Jamais. Tu as fait ce qu'il fallait et je te soutiendrai toujours quand tu protégeras les autres de ce genre de choses.

— Mais... je suis renvoyé, argumenta Logan.

Sa lèvre tremblait.

— Ouais. Ce qui nous donne du temps pour décider dans quelle autre école nous pouvons t'inscrire.

Logan eut l'air plein d'espoir.

— Vraiment ?

— Tu n'aimes pas l'école où tu vas et il y a d'autres écoles dans les environs. Pas beaucoup, mais quelques-unes. Nous pouvons aller les visiter pour voir s'il y en a une qui te plaît. Je t'ai déjà dit que j'étais d'accord pour que tu changes d'école, mais je ne te laisserais pas retourner dans celle de ce crétin maintenant, même si tu le voulais.

Riley vit les yeux de Logan se remplir de larmes. Elle tendit le bras et posa sa main sur celui de Porter, souhaitant se sentir connectée à eux deux. Elle était fière aussi de ce que Logan avait fait et elle était très soulagée que Porter le félicite et ne le dispute pas. Non pas qu'elle ait pensé qu'il serait en colère contre son neveu, mais le fait d'être renvoyé était sérieux.

— Je sais que rien n'a été facile pour toi au cours des derniers mois, Champion. Je veux faire tout ce qui est en mon pouvoir pour t'aider à être à l'aise. Je ne m'attends pas à ce que tu sois parfait, mais j'insisterai pour que tu sois une bonne personne et pour que tu sois respectueux. Et jusqu'ici, j'ai été bouleversé en voyant le jeune homme gentil que tu deviens. Tu pourrais être amer ou méchant, comme cet abruti de Gary, mais ce n'est pas le cas. Tu as de la compassion et de l'empathie pour les autres, comme Lacie. Ça te mènera loin dans la vie et même si j'ai horreur de ne pas t'avoir connu plus tôt, je suis ravi de t'avoir avec moi maintenant.

Logan ne répondit pas, mais les larmes coulèrent de ses yeux. Il ferma les paupières, comme s'il était honteux.

— Ne sois pas gêné par le fait de pleurer, Champion, lui assura Porter en essuyant ses larmes de sa main libre. Je préfère que tu montres tes émotions, pas que tu vives comme un robot.

— Est-ce que tu pleures ? demanda Logan.

Porter hocha la tête.

— Oui. J'ai vu beaucoup de choses au cours de ma vie, alors il en faut beaucoup pour que je sois ému au point de pleurer, mais quand ça arrive, je n'essaie pas de m'en empêcher.

— Comme quand ? l'interrogea Logan.

Riley voyait une facette de Porter dont elle n'avait pas soupçonné l'existence et elle avait autant envie d'entendre la réponse que Logan.

— J'étais en mission. Nous étions dans un pays très pauvre et même si je sais que nous avons des vies privilégiées ici aux États-Unis, ça ne m'a pas préparé pour faire face à ce que j'ai vu. Nous étions en patrouille et nous avons tourné à l'angle d'une rue. Il y avait une ruelle. J'ai regardé dans la ruelle pour m'assurer qu'il n'y avait pas de méchants qui rôdaient là et j'ai vu un petit garçon. Il avait probablement ton âge, mais il pesait environ treize kilos de moins que toi. Il était très maigre. Il était debout sur une dizaine de chiens morts. Il essayait de les vendre pour leur viande. C'était la chose la plus triste que j'avais vue depuis longtemps. C'était triste pour le garçon qui devait faire ça et pour ces chiens. J'ai pleuré pendant au moins une heure après l'avoir vu. Je devais continuer de patrouiller, alors je ne pouvais pas m'arrêter pour laisser sortir mon chagrin. Mais ces larmes ne s'arrêtaient pas. Les autres hommes ne se sont pas moqués de moi. Ils ne m'ont pas dit d'agir en homme ou un autre truc ridicule de macho comme ça. Ils m'ont soutenu en silence et ils m'ont laissé ressentir mes émotions. Je veux que tu fasses la même chose. Si tu es heureux ou triste ou frustré… Tu peux pleurer. Ça ne fait pas moins de toi un homme, d'accord ?

Logan hocha la tête.

Riley sentit ses larmes sur son propre visage. Elle ne pouvait pas imaginer le genre d'événements que Porter avait vus en mission. Elle avait juste supposé que tout était dangereux et qu'il passait son temps à tirer sur des choses. Mais de toute évidence, elle s'était trompée.

— Riley pleure maintenant, remarqua Logan.

Porter se retourna et, sans retirer sa main de la nuque de Logan, il tendit l'autre vers le visage de Riley. Il essuya une larme de sa joue.

— Oz ? demanda Logan à voix basse.

Porter retourna son attention vers son neveu.

— Oui ?

— Je croyais que tu étais très en colère.

— Je l'étais. Je le suis encore. Mais pas contre toi, Champion. Je suis en colère contre le père de Gary parce qu'il ne lui a pas appris à respecter autrui. Je suis en colère contre ton principal parce qu'il ne protège pas Lacie. Je suis en colère parce que tu as été renvoyé. Mais je ne suis pas en colère contre toi.

— Riley était en colère aussi, annonça Logan.

— Vraiment ? l'interrogea Porter.

— Hum hum. Elle est devenue très rouge et je ne savais pas ce qu'elle allait faire. C'est certainement une bonne chose que tu sois arrivé à ce moment-là.

Le regard que Porter lui adressa fit bouger Riley d'un air

gêné sur sa chaise. Logan avait raison. C'était une bonne chose que Porter soit arrivé à ce moment-là, car elle avait été sur le point de s'emporter contre le *docteur* McClain.

— C'est bien qu'elle te couvre, souligna Porter à son neveu.

Ensuite, il examina le visage de Logan pendant un long moment avant de demander :

— Ça va ?

— Ouais.

— Super. Nos glaces sont de la bouillie maintenant, mais je ne vais pas la jeter, et toi ?

— Hors de question ! refusa Logan en souriant.

Riley fut soulagée d'entendre la légèreté dans sa voix. De toute évidence, il avait été terrorisé par ce que Porter allait lui dire ou lui faire. Et maintenant qu'il était évident qu'il n'avait pas d'ennuis, que son oncle était fier de ce qu'il avait fait, on aurait dit qu'un poids de cinq kilogrammes avait été retiré des épaules de Logan.

Puis, Porter se tourna vers elle.

— Et toi, ça va ? demanda-t-il.

— Ouais. Et toi ? répondit-elle.

— Ça ira, lui assura-t-il. J'ai juste besoin de passer un peu plus de temps avec mes deux personnes préférées et j'irai mieux.

Riley dut faire appel à toutes ses forces pour ne pas se jeter sur Porter à ce moment-là. Ce jour-là lui avait claire-ment montré qu'elle était tombée amoureuse de lui. Il essayait tellement d'être un bon père pour Logan et d'après elle, il s'en sortait incroyablement bien.

Ils terminèrent de manger leurs glaces fondues et retournèrent chez eux. Riley ne savait pas comment les choses allaient évoluer entre Porter et elle, toutefois elle savait dans quelle direction *elle* voulait qu'elles aillent. Or elle ne voulait pas s'imposer non plus.

Elle n'aurait pas dû s'inquiéter. Alors qu'ils descendaient

le couloir en direction de leurs appartements, Logan demanda :

— Tu restes pour le dîner, pas vrai ?

— Ouais, tu restes, hein ? répéta Porter.

— J'allais vous laisser avoir un peu de temps entre mecs, leur expliqua-t-elle. Vous devez parler des écoles et trouver ce qu'il va se passer maintenant.

— Nous avons le temps pour en parler, pas vrai, Champion ? demanda Porter.

— Oui. Et tu as dit que je pouvais t'aider à préparer des tacos. Je veux t'aider à mélanger la viande ! insista Logan.

— D'accord, d'accord. Vous m'avez convaincue, répondit Riley en riant.

— Voilà la clé, va ouvrir la porte, proposa Porter à son neveu.

Logan prit la clé et les devança en courant.

Porter se pencha pour que ses lèvres soient contre l'oreille de Riley et susurra :

— Tu veux mélanger *ma* viande ?

Riley s'étrangla en riant.

— Porter ! s'exclama-t-elle.

Il souriait jusqu'aux oreilles et Riley ne put s'empêcher d'être soulagée. La journée avait été pleine d'émotions et elle aimait le fait qu'il puisse la taquiner après tout ce qu'il s'était passé.

Puis, il devint sérieux.

— Reste. J'ai besoin de toi. J'étais tellement énervé aujourd'hui que j'ai dû faire appel à toutes mes forces pour ne pas m'en prendre à ce salop. Je me sens mal pour Lacie, mais je ne peux pas laisser Logan dans cette école. Pas quand ce sont des gens comme McClain qui dirigent l'établissement.

— Je sais, j'étais sur le point de lui tailler un autre anus moi-même, approuva Riley.

— Alors, tu vas rester ?

— Pour le dîner ? demanda-t-elle.

— Oui. Et pour la nuit.

Riley se mordit la lèvre d'un air hésitant, puis lâcha :

— J'ai envie de toi. Je ne suis pas sûre de pouvoir dormir avec toi et faire en sorte que la situation reste décente.

— Décente, répéta Porter en riant. Tu es mignonne. Et je suis prêt pour tout ce que tu veux faire, littéralement. Tu décides, ce soir. Je n'irai pas plus loin si tu n'es pas prête.

— Et si je suis prête à aller jusqu'au bout ? s'obligea Riley à demander.

— Dans ce cas, je vais faire en sorte que plus aucun autre homme ne te semble à la hauteur.

— Je crois que tu l'as déjà fait, admit Riley.

Porter ouvrit la bouche pour dire quelque chose, mais Logan les interrompit.

— Je l'ai ! cria-t-il. Venez ! J'ai faim !

— Ce gamin a toujours faim, marmonna Porter sur le ton de la plaisanterie. Nous venons de manger de la glace, pour l'amour du Ciel.

— Je sais que ça ne te dérange pas. Il a besoin de prendre quelques kilos, de toute façon, commenta Riley.

— Tu as raison. Ri ?

— Oui ?

— Je ne prends pas le fait que tu restes à la légère. Je sais que les choses sont allées vite, entre le fait que tu restes ici avec Logan et le fait que tu passes du temps avec nous tous les soirs. Je ne te demanderais pas de rester si je ne voulais pas une relation sérieuse avec toi. Si je ne voyais pas notre relation fonctionner dans le temps.

Ses mots apaisèrent quelque chose au sein de Riley, même si elle avait ignoré en avoir besoin.

— Pareil. J'aime Logan, mais je ne serais pas avec toi juste pour qu'il fasse partie de ma vie.

— Bien. Je te raccompagnerai chez toi plus tard pour que tu puisses prendre tes affaires.

Riley avait envie de rougir, toutefois elle n'était pas le moins du monde mal à l'aise. Elle voulait être avec lui. Elle voulait être intime avec lui. Elle n'avait jamais été aussi heureuse qu'avec Porter. Il était tout ce qu'elle avait toujours voulu d'un partenaire.

— D'accord, accepta-t-elle avec un grand sourire.

— Putain, la soirée va être longue, se plaignit Porter.

— J'ai entendu dire que l'impatience rend le plaisir plus intense, lui confia Riley.

— Oh, ça va être intense, ne t'inquiète pas, lui promit Porter avec un regard coquin.

— Comporte-toi bien, dit Riley en lui frappant le bras. Ton neveu impressionnable nous regarde.

Porter ne répondit pas verbalement, il se contenta plutôt de lui sourire. Il posa sa main dans le bas du dos de Riley et la dirigea délicatement vers la porte de son appartement. Mais ses doigts glissèrent sous le bord de son T-shirt et se posèrent sur sa peau chaude, la faisant frissonner. Il ne jouait pas franc jeu. Cependant, la récompense pour eux deux à la fin de la soirée vaudrait les préliminaires. Du moins, elle l'espérait.

CHAPITRE QUATORZE

Les émotions d'Oz étaient dans tous leurs états. Il était encore sous le choc parce que Logan avait été renvoyé pour avoir protégé une petite fille victime d'attouchements sexuels. Il était fou qu'un élève de CM2 ait fait une chose pareille, mais il était encore plus fou que Logan soit renvoyé pour ça. Oz n'avait pas menti, il était plus fier que jamais de son neveu, cependant il était furieux que Logan soit puni pour avoir agi comme il le fallait.

D'un autre côté, il était presque exalté à l'idée que Riley passe à nouveau la nuit avec lui. Il n'arrêtait pas de penser à elle. À la façon dont elle était devenue une maman ourse face à ce salop de principal. Quand il lui avait demandé si elle voulait bien être son contact d'urgence, il n'avait vraiment pas imaginé qu'elle devrait intervenir un jour. Mais elle avait été incroyable.

La soirée avait été agréable. Logan semblait plus léger à présent, plus ouvert. Il avait souri et ri pendant qu'ils préparaient les tacos et après le dîner, il s'était assis avec Oz et ils avaient cherché toutes les écoles de la région. Ils avaient parlé des avantages et des inconvénients de chacune d'entre elles. Bien entendu, ils ne savaient pas comment étaient les enfants dans ces écoles, mais ils pouvaient visiter les établissements pour le voir.

Ils parlèrent aussi de baseball et Logan avait hâte de commencer, mais il exprima aussi l'inquiétude de ne pas être aussi bon que les autres enfants de son âge qui jouaient depuis plus longtemps. Oz le rassura en lui disant qu'il l'aiderait à s'entraîner pour le mettre au niveau.

Finalement, après avoir raccompagné Riley à son appartement pour qu'elle puisse faire son sac, ils passèrent dans le salon et regardèrent la télévision ensemble. Tandis que les minutes s'écoulaient, Oz devint de plus en plus conscient de la tension sexuelle entre Riley et lui.

Logan ne s'en rendait pas compte, car il était perdu dans l'action à l'écran, mais Riley le rendait fou petit à petit... Et elle le savait. La main qu'elle avait posée sur sa cuisse s'était aventurée sur un terrain dangereux plusieurs fois et il avait dû la déplacer pour qu'elle soit dos à lui, ses bras enroulés autour d'elle, afin d'immobiliser ses mains vagabondes.

Et bien entendu, cela plaça ses fesses délicieuses contre son entrejambe et son sexe était plus que ravi par la nouvelle position. Son bras était posé entre ses seins lourds et il jouait avec les doigts de Riley tandis qu'ils inclinaient à moitié le canapé.

Alors même qu'il pensait ne pas pouvoir supporter de rester allongé là une seconde de plus, le programme télévisé prit fin et Logan se leva.

— Je vais dormir. Oz ?

— Ouais, Champion ?

— Euh...

Il se tourna vers Riley, puis vers son oncle à nouveau. Oz se raidit. Il n'aimait pas le regard dans les yeux de son neveu.

— Est-ce que je peux te parler demain ? Juste à toi ?

— Bien entendu. Est-ce que quelque chose ne va pas ? s'inquiéta Oz.

— Non. Enfin, pas vraiment. Mais je crois que je suis prêt à te confier mon secret.

— D'accord, Champion. Tu peux tout me dire, j'espère que tu le sais, lui promit Oz.

— Je n'étais pas sûr avant aujourd'hui. Merci de ne pas t'être mis en colère contre moi.

— J'aurais été plus agacé si tu n'avais rien fait pour aider Lacie, le rassura Oz. Va dormir. J'ai appelé mon commandant et il m'a laissé prendre un jour de congé demain pour que nous puissions avancer sur le sujet des écoles. Nous en parlerons demain matin.

Logan hocha la tête.

— Tu n'as pas besoin de venir me border ce soir. Je vais bien. Tu peux rester avec Riley.

Pendant une fraction de seconde, Oz eut un aperçu du futur. Il imagina un Logan adolescent lui adressant un geste du menton viril tout en se dirigeant vers sa chambre pour la nuit. Il imagina Oz aller dans sa propre chambre et y trouver Riley l'attendant dans leur lit. Il était à la fois triste que Logan grandisse à toute vitesse et enthousiaste à l'idée que Riley puisse être avec lui à long terme.

— Comment est-il possible qu'il semble mûrir juste devant nos yeux ? Il n'est même pas là depuis très longtemps, commenta Riley en secouant légèrement la tête.

Oz n'était pas surpris qu'elle soit sur la même longueur d'onde.

Elle inclina la tête en arrière pour pouvoir le regarder dans les yeux lorsqu'elle ajouta :

— Tu as une très bonne influence sur lui.

— Tu n'es pas inquiète à propos de son secret ? demanda Oz.

— Pas vraiment. Je veux dire, de toute évidence, *il* est inquiet. Mais je suis plus émue par le fait que ton soutien aujourd'hui était l'impulsion dont il avait besoin pour enfin te faire confiance. Il ne voudrait pas s'ouvrir à toi s'il ne ressentait pas cette confiance.

— Je suis désolé qu'il ne veuille pas que tu sois là quand il m'en parlera.

— Pas moi, répliqua Riley sans hésiter. Tu es son oncle. Tu *devrais* être celui à qui il veut parler. Je ne suis que sa baby-sitter.

Oz bougea rapidement, se déplaçant et se retournant jusqu'à ce que le dos de Riley heurte les coussins. Il se plaça sur elle.

— Tu es bien plus que ça. Tu as passé autant de temps avec lui que moi, peut-être même plus.

— Ce n'est rien, Porter. Sérieusement. Je suis juste ravie qu'il s'ouvre à toi à propos de ce qui le travaille. Juste... Ne perds pas la tête s'il te dit quelque chose qui ne te plaît pas. Vous avez beaucoup avancé et la dernière chose que je veux, c'est te voir faire quelque chose qui le ferait retourner dans sa coquille.

— Tu crois que je ferais ça ? s'offusqua Oz.

Riley secoua la tête.

— Pas intentionnellement. Mais s'il te dit quelque chose à propos des mauvais traitements qu'il a reçus dans le passé, peut-être de la part d'un des petits amis de sa mère ou quelque chose comme ça, je peux t'imaginer perdre les pédales.

Oz ferma les yeux sous l'effet de la douleur. Puis, il les ouvrit à nouveau.

— Tu crois que c'est de ça qu'il s'agit ? Avec tout mon discours sur le consentement et tout ça ?

Riley leva une de ses mains et elle la posa tendrement sur la joue d'Oz.

— Je n'en sais rien. Je dis juste que, quoi qu'il te dise, tu ne peux pas avoir une réaction excessive.

— Je comprends, répliqua Oz, sachant qu'elle lui

donnait un bon conseil. Je ferai de mon mieux, mais si c'est grave... Je ne suis pas sûr de savoir ce que je ferai.

— Tu t'en occuperas. Voilà ce que tu vas faire. Logan est un enfant formidable. Il a eu des moments difficiles, mais ta sœur semblait l'aimer et ça se voit clairement. Elle a beau avoir eu des problèmes, ça ne veut pas dire qu'elle l'aimait moins.

— Je sais. Je suis encore en train de me faire à l'idée qu'elle m'a caché l'existence de mon neveu. Mais je lui ai dit des mots durs la dernière fois que nous nous sommes parlé et elle a probablement supposé que je n'avais pas changé. Je me sens un peu mieux en voyant qu'elle semblait reprendre sa vie en main au cours des dernières années et qu'elle avait parlé un peu de moi à Logan. J'aimerais penser qu'elle aurait pu finir par me contacter. En particulier parce qu'elle vivait près d'ici, à Austin. Nous étions tellement proches, et pourtant tellement distants.

— Tu es un homme bien, le complimenta doucement Riley, répétant ce qu'elle lui avait dit plus tôt.

Oz détourna ses pensées de sa sœur et de ses problèmes et admira Riley. Elle avait mis un débardeur quand elle était allée dans son appartement. Il était parfaitement décent, or Oz avait eu beaucoup de pensées indécentes à son propos depuis qu'elle était sortie de sa chambre. Elle portait un pantalon à taille élastique qui était extrêmement soyeux au toucher. Il adora la sensation quand il passa sa main sur la jambe de Riley, mais il aurait préféré sentir sa peau chaude. Il en avait besoin.

Il baissa la tête, enfouit son visage contre la peau sous son oreille et elle tourna la tête pour lui donner plus d'espace.

— Hummmm, murmura-t-elle.

— J'ai hâte de te sentir sous moi, admit Oz.

— Et si je veux être au-dessus ? demanda-t-elle en souriant.

— Ça serait le pied, bon sang, lui déclara Oz. Au-dessus, en dessous, derrière, tout ce que tu veux. Je serai ravi de le faire.

— Je m'en fiche. J'ai juste envie de toi, avoua timidement Riley.

— Il est temps d'aller au lit, annonça Oz.

Son pénis palpitait dans son jean et il sut qu'il ne pourrait pas rester plus longtemps sur le canapé sans lui faire l'amour. Et il ne prendrait jamais le risque que Logan les surprenne. Riley et lui en seraient marqués pour toujours.

Il se leva et saisit la main de Riley, la mettant sur pied devant lui. Son regard balaya le corps de Riley et il vit que ses tétons étaient durs. Le désir de prendre ces bourgeons entre ses lèvres lui donna l'eau à la bouche.

Il l'entendit glousser tandis qu'elle essayait de suivre le rythme quand il l'attira dans le couloir et jusqu'à sa chambre. La porte de Logan était entrouverte comme d'habitude et Oz prit note mentalement de s'efforcer de ne pas faire de bruit. Puis, il ouvrit sa propre porte.

Il la referma complètement derrière eux, la main de Riley toujours dans la sienne, puis il se retourna pour être dos au lit et il s'assit en l'attirant avec lui. Elle se plaça à califourchon sur lui et il recula, maintenant Riley en place à tout moment. Son pénis s'appuya contre l'entrejambe de Riley et Oz s'efforça de ne pas se frotter contre elle comme un maniaque en manque de sexe.

Quand il atteignit le milieu du lit et que ses jambes ne pendaient plus au bord, il les retourna une fois de plus pour qu'ils soient correctement allongés sur le matelas.

— Tu sais que c'est sacrément sexy que tu puisses faire ça ? le questionna Riley.

— Faire quoi ?

— Bouger alors que je suis assise sur toi comme si ce n'était pas du tout difficile.

Oz sourit.

— Ce n'est *pas* difficile, lui confirma-t-il. Tu es minuscule comparée à moi, tu es comme mon sac à dos.

Riley leva les yeux au ciel.

— Oh, oui, c'est exactement ce que toutes les filles veulent entendre.

Oz aimait qu'ils plaisantent ensemble. Il réalisa qu'il s'amusait. Certes, toutes les fibres de son corps avaient envie d'elle. Il voulait tellement être en elle que son pénis palpitait dans son jean, mais il adorait pouvoir la taquiner et le fait qu'elle puisse le supporter.

Ses mains se faufilèrent sous le débardeur de Riley jusqu'à ce qu'il saisisse ses deux seins. Il les serra délicatement et Riley se cambra, appuya la chair contre ses mains.

— Je veux aller doucement. Je veux être sûr de ne pas te faire mal, l'informa-t-il, l'eau à la bouche.

Elle bougea sur lui, s'appuyant davantage contre son sexe.

— Pour la première fois de ma vie, je ressens un désir désespéré, confia Riley en le regardant dans les yeux. Je n'ai jamais ressenti ça par rapport au sexe. Je l'ai toujours un peu appréhendé. Je le faisais parce que je savais que c'était ce qu'on attendait de moi. Mais avec toi... J'en ai *besoin*. J'ai hâte que tu sois en moi. Je suis un peu nerveuse parce que tu es tellement grand que je suppose que tout ton corps est comme ça, mais je sais que tu ne me feras pas de mal.

Du liquide pré-éjaculatoire sortit du bout de son pénis à ces mots. Oz sentit son caleçon s'humidifier sous l'effet de l'excitation. Elle allait le faire jouir dans son pantalon s'il ne faisait pas avancer les choses.

— Tu peux me prendre, assura-t-il en priant pour que ce soit le cas.

Il était effectivement grand, partout. Personne ne s'était plaint auparavant, mais Riley était plus petite que les autres femmes avec lesquelles il avait couché. Ce serait une nouvelle expérience pour eux deux.

Riley lui sourit, puis saisit le bord de son débardeur. Elle le retira avant même qu'Oz ne puisse réfléchir. Ses gros seins débordaient des bonnets de son soutien-gorge et il tira sur le tissu, ayant besoin de la voir.

Il fallut une seconde à son cerveau pour comprendre ce qu'il se passait, mais dès que ce fut le cas, il se redressa, tint Riley à l'aide d'une main dans son dos pour la maintenir en position tandis que l'autre levait son sein rond vers sa bouche. Ses aréoles étaient grandes et rose foncé et ses tétons étaient deux petits bourgeons durs. Il ouvrit grand la bouche, prenant tout ce qu'il pouvait. Puis, il suça. Fermement.

Riley émit un petit couinement qui se transforma en gémissement tandis qu'il dévorait son sein. Un instant plus tard, Oz la déposa sur le dos pour se placer au-dessus d'elle. À présent, leurs têtes étaient au bout du lit, mais il s'en fichait. Seule Riley comptait.

Elle ne se plaignit pas du changement de position, toutefois elle ne resta pas allongée passivement non plus. Oz sentit ses mains glisser sur son corps, mais au lieu de saisir son T-shirt, elle commença à défaire le bouton de son jean. Chaque fois que ses doigts effleuraient son pénis, il tressaillait de plaisir. Elle allait causer sa perte.

Il ne voulait pas écarter sa bouche de son téton, cependant il avait besoin d'être nu. Il avait besoin que Riley le soit aussi. Sa bouche émit un bruit sec quand il s'écarta de son sein et même ce son fit tressaillir son sexe. Il éloigna les mains de Riley de son pantalon tout en s'agenouillant.

— Tes vêtements. Retire-les, ordonna-t-il à la manière d'un homme des cavernes.

Mais Riley ne se plaignit pas. Elle ne lui reprocha pas d'aller trop vite. Elle chercha la ceinture de son propre pantalon et leva les hanches pour le baisser.

La manière sensuelle dont elle bougeait sous lui et la sensation de ses cuisses contre les siennes lui rendit la tâche presque impossible lorsqu'il voulut passer son jean par-dessus son érection. Mais d'une manière ou d'une autre, avec quelques mouvements de souplesse qui auraient été très impressionnants s'il n'avait pas eu aussi envie de se déshabiller, Oz parvint à retirer son pantalon et son caleçon.

Il était en train d'enlever son T-shirt quand il sentit les doigts de Riley s'enrouler autour de son pénis.

Il s'immobilisa avec son T-shirt juste au-dessus de sa tête et il essaya de se souvenir de respirer.

Cela ne dura que quelques secondes, mais c'était plus que suffisant pour que le pénis s'étire complètement dans les mains de Riley. Il termina de se débarasser de son T-shirt et baissa les yeux vers elle. Il avait beau être au-dessus d'elle, elle avait le contrôle de la situation. Riley ne portait plus que son soutien-gorge. Les bonnets étaient baissés, relevant ses seins sur sa poitrine. Ses tétons étaient encore durs et il vit que ses poils pubiens étaient coupés court.

Elle lui sourit timidement tandis que ses petites mains caressaient son sexe.

— J'avais raison, tu *es* grand, lui commenta-t-elle.

Oz avait envie d'avancer, de se masturber avec ses seins, de la faire lécher le bout de son pénis à chaque coup, mais cela viendrait plus tard. Il devait la préparer pour qu'elle le prenne, et vite, avant qu'il n'éjacule sur ses mains et son ventre.

— S'il te plaît, dis-moi que tu as un préservatif, murmura-t-elle en rougissant.

Oz avait envie de rire.

— Comment peux-tu être gênée par le fait de parler de contraception alors que tes mains sont sur mon sexe et que je sens ton excitation venir de ta jolie chatte ?

Il avait oublié de la prévenir qu'il parlait grossièrement quand il était excité.

— Je ne sais pas, répondit-elle doucement.

Oz secoua la tête d'un air amusé.

— J'ai des préservatifs, Ri. Je ne te ferais jamais prendre un tel risque. Mais je n'ai pas de maladies. L'armée me fait des analyses régulièrement.

— Vraiment ? demanda-t-elle en inclinant la tête.

Oz soupira tandis qu'elle passait un ongle le long de la partie inférieure et sensible de son sexe.

— Ouais, vraiment, confirma-t-il distraitement en fermant les yeux et en faisant de son mieux pour mémoriser ce moment.

— C'est une bonne chose. Je... Euh... Moi aussi. Je veux dire, je n'ai pas été avec beaucoup d'hommes, mais je me suis assurée qu'ils portent toujours un préservatif et je vois mon gynécologue tous les ans.

Oz voulait en finir avec cette conversation, mais avant, il eut un aperçu momentané de Riley dans sa tête, le ventre distendu, portant leur enfant.

Oz tomba sur le dos et attira Riley sur lui. Avec les mains sur ses fesses, il avança le corps de Riley. Elle rit, jusqu'à ce qu'il prenne ses hanches entre ses mains et qu'il l'encourage à se mettre à califourchon sur son visage.

— Euh... Porter... Je ne pense pas...

— Ne *pense* pas, lui ordonna-t-il en regardant son corps.

Elle était sacrément belle. Il adorait ce point de vue. L'odeur de son excitation était plus forte à présent et il voyait la légère rondeur de son ventre. Ses tétons étaient encore durs comme la roche. Elle baissa les yeux vers lui d'un air hésitant et il réalisa qu'il était probable qu'aucun homme ne lui ait fait cela auparavant. Du moins, pas dans cette position.

Oz regarda le sexe de Riley et se lécha les lèvres. Puis, il leva la tête et il la poussa du nez. Riley grogna.

— Ne fais pas de bruit, Ri, lui rappela-t-il. Il ne faut pas réveiller Logan.

Puis, il se mit à satisfaire sa femme.

Sa langue écarta ses plis et il la lécha longuement. Sa

saveur explosa dans sa bouche. Elle était acidulée et musquée et il en voulait davantage. Il voulait qu'elle dégouline sur son visage.

Il enfonça ses doigts dans la chair de ses hanches et fit de son mieux pour lui faire perdre la tête. Il fallut un peu de temps pour que Riley soit à l'aise à l'idée qu'il la dévore, mais une fois que ce fut le cas, Oz ferma les yeux et fit un festin d'elle.

Les hanches de Riley commencèrent à onduler au-dessus de lui et il eut du mal à maintenir sa langue sur son clitoris. Mais il continua, adorant la manière dont elle commença à se masturber avec son visage. Elle fit de son mieux pour rester silencieuse, cependant de petits grognements ne cessaient de s'échapper de ses lèvres. Elle était passionnée et Oz avait l'impression qu'elle serait gênée quand, plus tard, elle se souviendrait de la manière dont elle avait réagi pendant qu'il la dévorait. Néanmoins il *adorait* cela.

Il ne fallut pas longtemps pour que ses cuisses commencent à trembler sous l'effort qu'elle devait faire pour ne pas s'écrouler sur lui. Oz utilisa la force de ses bras pour la maintenir en place et il sentit son orgasme approcher.

Les muscles de son ventre étaient contractés et elle retint sa respiration tandis que ses cuisses se serraient autour de la tête de Porter. Oz passa sa langue plus rapidement sur son clitoris. Il était gonflé et il ressortait du prépuce protecteur. Il n'eut aucune clémence. Il voulait que son orgasme soit le plus fort qu'elle ait ressenti au cours de sa vie.

— Porter ! s'exclama-t-elle à voix basse dans un souffle juste avant que tout son corps ne commence à trembler de manière incontrôlable.

La regarder et la sentir jouir était plus sexy que tout ce qu'il avait vu auparavant. Et Oz *devait* la voir. Il devait tout connaître de Riley.

Quand elle tomba sur le dos à côté de lui, amollie, Oz se retourna et prit un préservatif dans le tiroir de la table de chevet. Il se mit à genoux entre les jambes de Riley, les écartant davantage. Il enfila le latex sur son sexe palpitant et avança jusqu'à ce que le bout effleure les plis humides de Riley. À l'aide de sa main, il frotta son clitoris sensible avec le bout de son sexe.

Riley gémit et se tortilla sous lui.

— Oh, mon Dieu, Porter. Plus. Il m'en faut plus.

Il voulait retirer son soutien-gorge. Il voulait la taquiner. Mais son pénis ne voulait pas en entendre parler. Il voulait la pénétrer. Immédiatement.

Il positionna son pénis à l'entrée du sexe de Riley, puis se plaça en équilibre au-dessus d'elle.

— Regarde-moi, ordonna-t-il d'une voix grave et rauque.

Elle leva immédiatement les yeux vers lui et ses mains s'agrippèrent aux bras de Porter. Il la sentit écarter davantage les jambes, lui indiquant sans un mot qu'elle voulait qu'il continue.

— Tu es à moi, lui dit-il en commençant à pénétrer lentement son corps.

— Et tu es à moi, rétorqua-t-elle, légèrement haletante.

— C'est bien vrai, confirma-t-il, adorant cette idée.

Aucun d'eux ne pouvait parler tandis qu'il commençait à la remplir avec son sexe. Elle était étroite et il lui fallut quelques petits coups de hanches pour qu'il s'enfonce entièrement en elle. Mais quand ses poils pubiens se mélangèrent enfin à ceux de Riley, ils soupirèrent tous les deux de satisfaction.

— Tu passes, murmura-t-elle.

— Tu me vas comme un gant, murmura Oz en retour.

— Pourquoi est-ce que tu ne bouges pas ? demanda-t-elle.

— Parce que si je bouge d'un centimètre, je vais exploser

et la dernière chose que je veux, c'est rater la sensation de te prendre.

Riley gloussa sous lui et le mouvement la fit se resserrer autour de son pénis.

— Oh, merde, soupira Oz lorsque ses hanches reculèrent involontairement et qu'il les avança de nouveau.

Les gloussements de Riley se transformèrent en gémissement.

— Bon sang, Porter, tu vas tellement profond.

Chaque mot qui sortait de sa bouche l'excitait encore plus et Oz ne put s'empêcher de la pénétrer à nouveau. Il baissa les yeux vers ses hanches tandis qu'il effectuait des va-et-vient et il vit son jus copieux recouvrir le préservatif qu'il avait mis.

Ce bout de latex l'irritait plus que tout au monde. Il avait envie de ressentir l'humidité de Riley sur sa peau. Il voulait sentir ses parois internes chaudes et lisses contre son sexe nu.

Riley leva les hanches pour accompagner sa pénétration suivante, le faisant oublier le fichu préservatif. Il adorait le fait qu'elle ne reste pas passivement allongée sous lui. Pensant qu'il pourrait durer plus longtemps s'il la laissait prendre les choses en main, il se pencha et murmura « Accroche-toi » avant de les faire rouler. Les draps sous eux étaient chiffonnés et il y avait une bosse sous le dos d'Oz à présent, mais il l'ignora. Il ne pouvait se concentrer que sur Riley tandis qu'elle essayait de trouver l'équilibre quand cette nouvelle position.

Ses cheveux étaient ébouriffés autour de sa tête et elle avait des taches roses sur la poitrine. C'était la plus belle femme qu'il ait jamais vue.

— Prends-moi, ordonna-t-il.

Un sourire s'afficha sur le visage de Riley et Oz sut soudain qu'il avait commis une erreur tactique.

Il pensait qu'il pourrait durer plus longtemps si elle était sur lui, si elle contrôlait la vitesse de leurs ébats amoureux, mais il avait tort. Voir son corps nu sur lui et l'excitation dans ses yeux quand elle bougea les hanches allait causer sa perte.

Une fois de plus, il se redressa et saisit l'agrafe de son soutien-gorge dans le dos de Riley. Il le défit rapidement et baissa les bretelles le long de ses bras. À présent, ses seins étaient libres et quand elle commença à onduler sur lui, ils se balancèrent et rebondirent sur sa poitrine.

Oz ne savait pas pourquoi les seins des femmes excitaient à ce point les hommes. Peut-être parce qu'ils étaient tellement différents des leurs. Il l'ignorait. Tout ce qu'il savait, c'était que la vue des seins de Riley qui rebondissaient de bas en haut au rythme de ses coups peu profonds sur son pénis lui donna l'impression d'avoir quatorze ans de nouveau et de jeter un œil à un magazine *Playboy*.

Son regard s'égara vers la partie inférieure de son corps, là où ils étaient unis. Il avait du mal à croire que cela était vraiment en train d'arriver. Qu'il était à l'intérieur de Riley. Enfin. Ses poings se serrèrent de chaque côté de son corps alors qu'il était allongé sous elle et il la laissa prendre ce qu'elle voulait, ce dont elle avait besoin. Une des mains de Riley était posée sur son torse et elle se maintenait en équilibre tout en le prenant.

Quand l'autre se plaça entre eux et qu'elle commença à caresser son clitoris, il cessa de lui céder le contrôle.

— Accroche-toi, ordonna-t-il tout en plaçant ses mains sur ses hanches.

Il ne lui donna pas d'autre avertissement.

* * *

Riley était perdue dans le plaisir. Elle avait presque l'impression d'être ivre et elle sentait un autre orgasme rôder quelque part en elle. Porter était énorme et il la remplissait à tel point qu'elle avait du mal à intégrer la sensation merveilleuse. Chaque fois qu'elle le prenait en elle, elle sentait son sexe effleurer le col de son utérus. Ce n'était pas vraiment douloureux, mais elle réalisa ainsi à quel point il était grand.

Elle adorait le fait qu'il lui laisse contrôler la situation. Elle adorait pouvoir baisser les yeux vers son large torse tout en le prenant. Elle aimait même le son que leurs corps émettaient quand ils s'unissaient. Mais il lui en fallait plus.

Elle posa une main entre eux et commença à caresser son clitoris. Il était encore gonflé et sensible parce qu'Oz l'avait dévoré plus tôt. Riley savait qu'elle revivrait cette expérience dans sa tête encore et encore jusqu'à sa mort. Au début, elle avait été mal à l'aise, mais il avait fait en sorte qu'elle se sente si bien qu'elle avait oublié le fait qu'elle l'étouffait probablement et elle s'était masturbée avec son visage jusqu'à exploser.

Ses doigts effleurèrent le pénis de Porter tandis qu'il entrait et sortait de son corps et cela ne fit que l'exciter davantage. Riley ne se reconnaissait pas. Elle n'avait jamais été aussi excitée. Elle n'avait jamais eu besoin d'être pénétrée comme c'était le cas avec Porter à ce moment-là.

Elle était sur le point d'avoir un autre orgasme quand elle sentit les doigts de Porter s'enfoncer dans ses hanches.

— Accroche-toi, dit-il.

Riley ne savait pas à quoi elle était censée s'accrocher, mais elle enfonça ses ongles plus fort dans son torse et elle écarta les jambes d'un centimètre. La pression sur l'intérieur de ses cuisses était intense, mais elle s'en fichait pour le moment.

Puis, Porter commença à la pénétrer. Elle avait beau être au-dessus de lui, elle ne tenait pas du tout les rênes. Plus à ce moment-là. Il la maintint immobile tandis que ses hanches se propulsaient en l'air, enfonçant son énorme sexe en elle encore et encore. Leurs peaux se heurtaient tandis qu'il la prenait et Riley ne pouvait qu'essayer de se souvenir de respirer.

— Continue de te toucher, lui ordonna Porter. Je veux te sentir jouir sur mon sexe. Je veux le sentir couler sur mes boules.

Bon sang. Ses mots coquins étaient sacrément sexy. Et avec le sexe de Porter en elle, lui faisant ressentir des choses qu'elle n'avait jamais ressenties auparavant ? Elle adorait encore plus ça.

Ses muscles internes se serrèrent fortement quand il se retira, essayant de l'empêcher de partir, puis ils se détendirent quand il la pénétra à nouveau. Il était en elle, puis il se retirait, encore et encore.

— Putain, tu détruis mon contrôle de moi, grogna Porter.

S'il était ainsi quand il perdait le contrôle de lui, cela convenait parfaitement à Riley.

Elle sentit les signes révélateurs d'un autre orgasme monter en elle. Elle haleta et elle s'accrocha au torse de Porter avec la main qu'elle avait utilisée pour se masturber.

Mais cela ne plut pas à Porter et il reprit là où elle s'était arrêtée. Les bouts calleux de ses doigts frottèrent sans ménagement son clitoris plus fort qu'elle n'y était habituée. Ce fut suffisant pour la faire monter au septième ciel en un instant. Elle se resserra autour de son sexe et ferma les yeux.

— Oui ! Putain, c'est ça. Bon sang, c'est incroyable, murmura Porter.

Puis, il grogna à voix basse aussi et s'enfonça encore plus profondément en elle. Il maintint fermement les hanches de Riley et gémit longuement à voix basse tout en jouissant enfin.

Ils restèrent unis pendant ce qui sembla être une éternité avant que les bras de Riley ne cèdent et qu'elle ne tombe sur lui. Porter enroula immédiatement ses bras autour d'elle et la serra contre son torse.

Après ce qui sembla être plusieurs minutes, mais qui n'était sans doute que plusieurs secondes, il demanda :

— Ça va ?

— Si j'allais plus bien que ça, je serais morte, lança malicieusement Riley.

— Plus bien ? répéta Porter en riant.

— Tu vas sortir le livre de grammaire dans un moment pareil ? marmonna-t-elle contre son torse.

— Non. Pas moi.

Elle le sentit embrasser le sommet de sa tête avant de dire :

— C'était incroyable.

— Hummmm.

Riley était épuisée. La journée avait été longue et elle était exténuée. Et les deux orgasmes que Porter lui avait donnés l'avaient épuisée. Il la déplaça une fois de plus. Elle adorait comme il était facile pour lui de manipuler son corps. Même si elle voulait protester quand il se retira d'elle, elle n'en eut pas l'énergie.

— Je reviens tout de suite. Je dois me débarrasser de ce préservatif et jeter un œil à Logan.

— Hummm, d'accord, marmonna-t-elle.

— Bon sang, tu es adorable, déclara Porter avant de rouler sur le côté, s'éloignant d'elle.

Il lissa le drap et les couvertures et l'embrassa une fois de plus avant d'aller dans la salle de bains. La dernière chose dont Riley se souvint fut de voir ses fesses musclées avant qu'il ne disparaisse de sa vue.

* * *

La dernière chose qu'Oz voulait, c'était s'éloigner de Riley, cependant il voulait s'assurer qu'ils n'avaient pas réveillé Logan et il devait effectivement se débarrasser du préservatif. Tandis qu'il le retirait de son sexe, il lui jeta un regard noir et plein de rancœur. Il n'avait jamais trouvé qu'il était désagréable de porter un préservatif. Il l'avait toujours enfilé parce que c'était la chose correcte, intelligente et sûre à faire.

Mais avec Riley ? Il avait envie de voir son sperme sortir d'elle. Il voulait savoir qu'il l'avait remplie jusqu'à ce qu'elle déborde. C'était un truc d'homme des cavernes, mais il ne pouvait pas nier que c'était ce qu'il ressentait.

Elle était à lui. Il l'avait dit, elle n'avait pas protesté et en fait, elle lui avait rendu la même chose en lui disait qu'il était à elle. Sa vie était folle dernièrement, mais être avec Riley était tellement parfait. Le fait que Logan vive avec lui et que Riley soit à ses côtés, et maintenant dans son lit... Il avait l'impression que les choses devaient en être ainsi. Il devait juste découvrir quel était le grand secret de Logan, s'en occuper, puis ils pourraient aller de l'avant.

Oz se lava avec un gant de toilette, puis retourna dans la chambre pour prendre un caleçon avant d'aller vérifier que son neveu allait bien. Son regard se tourna immédiatement vers son lit et il vit que Riley était profondément endormie. Elle était absolument adorable et elle semblait tellement petite dans son énorme lit. Il avait hâte de retourner à ses côtés et de la prendre dans ses bras. Il avait dormi incroyablement bien avec elle la veille et il ne doutait pas qu'il en serait de même cette nuit-là.

L'exténuation le submergeait. Il descendit le couloir et jeta un œil dans la chambre de Logan. Le garçon était profondément endormi. Il était étalé comme une étoile de mer au milieu du lit et il avait repoussé la plus grande partie de ses couvertures. Satisfait de voir que Logan avait un sommeil de plomb, il referma presque complètement sa porte de nouveau.

Puis, comme il le faisait habituellement quand il se réveillait au milieu de la nuit, Oz vérifia que la porte d'entrée et les fenêtres étaient bien verrouillées. Non pas qu'il ne se sente pas en sécurité dans son appartement, mais il en avait assez vu pour vouloir s'assurer qu'il était en sûreté, loin de la folie qui rôdait dans l'obscurité à l'extérieur.

Satisfait en constatant que tout était en ordre, Oz retourna dans sa chambre. Il hésita à réveiller Riley pour qu'elle mette le T-shirt qu'elle avait porté la veille, mais il décida d'être égoïste cette fois. Il voulait sentir sa peau nue contre la sienne. Il avait l'impression qu'il ne se rassasierait jamais de sa nudité. Si cela ne tenait qu'à lui, elle serait nue tout le temps. Mais bien évidemment, cela ne pouvait pas fonctionner tant que Logan vivait là, il devait donc prendre du plaisir quand il le pouvait.

Il avait beau vouloir retirer son propre caleçon, Oz savait qu'il était plus intelligent de le garder. Même si Riley l'avait pris avec enthousiasme, elle aurait probablement mal au matin. Il avait remarqué qu'il avait été difficile pour elle de le prendre entièrement, même en ayant eu un orgasme avant qu'il ne la pénètre. La dernière chose dont elle avait besoin, c'était que son pénis s'appuie contre elle avec impatience toute la nuit.

Ordonnant mentalement à son sexe de se calmer, Oz se mit au lit. Les draps sentaient le sexe et le musc de Riley. Il adorait cela. À la seconde où le matelas s'enfonça, Riley se tourna vers lui. Son visage atterrit sur le torse de Porter et elle soupira profondément, comme si elle était satisfaite.

Le cœur d'Oz gonfla dans sa poitrine. S'il s'agissait de ce que Trigger, Lefty et Brain ressentaient avec leurs femmes, il n'était pas étonnant qu'ils soient aussi impatients de rentrer chez eux quand ils étaient en mission. La vie d'Oz avait été considérablement transformée quand Logan avait été déposé sur le pas de sa porte, mais ce n'était rien comparé au changement crucial qu'il ressentit à ce moment-là.

Si Riley le quittait, il ne s'en remettrait probablement jamais. Il le savait sans l'ombre d'un doute. Il jura mentalement de faire tout ce qu'il fallait pour la satisfaire. Pas juste au lit, même si cela en faisait partie. Mais dans la vie en général. Il n'était pas facile d'être mariée à un militaire, et le fait qu'il soit dans les forces spéciales décuplait la difficulté. Ajoutez à cela un enfant et c'était presque la recette parfaite pour un désastre.

Il leur faudrait un logement plus grand, c'était certain. Un logement où elle pourrait avoir un bureau. Il lui construirait un studio privé et professionnel pour qu'elle puisse continuer à travailler sans distraction. Il ferait son possible pour cultiver ses relations avec Gillian, Kinley et Aspen. Il avait appris de ses coéquipiers que le fait que leurs femmes aient quelqu'un à qui parler était important, en particulier pendant les missions.

Il devait trouver une école où Logan serait heureux aussi. Riley n'avait pas à se précipiter à l'école pour défendre son neveu quand il n'avait rien fait de mal.

Ils avaient tous besoin de stabilité et Oz jura de faire le nécessaire pour la leur offrir.

Ses paupières devinrent lourdes et il fit de son mieux pour éteindre son cerveau. Sa vie avait pris un virage à cent quatre-vingts degrés au cours du mois dernier et cela ne le dérangeait pas du tout. Comment pourrait-il en être autrement, étant donné que ce changement lui avait apporté Logan et Riley ?

Oz s'endormit avec une main sur les fesses de Riley et la sensation de sa respiration chaude contre son torse. Il n'avait jamais été aussi heureux et il ne pouvait plus imaginer la vie sans elle. Il était sacrément chanceux. Il le savait. Et maintenant qu'il avait trouvé Riley, il ne laisserait rien ni personne l'éloigner de lui.

Ni son travail. Ni l'ex de Riley. Rien.

Elle était à lui. Elle était d'accord et l'avait réclamé en retour.

C'était absolument incroyable.

CHAPITRE QUINZE

Oz se réveilla plus heureux que jamais. Il se levait toujours tôt, grâce à toutes les années qu'il avait passées dans l'armée. Riley et lui avaient bougé pendant la nuit et à présent, il était allongé à côté d'elle, câlinant son petit corps par-derrière. Les fesses de Riley étaient appuyées contre son pénis et il tenait l'un de ses seins dans sa main.

Souriant, Oz n'aurait pas pu maintenir sa main immobile, même si sa vie en dépendait. Il commença à jouer avec son téton, adorant la manière dont il durcit immédiatement à son contact.

Riley bougea dans son étreinte et soupira.

— Bonjour, la salua doucement Oz.

Elle se blottissait parfaitement contre lui, nichée dans le creux de son corps comme si elle y était née.

— Bonjour, répondit-elle d'une voix endormie. Quelle heure est-il ? Est-ce qu'on doit s'assurer que Logan est réveillé ?

— Nous avons le temps, lui annonça Oz. Détends-toi.

Puis, il fit glisser sa main le long de son corps et rejoignit le sexe de Riley.

Celle-ci inhala profondément et saisit le poignet d'Oz.

— Porter ?

— Détends-toi, dit-il. Laisse-moi te faire plaisir ce matin.

— Je... crois que je suis mal à l'aise à l'idée de faire ça quand il fait clair dehors.

Oz rit.

— Alors, ferme les yeux.

Elle tourna la tête pour le regarder par-dessus son épaule.

— Est-ce que tu veux...

Elle laissa sa phrase en suspens.

Il était difficile de croire que la femme passionnée de la veille était gênée à présent, mais il ne se moqua pas d'elle. C'était adorable.

— Je suppose que tu as probablement mal ce matin, reprit-il en passant un doigt entre les lèvres de son entrejambe.

— Pas vraiment, dit-elle au moment même où ses hanches s'écartèrent du doigt de Porter.

— Je t'ai promis de ne pas te faire mal hier soir, et il en va de même ce matin. Fais-moi confiance.

— Je te fais confiance, assura-t-elle immédiatement en se détendant.

Les doigts de Riley se desserrèrent autour du poignet d'Oz, mais elle ne le lâcha pas.

Il déplaça son doigt pour dessiner des cercles autour de son clitoris. Il le caressa nonchalamment, prenant son temps, sans trop appuyer. Il lui fallut une minute ou deux, mais il finit par sentir le corps de Riley se détendre complètement contre lui... et ses hanches commencèrent très légèrement à s'incliner en avant vers sa main.

— C'est ça, Ri. Donne-toi à moi. Je vais faire en sorte que tu te sentes bien.

— Je me sens toujours bien quand je suis avec toi, lui avoua-t-elle, faisant apparaître un sourire sur son visage.

Il baissa son doigt, récupérant délicatement son jus

avant de tourner son attention vers son clitoris. Même avec tout ce qu'il s'était passé la veille, il avait fait attention à ce qu'elle aimait et à la manière dont elle s'était touchée quand elle s'était fait jouir. Il aurait aimé qu'elle soit sur le dos et qu'il soit entre ses jambes, la touchant de manière intime, mais il aimait qu'elle soit dans ses bras. Il pouvait facilement sentir tous ses mouvements. Quand elle s'appuyait contre lui... Quand elle se tortillait si son contact devenait trop fort.

Sa respiration accéléra en même temps que le doigt de Porter et elle agrippa plus fermement son poignet. Il semblait encore plus intime qu'elle s'accroche au poignet de la main qui lui donnait du plaisir.

— Porter, murmura-t-elle.

— C'est ça, l'encouragea-t-il. Tu es tellement belle, putain. Tes tétons sont durs comme la roche et je sens ton excitation. J'ai adoré ton goût hier soir et je ne peux pas m'en rassasier. L'idée que tu te sois masturbée dans mon lit pendant mon absence est encore plus excitante maintenant. Promets-moi que chaque fois que nous devrons dormir séparément à partir de maintenant, tu te feras jouir. Je veux t'imaginer ici, dans mon lit, exactement comme ça.

Elle haleta, mais elle ne lui répondit pas.

— Riley ? demanda Oz en immobilisant son doigt. Promets-le-moi.

— Je te le promets, jura-t-elle à bout de souffle. Ne t'arrête pas ! J'y suis presque.

Il le savait. Il apprenait rapidement ses réactions. Son pénis était dur à présent, palpitant contre ses fesses tandis qu'elle ondulait dans son étreinte. Il voulait se libérer, soulever la cuisse de Riley et plonger dans son sexe humide, mais ce matin-là était pour elle. Et elle avait mal.

Son doigt bougea à nouveau, s'appuyant contre son clitoris sensible. Riley grogna et essaya d'écarter les jambes, mais leur position l'en empêcha.

Oz fit durer sa provocation aussi longtemps que

possible, adorant la sensualité de Riley et la manière dont elle profitait du moment quand elle oubliait sa gêne. Frigide ? Quelle blague ! Elle était plus chaude que toutes les femmes avec qui il avait été.

Riley resserra sa prise sur son poignet au point où il eut presque mal avant de commencer à trembler dans ses bras sous l'effet de l'orgasme qu'il lui donnait. C'était trop pour Oz, et même s'il avait pensé qu'il pourrait tenir jusqu'à ce qu'il soit dans la douche, il avait eu tort. Il sentit du sperme sortir de son pénis alors qu'il se frottait contre ses fesses. Il aurait dû être gêné, mais il ne ressentait que de la satisfaction.

Après un moment, elle dit doucement :

— Nous sommes tout sales.

Oz approcha la main qui avait été entre les jambes de Riley jusqu'à sa bouche, lécha le jus qui couvrait ses doigts et se contenta de grogner.

Quand il eut terminé, il enroula son bras autour de la taille de Riley et la maintint fermement contre lui.

— Tu as joui ? demanda-t-elle doucement.

— Ouais. Dans mon caleçon. Je n'ai pas pu m'en empêcher. Sentir tes fesses se frotter contre moi, sentir ton musc et te sentir jouir à mon contact... Tu étais bien trop sexy pour que je me retienne.

— Est-ce que c'est mal si j'adore ça ? l'interrogea-t-elle.

— Non. Faire jouir ton homme n'est jamais une mauvaise chose, lui assura Oz.

Riley se tortilla jusqu'à être sur le dos pour lever les yeux vers lui.

— Tu me fais peur, Porter, avoua -elle.

C'était la dernière chose qu'il pensait qu'elle allait dire dans un moment pareil. Il fronça les sourcils.

— Je déteste ça.

Elle secoua la tête.

— Je veux dire... C'est juste que... Je ressens tant de

choses, là, tout de suite. C'est accablant. Et si tu décides que tu je suis trop introvertie, pas assez instruite, ou un million d'autres choses pour lesquelles tu mérites quelqu'un de mieux que moi, je crois que ça me détruirait.

Oz secoua immédiatement la tête.

— Tu as tout faux, Riley. C'est moi qui devrais avoir peur. Tu deviens tout pour moi, et si vite. Ma vie est complètement folle en ce moment. J'essaie de découvrir comment être un bon modèle et un bon parent pour mon neveu. Ce n'est pas quelque chose que la plupart des femmes voudraient prendre en charge dès le début d'une nouvelle relation. Sans parler du fait que je pourrais être envoyé en mission dès demain pour une durée indéterminée. Je suis terrifié à l'idée que tu te lasses de passer en troisième position après Logan et l'armée. Tu ne seras jamais vraiment en troisième position dans ma vie, mais il y aura des moments où je devrais donner la priorité à une de ces deux choses.

Riley leva une main et la plaça derrière la tête d'Oz pour l'attirer vers elle. Elle l'embrassa. Longuement et lentement. Quand ils furent tous les deux haletants, Oz leva la tête pour la regarder.

— Ton travail ne me dérange pas, lui répéta-t-elle. Et ça me convient que Logan soit ta préoccupation principale. Il doit l'être. Il a besoin de toi et je crois que tu as besoin de lui aussi. Je suis là pour toi, Porter. Tant que tu veux de moi à tes côtés.

Oz voulait lui répondre « Pour toujours », mais il ne voulait pas l'effrayer. Tout serait différent à partir de ce moment-là, maintenant qu'ils étaient intimes sexuellement, toutefois il avait hâte de voir où leur relation les mènerait. Il se contenta de dire :

— Merci.

— De rien, répondit-elle d'une voix douce.

— Maintenant que nous avons éclairci ce point... Il faut vraiment que je me lève. Mon caleçon est humide et c'est inconfortable. Et il faut que je réveille Logan et que je décide quoi préparer pour le petit-déjeuner. Et j'ai été fainéant en ce qui concerne l'entraînement physique dernièrement. Est-ce que ça te dérangerait de rester avec Logan pendant que je vais courir ? Ça ne prendra pas plus de quarante minutes. Ensuite, tu pourras rentrer chez toi pendant que je parle à Logan. Est-ce que tu veux aller visiter les écoles avec nous aujourd'hui ?

— Oui, mais je ne peux pas. Je dois vraiment travailler, expliqua Riley en fronçant les sourcils.

— J'aurais dû le savoir. Ne me laisse jamais te distraire de ce que tu dois faire, lui dit Oz. D'accord ?

— D'accord. Mais je ne veux pas non plus vous donner l'impression que je fais passer mon travail avant vous.

— Je n'aurai jamais cette impression. Je suis fier de ce que tu as accompli. Tu as une entreprise formidable et tu t'en sors bien. Je ne veux pas mettre tout ça en péril.

Riley hocha la tête.

Ils se regardèrent un moment avant qu'Oz rie.

— Bon sang, d'habitude, je n'ai pas autant de mal à me lever le matin, mais j'ai l'impression que ça va changer.

Riley rougit et lui serra l'épaule.

— Eh bien, vas-y. Dépêche-toi, espèce de fainéant.

Oz secoua la tête, appréciant de nouveau leurs taquineries.

— Merci de m'avoir fait confiance hier soir, et ce matin. Et pour information... Tu es tout sauf frigide. Une femme qui peut me faire jouir dans mon caleçon est une sacrée coquine.

Il voyait bien que ses mots lui faisaient plaisir, mais elle leva les yeux au ciel.

— Peu importe.

Oz l'embrassa une dernière fois puis descendit du lit. Il retira son caleçon humide et le jeta dans son panier à linge, prenant note de faire une lessive avant de partir avec Logan pour la journée. Il se dirigea vers la salle de bains et se retourna pour lui dire quelque chose, mais il oublia de quoi il s'agissait quand il vit la manière dont elle fixait ses fesses du regard.

— Est-ce que tu me mates ?

— Oh oui, confirma-t-elle de manière éhontée. Un cul pareil mérite d'être maté.

Oz s'appuya contre le montant de la porte, pas du tout gêné par le fait que son sexe soit à moitié en érection ou par sa nudité.

— Hier soir, je me disais que ça ne me dérangerait pas si tu étais nue tout le temps... Du moins quand Logan n'est pas là.

Riley se redressa sur le lit et cacha ses seins derrière la couverture.

— Hors de question.

Oz fit la moue.

— Pourquoi pas ?

— Parce que. Beaucoup de femmes ne sont pas aussi à l'aise dans leur peau que les hommes. De plus, tu es bien plus beau à regarder que toutes mes parties qui gigotent.

— J'aime tes parties qui gigotent, lui assura-t-il. Et j'ai hâte de pouvoir à nouveau inspecter ces parties de plus près.

Riley sourit, puis elle écarquilla les yeux en voyant que son érection avait grandi.

— Est-ce que tu vas pouvoir marcher comme ça ? demanda-t-elle.

Oz rit.

— Non. Ce qui signifie que je vais devoir prendre deux douches ce matin. Une pour m'occuper de ça maintenant, dit-il en désignant son pénis, et une autre après mon jogging. Je crois qu'être avec toi va me rendre plus propre que jamais.

Riley se mordit la lèvre et ses joues devinrent roses.

— Dans ce cas, je vais aller voir Logan pendant que tu... euh... te douches.

— Ça me paraît bien. Ri ?

— Oui ?

— J'adore le fait que tu sois là. Dans mon lit. Dans ma vie.

Il faisait de son mieux pour lui dire ce qu'il ressentait sans prononcer directement les mots.

— J'adore être ici, admit-elle.

— Bien. Je vais aller me doucher, maintenant, reprit Oz.

Il s'obligea à s'écarter de l'encadrement de la porte. Il entra dans la salle de bains et ferma brusquement la porte. Il avait vraiment envie de lui demander de se doucher avec lui, mais il savait qu'ils n'avaient pas le temps. Prenant note mentalement d'inclure une énorme douche dans sa future salle de bains principale, avec une sorte de siège pour qu'il soit plus facile de la prendre, il se pencha en avant et fit couler l'eau.

* * *

Une heure et demie plus tard, Oz était assis sur le canapé avec Logan. Riley avait préparé des omelettes pour le petit-déjeuner quand il était revenu de son long jogging éreintant. Elle avait fait de son mieux pour faire rire Logan et pour le détendre, mais il était évident que quelque chose pesait sur l'esprit de l'enfant.

Oz avait raccompagné Riley à la porte de son appartement et elle l'avait serré dans ses bras, lui disant de se détendre.

— Quoi qu'il te dise, souviens-toi qu'il le fait parce qu'il te fait confiance pour ne pas perdre la tête.

C'était vrai. D'une certaine manière, le soutien qu'il avait apporté à l'enfant après l'incident à l'école avait prouvé à Logan qu'il pouvait avoir confiance en son oncle.

Cela avait pris du temps, mais Oz avait compris sa réticence.

— Tu as bien dormi ? demanda Oz à Logan.

Le garçon hocha la tête.

— J'ai pensé à quelque chose hier soir, dit-il.

— Oui ?

— Pourquoi Oz ? Je veux dire, Riley t'appelle par ton vrai nom. Maman le faisait aussi. Mais tout le monde t'appelle Oz. Qu'est-ce que ça veut dire ?

Oz haussa les épaules.

— Quand j'étais plus jeune, j'écoutais beaucoup Ozzy Osbourne. Il y avait toujours un de ses CD en train de jouer. Certains des types avec qui je vivais dans mon premier lieu d'affectation avec l'armée ont commencé à m'appeler Ozzy. Puis Oz, pour faire plus court.

— Des CD ? Je crois que Maman en avait à la maison.

Oz rit.

— J'avais oublié qu'ils sont presque obsolètes. Ouais, des CD. J'adorais jouer sa musique à fond dans ma voiture. Je suis surpris de ne pas avoir de perte d'audition à cause de ça.

— Est-ce qu'il me plairait ?

— Ozzy Osbourne ? supposa Oz.

— Ouais.

Il haussa les épaules.

— Je ne sais pas. Il n'est pas pour tout le monde et sa musique est plutôt hardcore. Mais tu peux écouter et voir ce que tu en penses. Tous les CD que j'écoutais à l'époque sont probablement là quelque part.

— Oh, je peux juste aller sur YouTube ou Spotify, proposa Logan.

— C'est vrai. Bien sûr. Ah, les enfants et la technologie, le taquina Oz.

Il n'était pas complètement ignorant en ce qui concernait le numérique, son équipe Delta l'utilisait souvent, mais il se sentait un peu nerveux en essayant de discuter de tout et de rien alors qu'il savait que Logan voulait parler de quelque chose qui pesait sur ses épaules.

Logan lui adressa un petit sourire, puis détourna le regard.

— Tu peux tout me dire, Champion, le rassura Oz. J'avais beau ne pas savoir que tu existais il y a peu, je t'aime. Je ferais *n'importe quoi* pour toi, pour que tu sois en sécurité, pour m'assurer que tu sois heureux et en bonne santé.

— Je suis heureux ici, avoua doucement Logan. Et parfois, je me sens coupable.

— Tu n'étais pas heureux avec ta maman ? demanda gentiment Oz.

— Pas tout le temps. Je ne me souviens pas de grand-chose de l'époque où j'étais petit. Mais je sais qu'elle prenait beaucoup de drogue. Beaucoup d'hommes venaient chez nous et elle me disait de rester dans ma chambre.

— Est-ce que quelqu'un t'a fait du mal ? Est-ce qu'ils t'ont touché de manière intime ?

Oz ne savait pas comment gérer la situation. Il espérait juste ne pas tout faire foirer. Il prit note mentalement de trouver un psychologue pour enfant très vite. Mais pour le moment, il écouterait ce que Logan voulait qu'il sache. Il ne le jugerait pas et il essaierait de garde le contrôle sur lui-même.

— Non ! Maman criait sur ceux qui essayaient d'aller dans ma chambre. Mais c'était difficile. Je devais prendre soin d'elle, m'assurer qu'elle mange, et parfois, je devais lui voler de l'argent pour aller au magasin et acheter de la nourriture, des trucs comme ça. Mais les choses se sont améliorées. Les dernières années étaient agréables. Elle ne prenait plus autant de drogue et elle essayait d'arrêter. Mais si elle passait trop de temps sans en prendre, elle tremblait beaucoup et elle vomissait. Ça la rendait très malade jusqu'à ce qu'elle retrouve de la drogue. Mais elle essayait, expliqua Logan sur la défensive.

Oz avait mal au cœur. Pour Logan et pour sa sœur. Becky avait toujours été indépendante, elle voulait tout faire elle-même. Si elle l'avait contacté, Oz aurait pu l'aider. Mais s'il était parfaitement honnête, il ignorait comment il aurait réagi. Il l'avait déjà en quelque sorte reniée parce qu'elle prenait de la drogue. Si elle était venue le voir pour qu'il l'aide à se sevrer, aurait-il fait quelque chose ? Il aimerait le croire, néanmoins c'était sans intérêt à présent.

— C'est une bonne chose, répondit-il sincèrement à Logan.

— Elle a rencontré un homme et je pensais qu'il était gentil au début. Mais ensuite, Maman et lui ont commencé à se disputer. Beaucoup. Il n'aimait pas le fait qu'elle essaie d'arrêter la drogue. Il voulait continuer de faire la fête et d'inviter des tas de gens et ce genre de trucs, et elle, non. Elle a rompu avec lui et il n'était pas content. Mais il venait quand même souvent à l'appartement.

— Vraiment ? Si ta maman avait rompu avec lui, pour-quoi est-ce qu'il continuait de venir ?

Logan déglutit difficilement et baissa les yeux vers ses mains.

— Parce que... Il voulait voir sa fille.

Oz eut besoin d'une seconde pour intégrer ce que Logan avait dit.

Quand ce fut le cas, les conséquences le frappèrent.

— Quoi ? murmura-t-il.

Logan regarda son oncle dans les yeux.

— C'est mon secret. J'ai une sœur, chuchota-t-il. Nous avons des pères différents. Elle s'appelle Bria et elle a six ans et demi. Quand Maman a été tuée, elle est allée avec son père et je suis venu ici. Elle me manque beaucoup. Je m'oc-cupais d'elle et je la protégeais dans notre autre apparte-ment. Je ne l'ai pas vue et je ne lui ai pas parlé depuis qu'on nous a emmenés. Est-ce que tu crois que tu pourrais la trouver et t'assurer qu'elle va bien ?

La tête d'Oz lui tournait et il lui fallut faire appel à tout son contrôle de lui pour ne pas jeter quelque chose. Non seulement il avait un neveu dont il avait ignoré l'existence, mais apparemment, il avait aussi une *nièce*. Qui vivait Dieu sait où avec un drogué.

— Est-ce que tu es en colère ? reprit doucement Logan.

Oz n'avait besoin de rien de plus pour verrouiller ses émotions.

— Non, dit-il sincèrement à son neveu. Je suis ravi d'avoir une nièce et je suis triste parce qu'elle te manque. Je sais que tu lui manques aussi.

Le soulagement sur le visage de Logan compensait l'effort qu'il devait faire pour ne pas perdre la tête.

— Nos projets pour la journée ont changé, annonça-t-il au petit garçon.

— Vraiment ?

— Ouais. Nous pourrons chercher une école plus tard. Aujourd'hui, je veux essayer de trouver où ta sœur vit et t'emmener la voir.

Logan écarquilla les yeux.

— Aujourd'hui ?

— Ouais, Champion. Bria te manque. C'est comme ça qu'elle s'appelle, pas vrai ?

Logan hocha la tête.

— Bien. Alors, Bria te manque et je parie que tu lui manques aussi, car tu es un garçon merveilleux et je sais que tu es un frère formidable. Mais je dois passer quelques coups de fil. Est-ce que tu peux t'occuper pendant ce temps-là ?

Logan hocha la tête, mais il semblait inquiet de nouveau.

— Tu ne veux pas que je t'entende pendant que tu parles aux gens ?

Oz soupira.

— Le truc, c'est que tu as bien fait de me parler de ta sœur, mais j'aurais dû être informé du fait que j'avais une nièce à la seconde où on t'a amené ici. Et ils ne me l'ont pas dit. Je vais probablement utiliser des gros mots quand je vais appeler les services de protection de l'enfance. J'essaie de faire le nécessaire pour te protéger de ça.

— J'ai dix ans, se moqua Logan. Je ne suis pas un bébé, j'ai déjà entendu des gros mots.

— Je sais, mais tu ne devrais pas les entendre de la bouche de ton oncle, se justifia Oz.

Logan maintint les yeux rivés sur Oz un long moment avant de hocher la tête. Puis, il demanda :

— Est-ce que Riley peut venir avec nous ? Je sais qu'elle aimera sûrement Bree.

— C'est comme ça qu'elle aime qu'on l'appelle ? Bree ? demanda Oz.

Logan hocha la tête.

— D'accord. Tout d'abord, il n'y a aucun doute : Riley va *adorer* Bree. Et oui, je peux lui demander si elle veut nous accompagner. Mais je vais attendre d'avoir passé mes appels. Elle doit travailler, Champion. J'ai envie qu'elle vienne aussi, mais ça pourrait me prendre du temps de contacter les bonnes personnes pour que nous puissions aller dire bonjour à ta sœur. D'accord ?

Oz vit que son neveu y réfléchit un moment, puis il hocha la tête de nouveau.

— D'accord.

— Et si tu allais dans ma chambre pour regarder la télé ? Je suis sûr que tu peux trouver quelque chose pour te divertir pendant que j'essaie de m'occuper du bazar administratif des services de protection de l'enfance.

— C'est quoi le bazar administratif ? l'interrogea Logan en inclinant adorablement la tête.

Oz rit, ce qui était un miracle, car il n'était pas du tout d'humeur à rire.

— C'est juste une manière de parler, expliqua-t-il à Logan.

— C'est une manière de parler bizarre, commenta Logan.

Oz tendit la main et la posa sur l'épaule de son neveu.

— Merci de m'avoir révélé ton secret, Champion. Je sais que ce n'était pas facile. Mais, est-ce que je peux te poser une question ?

— Hum hum.

— Pourquoi maintenant ? Est-ce que tu viens d'en arriver au stade où Bree te manque assez pour que tu dises quelque chose ?

Logan secoua la tête et regarda son oncle dans les yeux.

— C'est parce que tu m'as dit que j'avais bien fait de frapper Gary. Je ne savais même pas si tu allais vouloir rencontrer Bree, en particulier parce que tu étais fâché contre Maman, mais quand tu as parlé de cette histoire de consentement, j'ai su que je pouvais te faire confiance.

Oz ferma les yeux et prit une profonde inspiration par le nez avant de les rouvrir.

— Ta confiance est très importante pour moi, avoua-t-il à Logan. Je ne suis pas ta maman ni ton papa, mais je ferai tout ce qui est en mon pouvoir pour garder ta confiance. Je veux ce qu'il y a de mieux pour toi et ta sœur et je ferai toujours ce qu'il faut pour toi. Ça ne te rendra peut-être pas toujours heureux, mais à long terme, j'espère que tu pourras regarder en arrière et comprendre pourquoi j'ai pris ces décisions. Merci d'avoir révélé ton secret. Comme je te l'ai dit avant, parfois, c'est très effrayant de révéler un secret, mais ensuite, c'est comme si un fardeau était retiré de tes épaules.

— C'est vrai que je me sens mieux, admit Logan.

— Bien. Maintenant, va regarder quelque chose à la télé qui ne fasse pas pourrir ton cerveau.

Logan sourit.

— Tu es bizarre. Regarder la télé ne va pas faire pourrir mon cerveau.

Oz se leva en même temps que Logan. Il observa son neveu aller dans le couloir en direction de la chambre principale. Il garda son calme jusqu'à ce que le garçon soit hors de sa vue, puis il serra les poings et ferma les yeux. Tout son corps se mit à trembler. Il lui fallut faire appel à tout son contrôle de lui pour ne pas devenir fou, pour ne pas donner un coup de poing dans le mur ou jeter quelque chose. Mais faire une chose pareille effraierait Logan et c'était la dernière chose qu'il désirait.

Il était inadmissible que personne ne lui ait dit qu'il avait une nièce ! Et même s'il pouvait comprendre que Bria soit placée avec son père biologique, cela le mettait quand même en colère. Il n'aimait pas du tout le fait que son père soit un drogué. Sa nièce avait passé plus d'un mois avec cet homme. Oz détestait l'idée qu'elle ait pu être en situation précaire pendant aussi longtemps.

Mais il avait peut-être tort. Peut-être que son père était ravi d'avoir sa petite fille à plein temps et qu'elle était gâtée chez lui.

Le premier instinct d'Oz quand il se contrôla fut d'appeler Riley. Il avait besoin d'elle. Il avait besoin de son soutien et de la manière dont elle regardait les choses en gardant la tête froide. Mais elle devait travailler et il devait la laisser faire, car il allait *vraiment* avoir besoin d'elle quand il emmènerait Logan voir sa sœur. Et rien n'allait l'empêcher de le faire ce jour-là.

Oz entra dans la cuisine, où il avait laissé son téléphone après le petit-déjeuner, et il prit une feuille et un stylo. Il s'assit à la table de la salle à manger et entra dans le navigateur Internet de son téléphone. Il lui fallait des réponses. Immédiatement.

* * *

Trois heures plus tard, Oz avait obtenu les informations dont il avait besoin. Il avait dû passer plusieurs appels et attendre trop longtemps pour que quelqu'un le rappelle, mais il avait fini par joindre la femme responsable des placements de Logan et Bria. Elle l'avait rapidement informé qu'elle ne pouvait pas lui permettre de rendre visite à Bria seul. Mais finalement, elle avait accepté de les retrouver, Logan et lui, devant la maison où Bria vivait avec son père. Elle avait dit qu'elle avancerait la visite à domicile qu'elle avait planifiée pour le mois suivant.

Apparemment, quelqu'un était censé venir le voir chez *lui* pour s'assurer que Logan soit bien installé et qu'il n'y avait pas de problèmes. Mais Oz n'en avait pas été informé quand Logan avait été déposé et il ignorait quand cela était censé se produire.

Jusque-là, il n'était pas impressionné par les services de protection de l'enfance, toutefois il essaya de ne pas les juger trop durement. Il y avait beaucoup d'enfants dans le système et le nombre d'employés était insuffisant pour vérifier qu'ils allaient bien. Mais cela ne signifiait pas que son estomac ne se retournait pas.

Il avait vérifié que Logan allait bien un peu plus tôt et il l'avait trouvé endormi dans le grand fauteuil dans le coin de sa chambre. L'enfant avait probablement terriblement mal dormi la veille, inquiet à l'idée de révéler son secret.

Oz prit son téléphone et envoya un message à Riley. Il savait qu'elle pourrait ne pas l'entendre frapper à sa porte si elle portait son casque et qu'elle était en train de travailler.

Oz : J'ai besoin de toi.

Il aurait pu lui donner davantage d'explications, mais il ne voulait pas lui raconter le rodéo qu'avait été sa matinée par téléphone.

Elle répondit immédiatement.

Riley : J'arrive.

Oz adora cette réponse. À la seconde où il avait dit qu'il avait besoin d'elle, elle avait tout lâché pour le rejoindre. C'est pourquoi il ne l'avait pas dérangée plus tôt. Elle serait restée assise à côté de lui, lui tenant la main et l'aidant à trouver les bons numéros à appeler, mais il ne voulait pas être la raison pour laquelle elle perdait des clients.

Il se leva et se dirigea vers la porte. Quand il l'ouvrit, elle avait déjà traversé la moitié du couloir. Elle n'avait pas perdu de temps. À la seconde où elle fut à sa portée, Oz enroula ses bras autour d'elle et l'attira contre lui. Elle se laissa faire volontiers et s'accrocha à lui tandis qu'il les faisait reculer à l'intérieur de son appartement avant de fermer la porte.

— Qu'est-ce qui ne va pas ? Est-ce que le secret de Logan était vraiment aussi grave ? Est-ce qu'il va bien ? Est-ce que *tu* vas bien ? Qu'est-ce que je peux faire ?

La gorge d'Oz se serra. Il déglutit difficilement, puis, debout dans le petit hall d'entrée, il lui expliqua la situation.

— Nous allons bien. Le secret de Logan, c'est qu'il a une sœur.

Riley le fixa du regard une seconde avant d'intégrer ce qu'il avait dit.

— La vache, tu as une nièce ?

— Apparemment. Elle s'appelle Bria. Elle a été envoyée chez son père biologique.

— Comment ça se fait que tu n'étais pas au courant ? demanda Riley tandis que la colère montait en elle. C'est n'importe quoi ! Tu aurais dû être informé que ta sœur avait deux enfants dès le début.

Oz savait que c'était mal, pourtant il aimait qu'elle soit aussi énervée pour lui.

— Je sais. Et crois-moi, je me suis assuré que la pauvre femme qui a eu le malheur de décrocher le téléphone des services de protection de l'enfance le sache aussi. Ça m'a pris un peu de temps et plusieurs coups de fil, mais ils ont accepté de me laisser emmener Logan voir sa sœur aujourd'hui.

Riley écarquilla les yeux.

— Aujourd'hui ?

— Ouais. Est-ce que tu as bien avancé sur ton travail ce matin ?

— J'ai presque fini, répliqua-t-elle immédiatement. On dirait que quand j'ai la bonne motivation, je travaille plus vite. Et avant que tu ne poses la question, *tu* es ma motivation.

— Alors, tu vas venir avec nous ? l'interrogea Oz.

— Bien entendu. Comment va Logan ?

— Il est en train de dormir. Je crois qu'il est probablement resté éveillé une grande partie de la nuit, stressant à l'idée de me confier son secret.

— Pauvre petit, soupira Riley en fronçant les sourcils.

Il était évident qu'elle allait être une mère fantastique. Oz mit cette idée de côté. Ils n'en étaient pas là dans leur relation... Pas encore.

— Une employée des services de protection de l'enfance va nous retrouver devant la maison à Austin. Nous pouvons nous arrêter pour déjeuner quelque part en chemin.

— D'accord. Je dois juste prendre mon sac et mettre mes chaussures et je serai prête à partir, déclara Riley.

Oz baissa les yeux et réalisa qu'elle était pieds nus. Elle s'était tellement dépêchée de le retrouver qu'elle ne s'était pas donné la peine de mettre des chaussures. Bon sang, avait-il déjà rencontré quelqu'un d'aussi désintéressé ? Il n'en avait pas l'impression.

— Respire, Riley. Nous avons le temps.

Elle s'exécuta, puis elle posa son front sur son torse.

— Tu as une nièce, murmura-t-elle.

— Je sais.

— Quel âge a-t-elle ?

— Six ans et demi, l'informa Oz.

— Alors, elle est au CP, c'est ça ? supposa Riley.

— Je ne sais pas, admit Oz. Nous pouvons demander à Logan de nous donner des détails sur elle sur la route jusqu'à Austin.

Riley leva les yeux vers lui tout en caressant délicatement son dos.

— Comment est-ce que tu te sens vraiment ?

— Honnêtement ? Je suis en colère. C'était déjà suffisant de découvrir que j'avais un neveu dont j'ignorais l'existence. Mais pour une raison ou pour une autre, ça, ça me semble pire. Je ne suis pas en colère contre Logan parce qu'il me l'a caché. Il ne me faisait pas confiance et il a l'habitude de protéger Bree. Mais je suis plus en colère contre le système. Logan a dit qu'il pensait qu'il prenait de la drogue.

— Qui ? demanda Riley en fronçant les sourcils sous l'effet de la confusion.

— Le père de Bree.

Elle écarquilla les yeux.

— Et ils l'ont quand même placée chez lui ? C'est tellement mal ! siffla-t-elle.

— Ils ne peuvent pas vraiment me croire sur parole si je leur dis que c'est un drogué. Je suis sûr qu'ils entendent toute sorte d'histoires des gens qui veulent la garde d'un enfant. Et un père est une relation plus proche qu'un oncle, répondit Oz en répétant ce qu'on lui avait dit plusieurs fois par téléphone.

— Je. M'en. Fiche. Tu es un soldat de l'armée. Tu as un emploi respectable. On aurait au moins dû te prendre en compte. Sans parler du fait qu'ils ont séparé des frères et sœurs !

— C'est ce que j'ai dit à la femme au téléphone, lui confia Oz.

De nouveau, il ne put s'empêcher d'aimer à quel point elle s'énervait pour lui.

— Mais je suis un homme célibataire, ça a joué contre moi. Ils n'étaient pas sûrs de pouvoir placer une petite fille avec moi.

— Et ça, c'est n'importe quoi aussi, siffla Riley. Est-ce que son père est marié ?

— Il vit avec sa petite amie, soupira Oz.

— En quoi est-ce que c'est différent ? demanda Riley.

C'était une question rhétorique, car elle poursuivit :

— Le simple fait que quelqu'un soit marié ou vive avec quelqu'un d'autre ne veut pas dire que c'est une bonne personne ou la personne adéquate à qui confier un enfant. Et si Logan a dit qu'il se droguait, c'est encore pire ! Quand partons-nous ? Tu dois aller réveiller Logan pour que nous puissions y aller. Je vais chercher mes affaires.

Riley s'écarta d'Oz et se retourna pour ouvrir la porte de son appartement.

Il lui prit délicatement le bras et l'attira contre son torse. Il plaça une main derrière sa tête et l'autre dans son dos.

— Chut, Ri. Tout va bien.

Elle secoua la tête.

— Non, insista-t-elle. La sœur de Logan est probablement effrayée et perdue. Je ne supporte pas l'idée qu'elle se demande où est son frère. Et si son père ne s'occupait pas bien d'elle ? Nous devons y aller pour vérifier par nous-même qu'elle va bien.

— Et c'est ce que nous allons faire, l'apaisa Oz.

Essayer de calmer Riley faisait des merveilles contre son angoisse. Cela lui permit de sortir de ses propres pensées.

— Respire, Ri.

Il la sentit inspirer, puis expirer lentement. Oz prit son visage entre ses mains et l'inclina vers le sien.

— Ça va mieux ?

Elle hocha la tête, mais rétorqua :

— Non.

Oz sourit. Bon sang, elle lui permettait de se sentir tellement mieux, juste en étant elle-même. Puis, il reprit son sérieux.

— J'ai besoin que tu m'aides à garder le contrôle de moi-même aujourd'hui, lui annonça-t-il. Si je crois que quelqu'un a touché à un cheveu de Bree, je vais avoir besoin que tu me retiennes.

Riley hocha immédiatement la tête.

— Je suis sérieux, Ri. Ne me laisse pas faire quoi que ce soit qui puisse me faire perdre la garde de Logan.

— Je m'en assurerai, jura-t-elle. Elle ira bien. Ce sera une bonne visite.

Oz vit qu'elle faisait de son mieux pour réprimer sa propre frustration et la colère que lui inspirait la situation, et il l'aima encore plus.

Ouais...

Il l'aimait.

— Merci, dit-il en se penchant pour l'embrasser afin d'essayer de se distraire.

Ce n'était pas le moment de lui déclarer ses sentiments, mais il savait qu'il ne pourrait pas les garder pour lui longtemps. Dire ces mots en premier ne le dérangeait pas, or ce n'était ni le moment ni l'endroit.

Riley lui rendit son baiser et ils s'embrassèrent dans le hall pendant plusieurs minutes. Oz finit par s'écarter d'elle et il prit une profonde inspiration. Ils devaient y aller.

— Tu vas passer la nuit ici, pas vrai ? lâcha-t-il.

Elle sourcilla.

— Pourquoi ?

— Après cette journée, je vais avoir besoin de te serrer contre moi, admit Oz sans gêne.

— Je resterai si c'est ce que tu veux.

— C'est ce que je veux.

Riley lui sourit.

— Alors, je crois que je vais rester.

— Super. Maintenant, va mettre tes chaussures. Je vais réveiller Logan et nous partirons.

Riley hocha la tête et se tourna vers la porte. Elle se retourna à la dernière seconde avant de l'ouvrir.

— Porter ?

— Oui ?

— Je crois que tu t'en sors incroyablement bien avec Logan. Tout le monde ne serait pas aussi bouleversé en apprenant qu'ils ont une nièce dont ils ignoraient l'existence. Ils seraient juste reconnaissants qu'on n'ait pas déposé deux enfants sur le pas de leur porte sans avertissement.

— Ces gens-là seraient stupides, répliqua Oz sans hésiter. Je ne dis pas qu'avoir Logan a été facile, ça a tout chamboulé dans ma vie. Mais c'est une bénédiction. Et je me sens privilégié de l'avoir. Et si deux enfants m'avaient été confiés, il y aurait eu deux fois plus de perturbations, mais aussi deux fois plus de bénédictions.

Il vit des larmes dans les yeux de Riley tandis qu'elle hochait légèrement la tête avant d'ouvrir la porte.

Quand Oz se retourna pour aller réveiller Logan, il pensa à l'ampleur des changements qui avaient eu lieu dans sa vie. Il n'avait jamais réalisé à quel point il était difficile d'être un parent célibataire, en particulier en travaillant dans l'armée. Il adorait son travail, mais le gouvernement ne lui facilitait pas la tâche pour qu'il soit un parent tout en s'attendant à ce qu'il se sacrifie à cent pour cent pour son pays. Il avait craint de devoir quitter la Delta Force, cependant avec l'aide de ses coéquipiers, de leurs femmes et de Riley, il avait pris confiance en sa capacité à poursuivre sa carrière. Penser à quitter la Delta était aussi douloureux que perdre un membre.

Repoussant ces pensées au fond de son esprit, Oz ouvrit la porte de sa chambre. Il était temps de réunir Logan et sa sœur. Ils avaient passé trop de temps loin l'un de l'autre. Et une petite partie d'Oz espérait que Bria en viendrait peut-être à l'apprécier aussi. Peut-être pas immédiatement ; il n'avait pas été simple de gagner la confiance de Logan. Mais avec le temps, elle l'appellerait peut-être un jour Oncle Oz.

Une chose à la fois : d'abord, il devait trouver la maison de Seth Matthews à Austin et réunir le frère et la sœur. Oz ne put s'empêcher de penser que si Seth et sa petite amie, Vanessa Huff, n'avaient pas traité la petite fille comme l'être le plus précieux du monde, quelqu'un allait le payer cher.

CHAPITRE SEIZE

Le cœur de Riley battait à toute vitesse. Elle était enthousiaste et nerveuse à l'idée de rencontrer la nièce de Porter. Logan n'avait pas arrêté de parler pendant le trajet vers le sud en direction d'Austin.

Ils avaient appris qu'elle était effectivement au CP et que Logan et elle avaient pris le bus scolaire ensemble tous les jours. Apparemment, elle avait hérité des cheveux auburn de son père, mais elle avait les yeux couleur noisette de sa mère. Elle aimait les Pokémon et Logan lui avait lu Harry Potter avant la mort de leur mère.

L'amour dans la voix de Logan était facilement reconnaissable et la situation était presque trop douloureuse à supporter. Il était évident que sa sœur lui manquait terriblement et qu'il s'inquiétait pour elle.

— On est bientôt arrivés ? demanda-t-il depuis la banquette arrière.

Riley sourit.

— On y est presque, Champion, le rassura Porter.

— Je lui ai appris à se cacher, vous savez, annonça soudain Logan.

— Quoi ? lança Riley.

— Tu sais, comme quand on s'est cachés derrière le canapé quand ce type essayait de te trouver ? expliqua Logan à Riley.

— Ouais, je m'en souviens. C'était très intelligent.

— Je l'ai appris à Bree aussi.

Il baissa la voix.

— Le jour où notre mère a été tuée, elle était malade. Elle est restée à la maison au lieu d'aller à l'école. Bree a dit que quelqu'un avait frappé à la porte et que Maman lui avait dit de se cacher. Elle s'est cachée là où je lui avais dit.

Riley scruta Porter qui lui rendit son regard. Elle supposait que l'incrédulité sur le visage de Porter se reflétait probablement sur le sien.

— Bree était dans l'appartement quand ta mère a été tuée ? l'interrogea Riley à Logan.

Il hocha la tête.

— Elle avait peur et elle n'est sortie que quand la police est arrivée. Elle a dit que les gens qui ont fait du mal à Maman ne savaient même pas qu'elle était là.

— Putain, marmonna Porter dans sa barbe.

Riley pensait la même chose. D'après ce qu'ils savaient, les enquêteurs n'avaient pas encore trouvé qui avait tué Becky. Et si la petite fille était dans l'appartement en même temps, elle serait une très bonne source d'information.

— Qu'a-t-elle dit à la police sur ce qu'il s'est passé ? questionna-t-elle.

Logan haussa les épaules.

— Rien. Beaucoup de gens ont essayé de lui parler, mais elle a juste dit qu'elle s'était cachée et qu'elle n'avait rien vu. Elle avait peur, argumenta Logan. Elle ne voulait même pas en parler avec moi. Et puis, ils nous ont emmenés.

Riley tendit le bras et prit la main de Porter dans la sienne. Il était tendu et il fronçait les sourcils. Elle prit une profonde inspiration.

— Eh bien, je crois que tu es très doué pour trouver des cachettes, murmura Riley à Logan.

— Oui, répondit-il.

Le silence s'abattit sur la voiture après la révélation de Logan. La situation semblait devenir de plus en plus compliquée et elle avait de la peine pour toute la famille Reed. Si Porter obtenait la garde de Bria, et elle espérait vraiment que ce serait le cas, Riley suggérerait qu'il l'emmène voir un psychologue pour enfants, un de ces experts qui parvenaient à faire parler les enfants des événements traumatisants et des crimes. Mais ils devraient gérer la situation avec le plus grand soin. La dernière chose qu'elle voulait, c'était que la petite fille soit traumatisée en devant revivre ce qui était arrivé à sa maman.

Il leur fallut vingt minutes de plus pour arriver à la maison de Seth Matthews. Riley fronça les sourcils quand ils descendirent la rue. Ils n'étaient vraiment pas dans une partie fréquentable de la ville. Cela ne signifiait pas que les gens qui vivaient dans ces maisons ne faisaient pas de leur mieux pour subvenir aux besoins de leurs familles, mais les jardins étaient mal entretenus et pleins de mauvaises herbes, les barrières étaient cassées et s'écroulaient et il y avait une atmosphère générale de négligence.

Porter gara son Expedition le long du trottoir, à l'adresse qui leur avait été donnée. Il y avait une Crown Victoria blanche garée dans l'allée et une femme portant un tailleur bleu marine était debout devant la porte d'entrée. De toute évidence, elle se disputait avec une femme.

— Restez ici, ordonna Porter en saisissant la poignée de la portière.

— Respire, Porter, lui rappela Riley en lui touchant le dos.

Il hocha la tête, puis il sortit et ferma la portière derrière lui.

— Que se passe-t-il ? demanda Logan.

— Je ne sais pas, mais ton oncle va le découvrir. Ne bouge pas.

Riley regarda Porter avancer à grands pas vers les deux femmes. Il n'envahit pas leur espace personnel, mais chaque muscle de son corps était tendu tandis qu'il écoutait l'échange.

Sans réfléchir, Riley prit son téléphone. Elle ne savait pas ce qu'il se passait, cependant il était évident qu'il ne s'agirait pas de la visite agréable et sympathique qu'ils avaient espérée. Porter avait besoin de soutien, peut-être plus que ce qu'elle pouvait lui donner, et elle ne voyait pas qui d'autre pourrait l'aider à part ses coéquipiers. Il faudrait un peu de temps pour qu'ils arrivent, néanmoins elle avait l'impression qu'ils auraient besoin de leur soutien. Mental, émotionnel et peut-être même physique.

Elle cliqua sur le premier nom qui lui vint à l'esprit. Grover.

— Salut, Ri, comment ça va ? demanda-t-il en décrochant.

— Grover, je suis à Austin avec Porter. Et je crois que nous avons besoin de toi.

— Qu'est-ce qui ne va pas ? Où êtes-vous ?

Elle lui résuma la situation, restant vague, car Logan était dans la voiture et écoutait tout ce qu'elle disait.

— Je me mets en route et je vais appeler les mecs.

— Je ne sais même pas s'il se passe quelque chose. Ma réaction est probablement excessive.

— Je ne crois pas, lui assura Grover.

— Vous n'avez pas besoin de tous venir. J'avais oublié que vous étiez au travail, dit-elle.

— J'aimerais que nous puissions tous y aller. Nous avons des réunions sensibles en ce moment, mais nous n'avons pas besoin d'être tous présents. Je vais appeler Lefty et Doc. D'accord ?

— Merci, répondit Riley.

— Nous arriverons dès que possible. Tiens bon.

Il raccrocha sans ajouter un mot et Riley laissa échapper un souffle qu'elle n'avait pas eu conscience de retenir.

— J'ai peur, murmura Logan. Vanessa a l'air en colère.

C'était vrai. À ce moment-là, un homme aux cheveux roux et portant une barbe très négligée apparut derrière la femme. Riley supposa qu'il s'agissait du père de Bria.

Logan gémit et le sang de Riley se figea dans ses veines. Il semblait terrifié.

— Est-ce que c'est Seth ? Le père de Bria ? l'interrogea-t-elle.

— Hum hum. Je n'aime pas ça quand il crie.

Ils entendirent Seth hurler depuis l'autre côté du jardin, même si les portières de l'Expedition étaient fermées.

— Ce n'est rien, l'apaisa Riley.

Elle devait admettre qu'elle n'aimait pas que Seth crie non plus, et elle ne le connaissait même pas.

— Porter va s'occuper de tout.

Elle regarda Porter mettre la main dans sa poche et sortir son téléphone. Elle ignorait qui il appelait, mais Riley savait que la situation échapperait à leur contrôle quelques secondes plus tard.

* * *

Oz en avait assez.

Toute cette histoire était ridicule. Vanessa refusait de laisser l'employée des services de protection de l'enfance entrer dans la maison et elle refusait aussi que Bria vienne à la porte. Elle se plaignait de la visite à l'improviste parce qu'elle n'était pas prête à être inspectée, ce qui était ridicule, car c'était exactement de cette manière que les visites avaient lieu.

Puis, Seth Matthews vint à la porte et tout le corps d'Oz se raidit. L'homme semblait complètement drogué. Il parierait n'importe quoi qu'il était shooté. Il commença immédiatement à crier sur la femme aussi, disant qu'elle pourrait entrer quand les poules auraient des dents et qu'il ne permettrait pas que sa fille voie *qui que ce soit*.

Oz était conscient que Logan et Riley étaient assis dans la voiture derrière lui et même s'il était content qu'ils soient en sécurité pour le moment, il n'avait pas l'intention de partir sans voir sa nièce. Il avait la chair de poule. Quelque chose n'allait pas. Il n'avait jamais ignoré son sixième sens auparavant et il n'avait pas l'intention de commencer.

Il ne s'agissait pas d'une mission, mais le danger était réel. Il sortit son téléphone et appela les urgences.

— Services des urgences. Avez-vous besoin de la police, des pompiers ou de soins médicaux ? demanda la voix au bout de la ligne.

— La police.

— Quel est le problème, monsieur ?

Oz donna l'adresse à l'opératrice et expliqua brièvement ce qu'il se passait. Il mit l'accent sur le fait que l'employée des services de protection de l'enfance était en danger et qu'il était possible que la vie d'un enfant le soit aussi. Il s'assura aussi de dire à la femme qu'il soupçonnait Seth d'être sous l'emprise de la drogue. Non, il ne savait pas s'il avait une arme, mais il n'en serait pas surpris.

L'opératrice lui demanda de rester en ligne, cependant Oz raccrocha. Il devait être complètement concentré sur ce qu'il se passait devant lui. Il pouvait maîtriser Vanessa ou Seth, mais pas les deux en même temps. Pour le moment, il voulait rester sur le côté et tenter de ne pas empirer la situation, toutefois il n'arrêtait pas de se demander où diable était Bria et si elle allait bien.

Oz réalisa qu'il aurait dû demander à ses coéquipiers de l'accompagner, or il était trop tard, maintenant.

Plusieurs minutes tendues s'écoulèrent. Seth avait crié

continuellement et Oz poussa un soupir de soulagement quand il entendit les sirènes approcher.

Malheureusement, Vanessa et Seth les entendirent aussi. Cela les fit partir au quart de tour.

Vanessa essaya de leur claquer la porte au nez, mais l'employée des services de protection de l'enfance tendit le bras et l'empêcha de la refermer entièrement.

Oz bougea instinctivement. Il était hors de question qu'il laisse cette situation se transformer en prise d'otage. Le couple pourrait se terrer dans leur maison pendant des heures pendant que la police ferait de son mieux pour les convaincre de sortir. En attendant, sa nièce serait enfermée avec deux personnes très instables et malheureuses.

Lui vivant, cela n'arriverait pas.

Il dépassa l'employée des services de protection de l'enfance et ajouta sa force sur la porte pour empêcher Vanessa et Seth de la fermer.

— Lâchez ça, hurla-t-elle.

— Hors de question, lui rétorqua Oz. Amenez ma nièce ici et nous partirons, dit-il, mentant entre ses dents.

Ils étaient allés beaucoup trop loin pour se retourner et partir. Il était évident que le couple cachait quelque chose.

— Dégagez vos mains de ma propriété ! grogna Seth en ajoutant son poids à celui de sa petite amie sur la porte.

Faisant un effort parce qu'il savait que s'ils fermaient la porte, la situation empirerait, Oz tint bon.

Le son le plus doux qu'il ait jamais entendu fut celui des portières de voiture et les voix indiquant à tout le monde de reculer.

— Sortez avec les mains en l'air, cria le policier.

Oz entendit la femme des services de protection de l'enfance expliquer ce qu'il se passait à l'agent le plus proche et il en fut reconnaissant. La dernière chose qu'il voulait, c'était se faire tirer dessus alors qu'il cherchait Bria.

— J'ai une arme non létale, annonça l'un des officiers à

son partenaire.

Oz était pour taser Seth ou Vanessa, mais ils devaient se dépêcher. Faisant de son mieux pour s'écarter et donner de l'espace aux policiers pour qu'ils ne puissent pas le viser accidentellement, Oz poussa davantage la porte, agrandissant l'ouverture pour que Seth soit clairement visible.

— Sortez tout de suite, cria l'un des agents.

— Allez-vous faire foutre ! hurla Seth.

Une seconde plus tard, Oz entendit le son du courant électrique traverser le Taser. Quand Seth tomba par terre avec un bruit sourd, il fut facile d'ouvrir complètement la porte. Vanessa tomba en arrière en trébuchant sur son petit ami et les agents entrèrent.

Oz recula, les mains de chaque côté de son corps, faisant de son mieux pour montrer qu'il ne représentait pas une menace. Mais de toute évidence, les agents avaient été en contact avec l'opératrice des urgences, car ils semblaient savoir qu'il n'était pas l'agresseur.

Seth se débattit contre les deux agents, même si les pointes du Taser étaient encore enfoncées dans son torse. Vanessa ne se battait plus comme une folle ; elle criait de manière hystérique. L'autre agent dut la tirer hors de la maison.

Oz n'aimait pas le fait que Logan voit toute cette pagaille, cependant il était concentré sur le fait de trouver Bria.

Le jardin semblait rempli d'agents de police à présent. Finalement, il fallut trois personnes pour maîtriser Seth, qui continuait de hurler des obscénités et d'accuser les policiers de violation des droits de l'homme. Il disait qu'ils n'avaient pas le droit d'entrer dans sa maison et qu'il ferait un procès à tout le monde.

— Est-ce que vous pouvez me dire ce qu'il se passe ? demanda une agente quand Seth fut maîtrisé et à l'arrière d'une de leurs voitures.

Oz fit de son mieux pour expliquer la raison de leur présence, puis il demanda :

— S'il vous plaît, est-ce que je peux entrer et trouver ma nièce ?

La femme avait un air sympathique, mais elle secoua la tête.

— J'ai bien peur que non.

— Est-ce que l'employée des services de protection de l'enfance peut le faire, alors ? Ou l'un d'entre vous ? Ma nièce pourrait être à l'intérieur en train de paniquer. Ou elle pourrait être blessée.

La femme hocha la tête.

— Nous allons nous en occuper. Nous devons fouiller la maison pour nous assurer qu'il n'y a pas d'autres menaces à l'intérieur. Nous allons trouver votre nièce. S'il vous plaît, reculez et laissez-nous faire notre travail.

Oz serra les dents. Ils prenaient trop de temps. Il avait espéré que la visite serait sans incident, même s'il avait déjà appréhendé le fait d'abandonner Bria. Il savait que cela aurait été terrible pour Logan. La situation était pire que ce qu'il aurait pu imaginer.

Il recula et entendit les portières de son Expedition s'ouvrir. Puis, Riley fut à ses côtés. Elle se blottit contre lui d'un côté et Logan se serra contre lui de l'autre. Oz enroula ses bras autour d'eux et fit de son mieux pour se contrôler.

— Eh bien, ça ne s'est pas bien passé, commenta doucement Riley.

Étonnamment, Oz se surprit à sourire.

— Tu trouves ? demanda-t-il.

— Oz, où est Bree ? questionna Logan.

— Je ne sais pas, Champion, mais la police va entrer et la trouver.

Logan hocha la tête et il resserra son bras autour de la taille d'Oz.

Ce dernier fut soulagé que son neveu se tourne vers lui

pour trouver du réconfort, même s'il aurait préféré qu'il n'en ait pas besoin.

Ils regardèrent une poignée d'agents de police entrer, leurs armes à la main.

— Ils ne vont pas tirer sur Bree, si ? s'inquiéta Logan d'une voix tremblante.

— Non, dit Riley avant qu'Oz puisse répondre. Ils veulent juste s'assurer qu'il n'y a pas d'autres adultes à l'intérieur qui pourraient faire du mal à quelqu'un.

Gardant les yeux rivés sur la porte, Oz s'attendait à ce que les agents sortent de la maison avec Bria d'un moment à l'autre. Mais à chaque minute qui s'écoulait sans qu'ils réapparaissent, il devint de plus en plus nerveux.

Un agent sortit et fit signe à l'employée des services de protection de l'enfance. Elle entra et Bria n'apparut toujours pas.

Puis, le même agent sortit de la maison une fois de plus et se dirigea vers eux trois. Il expliqua d'une voix grave et chargée d'inquiétude :

— Nous avons trouvé la fille, mais elle a peur et elle ne veut pas sortir.

— Je vais aller la chercher, annonça Logan. Si elle me voit, elle sortira.

Oz serrait les dents si fort qu'il pensait qu'il allait s'en fêler une. Il ne savait pas *pourquoi* Bria ne voulait pas sortir, mais rien de cette situation ne lui plaisait.

— Je suis désolé, mais non, refusa gentiment l'agent à Logan.

— Je vais y aller, proposa Riley.

— Non. Je suis son oncle, *je* vais y aller, dit Oz.

S'il y avait de la drogue dans la maison, ou qui sait quoi d'autre, il ne voulait pas que Riley ou Logan y soient exposés. Et il voyait bien d'après l'attitude de l'agent que ce qu'il y avait à l'intérieur de la maison n'était pas bien. De toute évidence, le policier ne voulait pas que Logan le voie. Si la sœur du petit garçon était blessée, c'était la dernière image qu'il avait besoin d'avoir coincée dans la tête.

— Suivez-moi, dit l'agent.

Logan agrippa le bord de son T-shirt et Oz baissa les yeux vers lui.

— Quelque chose ne va pas, murmura-t-il.

Oz s'agenouilla devant Logan et posa ses mains sur ses épaules.

— Je sais, lui assura-t-il, ne souhaitant pas minimiser l'évidence.

— Parfois, je jouais à cache-cache avec Bree. Générale-ment, quand Maman invitait des gens effrayants à la maison. Je lui disais qu'elle ne pouvait pas sortir avant que je dise les mots magiques.

— Et quels étaient ces mots ? demanda Oz.

— Je lui disais que le lapin de Pâques était là, révéla Logan. Je sais que c'est stupide, mais elle voulait toujours le prendre sur le fait. Je crois qu'elle savait qu'il n'était pas vrai-ment là, mais elle sortait toujours quand je lui disais ça. Et ce n'était pas quelque chose que quelqu'un dirait acciden-tellement.

— Je ne crois pas du tout que c'était stupide, rétorqua Oz à son neveu. Je crois que c'était extrêmement intelligent de ta part. Je vais faire sortir ta sœur. Est-ce que tu peux être courageux un peu plus longtemps et rester ici avec Riley ?

Logan hocha la tête.

Oz se pencha en avant et l'embrassa sur le front. C'était la première fois qu'il le faisait, mais le petit garçon ne fuit pas son contact. Au lieu de cela, il se jeta dans les bras d'Oz et s'agrippa désespérément à lui un long moment. Puis, il s'écarta et essuya une larme.

— Je vais bien.

— Je sais, Champion.

Oz se leva et embrassa Riley aussi. Il avait besoin de sa douceur et de ses soins, mais il n'avait pas le temps de s'en imprégner. Il se retourna et courut derrière l'agent, prenant une profonde inspiration avant d'entrer dans la maison.

C'était pire que ce qu'il avait imaginé.

Il y avait des ordures partout. Des piles de journaux. Des briques de lait dont sortait du lait tourné. Il voyait même des crottes de rats par terre, partout autour de lui. Cet endroit n'était pas apte à ce que *qui que ce soit* y vive, mais encore moins une petite fille.

Il se dirigea vers la salle de bains où un agent prenait des photographies de poudre sur le sol et la lunette des toilettes. Il n'était pas difficile de deviner ce que Seth avait été en train de faire pendant que Vanessa bloquait le passage à l'employée des services de protection de l'enfance dans l'entrée.

Plus il s'enfonçait dans la maison, plus l'odeur était terrible. Il était évident que l'un des habitants, voire les deux, était un entasseur compulsif. Il y avait des tas de vêtements et des boîtes partout. L'agent et lui durent passer par-dessus des tas d'ordures pour atteindre la chambre du fond.

L'employée des services de protection de l'enfance était à genoux devant ce qui ressemblait à une cage pour chien.

Une putain de cage !

Quand elle les vit, elle se leva et la douleur dans son regard n'était pas difficile à voir.

Même si Oz était ravi de découvrir que la femme semblait s'inquiéter pour les enfants dont elle était responsable, il ne put s'empêcher d'être amer. Si elle avait vérifié que Bria allait bien avant, peut-être que rien de tout cela ne serait arrivé. Il se demanda combien de temps la petite fille aurait encore dû vivre ainsi s'il n'avait pas téléphoné pour que Logan ait l'occasion de voir sa sœur. Il savait que le système était saturé, mais cette situation était inacceptable.

— Elle a peur, lui annonça inutilement la femme.

Oz hocha la tête et se concentra avant de s'agenouiller par terre devant la cage.

Rien n'aurait pu le préparer à ce qu'il vit.

Un minuscule visage le regardait depuis le fond de la cage. Elle était sale, mais la puanteur qui venait de la cage était presque accablante. Les ongles de Bria étaient noirs de poussière et on aurait dit que ses cheveux n'avaient pas été brossés depuis des jours. Des semaines. Les mèches auburn étaient emmêlées et grasses, pendant autour de son visage comme si elle était un petit chiot au poil hirsute.

— Salut, Bree, lança doucement Oz en repoussant son dégoût et sa haine envers Seth et Vanessa.

Cette précieuse petite fille était tout ce qui comptait à présent.

— Je m'appelle Oz... Je suis ton oncle.

Bria se contenta de le fixer du regard, ne bougeant pas d'un centimètre.

— Je sais que tu as peur et je ne peux pas te le reprocher. Cette maison fait très peur. Mais ton père et sa petite amie ne peuvent plus te faire de mal. Ils ont été arrêtés.

Bria bougea, détournant son visage de lui. À ce moment-là, Oz vit la chaîne autour de sa cheville.

Sa colère le submergea presque et il dut fermer les yeux pour essayer de reprendre le contrôle de ses émotions. Il ne pouvait pas perdre la tête à ce moment-là. Logan, Riley et Bria comptaient sur lui. Il était tout à fait conscient que les agents et l'employée des services de protection de l'enfance étaient debout derrière lui. Il devait faire sortir Bria de là. Immédiatement.

— Tu veux savoir pourquoi je suis venu ici aujourd'hui ? demanda-t-il quand il eut repris le contrôle de lui-même.

Peu importe que Bria ne le regarde pas, il savait qu'elle pouvait l'entendre.

— Logan avait envie de voir sa sœur. Le hic, c'est que je ne savais même pas qu'il avait une sœur. Je sais, c'est fou, hein ? Comment puis-je avoir une nièce et ne pas le savoir ? En particulier quand c'est une nièce aussi adorable que toi.

Il lui a fallu du temps, mais Logan a fini par décider qu'il pouvait me faire confiance. Il m'a parlé de toi ce matin. Et nous voilà. Je suis venu aussi vite que j'ai pu. Je suis désolé de ne pas être venu plus tôt.

Il vit les yeux de Bria se tourner vers lui derrière ses cheveux emmêlés.

— Rien n'aurait pu m'empêcher de venir si j'avais su que tu étais là. Et tu sais quoi d'autre ? Logan est là. Il est dehors, il attend pour te voir. Tu lui as beaucoup manqué.

Il entendit un léger gémissement depuis l'intérieur de la cage.

Ayant l'impression de faire des progrès, Oz avança légèrement jusqu'à ce que sa tête soit à l'intérieur de la cage. Il baissa la voix comme s'il voulait lui dire un secret.

— Et tu sais ce que Logan m'a dit d'autre ?

Bria secoua la tête et Oz se réjouit intérieurement. Elle interagissait avec lui.

— Il m'a dit que le lapin de Pâques était là.

À ces mots, Bria se tourna complètement vers lui. L'espoir sur son visage fit monter les larmes aux yeux de Porter. Oz ne se donna pas la peine de les essuyer lorsqu'elles coulèrent le long de ses joues.

— Je sais, j'étais sceptique aussi. Je veux dire, ce n'est même pas encore Pâques. Mais c'est ce que Logan m'a dit de te dire.

Une des mains de sa nièce se tendit vers lui et elle toucha les larmes sur ses joues.

— Pourquoi tu pleures ? murmura-t-elle. Tu as faim aussi ?

Bon sang, elle le tuait.

Oz secoua la tête.

— Je pleure parce que je suis heureux de te rencontrer. Ta maman était ma sœur. Nous nous sommes disputés il y a longtemps et nous avons arrêté de nous parler. Logan a dit que ta maman avait parlé de moi. *Ma* sœur me manque beaucoup. Tout comme tu manques à Logan. Est-ce que tu veux bien venir le voir avec moi ? Pour voir si nous pouvons trouver le lapin de Pâques ?

Oz était plus reconnaissant que jamais envers Logan de lui avoir parlé de leur code.

— Maman m'a parlé d'Oncle Porter.

— C'est moi, lui se présenta Porter, reculant légèrement pour tendre la main.

À la seconde où Bria la prit, Oz tomba sous le charme. Cette petite fille le menait déjà par le bout du nez. Il jura de faire tout ce qu'il fallait pour s'assurer que personne ne lui fasse plus jamais de mal.

Il lui prit la main et attendit patiemment qu'elle rampe à genoux jusqu'à lui. La chaîne autour de sa cheville cliqueta sur le plastique dur de la cage lorsqu'elle bougea. Seth et Vanessa ne s'étaient même pas donné la peine de mettre une couverture dans la cage.

Se fichant qu'elle ait besoin d'un bain, Oz la prit dans ses bras dès qu'elle fut assez proche. Elle enroula ses bras autour de son cou et enfouit son visage dans son cou.

Oz sentit et entendit l'un des agents avancer et couper la chaîne qui se trouvait autour de la petite jambe de Bria. Il se leva sans problème, car sa nièce était très légère. Il commença à traverser la maison, Bria s'accrochant désespérément à lui.

— Tu es grand, murmura-t-elle.

— Oui, mais je ne vais pas te laisser tomber, la rassura-t-il.

Il fronça les sourcils quand elle le serra plus fort. Merde, il n'avait pas dit ce qu'il fallait. Il n'avait pas eu l'intention de lui faire peur. Cependant elle n'essaya pas de se libérer de ses bras ou de s'écarter de lui, Oz continua donc d'avancer. Il avait besoin de sortir de cette maison. Il avait besoin de faire sortir *Bria* de cette maison.

Son contrôle de lui ne tenait qu'à un fil. Il ne lui faudrait pas grand-chose pour perdre la tête et il le savait. Il était à quelque seconde de se diriger vers la voiture dans laquelle se trouvait Seth et de lui casser la figure. La seule chose qui l'en empêchait n'était pas la menace d'être envoyé en prison, mais Bria et Logan. Ils avaient besoin de lui.

Et il ne partirait certainement pas sans sa nièce. Hors de question.

Quand il sortit sous les rayons du soleil, Oz prit une profonde inspiration. Il leva la main et caressa les cheveux de Bria.

— Tu es libre, ma petite.

Elle leva la tête et le regarda dans les yeux.

— Promis ? murmura-t-elle.

— Promis, lui répondit Oz.

— Bree !

Oz se retourna et vit Logan courir vers eux. Il s'agenouilla par terre et posa Bria, maintenant un bras protecteur autour d'elle. Il attrapa délicatement Logan par le bras et dit :

— Doucement, Champion.

Logan écarquilla les yeux et il n'était pas difficile de voir la colère contre laquelle il luttait. Mais l'enfant était un dur à cuire et il garda le contrôle de lui-même.

Il serra doucement sa sœur contre lui, puis il recula.

— Est-ce que tu as faim ? Je t'ai gardé une partie de mon Happy Meal que nous avons acheté en route. Lui, c'est Oz, notre oncle. Il est gentil. Tu peux lui faire confiance. Et elle, c'est Riley, expliqua-t-il en la désignant derrière lui. Elle est super aussi. Elle vit à côté et c'est la petite amie d'Oz. Elle reste le soir et ils ne se crient pas dessus ni rien. Elle prépare les meilleurs petits-déjeuners, mais les pancakes d'Oz ont de meilleures formes. Oz m'a acheté une balle de baseball et un gant et je vais rejoindre une équipe !

— Tu n'as pas à lui dire tout ce qu'il s'est passé depuis la dernière fois que tu l'as vue, le réprimanda gentiment Oz.

Puis, Logan lui brisa le cœur en disant :

— Mais je ne sais pas quand je la reverrai.

Oz savait qu'il ne devrait pas dire ce qu'il était le point de dire... Mais il le fit quand même.

— Elle vient avec nous. Elle va vivre avec nous à partir de maintenant, alors tu n'es pas obligé de l'accabler avec tout ça maintenant.

— Vraiment ? demanda Bria.

L'espoir dans sa voix était presque trop douloureux à entendre.

— Vraiment ? répéta Logan.

— Eh bien, nous devons parler de ça, monsieur, intervint l'employée des services de protection de l'enfance, à côté d'eux.

Oz secoua la tête et se leva en gardant une main sur les épaules de Logan et de Bria.

— Non, répliqua-t-il en insistant sur le mot.

— Il y a un protocole à suivre. Vous ne pouvez pas juste décider de la prendre et c'est tout.

— C'est ma *nièce*, répondit Oz entre ses dents serrées. Vous m'avez caché son existence et ça ne me plaît pas beaucoup. Et maintenant que son père a prouvé qu'il était une ordure, je veux la garde.

— Cela dit, nous devons enquêter sur la situation et elle pourrait avoir d'autres parents qui réclament la garde.

— Enquêter ? répéta Oz avec incrédulité. Elle était enchaînée à une satanée cage pour chiens, dit-il d'un ton mordant.

Il prit une inspiration pour continuer à réprimander la femme, mais il sentit une main se poser sur son bras.

Riley.

— Respire, Porter, murmura-t-elle.

Puis, elle se tourna vers l'employée des services de protection de l'enfance.

— Je vous en prie, excusez Porter. La journée a été

éprouvante. Il veut ce qu'il y a de mieux pour sa nièce et là, tout de suite, il est un peu à vif.

Le visage de la femme perdit une partie de sa belli-gérance.

— Je crois que nous sommes tous un peu sur le vif.

Riley hocha la tête.

— Il est encore sous le choc après avoir appris qu'il avait une nièce, et après l'avoir découverte dans ces conditions... Ça fait beaucoup. Je suis sûre qu'il y aura de la paperasse et des enquêtes, mais il est prêt à faire tout ce qu'il faut pour que sa nièce et son neveu ne soient plus séparés.

Bon sang, elle était tellement diplomate. Oz était encore plus reconnaissant qu'elle soit à ses côtés.

Une ambulance s'arrêta sur le trottoir en même temps qu'un pick-up. Grover, Lefty et Doc sortirent à toute vitesse de ce dernier et se dirigèrent droit vers eux.

Oz ne put que fixer ses coéquipiers d'un air incrédule. Il ignorait pourquoi ils étaient là. De toute évidence, il avait été à l'intérieur de la maison avec Bria plus longtemps qu'il ne le pensait. Et Lefty avait dû conduire comme un fou pour arriver à Austin aussi vite.

Oz observa Riley et sut qu'elle les avait appelés. Bon sang, le fait de savoir qu'elle le couvrait et qu'elle veillait sur lui s'installa profondément en lui.

Il ne la laisserait pas partir. Jamais.

— Bria a besoin d'aller à l'hôpital, lui annonça l'em-ployée des services de protection de l'enfance. Ensuite, nous devrons lui parler... Nous avons un psychologue agréé et très compétent qui attend.

Oz ne voulait pas être séparé de Bree. Il venait de la trouver et l'idée qu'elle soit éloignée de lui pour être auscultée par des inconnus ne lui plaisait pas.

— Vous pouvez l'accompagner, ajouta la femme.

Oz poussa un grand soupir de soulagement.

— Moi aussi ? demanda Logan.

Oz baissa les yeux et vit qu'il tenait fermement la main de sa sœur. Il ne semblait pas accorder d'importance au fait qu'elle soit sale et qu'elle sente mauvais. De toute évidence, il était juste ravi d'être à nouveau avec elle. Et Bria était plus qu'heureuse d'avoir son frère à ses côtés aussi.

— Toi aussi, accepta la femme en souriant.

Oz savait qu'elle faisait de son mieux, mais il ne pouvait s'empêcher de penser que c'était trop peu, trop tard.

— Je vais suivre l'ambulance jusqu'à l'hôpital, lui proposa doucement Riley.

Oz regrettait qu'elle ne puisse pas venir avec lui, mais il savait que cela ne serait pas permis. Elle n'était pas de sa famille ou de celle des enfants d'une quelconque manière. Et une pointe de regrets le traversa, mais il la réprima. Il devait se concentrer sur le moment présent.

— Je vais conduire, Riley, annonça Grover, qui apparemment avait entendu la fin de la conversation.

Ses yeux étaient rivés sur Bria et Oz vit la colère sur son visage. Lefty et Doc étaient aussi très énervés, mais leur présence aida Oz à garder sa mauvaise humeur sous contrôle.

— Merci, dit-il à son ami.

— C'est une petite menteuse ! cria Vanessa tandis qu'un agent ouvrait la portière arrière de la voiture dans laquelle ils l'avaient placée.

Ils la sortirent pour la faire monter dans une autre voiture de service et elle continua de cracher son venin.

— On devait lui apprendre à ne pas mentir. Bria ment sur *tout* ! Son imagination est incontrôlable. Vous ne pouvez pas croire ce qu'elle dit !

Ses mots ne firent que convaincre Oz qu'il devait prendre ce que disait Bria *plus* sérieusement. Vanessa était un peu trop désespérée pour quelqu'un qui pensait que la petite fille était une menteuse. La question était... Pourquoi ?

Il croisa le regard de Riley et vit qu'elle pensait la même chose.

— C'est eux, murmura-t-elle d'un air incrédule.

Oz hocha la tête d'un air sombre. Il était presque sûr que Seth avait tué la mère de son enfant. Il ignorait pourquoi et il n'y accordait pas beaucoup d'importance à ce moment-là, mais il était évident que Vanessa était impliquée.

Il sentit Bria s'appuyer sur sa jambe et baissa les yeux vers elle. Elle regardait Vanessa d'un air terrorisé et cela le tua. Il s'agenouilla et posa un doigt sous le menton de Bria, lui tournant la tête pour qu'elle le regarde.

— Moi, je trouve que tu as l'air d'être une petite fille très honnête, lui déclara-t-il. Je croirai tout ce que tu me diras et tu peux aussi faire confiance aux policiers et aux femmes pour te croire. N'aie pas peur, tu es en sécurité, et je vais m'assurer que ça ne change pas.

Il n'était pas sûr qu'elle le croie et il fut ravi quand Logan intervint.

— Je te croirai aussi, Bree. Toi et moi, ensemble, pas vrai ?

Elle hocha la tête.

— Monsieur ? lui demanda un secouriste en respectant une distance respectueuse.

— Et si tu venais faire un tout avec moi ? proposa Oz à Bria.

— Logan aussi ?

— Logan aussi, lui confirma Oz.

Il ignorait si c'était possible, mais il n'avait pas l'intention de séparer le frère et la sœur. Ils avaient besoin l'un de l'autre à ce moment-là.

— Je vais aller chercher mon Happy Meal pour elle ! s'exclama Logan.

— Attends, Champion, je crois qu'on ne peut pas faire ça toute de suite, mais nous lui en achèterons un dès que possible, d'accord ?

— Tu n'as qu'un mot à dire et j'apporterai tout ce dont tu as besoin à l'hôpital ou au poste de police, déclara Lefty.

Oz hocha la tête en signe de remerciement.

— Je vais te reprendre dans mes bras, Petit Chaperon Rouge d'accord ?

Bria hocha la tête. Oz se pencha vers elle et soupira de satisfaction quand elle enroula ses bras autour de son cou une fois de plus. Logan saisit le pied de sa sœur et resta à ses côtés tout en avançant vers l'ambulance.

Après qu'il avait rassuré Bria et qu'il l'avait confiée au secouriste, il se tourna vers Riley.

Elle se blottit immédiatement contre son torse et le serra fermement dans ses bras.

— Comment puis-je l'aimer à ce point alors que je viens seulement de la rencontrer ? murmura Oz.

— Parce que tu es toi, lui dit-elle. Elle va s'en sortir. Tu es là pour elle maintenant. Tu vas y arriver.

Sa confiance en lui était incroyable, et c'était exactement ce dont il avait besoin. Oz leva les yeux vers ses coéquipiers.

— Veillez sur elle pour moi, d'accord ?

— Bien sûr, mec, accepta Grover. On se voit à l'hôpital.

Il devait une faveur à ses amis. Une énorme faveur. Oz se pencha et embrassa brièvement Riley.

— Je t'aime, murmura-t-il.

Elle écarquilla les yeux et elle répondit immédiatement :

— Je t'aime aussi.

Ce n'était pas ainsi qu'ils avaient imaginé exprimer leurs sentiments l'un pour l'autre pour la première fois, mais c'était parfait. Elle avait montré qu'elle avait la tête sur les épaules dans un moment de crise. Il se sentait terriblement bien en sachant qu'elle était aussi forte qu'il l'avait toujours pensé.

— Si tu as besoin de quoi que ce soit, écris-moi, dit-elle.

— Je le ferai.

— Je vais m'arrêter pour acheter des vêtements à Bree sur le trajet jusqu'à l'hôpital.

Oz n'y avait même pas pensé, mais il hocha la tête d'un air reconnaissant.

— Et il t'en faut aussi. Ce T-shirt est bon à jeter.

Oz se regarda et vit que son polo était couvert de poussière. Il avait l'impression que Riley avait raison. Il ne pourrait jamais le porter à nouveau sans penser à cette journée, ce qui n'était probablement pas une bonne chose.

— Je suis sûre que les mecs connaissent ta taille, alors ils m'aideront, poursuivit Riley. Vas-y. Assure-toi qu'elle va bien. Je vais parler à la femme des services de protection de l'enfance et aux policiers de nos soupçons. Il est *hors de question* qu'ils laissent cette petite fille rentrer avec quelqu'un d'autre quand j'en aurai fini avec eux.

Oz sourit. Bon sang, il l'aimait tellement.

— On se voit plus tard.

— Dis à Logan que j'ai dit qu'il était formidable. Il a vraiment bien tenu le coup, Porter. J'étais fière de lui.

— Je le ferai.

— Monsieur ? demanda le secouriste. Nous sommes prêts à partir.

Riley recula et lui adressa un sourire courageux.

— Je t'aime, murmura-t-elle.

— Je t'aime aussi. À plus tard.

Puis, Oz monta dans l'ambulance. Bria semblait incroyablement petite sur le brancard à roulettes. Le secouriste avait retiré le T-shirt de la petite fille et les bleus sur sa poitrine firent gonfler la colère en Oz une fois de plus. Mais ensuite, il vit que Logan semblait apeuré et inquiet et il sut qu'il devait faire son possible pour réconforter son neveu.

Il s'assit sur la chaise que le secouriste désigna et prit la main de Logan. Tandis que l'ambulance commençait à avancer, il serra sa petite main dans la sienne. Tout irait bien. Ils s'en sortiraient, tous les trois. Il s'en assurerait.

CHAPITRE DIX-SEPT

Oz ne savait pas quelle heure il était. Tout ce qu'il savait, c'était qu'il était exténué. Il avait l'impression de ne pas avoir dormi depuis deux jours.

Après que Bria avait été examinée à l'hôpital et qu'ils avaient vu qu'elle était déshydratée, qu'elle souffrait d'hématomes sur tout le corps et qu'elle était en sous-nutrition, une infirmière l'avait emmenée pour la laver. Puis, ils lui avaient mis les nouveaux vêtements que Riley lui avait achetés et ils s'étaient rendu au quartier général des services de protection de l'enfance en centre-ville.

Oz n'avait eu qu'une minute ou deux avec Riley, mais il avait eu besoin de cette courte période. Elle lui permettait de garder la tête sur les épaules. Elle l'empêchait de quitter l'hôpital et d'entrer par effraction en prison pour tuer Seth et Vanessa.

Le couple avait été arrêté pour maltraitance d'enfants. Les accusations en lien avec la drogue et les armes étaient en attente, car la police effectuait des fouilles plus approfondies dans la maison. Et il espérait que les accusations de meurtre avec préméditation n'étaient pas loin derrière.

Oz savait que Grover avait conduit Riley au bâtiment des

services de protection de l'enfance, mais il ignorait où elle était à présent. Il ne savait même pas si elle était encore là. Bria s'était endormie sur le trajet et Oz avait insisté pour que les thérapeutes la laissent dormir. Elle s'était réveillée quelques heures plus tard et elle avait mangé un autre repas avec son frère.

Miraculeusement, la petite fille semblait aller bien de manière générale. Tant que son frère était près d'elle, elle souriait et riait et elle parvenait à parler aux inconnus. Mais une thérapeute commit l'erreur de demander à Logan de partir et Bria perdit la tête. Elle commença à pleurer et à trembler. Seul Logan put la calmer en s'asseyant par terre et en l'attirant sur ses genoux.

Oz observa toute la scène derrière une vitre sans tain et son angoisse atteignit des sommets. Il avait besoin de serrer cette petite fille contre lui. Il avait besoin d'arranger les choses, et il ne pouvait pas le faire.

Quand Logan fut autorisé à rester, Bria s'ouvrit à la thérapeute. La femme était douée. Elle donnait l'impression qu'elles avaient une simple conversation, ne parlant pas des mauvais traitements que la petite fille avait subis depuis qu'elle avait été placée sous la garde de son père.

Elle raconta à la femme et à son frère qu'elle avait vécu dans cette cage pour chien pendant « longtemps ». Elle n'était pas retournée à l'école. Et Vanessa et son père ne l'avaient pas beaucoup laissé manger. Elle avait été autorisée à sortir de la cage une fois par jour pour aller aux toilettes, mais parfois, elle n'avait pas pu se retenir et elle avait dû nettoyer sa propre urine et ses selles quand elle avait eu un accident.

Tout était terrifiant et Oz ne comprenait pas pourquoi ils avaient fait une chose pareille. Apparemment, la thérapeute avait la même question et elle demanda à Bria pourquoi son père et Vanessa avaient fait tout cela.

— Parce qu'ils voulaient que je leur dise ce que j'ai vu le

jour où Maman a été tuée, expliqua Bria en reniflant légèrement.

— Et est-ce que tu l'as fait ?

Bria secoua la tête.

— Non. J'avais peur de le dire. Ils se sont énervés parce que je ne leur ai rien dit.

— Dire quoi ?

Bria regarda Logan et il lui serra la main.

— Ça ira. Je suis là, maintenant. Tu es en sécurité.

Et apparemment, c'était ce que Bria avait besoin d'entendre avant de révéler à la thérapeute tout ce qu'elle avait entendu ce triste jour.

Elle avait entendu son père frapper à la porte et sa mère lui avait dit de se cacher. Elle s'était donc mise derrière le canapé comme son frère le lui avait appris, puis elle avait entendu son père crier un peu plus sur sa mère. Elle les avait entendus se battre. Elle l'avait entendu dire à Vanessa de prendre un cordon. Elle avait entendu sa mère les supplier de ne pas la tuer... Puis sa mère avait arrêté de parler.

Son père et Vanessa avaient traversé la maison, cherchant quelque chose, et ils étaient partis sans savoir qu'elle avait été là depuis le début.

Oz s'était éloigné brièvement à ce moment-là. Il était sorti et heureusement, Doc avait été là. Il avait empêché Oz de prendre sa voiture et de faire quelque chose de stupide. L'idée que sa nièce fragile ait entendu son propre père tuer sa mère était accablante.

Après avoir parlé un peu plus longtemps à la thérapeute avec son frère à ses côtés, Bria semblait aller bien. Oz supposait qu'il devrait la surveiller de près et continuer de l'emmener voir la thérapeute pendant un moment, juste pour être sûr.

Oz avait aussi appris en parlant au détective qui avait interrogé Seth et Vanessa qu'après avoir découvert que Bria n'était pas allée à l'école le jour où sa mère avait été tuée, ils avaient craint qu'elle dise à quelqu'un qu'elle les avait vus ou entendus tuer sa mère. Ils l'avaient donc enfermée dans leur petite maison pour s'assurer que cela n'arrive pas. Sur le fond, c'était une confession et Oz espérait qu'ils passeraient le reste de leurs vies en prison.

Le fait que Bria allait aussi bien après ce supplice était un miracle. C'était aussi terrible... Car cela signifiait probablement que sa vie *avant* que sa mère ne soit tuée n'avait pas vraiment été idéale. Oz en avait assez entendu de la part de Logan pour le deviner.

La confession de Logan indiquant que Bree avait été dans la maison le jour où sa mère avait été tuée avait été envoyée au détective qui enquêtait sur la mort de Becky et il s'était rendu au siège social des services de protection de l'enfance pour écouter la conversation de Bria avec la thérapeute. Il avait d'autres questions et la thérapeute dut les poser à Bria. L'échange était mené avec délicatesse pour ne pas traumatiser davantage Logan ou Bria.

Puis, Oz dut rencontrer d'autres agents des services de protection de l'enfance pour obtenir l'approbation et la permission d'emmener Bria chez lui à Killeen. Ils durent contacter son commandant et obtenir une recommandation. Il avait aussi appris de la part des détectives que Seth et Vanessa avaient mis en gage tout ce qu'ils avaient pu prendre chez Becky. Il était triste de ne pas avoir des souvenirs de leur mère à donner à Bria et Logan, mais il ferait son possible pour s'assurer qu'ils ne l'oublient jamais.

Becky n'avait pas été la meilleure des mères, mais elle avait fait de son mieux et on aurait dit qu'elle avait fait son possible pour se reprendre en main au cours des dernières années. Oz devait respecter cela.

Il avait géré les conséquences de ce qui était arrivé à sa nièce et à sa sœur depuis des heures et finalement, cinq minutes plus tôt, on lui avait donné le feu vert pour ramener

Bria chez lui. Il faisait nuit et Bria était à peine éveillée quand il la prit dans ses bras.

— Nous rentrons à la maison, annonça-t-il à Bria et à Logan.

— Tous les deux ? demanda Logan.

— Ouais, Champion. Tous les deux.

— Tu as promis, rappela Bree.

— Oui, répondit Oz.

— Riley aussi ? demanda Logan.

Puis, il se tourna vers sa sœur.

— Elle va te plaire. Je t'ai parlé d'elle et elle est incroyable. Elle sent les fleurs.

Bria adressa un faible sourire à son frère. Il était évident qu'elle n'était pas complètement convaincue, mais Oz savait que ce n'était qu'une question de temps. Comment pourrait-il en être autrement ? Riley était vraiment incroyable.

— Je ne suis pas sûr, dit-il à Logan. Il est tard et nous sommes là depuis longtemps. Riley est probablement déjà retournée à Killeen.

Il termina sa phrase alors qu'ils entraient dans la grande salle d'attente à l'avant du bâtiment. Oz s'arrêta dans son élan et fixa du regard ce qu'il y avait devant lui.

La salle d'attente était pleine. Non seulement Grover, Lefty et Doc étaient encore là, mais ils avaient été rejoints par le reste de l'équipe. Trigger, Brain et Lucky se levèrent quand ils entrèrent dans la pièce.

Gillian était là aussi. Tout comme Kinley, Aspen et Devyn.

Aspen posa son doigt sur ses lèvres et murmura.

— Elle dort enfin.

Oz regarda dans la direction qu'elle désigna d'un mouvement de la tête et vit Riley avachie sur une chaise. Sa tête était posée contre le mur et elle était profondément endormie.

— Tu peux rester là avec ta sœur une seconde, Champion ? demanda Oz à Logan en posant Bria.

— D'accord.

Oz se dirigea vers Riley, s'arrêtant pour serrer chacun de ses amis dans ses bras. Il était très ému après cette longue journée et voir le soutien que sa famille et lui avaient était presque bouleversant.

Mais voir que Riley était là, exténuée après avoir couru dans tous les sens pour s'assurer que Bria, Logan et lui avaient tout ce dont ils avaient besoin le fit pleurer toutes les larmes de son corps. Il ne s'était pas senti aussi déséquilibré depuis longtemps, voire jamais.

Ses amis discutaient à voix basse derrière lui, cependant Oz n'avait d'yeux que pour la femme qui avait volé son cœur.

Il s'agenouilla devant elle et il sourit presque en pensant qu'il avait souvent été à genoux dernièrement. Être grand était agaçant quand vous deviez être face à face avec des enfants pour les rassurer.

Il posa une main sur le genou de Riley, espérant la réveiller délicatement, mais à la seconde où il la toucha, elle se redressa brusquement et regarda autour d'elle d'un air alarmé.

— Tout va bien, Ri. C'est moi.

— Porter. Où sont les enfants ?

— Ils sont là. Nous sommes prêts à rentrer à la maison.

— Bria aussi ?

— Bria aussi, la rassura-t-il.

Puis, Riley éclata en sanglots. On aurait dit qu'elle avait réprimé ses émotions toute la journée et qu'elle ne se permettait de céder que maintenant parce qu'elle savait que tout allait bien. Oz la prit dans ses bras et se leva. Il n'avait jamais été aussi reconnaissant d'être grand et fort. Sa femme avait besoin de lui et il était ravi d'être présent pour elle. Ce jour-là, et tous les jours qui suivraient.

— Je vais bien, marmonna Riley contre son torse.

— Je sais, lui dit Oz. Tu es prête à rentrer ?

— Oui, approuva-t-elle avec assurance. Pose-moi, Porter, je peux marcher.

— Je sais, lui répondit-il.

Il la posa par terre, mais maintint fermement son bras autour de sa taille. Riley s'appuya lourdement sur lui tandis qu'ils se dirigeaient vers Logan et Bria.

— Riley ? demanda Logan quand Oz s'approcha.

— Elle va bien, annonça Oz à son neveu. Elle est juste très heureuse que nous rentrions tous ensemble.

— Moi aussi, répliqua Logan.

Tout en maintenant un bras autour de Riley, Oz tendit sa main libre pour prendre celle de Logan. Son neveu prit la main de sa sœur et ils sortirent dans la nuit. Oz n'avait pas imaginé qu'il fonderait une famille ainsi, mais il ne l'échangerait pour rien au monde.

* * *

Le trajet de retour à Killeen fut calme. Riley avait été exténuée plus tôt, mais à présent, elle était bien réveillée. Logan et Bree s'endormirent à la seconde où la portière se referma derrière eux et il était agréable de tenir la main de Porter pendant qu'il conduisait. Ils ne parlèrent pas, ils se contentèrent d'exister dans le moment présent. Heureux d'être ensemble.

Une fois qu'ils furent à la maison, Porter porta Bria en haut des escaliers et Riley tint la main de Logan lorsqu'ils entrèrent dans l'appartement.

— Elle peut prendre ma chambre, déclara Logan à Porter quand la porte fut fermée derrière eux. Je peux dormir sur le canapé, comme toi le jour où je suis arrivé et que tu m'as laissé prendre ton lit.

Les yeux de Riley se remplirent de larmes. De toute

évidence, Logan faisait très attention à *tout* ce que son oncle faisait et il n'aurait pas pu avoir un meilleur modèle.

Porter ne dit pas un mot, mais il emmena Bria dans la chambre de Logan et la posa sur le grand lit. Elle ne prenait pas beaucoup de place et Riley imaginait toutes les choses qu'elle voulait lui donner à manger pour l'aider à atteindre un poids normal pour quelqu'un de son âge et de sa taille.

Puis, Porter prit Logan par la main et l'emmena dans le salon. Il le fit asseoir sur le canapé et s'assit à ses côtés.

— Voilà le problème, Champion. Comme tu le sais, je n'ai que deux chambres ici. Je suis reconnaissant que tu veuilles céder la tienne, mais je ne veux pas que tu dormes *ici* non plus. Je vais chercher un endroit plus adapté où nous pourrons vivre, mais est-ce que tu penses qu'en attendant, tu pourrais partager ton lit avec Bree ? Ma chambre est plus grande, alors je peux vous la donner et prendre la tienne. Je sais que ce n'est pas idéal de partager ta chambre avec ta petite sœur, mais je te promets que je vais nous trouver un endroit plus grand.

Logan écarquilla les yeux.

— Tu nous donnerais ta chambre ?

Porter hocha la tête.

— Bien sûr, dit-il à son neveu.

Riley retint sa respiration. Bon sang, elle aimait cet homme. Elle ne connaissait pas beaucoup de gens qui renonceraient au confort de leur chambre pour des enfants qu'ils connaissaient à peine, qu'ils fassent partie de leur famille ou pas.

— Et si nous avions des lits superposés ? J'adore mon grand lit, mais il prend beaucoup de place. Si nous avions des lits superposés, ils ne prendraient pas autant de place et je pourrais utiliser le lit du haut et Bree, celui du bas, proposa Logan. Tu n'aurais pas à nous laisser ta chambre. Je ne suis pas sûr qu'il y aurait de la place pour Riley dans la mienne.

Le cœur de Riley cessa presque de battre. Elle n'arrivait pas à croire que Logan ait pensé à *elle*. Porter leva les yeux et croisa son regard. Elle voyait l'émotion luire en eux et elle eut du mal à ne pas s'approcher de lui à ce moment-là.

— Tu es un bon garçon, dit Porter à Logan. Et je crois qu'acheter des lits superposés est une bonne idée. Je vais voir si un des mecs peut garder ton lit jusqu'à ce que je trouve un nouvel appartement. Comme ça, tu pourras le récupérer quand nous déménagerons. D'accord ?

— D'accord, accepta Logan en bâillant fortement.

— Pour le moment, ça ira si tu partages un lit avec Bree ? demanda Porter.

Logan hocha la tête.

— Ouais, nous partagions le lit dans l'appartement où nous vivions avec Maman. Ça ira.

— D'accord, Champion. Je sais que la journée a été longue et émouvante, mais n'oublie pas de te brosser les dents. Tu ne veux pas qu'elles pourrissent et qu'elles tombent.

Logan sourit. Puis, il tendit les bras vers Porter et le serra contre lui.

— Merci d'avoir sauvé ma sœur.

— Je ne l'ai pas sauvée, c'est toi qui l'as fait, contredit Porter en enroulant ses bras autour du petit corps de son neveu. Si tu n'avais pas été assez courageux pour révéler ton secret, je ne t'aurais pas emmené la voir et nous ne l'aurions pas sortie de là.

— Pourquoi est-ce que les gens sont si méchants ? demanda Logan en s'appuyant contre le dossier du canapé.

— Je ne sais pas, admit Porter. Mais ce qui est bien, c'est que Bree t'a, *toi*, pour la protéger. Et je *te* protège. Et Riley *me* protège. Tout ira bien.

Sur ce, Logan hocha la tête. Comme si les paroles de son oncle étaient une vérité inébranlable. Il se leva et se dirigea vers le couloir.

— J'irai vous voir dans une minute, lui annonça Porter.

Logan hocha la tête et disparut dans le couloir.

— Viens ici, dit Porter en tendant le bras vers Riley.

Elle se dirigea immédiatement vers lui et se mit à cali-fourchon sur lui, sur le canapé. Porter la serra contre lui comme si elle était la seule chose qui l'empêchait de tomber en morceaux.

— Tout va bien, murmura-t-elle. Elle est en sécurité.

— C'était horrible, avoua Porter d'une voix torturée.

— Je sais.

C'était vrai. Riley n'avait pas vu Bria dans la cage elle-même, mais elle en avait assez entendu de la part des agents sur la scène pour comprendre à quel point la situation était grave.

— Ne t'écroule pas encore, dit-elle à Porter. Tu dois souhaiter une bonne nuit à Logan. Ensuite, viens te coucher et je te serrerai dans mes bras pendant que tu laisses tout sortir.

Riley ignorait d'où venait sa force. Elle savait juste qu'elle détestait voir Porter souffrir. Et il était évident qu'il souffrait.

Il hocha la tête contre elle et recula.

— Je t'aime, dit-il. La journée a été terrible, mais je n'ou-blierai jamais le moment où nous nous sommes dit que nous nous aimons.

Riley sourit.

— Je t'aime aussi. À tel point que ça me fait un peu peur.

— N'aie pas peur de moi, ordonna-t-il. Est-ce que tu m'aimes assez pour m'accepter tel que je suis... avec deux enfants et tout ?

Elle fronça les sourcils.

— Je n'arrive pas à croire que tu aies posé cette question, le réprimanda-t-elle.

— Ce serait trop pour beaucoup de femmes, se justifia Porter.

— Je ne suis pas n'importe quelle femme, rétorqua Riley.

— Non, effectivement. Je pensais que tu étais rentrée à la maison, admit-il. Je n'aurais pas eu une mauvaise opinion de toi si tu l'avais fait.

— Je n'allais pas t'abandonner. Hors de question, refuta Riley. Et si tu me dis que j'aurais dû le faire, je vais m'énerver. Va dire bonne nuit à ton neveu et à ta nièce, ordonna-t-elle.

— Autoritaire, observa Porter. Ça me plaît.

Il se leva soudain et Riley s'empêcha de pousser un cri au dernier moment, ne voulant pas réveiller Bria.

Porter sourit en lâchant ses jambes.

— Merci d'avoir été avec nous aujourd'hui.

— Je ne voulais être nulle part ailleurs, dit-elle sincèrement.

Il descendit le couloir en tenant sa main, ne la lâchant que devant la porte de la chambre de Logan. Puis, il l'embrassa sur le front tandis qu'elle entrait dans la chambre de Porter.

Elle se prépara rapidement pour aller au lit et était en train de se glisser sous les couvertures quand Porter la rejoignit. Il disparut dans la salle de bains et ressortit une ou deux minutes plus tard. Riley le regarda retirer ses vêtements et enfiler un caleçon propre. Il était tellement à l'aise dans sa peau et il n'avait pas de problème à l'idée de se déshabiller devant elle. Elle n'en était pas encore là, elle n'était pas sûre d'y arriver un jour, mais elle adorait pouvoir l'observer.

Puis, il se glissa sous les couvertures et l'attira dans ses bras. Ils étaient collés l'un à l'autre du buste aux chevilles... Et il ne fallut pas longtemps pour qu'elle sente le corps de Porter commencer à trembler.

Ses larmes trempèrent le T-shirt de Riley tandis qu'il laissait sortir toutes les fortes émotions qu'ils avaient maintenues sous contrôle toute la journée. Riley tint sa tête contre sa poitrine et caressa ses cheveux pendant qu'il cédait. Elle lui murmura des mots d'amour et des compliments pour la manière dont il avait géré toute la situation ce jour-là.

Finalement, ses sanglots s'apaisèrent et ses larmes se séchèrent. Il était allongé contre elle et Riley ne s'était jamais sentie aussi proche de qui que ce soit.

— Merci d'avoir été là aujourd'hui. D'avoir appelé mon équipe. De m'avoir aidé à garder le contrôle de moi. Je ne sais pas ce que j'aurais fait sans toi.

— Je ne partirai pas, lui assura-t-elle.

— Oh non, tu ne partiras pas, confirma Porter.

Puis, il bougea, remontant sur le lit et se mettant sur le dos avant de la prendre dans ses bras.

Riley posa sa tête sur son torse et entendit son cœur battre sous sa joue.

— Je ne sais pas ce que l'avenir nous réserve, dit Porter. Je dois trouver une école que ces enfants vont aimer, dire à mon commandant que je suis maintenant le père de *deux* enfants, pas d'un seul, et changer mon plan de garde familiale. Je dois trouver des lits superposés adaptés à un enfant de CP, trouver un moyen de faire en sorte que ma nièce ne soit pas terrifiée d'être seule avec moi et trouver un psychologue pour qu'elle ne devienne pas une tueuse en série dans quinze ans. Je n'ai *toujours* pas réussi à inviter la femme que j'aime à un rendez-vous correct, mais je ne sais plus quand ça arrivera ou si ça arrivera un jour. Mais je sais que je veux que tu fasses partie de ma vie. Ça va être de la folie et je pourrais ne pas te donner l'attention que tu mérites entre les enfants et mon travail, mais je ne veux pas te perdre, Riley. Dis-moi ce que je dois faire pour que ça arrive, demanda-t-il.

— Aime-moi, lui répondit doucement Riley. C'est tout ce dont j'ai besoin.

— C'est d'accord, murmura Porter. Ne me laisse pas profiter de toi, lui dit-il. Tu n'es pas ma femme de ménage, ma cuisinière ou ma baby-sitter. Je sais que je suis ignorant à propos de beaucoup de choses et je ne veux pas que tu m'en veuilles si je me complais trop parce que tu fais tout le temps des choses pour moi.

— D'accord. Et pour information, j'adore passer du temps avec Logan et je sais que je vais adorer être avec Bria tout autant. Je suis ravie que la situation reste telle qu'elle est. Je suis ravie de rester avec eux après l'école jusqu'à ce que tu rentres.

— Je suis un sacré chanceux, lui déclara Porter.

Riley sourit.

— Je crois que c'est moi qui ai de la chance. J'ai toujours voulu une grande famille et c'est exactement ce que tu me donnes.

— Je te donnerai tous les bébés que tu veux, dit sérieusement Porter. Tu n'as qu'à demander.

Le cœur de Riley eut un raté.

— Euh... Je crois que nous devons prendre le rythme avec les deux enfants que tu as avant de décider de commencer à ajouter des bébés à tout ça.

— Mais tu n'as pas complètement rejeté l'idée, commenta Porter en souriant. Ça peut me convenir.

— Tu es fou, lui annonça Riley.

— Ma vie a été complètement chamboulée au cours des deux derniers mois et je ne peux pas m'empêcher de penser à la chance que j'ai. Et je suis plus que conscient que je n'aurais jamais été capable de le faire sans toi.

— C'est faux, rétorqua Riley. Tu t'en serais sorti. Porter Reed est un soldat des forces spéciales de la Delta Force dur à cuire qui n'a peur de rien.

Elle lui sourit pour lui faire savoir qu'elle plaisantait. Mais il ne lui rendit pas son sourire.

— Je suis terrifié à l'idée de perdre la meilleure chose qui me soit arrivée, avoua-t-il sérieusement. Toi.

Puis, il leva la tête et lui donna un long baiser dur et torride.

Il recula et appuya la tête de Riley contre son torse.

— Dors, Ri. Il est super tard. Je ne sais pas quelle heure il est, mais je sais que nous devrons nous lever sous peu.

Riley adorait que Porter veuille qu'elle soit là pour autre chose que du sexe. Il voulait dormir en la serrant dans ses bras. Et elle eut des papillons chauds dans le ventre. Elle ne l'aima que davantage.

— Je t'aime et je suis fière de l'homme que tu es, dit Riley.

— Je t'aime aussi, répondit Porter.

Elle voulait rester éveillée et chérir ce moment, mais elle était trop fatiguée. Se sentant parfaitement en sécurité dans les bras de Porter, Riley s'endormit en quelques minutes.

CHAPITRE DIX-HUIT

Les jours suivants furent extrêmement mouvementés. Riley passait toutes les nuits avec Porter, puis, après le petit-déjeuner, elle retournait chez elle pour travailler autant que possible. Elle avait expliqué la situation à ses clients et la plupart d'entre eux la soutenaient. Le fait qu'elle soit quand même capable de leur envoyer les transcriptions aidait. Elle donna le nom d'un ami de confiance qu'elle s'était fait dans les affaires aux quelques personnes qui avaient besoin de documents plus longs dès que possible. Son ami était très reconnaissant de la recommandation.

Au déjeuner, Riley retournait chez Porter et écoutait ce que tout le monde avait fait chaque matin, puis ils faisaient des courses. Porter avait emmené Bree chez un psychologue pour enfants deux fois et les séances semblaient bien se dérouler. Le psychologue avait dit à Porter qu'il pensait que Bria était une petite fille remarquable et même si elle avait un léger stress post-traumatique, le fait d'être avec son frère faisait des merveilles pour sa santé mentale.

Ils étaient allés à la base et avaient obtenu une carte d'identité pour Bree, qu'elle n'arrêtait pas de montrer à toutes les personnes qu'elle rencontrait. Ils étaient aussi allés acheter de la nourriture, des vêtements, des jouets et un après-midi, Logan avait aidé son oncle à monter les lits superposés qu'il avait achetés pour sa sœur et lui.

Ils avaient même trouvé le temps d'aller chez Brain et Aspen un soir. Tous les membres de son équipe avaient été là et les femmes aussi, bien entendu. Même la voisine de plus de quatre-vingt-dix ans de Brain, Winnie, était venue avec sa petite-fille et le petit ami de celle-ci. La maison avait été pleine à craquer et Riley avait été fière de Logan et Bree. Ils avaient été polis avec tous les adultes et le monde ne semblait pas les déranger. Quand vint l'heure de rentrer à la maison, Bria était profondément endormie sur les genoux de Winnie.

Ce jour-là, ils étaient tous en route vers l'école primaire Gerry Linkous. Porter avait pris très au sérieux le fait de trouver une nouvelle école pour Logan. Même s'il ne lui restait que peu de temps à passer en primaire, il était important de trouver un endroit où son neveu serait à l'aise. Sans parler du fait que Bria y passerait plusieurs années.

Gerry Linkous semblait jouir d'une bonne réputation. Porter savait qu'il y avait un tireur actif à l'école plusieurs années auparavant, mais il avait été impressionné par la manière dont toute la situation avait été gérée. Il avait même appelé Fletch pour connaître son opinion sur l'établissement, car sa fille Annie y était allée.

— J'aime l'école de la base, déclara Porter à Logan en conduisant pour se rendre à Gerry Linkous, mais je crois que celle-ci pourrait être plus appropriée. Elle est dans le même district que le lycée qui a la meilleure équipe de baseball.

Riley se retourna à temps pour voir Logan hocher la tête sur le siège arrière. Il semblait inquiet.

— Qu'est-ce qu'il y a, Champion ? demanda Porter, regardant par intermittence la route et le rétroviseur pour pouvoir voir son neveu.

Logan haussa les épaules.

— Je ne sais pas. C'est juste que je n'ai pas eu de chance avec l'école.

Riley détesta la peur qu'elle entendit dans sa voix. Bria ne savait pas si elle devrait être enthousiaste ou terrifiée et elle ne cessait de regarder son frère pour avoir des indices sur ce qu'elle devrait ressentir.

La petite fille s'était aussi très rapidement attachée à son oncle. C'était peut-être parce qu'il l'avait sortie du cauchemar dans lequel elle avait vécu, ou peut-être parce que c'était un homme, comme son frère, mais Bree l'adorait. Riley était déterminée à faire en sorte que la petite fille l'aime tout autant. Peu importe le temps que cela prendrait, elle voulait que Bria lui fasse confiance.

— Je crois que tu ne regardes pas les choses sous le bon angle, commenta doucement Riley. Si tu n'étais pas allée à ton autre école, que crois-tu qu'il serait arrivé à la pauvre Lacie ? Tu as pris sa défense et je sais qu'elle en est reconnaissante.

Logan haussa les épaules.

— J'ai un bon pressentiment à propos de cette école. Ton oncle m'a dit qu'il y a une ancienne soldate qui enseigne l'éducation physique. Je suis sûre qu'elle est géniale.

Riley se tourna vers Bria.

— Et monsieur Santoro est l'un des instituteurs de CP. Il a gagné beaucoup de prix. Il sera peut-être *ton* instituteur.

Les yeux de Bria étincelèrent, mais après avoir regardé son frère, elle imita son haussement d'épaules désintéressé.

Riley soupira et fit à nouveau face à la route. Elle avait essayé. Avec un peu de chance, tout se passerait bien.

Une heure plus tard, ils avaient déposé Bria dans la classe de monsieur Santoro. Elle allait assister au cours pendant qu'ils se réunissaient avec la principale, Jane Allen. Elle avait un doctorat, mais elle n'utilisa pas son titre en se présentant. Elle semblait pragmatique et facile à aborder, ce qui était un changement agréable après leur rencontre avec monsieur McClain.

Après les présentations, Riley s'assit sur une chaise placée sur le côté dans le bureau accueillant alors que Logan et Porter s'installaient plus près de la principale.

— Je suis ravie de te rencontrer, Logan. Est-ce que tu peux me dire pourquoi tu veux changer d'école alors que tu n'es en ville que depuis quelques semaines ?

Voyant que Logan ne répondait pas, Porter insista :

— On t'a posé une question, Champion.

Les épaules de Logan étaient avachies et il était évident qu'il était mal à l'aise. Porter l'avait prévenu qu'il devrait expliquer pourquoi il avait été renvoyé et pourquoi il voulait intégrer une nouvelle école, cependant Logan n'en était pas vraiment ravi.

— J'ai été renvoyé, annonça-t-il après un moment.

Heureusement, madame Allen ne sembla pas du tout alarmée.

— Dis-lui pourquoi, l'encouragea Porter.

— J'ai frappé Gary Wittingham, expliqua Logan d'une voix si basse qu'il était difficile de l'entendre.

— Pourquoi ?

Riley se détendit. Le fait que l'autre femme demande des détails était déjà mieux que la réaction du docteur McClain.

— Parce qu'il touchait Lacie et elle ne voulait pas qu'il le fasse.

Madame Allen posa ses coudes sur son bureau et se pencha en avant en disant :

— Ah, je vois. Et je suppose que l'autre école à une politique de tolérance zéro face à la violence physique.

Logan hocha la tête.

— Bien, nous avons la même politique ici. Mais nous prenons aussi en compte ce qu'il s'est passé avant et après l'acte de violence. Nous n'approuvons pas que les enfants se frappent les uns les autres, mais je pense qu'il est important de savoir pourquoi l'altercation a eu lieu. Est-ce que tu penses que tu aurais agi différemment si tu avais su que tes actes auraient entraîné ces conséquences ?

Logan y réfléchit une minute, puis il admit :

— J'aurais peut-être pu me mettre entre Gary et Lacie pour qu'il ne la touche plus.

— Ça me semble raisonnable, dit madame Allen en hochant la tête. Bon, ton oncle m'a dit que tu aimais le base-ball. Est-ce que c'est vrai ?

Logan leva les yeux vers la principale d'un air surpris.

— Quoi ? demanda-t-elle.

— Je… Est-ce que nous avons fini de parler du fait que j'ai frappé Gary et que j'ai été renvoyé ?

La principale sourit.

— Oui. Ce que tu as fait n'était pas bien, mais tu l'as fait pour défendre quelqu'un d'autre. Je préférerais avoir une classe remplie d'élèves qui veulent se protéger les uns les autres plutôt qu'une classe de brutes. Alors… Le baseball ?

On aurait dit qu'un poids avait été retiré des épaules de Logan. Il se redressa sur sa chaise et commença à parler de Shin-Soo Choo à madame Allen. Selon lui, il s'agissait du meilleur joueur de champ extérieur du monde.

Riley échangea un rapide coup d'œil avec Porter et ne put s'empêcher d'être soulagée. On aurait dit qu'ils avaient trouvé la nouvelle école de Logan et Bria. Même si elle n'était pas de la famille des enfants, elle était tout aussi impliquée que Porter quand il s'agissait de trouver le bon établissement pour le neveu et la nièce de ce dernier.

Sur le trajet vers le Whataburger où ils allèrent déjeuner, Logan et Bria n'arrêtèrent pas de bavarder sur la plage arrière. Bria raconta à son grand frère ce qu'il s'était passé dans la classe de monsieur Santoro et elle lui dit qu'elle aimait beaucoup les autres enfants. Logan avait brièvement rencontré les instituteurs du CM2 et certains des élèves. De toute évidence, il devrait attendre pour avoir une opinion sur les enfants, mais de manière générale, tout semblait prometteur.

Porter tendit le bras et prit la main de Riley. Il semblait fatigué, ce qui inquiétait Riley. Il travaillait très dur et il n'avait pas l'habitude de jouer le rôle de père pour un enfant, et encore moins pour deux. Pourtant il ne se plaignait jamais. Il se levait à cinq heures du matin pour aller travailler avec son équipe et assister à quelques réunions avant de revenir à huit heures pour manger le petit-déjeuner avec les enfants et les divertir pendant qu'elle travaillait quelques heures.

Son commandant avait été formidable au cours de la semaine précédente, donnant à Porter autant de congés que nécessaire. Mais il était temps qu'ils reprennent une routine normale. Les enfants en avaient autant besoin que Porter.

Ils avaient fait le nécessaire pour que Logan et Bria commencent à aller à l'école le lendemain. Ils prendraient le bus ensemble le matin et l'après-midi. Riley avancerait sur le travail qu'elle avait à faire et Porter reprendrait les activités, quelles qu'elles soient, qu'il faisait pendant la journée à la base.

Ils sortirent de l'Expedition au fast-food et Riley fut surprise quand elle sentit la main de Bria se glisser dans la sienne alors qu'ils avançaient tous vers la porte.

Elle n'avait jamais été aussi heureuse qu'à ce moment-là. Elle avait le plus génial des petits amis, Bria commençait à lui faire confiance et s'était sortie d'un horrible supplice relativement indemne, et la personnalité de Logan commençait vraiment à s'épanouir.

Le bras de Porter s'enroula autour de la taille de Riley et il l'attira contre elle, se penchant pour l'embrasser sur la tête. Il n'avait pas besoin de dire un mot, il était évident que la situation le rendait aussi heureux.

Plus tard ce soir-là, après que Porter était allé dans la

chambre pour leur dire de se taire, qu'il était tard et qu'ils devaient dormir, il retourna dans la chambre principale en souriant. Il se mit au lit à côté de Riley et se serra contre elle.

— Bon sang, qui aurait imaginé que j'aurais été heureux de devoir crier sur mes enfants ?

— Crier ? demanda Riley avec un sourire en coin.

— D'accord, je n'ai pas crié. Je leur ai juste demandé de la boucler, clarifia Porter.

— J'adore t'entendre les appeler tes enfants, lui avoua Riley.

Il hocha la tête.

— Ce *sont* mes enfants. Même si je n'étais pas là au début de leurs vies, je vais m'assurer d'être présent à partir de maintenant. Et personne ne leur fera de mal tant que je serai en vie. Bree a déjà connu trop d'horreurs comme ça. Et Logan se sent coupable. Je vais leur donner la meilleure vie possible.

— Je le sais, lui assura Riley, submergée par l'amour qu'elle ressentait pour cet homme.

Certaines personnes auraient pu être agacées ou gênées par le fait qu'un enfant leur soit mis dans les jambes. Mais on aurait dit que l'arrivée de Bria avait rendu Porter encore plus déterminé à protéger, élever et aimer son neveu et sa nièce.

Maintenant qu'il savait que Seth et Vanessa resteraient en prison très longtemps pour maltraitance d'enfants et meurtre avec préméditation et qu'il avait pris une décision concernant l'école des enfants, Porter semblait plus détendu ce soir-là. Il n'avait plus l'air de porter le monde sur ses épaules.

Écoutant attentivement, Riley n'entendit pas un bruit provenir de la chambre des enfants dans le couloir.

Ils n'avaient pas fait l'amour depuis l'arrivée de Bria, mais soudain, Riley eut *besoin* de Porter.

Elle s'écarta de ses bras et descendit le long de son corps, s'arrêtant pour sucer un téton en chemin.

— Ri, gémit Porter.

Le désir dans sa voix l'encouragea à continuer. Elle avait fait des fellations auparavant, mais elle n'avait jamais été aussi enthousiaste. À présent, elle avait hâte de poser sa bouche et ses mains sur le sexe de Porter.

Elle n'hésita pas quand elle atteignit son caleçon. Elle glissa une main sous l'élastique et le baissa. Porter leva les hanches pour l'aider et elle eut son sexe dans la main avant qu'il ne puisse complètement retirer le bout de tissu.

— Putain, Ri, murmura-t-il quand elle agrippa la base de son pénis presque en érection et quand elle posa sa bouche sur le bout.

Riley ne savait pas ce qui lui prenait, néanmoins elle sentit que si elle ne le mettait pas dans sa bouche immédiatement, elle mourrait. Elle prit confiance en elle tandis qu'il durcissait rapidement à son contact. Elle suça le bout, passant sa langue sur la couronne sensible en dessous. Elle sentit la chair de poule apparaître sur les cuisses de Porter et sa réaction la fit se sentir extrêmement puissante.

Elle se mit à genoux entre ses jambes et commença à effectuer des va-et-vient avec sa tête le long de son pénis, aspirant et suçant, faisant de son mieux pour le rendre fou.

— Putain de merde ! jura Porter.

Riley sourit tout en continuant de le sucer. Elle sentit son propre sexe s'humidifier. Elle se sentait forte et sexy et quand il mit ses deux mains dans ses cheveux et qu'il maintint sa tête en place pour effectuer de doux va-et-vient dans sa bouche, elle ne put s'empêcher de gémir. Elle saisit ses testicules, les faisant rouler dans une main tout en se maintenant au-dessus de lui de l'autre.

Elle caressa son périnée et un peu de liquide pré-éjaculatoire atterrit sur sa langue.

— Recommence, ordonna Porter.

Elle s'exécuta et fut récompensée par un autre jet de liquide acidulé dans sa bouche.

— Assez, lui dit-il en posant ses mains sur ses épaules.

Il la retourna et la mit à quatre pattes en un instant.

— Je n'avais pas fini, se plaignit Riley.

— J'avais *presque* fini, rétorqua Porter.

Il remonta sa chemise de nuit au-dessus de ses fesses et grogna quand il réalisa qu'elle ne portait pas de sous-vêtements. Elle sentit son pénis effleurer son sexe, comme s'il s'assurait qu'elle soit prête. Puis, les doigts de Porter caressèrent son clitoris.

— Porter, je suis prête, s'il te plaît, l'encouragea-t-elle, bougeant sous lui, souhaitant qu'il la pénètre immédiatement.

Ils gémirent tous les deux quand il plongea dans sa fente étroite et humide.

Puis, Porter s'immobilisa et jura.

— Quoi ? Qu'est-ce qui ne va pas ? demanda Riley.

— Le préservatif, s'exclama Porter en se retirant.

Elle avait envie de lui dire de ne pas s'en soucier. De la prendre sans protection. Mais elle savait que ce serait irresponsable. Bon sang, il n'était même pas intelligent qu'il la pénètre une fois sans protection. Elle n'utilisait pas de moyen de contraception et il relâchait du liquide pré-éjaculatoire à cause de sa fellation.

Elle attendit impatiemment tandis qu'il se penchait pour prendre un préservatif dans le tiroir situé à côté du lit. Elle entendit le bruit de l'emballage, puis il posa une main sous son ventre et plongea à nouveau son sexe en elle.

— Bon sang, c'est tellement bon, lui admit-il. Mais cette pénétration sans protection m'a rendu fou. Je tuerais pour recommencer et te prendre peau contre peau. Pour te remplir de sperme et mettre mon bébé dans ton ventre.

Riley frémit. Elle adorait qu'il soit tellement excité qu'il commence à lui dire des mots coquins. Et l'idée qu'il éjacule en elle ne la dérangeait pas. Ses muscles agrippèrent son pénis tandis qu'il la prenait lentement par-derrière.

— Cette idée te plaît, Ri ? demanda-t-il. Tu veux avoir des enfants avec moi ?

— Je veux tout avoir avec toi, lâcha-t-elle.

— Putain, oui, dit Porter tandis que ses hanches commençaient à bouger plus vite. Touche-toi. Je ne vais pas durer longtemps. Pas en regardant tes fesses délicieuses et en me souvenant de mon sexe dans ta bouche. Je n'ai jamais rien vu de plus sexy que le fait que tu jouisses en me faisant une fellation.

Riley passa tout son poids sur une épaule et glissa une main le long de son corps. Elle caressa son clitoris pendant que l'homme qu'elle aimait plus que qui que ce soit la pénétrait fermement. Ses testicules se heurtaient à elle à chaque coup et elle prit le temps de jouer avec lui tandis qu'il effectuait des va-et-vient.

— Arrête de déconner, ordonna-t-il. Fais-toi jouir pour que je puisse jouir aussi.

Elle adorait le fait qu'il veuille attendre qu'elle ait un orgasme. Elle n'avait jamais été avec qui que ce soit d'aussi sensible à ses désirs et à son plaisir.

Sachant qu'il ne lui faudrait pas beaucoup de temps quand elle commença à toucher son clitoris, Riley se mit à la tâche.

Elle entendit Porter lui dire qu'elle était sexy, que c'était bon, qu'il l'aimait, mais elle l'ignora tandis que son corps lui en demandait plus. À la seconde où elle commença à trembler sous lui, Porter s'accrocha à ses hanches et la prit plus brusquement que jamais. Ses hanches se heurtèrent aux fesses de Riley et le bruit semblait fort dans la pièce silencieuse. Il fallut quatre pénétrations avant qu'il s'enfonce aussi profondément que possible en elle et qu'il grogne légèrement.

Riley plaça ses doigts là où leurs corps s'unissaient et

caressa à nouveau son périnée. Il s'enfonça davantage en elle et lâcha un « Putain ! » tout en effectuant un mouvement brusque.

Souriant, plus satisfait que jamais après le sexe, Riley attendit que Porter reprenne le contrôle de lui-même.

— Tu es mortelle, marmonna-t-il en se retirant.

Mais au lieu de la laisser changer de position, Porter resta derrière elle. Ses doigts jouèrent avec ses plis, puis ils pénétrèrent sa fente encore enflée.

— Porter ? demanda-t-elle nerveusement.

— Fais-moi confiance, murmura-t-il.

Elle avait confiance en lui, mais elle sursauta quand même quand il toucha son clitoris de l'autre main. Elle s'était à peine remise de son premier orgasme avant que Porter ne l'emmène au septième ciel à nouveau. Il la pénétra avec deux doigts tout en jouant avec son clitoris et sous peu, elle trembla.

— J'adore voir ça, révéla Porter entre ses jambes. Jouis pour moi, Ri. Je veux voir ton jus couler de ton sexe.

Bon sang, ses mots coquins allaient causer sa perte et Riley ne put s'empêcher de faire exactement ce qu'il disait. Elle se cambra et jouis à nouveau. On aurait dit que la seule chose qui la maintenait debout étaient les mains de Porter.

Puis, il la choqua fortement en se penchant et en léchant le liquide qui sortait de son corps.

Tremblante, Riley savait qu'elle allait s'écrouler.

— Porter, l'avertit-elle.

Il leva la tête et répliqua :

— Je sais. Tu es tellement belle et je t'aime tellement.

Il l'aida à s'allonger sur le côté et se dirigea vers la salle de bains en un instant. Il revint quelques secondes plus tard et se plaça derrière elle. Le T-shirt qu'elle avait mis était encore relevé au-dessus de ses seins, mais elle n'avait pas l'énergie de le baisser. Un des bras de Porter passa sous ses épaules, et l'autre couvrit son sexe encore palpitant.

Elle haleta quand la paume de sa main effleura son clitoris et il dit :

— Doucement, Ri. J'ai fini.

Soupirant de soulagement, elle sursauta brusquement quand il leva une de ses jambes et qu'il la posa sur sa propre cuisse, donnant accès à sa main. Il passa doucement ses doigts sur ses plis trempés.

— Qu'est-ce que tu fais ? demanda-t-elle un peu timidement.

— J'imagine ce que ça fera de jouir en toi.

— Porter ! protesta-t-elle.

— Quoi ? l'interrogea-t-il.

— C'est... Je ne sais pas ce que c'est.

— C'est sacrément sexy, rétorqua-t-il sans hésiter. Je sais que c'était irresponsable de ma part de me glisser en toi sans préservatif, mais bon sang, Ri, tu n'imagines pas à quel point c'était incroyable. Je n'ai jamais couché avec une femme sans préservatif et je suis ravi que tu sois la première. Et la dernière. Le fait de savoir qu'Aspen est enceinte et de voir que Brain est heureux et fier c'est... Ça me donne envie d'avoir la même chose. Je sais que c'est fou. Ça ne fait pas très longtemps que nous sommes ensemble et ce n'est pas comme si je n'étais pas déjà occupé avec Bria et Logan, mais j'en veux plus. J'adore déjà être père, même si c'est sacrément effrayant et que j'ai très peur de tout faire foirer avec ces enfants. Je t'aime et je veux avoir des enfants avec toi.

Riley ne savait pas quoi dire. Elle en avait envie aussi, mais quelque chose l'empêchait de l'admettre. Son passé, probablement. L'incertitude que Porter voudrait encore d'elle un an plus tard.

— Tu réfléchis trop, l'accusa-t-il. Quoi que tu penses, à moins que ce soit au fait que tu m'aimes et que tu me fais confiance, ce sont des conneries.

Elle ne put s'empêcher de rire.

Porter soupira contre son cou, puis il retira la jambe de

Riley de sa hanche et prit les couvertures. Il les tira sur leurs corps et déplaça sa main pour saisir un de ses seins. Il la tint contre lui et elle ferma les yeux, satisfaite. Elle avait été presque pénétrée à mort, son petit ami l'aimait et admettait qu'il voulait avoir des enfants avec elle et son neveu et sa nièce semblaient s'installer dans leur nouvelle vie. Tout était parfait.

Alors, pourquoi était-elle aussi mal à l'aise ?

Peut-être parce que, dans le passé, quand les choses avaient semblé bien se passer, l'herbe lui avait toujours été coupée sous le pied. Elle ignorait comment elle survivrait au fait de perdre Porter et ses deux adorables enfants.

— Je t'aime, murmura-t-elle.

— Et je t'adore plus que les mots ne peuvent l'exprimer, répondit Porter. Merci d'être toi.

Riley soupira. Elle n'avait pas de réponse à cela. Elle espérait juste que la personne qu'elle était soit suffisante pour lui à long terme. Le temps le lui dirait.

CHAPITRE DIX-NEUF

Une semaine plus tard, Oz avait du mal à se concentrer sur les réunions qu'il avait avec ses coéquipiers. Il adorait se réveiller aux côtés de Riley tous les matins et Bree et Logan l'occupaient, car il les nourrissait et les préparait pour l'école.

La veille, Logan et lui étaient allés au parc pour jouer à la balle et il lui avait dit qu'il appréciait sa nouvelle école et qu'il s'était fait un ami dans sa classe qui aimait le baseball autant que lui.

Bria prenait bien ses marques aussi. Parfois, elle montrait des signes de la maltraitance qu'elle avait subie, mais avec son frère à ses côtés, elle s'épanouissait.

Et puis, il y avait Riley. Oz n'avait jamais été aussi satisfait d'une relation. Elle travaillait dur, elle ne se plaignait jamais et elle semblait aussi ravie de leur routine que lui. Oz ne savait pas ce qu'il ferait sans elle. Il se débrouillerait sans doute, mais elle lui rendait la vie tellement plus facile, tellement plus satisfaisante, rien qu'en étant elle-même.

Elle retrouvait Logan et Bria tous les après-midis à l'arrêt de bus et elle s'en occupait jusqu'à ce qu'Oz rentre à la maison. Gillian, Aspen et Kinley étaient allés aider Riley avec les enfants à tour de rôle. Elles étaient allées au parc, elles avaient fait des travaux manuels et de manière générale, elles avaient fait tout leur possible pour soutenir Riley jusqu'au dîner.

Il était un sacré chanceux. Plus il passait de temps avec Riley, plus il *voulait* passer du temps avec elle.

— Tu le sens, pas vrai ? demanda Trigger alors qu'ils étaient assis dans la salle de réunion, attendant leur prochain compte-rendu.

Oz n'était pas du tout gêné à l'idée que ses coéquipiers écoutent éhontément leur conversation et il hocha la tête.

— Être mort de peur à l'idée que quelque chose lui arrive pendant mon absence ? Comme si la journée n'avait pas de fin ? Que si elle me quitte, je ne serai rien d'autre que la coquille de l'homme que j'étais ? Ouais, je le sens.

Trigger sourit.

— C'est génial, hein ?

— Tu ne disais pas que c'était génial quand tu pensais que Gillian s'était fait tirer dessus et que tu as littéralement paniqué comme un soldat débutant qui voit du sang pour la première fois, le taquina Lucky.

— Va te faire voir, rétorqua Trigger à son ami en lui jetant un crayon. Tu verras quand tu trouveras une femme et qu'elle se coupera le doigt ou quelque chose comme ça. Tu vas tellement paniquer que tu seras sur le point de tomber dans les pommes.

Lucky sourit.

— Ça n'arrivera pas. Ma chance va déteindre sur la femme qui finira avec moi.

— Oh, merde, dit Brain. C'est ce que tu crois.

— Et comme ma sœur t'intéresse, de toute évidence, tu ne sais pas ce que tu dis. Devyn est une terreur. Elle te maintiendra en haleine et je te garantis que tu vas vomir tes boyaux la première fois qu'elle te dira qu'elle veut aller faire du saut à l'élastique sur le flanc d'une montagne.

Lucky pâlit et Oz ne put s'empêcher de rire.

La porte s'ouvrit et la conversation s'interrompit. Un commandant entra dans la pièce et posa un classeur sur la table avant de s'asseoir.

Les taquineries et les plaisanteries de l'équipe Delta cessèrent immédiatement, car il était évident que quelque chose contrariait l'homme.

— Il y a eu une série d'enlèvements en Afghanistan, annonça-t-il gravement. On dirait qu'Abdul Shahzada a pris le relais de Mullah Abbas Akhund.

— Le salop que nous avons tué, intervint Lefty.

— Ouais, celui-là. Nous étions presque sûrs que Shahzada était le véritable dirigeant de l'organisation, mais que pour une raison ou pour une autre, il laissait Akhund prendre la tête. Nous avions raison. Quelques contractuels ont disparu de la base et leurs proches n'ont pas eu de nouvelles d'eux. Nous avons des raisons de croire que Shahzada pourrait en être responsable. Mais c'est un fantôme. Nous n'avons aucune information sur lui, sauf qu'il a de plus en plus de pouvoir. La rumeur dit qu'il pratique ses techniques de torture avant de frapper les unités de l'armée qui protègent la zone.

— Quel est le plan ? demanda Doc.

— Rien pour le moment. Observer et attendre.

— Et les contractuels disparus ? l'interrogea Grover.

Le commandant soupira.

— Nous avons les mains liées. Leurs employeurs ont engagé des enquêteurs privés pour essayer de retrouver leur trace, mais nous sommes sur la touche et nous devons attendre de voir ce qu'il se passe.

— C'est n'importe quoi, se plaignit Grover. Les contractuels sont là-bas pour servir leur pays, tout comme les hommes et les femmes en service.

— Je sais et je suis d'accord. Mais la politique est ce

qu'elle est. Nous n'avons pas encore reçu l'autorisation d'y aller et de voir si nous pouvons les trouver.

— Une des fournisseuses de produits alimentaires n'a pas répondu à mes e-mails depuis notre dernier déploiement en Afghanistan, intervint Grover.

La tension était facilement reconnaissable dans sa voix.

— Est-ce qu'elle est sur la liste des personnes disparues ? reprit-il.

— Quel est son nom ?

— Sierra Clarkson.

Le commandant feuilleta les documents devant lui et Oz perçut l'impatience de Grover tandis qu'il attendait la réponse de l'officier.

— Personne n'a eu de nouvelle de Sierra Clarkson, l'informa le commandant. On dirait qu'elle est partie peu après qu'Akhund a été tué. Tous ses effets personnels ont disparu avec elle.

— C'est ridicule de penser qu'elle s'est simplement enfuie, commenta Grover avec colère. En particulier si d'autres contractuels ont disparu. Personne ne disparaît dans la nature en Afghanistan.

— Certaines personnes ont épousé des locaux, expliqua l'officier.

— Sierra n'était pas dans le pays depuis assez longtemps pour rencontrer quelqu'un quand elle a disparu, grogna Grover.

Oz savait que si Grover continuait de contrarier le commandant, il pourrait pousser le bouchon un peu trop loin. Même s'il s'inquiétait aussi pour Sierra, il n'était pas sûr qu'ils puissent faire quelque chose à propos de sa disparition à ce stade. Avant qu'il ne trouve quelque chose à dire pour détourner l'attention de son coéquipier stressé et de toute évidence bouleversé, Lucky prit la parole.

— Combien d'autres personnes doivent disparaître

avant que nous ne recevions l'autorisation de faire quelque chose ?

— Je n'en sais rien. Aucune, j'espère, se désola le commandant.

Il semblait stressé et Oz le croyait quand il disait qu'il espérait que personne d'autre ne devrait disparaître avant qu'ils ne découvrent ce qu'il se passait.

— Passons à autre chose, ajouta l'officier. Le Venezuela est encore une zone sensible et extrêmement explosive.

Trigger s'ébroua, mais ne fit pas d'autre commentaire. Il n'en avait pas besoin. Ils se souvenaient tous de la dernière fois où ils avaient été dans ce pays, quand l'avion de Gillian avait été détourné, ainsi que les conséquences qui en avaient découlé.

Oz écouta attentivement tandis qu'ils parlaient des divers endroits que les États-Unis surveillaient. Alors que le commandant énumérait les pays les uns après les autres, il réalisa qu'une des choses qu'il aimait le plus à propos de sa nouvelle vie... c'était sa *normalité*.

Bria refusait de manger des hot-dogs, mais elle adorait les nuggets de poulet. Logan pouvait parler de statistiques de baseball jour et nuit et Riley était toujours là avec un mot gentil et encourageant. La vie qu'il menait chez lui était complètement différence de son travail de Delta, où il faisait face à des conflits toute la journée.

Oz était *sacrément* chanceux, et il le savait. Maintenant qu'il avait vu le genre de vie qu'il pouvait avoir avec Riley, il ne ferait rien pouvant tout foutre en l'air... Du moins, il l'espérait.

* * *

Miles Bowen était assis dans sa Kia Rio grise et regardait d'un air haineux l'immeuble situé de l'autre côté de la rue. Il ignorait pourquoi il avait un jour entamé une relation cette satanée Riley Rogers. Probablement parce que cela avait été pratique. Elle représentait un moyen de ne pas se faire remarquer par la police. Mais ensuite, elle avait rompu avec lui et elle l'avait mis à la porte.

Personne ne rompait avec Miles. C'était lui qui quittaitles femmes.

Mais ce n'était pas ce qui l'énervait à ce moment précis. Il se fichait de Riley. Elle ne lui plaisait même pas. Cependant il avait besoin du disque qu'il avait laissé chez elle. Si elle l'avait laissé rentrer pour récupérer ses affaires, il serait loin à présent.

Il avait supposé qu'elle allait obéir quand il avait commencé à lui envoyer des messages, exigeant de pouvoir aller chercher ce qui lui appartenait. Or elle lui avait dit qu'elle avait tout rassemblé et qu'elle avait mis la boîte à la poste ! Il avait été sur le point de perdre la tête, pensant à ce que quelqu'un pourrait trouver si la boîte était volée avant qu'il ne la récupère. Et ensuite, il avait réalisé qu'il était impossible que son jeu soit dedans.

Car ce n'était pas un jeu, bien entendu. C'était une vidéo qu'il avait gravée sur un disque qu'il avait caché dans son appartement. Une vidéo qui pourrait le faire aller en prison pour le reste de ses jours et qui serait l'équivalent d'une peine de mort.

Miles savait ce qu'on faisait aux pédophiles en prison. Il ne tiendrait pas une semaine.

Pourtant ce n'était pas sa faute s'il était attiré par les enfants. Ce n'était pas sa faute ! Il était comme ça ; il l'avait toujours été. Néanmoins cette vidéo causerait sa perte et il devait la récupérer.

Alors qu'il était assis dans sa voiture, un bus scolaire s'arrêta au bord du parking et des enfants en descendirent. Miles se redressa. Certains enfants étaient trop vieux ou trop jeunes à mon goût, mais plusieurs lui plaisaient. Ceux-là étaient parfaits pour ce dont il avait besoin.

Tandis qu'il les observait, Miles fut choqué de voir son ex, Riley, sortir de l'immeuble et écarter les bras en signe de salutation. Un joli petit garçon aux cheveux bruns courut vers elle et la serra fortement dans ses bras. Une fille rousse plus petite sourit timidement à Riley en s'approchant.

Miles était surpris. Il ignorait qui étaient ces enfants, mais il était évident qu'ils étaient proches de Riley. Avait-elle des enfants dont il ignorait l'existence ? Il secoua la tête. Non. C'était impossible. Il devait s'agir de son neveu et de sa nièce ou quelque chose comme ça. Elle faisait peut-être du baby-sitting pour d'autres personnes maintenant, pour gagner plus d'argent.

Son regard resta fixé sur le garçon. Il devait récupérer son disque. C'était pour cette raison qu'il était là. Il avait décidé d'entrer par effraction et il espérait juste que Riley s'en aille. Il avait caché le disque dans l'un des boîtiers de ses DVD, où il était peu probable qu'elle le trouve par inadvertance... Sauf qu'il ne put contrôler son excitation en voyant le petit garçon.

Si Riley tenait à lui, il pouvait entrer chez elle par effraction, récupérer son disque et tout ce sur quoi il pouvait mettre la main et faire encore plus de mal à Riley en enlevant le garçon. Elle regretterait de lui avoir manqué de respect et d'avoir ignoré ses messages et ses appels.

Personne n'ignorait Miles Bowen.

Regardant sa montre, Miles pensa au temps qu'il lui faudrait pour entrer dans l'appartement de Riley, s'occuper d'elle, prendre son disque, puis retrouver les enfants à l'arrêt de bus.

Les enfants étaient stupides. Il en savait assez sur Riley pour les duper et faire en sorte qu'ils le suivent. Et il serait amusant de la terroriser en lui racontant ses intentions. Elle comprendrait que tout ce qui leur arriverait serait *sa* faute, pas celle de Miles.

Il avait hâte.

CHAPITRE VINGT

La journée allait être agréable. Ils allaient assister à un match amical de baseball au lycée plus tard cet après-midi-là. Porter allait rentrer un peu plus tôt du travail pour qu'ils puissent y aller avant le début de la rencontre. Logan avait été enthousiaste ce matin-là, avant d'aller à l'école. Il avait été difficile de le pousser à se concentrer sur autre chose que le match à venir.

Parfois, Riley n'arrivait pas à croire qu'elle s'était habituée aussi facilement à cette routine avec deux enfants et un petit ami très sérieux. Elle aimait préparer le petit-déjeuner pour tout le monde, puis faire de son mieux pour trouver leurs affaires d'école et les faire sortir de l'appartement. Ensuite, Porter et elle avaient généralement une demi-heure pour eux. Plusieurs fois, il l'avait ramenée dans sa chambre et lui avait fait l'amour rapidement et brusquement. D'autres fois, ils s'étaient assis sur le canapé et avaient parlé de la journée qui les attendait.

Elle aimait avoir du temps seule à seul avec Porter, mais elle aimait aussi passer du temps avec Bria et Logan. Elle adorait littéralement *tout* des Reed. Bree était encore un peu timide, mais elle imitait Logan et sa personnalité devenait

SUSAN STOKER

de plus en plus visible. Elle était très sensible aux autres et elle voulait toujours faire plaisir. Elle ne répondait pas et généralement, elle obéissait sans se plaindre. Riley savait que cela changerait probablement quand elle grandirait, elle en profitait donc pour le moment.

Quand Porter partait travailler à la base chaque matin, elle retournait chez elle pour en faire de même. Sa vie était plus équilibrée que jamais. Elle sortait plus et Riley adorait le fait d'avoir des amis. La veille, elle avait parlé au téléphone pendant vingt minutes avec Aspen, discutant du progrès de sa grossesse et des détails de la cérémonie de mariage qu'elle avait eue au palais de justice.

On pouvait dire que Riley était très satisfaite de sa vie.

— Je devrais rentrer vers seize heures, lui annonça Porter alors qu'ils étaient debout devant la porte d'entrée de son appartement.

Il se préparait à aller travailler. Riley adorait le voir dans son uniforme. Ce n'était rien de chic, mais il y avait quelque chose chez les hommes en uniforme qui lui plaisait. Non, c'était faux. Il y avait quelque chose chez *Porter* en uniforme qui lui plaisait.

— Ça marche. Ça donnera environ une heure aux enfants pour goûter et commencer leurs devoirs après être descendus du bus. Le match commence à dix-sept heures, c'est ça ? demanda-t-elle.

— Ouais. Je ne crois pas qu'il y aura les neuf tours de batte complets, puisque c'est un match amical. C'est juste l'occasion pour l'équipe de jouer devant un public et de présenter tous les joueurs, expliqua Porter.

Riley hocha la tête. Elle ne savait rien sur le baseball, mais elle avait l'impression qu'elle en apprendrait beaucoup si Logan continuait de s'y intéresser.

— Tu n'as pas hâte d'y être, pas vrai ? l'interrogea Porter en souriant.

Riley haussa les épaules.

— Peu importe. Si Logan veut voir un match de baseball, nous irons le voir.

— Putain, je t'aime. Il se peut que Bree s'ennuie, alors ne te gêne pas pour l'emmener se promener si tu t'ennuies aussi, proposa Porter.

Elle ne se lasserait jamais de l'entendre prononcer ces mots.

— Je t'aime aussi. Et ne t'inquiète pas pour nous. Tout ira bien.

— Tu as beaucoup de travail à faire ? demanda-t-il.

Riley sourit. On aurait dit qu'il essayait de gagner du temps et elle adorait le fait qu'il ne veuille pas partir.

— Pas trop. Mais assez pour m'occuper une grande partie de la matinée.

— Je devrais te laisser t'y mettre.

— Tu as des réunions aujourd'hui, pas vrai ? Pas d'entraînement ?

— C'est ça. Je crois que nous devrons aller sur le terrain le reste de la semaine, mais aujourd'hui, nous avons des briefings toute la journée.

Riley plissa le nez.

Porter rit.

— Ouais, c'est ce que je pense aussi. Mais avoir des informations est une bonne chose. Ça nous aide à trouver comment nous protéger quand nous partons en mission.

— Je sais, mais quand même. Je sais que tu aimes être actif. Tu ne peux pas rester assis quand tu es à la maison. Être en réunion toute la journée, ce n'est pas ton truc.

Porter lui sourit.

— Quoi ? le questionna-t-elle.

— Tu me connais si bien, répondit-il simplement. Maintenant, il faut *vraiment* que j'y aille. Les mecs vont me tomber dessus si j'arrive en retard... encore une fois.

— Tu te construis une mauvaise réputation, lui déclara-t-elle.

— Nan, ils comprennent. Lefty, Trigger et Brain étaient pareils quand ils ont commencé une relation sérieuse avec leurs femmes.

Riley savait qu'elle rougissait, mais elle ne pouvait pas s'en empêcher.

— Et entre nous, Lefty m'a dit qu'il en avait assez de faire de la merde – je le cite – et qu'il a acheté des billets d'avion pour que Kinley et lui aillent à San Francisco pour se marier.

Riley sourit.

— C'est génial !

— Ouais, je crois que ça l'a agacé que Brain le fasse en premier.

— Vous avez tellement l'esprit de compétition, commenta-t-elle, faisant semblant de se plaindre.

— Ouais. Quand nous décidons de faire quelque chose, nous le faisons.

Riley n'arrivait pas à savoir si elle entendait un message caché dans ses mots, mais elle lui sourit quand même.

— Passe une bonne journée, lui souhaita Porter en lui adressant un petit sourire aussi. Et si tu es sage, peut-être qu'on pourrait essayer ma douche ce soir. Je sais qu'elle est un peu petite pour nous deux, mais il faudra juste que je sois créatif.

Riley ne put que hocher la tête avec enthousiasme. Ils avaient eu l'intention de se doucher ensemble auparavant, mais la vie n'arrêtait pas de les en empêcher. Elle ne pensait pas que le sexe serait plus plaisant dans la douche, cependant elle ne l'avait jamais fait et elle voulait tout essayer avec Porter.

Elle se mit sur la pointe des pieds et il se pencha vers elle. Le baiser bref qu'elle avait eu l'intention de lui donner pour lui dire au revoir devint bien plus que cela et quand ils se séparèrent enfin, Porter avait une sacrée érection dans son pantalon et Riley sentit que sa culotte était humide.

— Putain, tu vas causer ma perte, souffla Porter en secouant légèrement la tête. Passe une bonne journée.

— Toi aussi, lui dit-elle.

Elle le suivit à l'extérieur de son appartement et se dirigea vers le sien après qu'il avait verrouillé sa porte derrière lui. Elle lui fit signe une dernière fois tandis qu'il s'éloignait dans le couloir. Elle entra chez elle, verrouilla la porte et passa dans la cuisine. Elle se versa un grand verre et jus d'orange et remarqua que son réfrigérateur était presque vide. Ce n'était pas très surprenant, étant donné qu'elle prenait le petit-déjeuner et le dîner chez Porter.

Elle avait juste assez de nourriture dans son garde-manger et son réfrigérateur pour les déjeuners. Riley réalisa que son appartement était juste un bureau à présent. Elle avait emmené une grande partie de ses vêtements chez Porter et petit à petit, avec les encouragements de ce dernier, de plus en plus de ses affaires y étaient déplacées aussi. Des couvertures, des coussins... Il avait dit qu'il aimait un de ses tableaux et elle l'avait emmené chez lui aussi. Des CD et des DVD adaptés aux enfants, des livres... Si elle ne faisait pas attention, elle emménagerait complètement avec lui sans même s'en rendre compte.

Serait-ce vraiment si terrible ?

Elle ne le pensait pas et elle était presque sûre que Porter ne le penserait pas non plus. Il avait clairement dit qu'il voulait avoir des enfants avec elle... Et il ne le dirait pas s'il ne voyait pas les choses à long terme.

Souriant, Riley prit son jus d'orange et l'emmena dans la deuxième chambre de son appartement qu'elle avait aménagée comme bureau. Elle ignorait quelle taille d'appartement Porter envisageait, mais ils avaient besoin d'au moins quatre chambres : deux pour les enfants, une pour eux et une pour le bureau de Riley. Heureusement, Porter n'avait pas l'intention de lui demander d'arrêter de travailler. Il comprenait qu'il était important pour elle de contribuer au foyer et que son travail était bon pour sa santé mentale.

Elle s'assit devant son ordinateur, pensa à l'espace dont ils auraient besoin et recalcula dans sa tête. Si Porter voulait des enfants, il leur faudrait cinq ou six chambres. Elle pourrait probablement installer son bureau au sous-sol ou quelque chose comme ça.

— Tu t'emballes, dit-elle à voix haute en hochant la tête. Tu ne sais pas si cette relation avec Porter va fonctionner.

Bien entendu, elle *espérait* que ce serait le cas. Elle aimait Porter, même avec ses défauts. Elle pouvait faire face au fait qu'il était incapable de rester assis et de se détendre ou à son besoin obsessionnel de regarder ou lire les informations, ou à la pagaille qu'il mettait dans la cuisine quand il cuisinait. Elle n'était pas parfaite non plus, pas du tout.

Prenant une profonde inspiration, Riley fit de son mieux pour repousser toutes les pensées en lien avec le fait d'avoir des bébés avec Porter et elle alluma son ordinateur. Elle consulta ses e-mails et vit qu'elle avait reçu trois missions ce jour-là. Deux venaient de clients habituels, et la troisième venait d'un nouveau client.

Reconnaissante d'avoir du travail pour s'occuper l'esprit, elle prit son casque antibruit et le posa sur sa tête. Elle plaça son téléphone à côté de l'écran de son ordinateur pour le voir s'illuminer si quelqu'un l'appelait ou lui écrivait, elle ouvrit le premier fichier audio et afficha un document Word vierge, puis elle se mit au travail.

* * *

Miles n'avait pas vraiment de plan. Il savait quand les enfants descendraient du bus scolaire et il voulait régler le moment où il récupérerait son disque avec l'arrivée du bus. Il était conscient que les voisins de Riley étaient curieux. La dernière fois qu'il avait été là, faisant du repérage dans l'immeuble, une personne avait appelé la police sur son portable, sans se donner la peine de cacher le fait qu'elle le dénonçait. Par conséquent, il serait particulièrement prudent ce jour-là. Il devait entrer dans l'appartement de Riley sans faire beaucoup de bruit et sans alerter les satanés voisins. Il savait déjà que Riley ne le laisserait pas entrer s'il frappait.

Il savait qu'elle serait dans la deuxième chambre de son appartement, son casque sur les oreilles. Elle avait des habitudes bien ancrées. C'était une des choses qui l'avaient rendu fou. Elle n'était pas du tout spontanée. Elle se contentait de rester à la maison toute la journée. Elle était terriblement ennuyeuse.

Son plan était d'entrer, de prendre son disque et tout ce qu'il pensait pouvoir mettre en gage, puis de trouver Riley et de lui en faire voir de toutes les couleurs.

Il n'était sorti avec elle que pour avoir un endroit où aller pendant la journée. Il avait vécu dans sa voiture à cette époque et passer du temps dans l'appartement climatisé et manger sa nourriture était mieux que d'être assis dans sa voiture chaude et exiguë. Avant qu'elle ne décide qu'elle ne voulait pas qu'il passe toute la journée chez elle, la situation avait été idéale. Elle l'avait laissé faire ce qu'il voulait pendant qu'elle tapait ses conneries dans son bureau. Il n'avait même pas eu à s'inquiéter de la baiser ; Riley était frigide et sans intérêt. Il avait fait un essai peu enthousiaste une fois, mais il n'avait pas été capable d'avoir une érection.

Heureusement, elle s'était contentée de baisers après cela. Il n'avait absolument rien ressenti quand il l'avait embrassée et il n'avait pas eu de problème à faire croire à Riley que leur manque de vie sexuelle était *sa* faute.

Or en réalité, elle n'était tout simplement pas le genre de personne qui l'attirait. Elle était trop vieille. Et elle n'était pas du bon genre.

Auparavant, Miles s'était inquiété à propos de ses préférences sexuelles, mais avec le temps, il les avait acceptées. Les êtres humains étaient faits différemment. De plus, il ne prenait aucun des garçons avec qui il sortait par force. Non, il les courtisait. Comme il le ferait avec une femme, si cela avait été son truc. Il méritait d'être aimé, comme tout le monde.

Le garçon qui descendrait du bus environ une heure plus tard était plus jeune que les autres garçons avec lesquels il était sorti, mais Miles le garderait avec lui un moment. Il l'emmènerait loin de là, il le dorloterait pour qu'il soit le genre de petit ami qu'il aimait le plus. Dans environ un an, il serait prêt à avoir une relation sexuelle. Peut-être qu'ils auraient une fin heureuse... et peut-être que Miles n'aurait pas à regarder constamment par-dessus son épaule par crainte d'être suivi par les autorités.

Satisfait de son plan et ignorant le fait que c'était mal moralement et légalement, Miles prit le pied-de-biche dans son coffre et le glissa dans la longue manche de son T-shirt. C'était étrange, mais la dernière chose qu'il voulait, c'était qu'un des satanés voisins de Riley ait à nouveau des soupçons.

Mais il n'aurait pas dû s'inquiéter. Quand il entra dans l'immeuble, il ne croisa personne. Miles était conscient qu'il y avait des caméras dans le hall et il fit de son mieux pour avoir l'air nonchalant en entrant à grands pas. Étant donné que c'était le milieu de la journée, la plupart des résidents étaient au travail. Cela lui faciliterait la tâche.

Il monta jusqu'à l'étage de Riley et jeta un regard noir à la porte de son voisin en passant. Il *détestait* ce connard. Le mec de l'armée se croyait meilleur que tout le monde. Miles se souvenait de la manière dont il était resté debout dans l'encadrement de sa porte, les bras croisés, quand Riley l'avait mis dehors. Il était certain de pouvoir botter le cul de ce mec, cependant il se contenterait de prendre son enfant.

Il avait enfin compris ce qu'il se passait. Le jour où il avait essayé de récupérer ses affaires, elle avait été chez *lui*. Elle était probablement sortie avec ce mec derrière son dos depuis le début. Il savait que le garçon n'était pas de Riley, ce qui signifiait que c'était le gamin de son voisin. Il avait probablement une douzaine d'enfants nés hors des liens du mariage avec différentes femmes. Il ne comprenait pas pourquoi les femmes aimaient tellement coucher avec les soldats.

Se concentrant sur sa tâche, Miles sortit le pied de biche de sa manche et coinça une extrémité là où le verrou s'unissait au mur dans la porte de Riley. Il ne lui fallut pas beaucoup de temps pour le briser. Il était bon marché et n'avançait que de deux centimètres et demi dans le montant de porte.

— J'aurais dû faire ça il y a longtemps, marmonna Miles en entrant dans l'appartement de Riley.

Il ferma la porte derrière lui. Elle ne se verrouilla pas, mais il ne voulait pas la laisser grande ouverte pendant qu'il prenait son disque.

Il se dirigea directement vers la collection de DVD de Riley, son cœur battant la chamade dans sa poitrine quand il vit qu'il manquait la moitié des boîtiers. Cependant il poussa un soupir de soulagement quand il vit le film qu'il cherchait. *Spice World*. Quand il avait demandé à Riley pourquoi diable elle avait ce film, elle avait ri et dit qu'il avait été en promotion et qu'elle l'avait acheté sur un coup de tête. Elle avait aussi admis qu'elle n'en avait regardé que la moitié avant d'abandonner. Quand il lui avait demandé pourquoi elle l'avait encore dans sa collection, elle avait haussé les épaules et répondu qu'elle réessaierait peut-être de le regarder un jour.

Il avait trouvé qu'il était plutôt sûr de cacher son propre disque derrière le DVD et effectivement, il avait eu raison. Miles laissa échapper un long soupir quand il ouvrit le boîtier et qu'il vit que le CD qui lui avait causé tant d'ennuis était encore en sécurité à l'intérieur.

Il se leva et se retourna, mais il s'arrêta dans son élan.

Riley était debout dans le couloir, le dévisageant d'un air choqué.

— Salut, Riley, la salua joyeusement Miles, l'adrénaline et l'excitation le submergeant.

— Qu'est-ce que tu fais là ? demanda-t-elle. Sors d'ici !

— Je suis venu chercher mon jeu, lui expliqua-t-il. Et si tu m'avais laissé venir le chercher avant, tu aurais pu aller de l'avant avec ta petite vie pathétique sans jamais me revoir. Mais tu m'as énervé et tu as appelé la police.

— Je n'ai pas appelé la police, protesta-t-elle.

Miles plissa les yeux et son ton jovial disparut.

— Tu m'as presque fait arrêter. Et tu vas payer pour ça, salope.

* * *

Riley n'arrivait pas à croire que Miles était dans son salon. Elle ignorait comment il était entré, mais chaque muscle de son corps se raidit à la seconde où elle le vit. Elle avait terminé son travail et elle avait faim parce qu'elle avait sauté le déjeuner. En regardant l'horloge, elle avait été soulagée d'avoir tout juste le temps de se préparer un sandwich avant de descendre pour aller chercher les enfants, puis de les préparer pour leur sortie cet après-midi-là.

Cependant quand elle était entrée dans son salon, elle avait vu Miles accroupi devant son étagère de DVD. Tout d'abord, elle avait voulu lui dire qu'elle n'avait pas son jeu stupide, mais il se leva avec un de ses films à la main et se retourna avant qu'elle ne puisse dire quoi que ce soit.

Quand sa voix devint traînante et menaçante et qu'il lui dit qu'elle allait payer pour l'avoir fait arrêter, ses muscles

obéirent enfin au message que son cerveau avait hurlé...
Fuis !

Elle se retourna et courut vers sa chambre, mais Miles se jeta sur elle, agrippant son bras avant qu'elle ne l'atteigne. Luttant de toutes ses forces, Riley donna des coups de pied et des coups de poing à son ex et elle le griffa alors qu'il l'obligeait à retourner dans le salon. Il la jeta par terre et se plaça sur elle, à califourchon sur son ventre, la maintenant en place à l'aide du poids de son corps. Elle ouvrit la bouche pour crier, sauf qu'il la couvrit d'une de ses mains. Il appuya si fort sur sa peau qu'elle sentit ses propres dents mordre l'intérieur de ses lèvres.

Haletant, Miles se tint au-dessus d'elle. Ses cheveux bruns et filandreux effleurèrent la joue de Riley, la faisant frémir. D'après son odeur, on aurait dit qu'il ne s'était pas douché depuis une semaine ou plus et ses vêtements étaient sales. Elle n'avait jamais eu peur de Miles pendant qu'ils sortaient ensemble, mais cet homme-là était complètement différent.

— Tu es conne comme un tas de pierres, ricana-t-il. Pourquoi est-ce que je voudrais aussi désespérément récupérer un putain de jeu ? C'est juste stupide ! Ce n'est pas un jeu. C'est un disque. Il y a une vidéo dessus et je ne voulais pas prendre le risque qu'elle tombe entre les mauvaises mains. Et je savais que si tu la voyais, tu me dénoncerais sans hésiter.

L'esprit de Riley accéléra. Une vidéo ? De quoi ?

Les questions dans sa tête durent se refléter dans ses yeux.

— Tu ne t'es jamais demandé pourquoi je n'insistais pas pour coucher avec toi ? Pourquoi je n'ai pas eu d'érection le jour où on a essayé ? demanda-t-il.

Riley secoua la tête autant que possible sous sa main. Elle avait peur de ce qu'il ferait si elle continuait de lutter, mais elle craignait tout autant de ne rien faire.

— Parce que les nichons, ce n'est pas mon truc. Les poils et les courbes non plus.

Riley écarquilla les yeux. Était-il en train de dire que...

— Je vois que tu comprends enfin. Je n'aurais pas pu avoir d'érection, quoi que tu fasses. Je t'ai utilisée, salope. Pour ta nourriture. Pour ton toit. Pour ta télé. Et les fois où tu m'as laissé passer la nuit sur ton putain de canapé ? Je me suis masturbé en regardant ma vidéo, en regardant les souvenirs d'un moment plus agréable avec un partenaire qui était plus à mon goût.

Riley avait envie de vomir. Elle n'arrivait pas à croire qu'elle était sortie avec cet homme. Ce... malade. Elle essaya de lui dire de prendre sa satanée vidéo et de partir, toutefois elle ne put que marmonner quelque chose derrière sa main.

— J'ai observé ton immeuble pour essayer de trouver le meilleur moment pour récupérer ce qui m'appartient... Et je t'ai vue avec ces enfants, poursuivit Miles. Si je ne me trompe pas, ils devraient rentrer sous peu. Je n'ai pas de partenaire en ce moment et ce petit garçon est splendide.

Riley se débattit, cette fois. Elle secoua la tête frénétiquement et elle fit de son mieux pour le frapper et pour essayer de se libérer.

Il retira sa main de sa bouche et l'enroula plutôt autour de sa gorge. Son autre main en fit de même et il commença à serrer. Fermement.

Elle chercha désespérément de l'air, mais elle ne parvenait pas à remplir ses poumons. Il était en train de l'étrangler.

— Voilà le problème. Je ne peux pas te laisser aller voir la police et je sais que c'est exactement ce que tu feras à la seconde où je te lâcherai. Tu me dénonceras et je devrais faire face à ces conneries. Je ne me suis pas encore fait prendre et ça n'arrivera pas. C'est pourquoi il fallait que je récupère mon disque. Je n'ai pas l'intention d'aller en prison. Je sais ce qui arrive aux hommes comme moi. Alors, je n'ai qu'une solution.

Riley se débattit plus fort que jamais. Miles allait la tuer. Il laisserait son corps juste là, par terre, et il irait chercher Logan, et peut-être même Bree. Ils n'avaient jamais vu Miles et ils ne sauraient pas que c'était quelqu'un de mauvais.

Elle ne voulait pas mourir. Elle voulait vivre. Elle voulait avoir une vie merveilleuse avec Porter. Elle voulait avoir ses bébés. La famille dont elle avait toujours rêvé.

Sauf que Miles ne la lâchait pas.

Riley continua de se débattre. Elle leva le bras et lui griffa le visage, mais cela ne servit qu'à l'énerver. Ses mains serrèrent davantage. Son visage devint rouge tandis qu'il appuyait tout le poids de son corps sur elle.

— Meurs, salope ! Meurs, putain !

C'étaient les derniers mots qu'elle entendit avant que le monde s'obscurcisse et qu'elle perde conscience.

* * *

Miles maintint ses mains autour de la gorge de cette salope un moment après qu'elle se ramollisse, juste pour s'assurer qu'elle ne faisait pas semblant. Puis, il se leva rapidement et chercha le boîtier du DVD. Son sexe était dur comme la roche et il baissa les yeux d'un air surpris.

— Hum. Qui l'aurait imaginé ? commenta-t-il à voix haute en souriant.

Il était très intéressant qu'il puisse avoir une érection non seulement en pensant à des petits garçons et en couchant avec eux, comme il le pensait, mais aussi en tuant quelqu'un.

Il se demanda s'il serait encore plus excitant de faire les deux en même temps.

Peut-être qu'il ne garderait pas le garçon comme il l'avait prévu. Peut-être qu'il ferait plutôt une expérience.

Miles consulta sa montre et réalisa qu'il n'avait plus beaucoup de temps. Il devait descendre les escaliers et aller à l'arrêt de bus.

Sans un regard vers le corps par terre, Miles sortit de l'appartement et ferma la porte autant que possible derrière lui. Puis, il siffla distraitement, comme s'il n'avait pas le moindre souci, tout en traversant à nouveau le couloir.

* * *

Logan était enthousiaste. Il allait voir un match de baseball ! Il avait regardé beaucoup de matchs à la télévision, mais celui-ci serait le premier qu'il verrait en direct et en personne. Les cours avaient semblé se dérouler extrêmement lentement et il attendit impatiemment que Bria descende du bus avec lui.

— Allez, Bree, gémit-il.

Elle lui sourit et courut pour le rejoindre, quelques pas plus loin. Elle lui prit la main et Logan resserra immédiatement ses doigts autour des siens. Il savait que certaines personnes n'aimeraient pas tenir la main de leur sœur, mais elle lui avait beaucoup manqué et il était heureux qu'elle vive à nouveau avec lui.

Il n'était même pas dérangé par le fait de partager sa chambre avec elle. Leurs lits superposés étaient cools et ils étaient tellement plus heureux qu'avant. Logan se sentait encore coupable à ce sujet. Il aimait sa mère, mais vivre avec elle avait été difficile. Il avait dû trouver de la nourriture pour Bree et parfois, pour sa mère aussi. Il avait dû s'enfermer avec Bree dans leur chambre quand des gens venaient à l'appartement et s'occuper de sa mère quand elle était trop malade pour se relever.

Vivre avec Oz et Riley était... facile. Ils lui préparaient à manger, ils lavaient ses vêtements et ils l'aidaient avec ses devoirs. Ils jouaient avec lui et ils riaient beaucoup. Il avait des corvées, mais elles étaient faciles comparées à ce qu'il avait dû faire dans le passé. Il ne regrettait pas d'avoir révélé son secret à Oz sur sa sœur ; il était heureux qu'ils soient tous ensemble à présent.

Ils marchèrent main dans la main vers l'immeuble et Logan fronça les sourcils en voyant que Riley ne les attendait pas. Cela ne faisait pas longtemps qu'ils prenaient le bus pour revenir de la nouvelle école, cependant elle avait été là tous les jours.

Un homme s'approcha d'eux et Logan se plaça instinctivement devant Riley. L'inconnu avait des cheveux bruns et gras qui ne semblaient pas avoir été coiffés depuis longtemps et ses vêtements étaient très froissés. Il avait de grandes égratignures sur le visage ; elles avaient l'air douloureuses.

— Salut ! lança l'homme d'une voix amicale en s'approchant d'eux.

Il s'arrêta à une certaine distance d'eux et Logan fut un peu soulagé qu'il n'envahisse pas leur espace.

— Salut, répondit-il, ne voulant pas être impoli.

— Je parie que vous vous demandez où est Riley. Une de ses amies a eu une urgence et elle a dû partir avec elle. Elle m'a demandé de vous emmener jusqu'à elle.

— Gillian ? demanda Logan, ne sachant pas de quelle amie cet homme parlait.

— Ouais. Elle a été blessée dans un accident et elle est à l'hôpital. Riley était super inquiète à l'idée de ne pas être là quand vous descendriez du bus, alors elle m'a demandé de passer vous prendre et de vous conduire à l'hôpital.

— Où est Oz ? l'interrogea Logan en regardant autour de lui.

— Il est à l'hôpital, il nous attend, rétorqua l'homme sans hésiter. Je m'appelle Mark. Je vis au premier étage.

Il désigna le bâtiment derrière eux.

— Riley me connaît depuis longtemps.

— Comment ça se fait qu'elle n'a jamais parlé de vous ? le questionna Logan avec méfiance.

— C'est parce que nous sommes juste voisins. On se voit de temps en temps, mais on ne traîne pas vraiment ensemble. Mais elle était vraiment bouleversée quand elle est partie. Elle pleurait et tout. Elle m'a supplié de vous emmener là-bas.

— Qu'est-ce qui est arrivé à votre visage ? insista Logan, essayant de gagner du temps pour réfléchir.

— J'ai une chatte et elle m'a bien eu ce matin, rétorqua l'homme sans hésiter.

Logan se mordit la lèvre. Il détestait l'idée que Gillian soit blessée. Il l'appréciait. Il appréciait toutes les amies d'Oz. Et il n'aimait vraiment pas le fait que Riley pleure. D'habitude, elle était toujours plutôt heureuse. Il était aussi triste de voir que leur projet d'aller voir le match de baseball serait probablement annulé, toutefois il savait que la vie des gens était plus importante que le match.

— D'accord, dit-il lentement.

Mark afficha un grand sourire.

— Super. Ma voiture est là-bas. Je vais vous déposer rapidement. Je dois revenir et retrouver ma femme quand elle rentrera du travail.

Entendre que l'homme était marié rassura Logan.

— Viens, Bree. Allons retrouver Riley et Oz.

Sa sœur hocha la tête avec confiance et le suivit vers la voiture de Mark. C'était une petite voiture à quatre portes qui avait vu des jours meilleurs. L'homme ouvrit la portière arrière et Logan monta. Il grimaça en voyant les déchets par terre. L'intérieur sentait très mauvais. Bria s'assit à côté de lui et l'homme ferma la portière.

Il leur sourit à travers la vitre et s'assit derrière le volant. Il démarra la voiture et commença à conduire. Au début, Logan ne fit pas attention, car il aidait Bria à mettre sa ceinture de sécurité, cependant quand il leva les yeux, il ne reconnut pas la route.

Puis, Mark s'engagea sur l'autoroute inter-États et accéléra, conduisant de plus en plus vite.

— Euh, monsieur... Je ne crois pas que ce soit le chemin de l'hôpital.

L'homme ne répondit pas. Logan vit un sourire en coin sur son visage, mais il ne se retourna même pas.

L'estomac de Logan se retourna. Il avait commis une erreur. Il le sut immédiatement. L'homme n'était pas un ami de Riley et elle n'aurait pas envoyé quelqu'un qu'il ne connaissait pas les chercher. Elle aurait demandé à Kinley ou Lucky ou l'un des autres hommes.

Il avait envie de vomir et tout son corps trembla sous l'effet de la peur. Toute sa vie, il avait entendu parler du danger que représentaient les inconnus et il était monté dans cette voiture sans hésiter. Le fait que cet homme dise qu'il connaissait Riley ne voulait pas dire que c'était vraiment le cas. Il ne vivait probablement même pas dans l'immeuble.

Il était tellement stupide ! Et à présent, Bree et lui étaient en danger.

Le chauffeur se pencha en avant et alluma la radio. Une musique forte remplit la voiture et Logan eut mal aux oreilles. Mais il en était ravi, car cela lui donnait l'occasion de parler à Bree sans que l'homme l'entende.

Il devait trouver un plan. Il devait faire sortir Bree de cette situation. Il devait la protéger... Comme il l'avait fait durant toute sa vie.

* * *

Oz était de très bonne humeur quand il se dirigea vers son appartement. Il avait hâte de passer l'après-midi et la soirée avec les personnes qu'il aimait le plus. Il déverrouilla la porte de son appartement, prêt à être bombardé par un Logan impatient et à voir le sourire de Riley. Mais quand il entra, tout était calme. Il n'entendit pas les enfants parler ou rire et il ne sentit pas l'odeur de nourriture.

Même si Oz était presque sûr que l'appartement était vide, il le fouilla quand même de haut en bas, l'estomac serré. Il regarda même derrière le canapé, la cachette préférée de Logan. Il n'y avait personne.

Oz sortit son téléphone et appela Riley. Il soupira de soulagement quand il entendit sa sonnerie à travers les murs fins entre leurs appartements. Pour une raison ou pour une autre, Riley avait dû emmener les enfants chez elle en attendant qu'il rentre.

Se sentant bête de s'être inquiété, Oz se dirigea à nouveau vers la porte. Ne se donnant pas la peine de se changer et voulant voir les enfants et Riley plus qu'il ne voulait enfiler des vêtements confortables, il traversa le couloir jusqu'à l'appartement de Riley.

Mais à la seconde où il vit sa porte, toute l'angoisse qu'il avait ressentie un moment auparavant revint. Cette fois, c'était pire. Quelqu'un était entré par effraction dans l'appartement. Ils avaient ouvert le verrou de force, faisant voler en éclats le bois.

Oz savait qu'il devrait appeler la police sur-le-champ, mais il ne pouvait *pas* juste rester dans le couloir en attendant qu'ils arrivent. Riley devait être là. Il avait entendu son téléphone. Elle n'allait *nulle part* sans son téléphone. Elle lui avait dit qu'elle voulait être joignable au cas où l'école appellerait. Ou si Gillian, Kinley, Devyn ou Aspen avaient besoin d'elle. Elle s'était beaucoup rapprochée des autres femmes et elles s'écrivaient régulièrement.

Il sortit son couteau Kabar de son étui dans son dos et ouvrit prudemment la porte avec son coude, tentant de ne pas effacer les empreintes digitales que la personne qui était entrée par effraction avait peut-être laissées.

— Ri ? appela-t-il.

Il ne reçut aucune réponse. Il franchit lentement le seuil. L'immobilité était dérangeante. Si Logan et Bria étaient là, ils auraient dû l'entendre. Il regarda dans le salon en entrant et s'immobilisa.

Riley était étalée par terre, inerte.

Oz savait qu'il devait vérifier que l'appartement était vide. Il devait s'assurer que la personne qui avait fait du mal à Riley n'était plus là. Mais il ne put s'empêcher de s'élancer vers la femme qui avait gagné son cœur. Elle était tellement immobile par terre. Sans vie.

Il vit des bleus se former autour de sa gorge, comme si elle avait été étranglée. Il n'y avait rien près d'elle qui aurait pu être utilisé pour ce faire, mais cela ne signifiait pas que le coupable n'avait pas emporté l'arme avec lui.

Un sanglot monta dans la gorge d'Oz lorsqu'il s'agenouilla à côté de Riley. Il avait peur de la toucher, mais il savait que si elle était en vie, il devait l'aider.

Lentement, comme s'il était dans des sables mouvants, Oz tendit la main gauche. L'autre main tenait encore le couteau. Il posa deux doigts sur le poignet de Riley, essayant de sentir son pouls. Il savait que si elle en avait un, il le détecterait plus facilement sur sa gorge, mais de nouveau, si le salop qui lui avait fait du mal avait utilisé ses mains pour l'étrangler, il ne voulait pas contaminer l'ADN qu'il avait certainement laissé.

Il lui fallut une seconde, mais il le sentit. Le sang coulait dans ses veines.

Elle était en vie. Il ignorait comment, par quel miracle, mais il était tellement reconnaissant.

— Je suis là, Ri, lui dit-il, déchiré entre l'envie de la prendre dans ses bras et l'envie de chercher les enfants.

Comme si le son de sa voix l'avait éveillée, Riley gémit. Oz posa le couteau et lui prit la main, remarquant qu'elle avait du sang sous les ongles. Elle avait sérieusement griffé la personne qui avait fait cela. Bien. Il y aurait plus de preuves ADN.

— Est-ce que tu m'entends, Riley ? C'est Oz... Porter. Je suis là. Tout va bien.

Il sortit son téléphone et appela les urgences.

— Services des urgences. Avez-vous besoin de la police, des pompiers ou de soins médicaux ?

— Des soins médicaux et la police. Je viens de trouver ma petite amie par terre dans son appartement. On dirait que quelqu'un a essayé de l'étrangler. Mon neveu et ma nièce ont disparu.

Oz savait qu'il n'avait pas besoin de fouiller l'appartement pour trouver Logan et Bree. Ils n'étaient pas là. Ils seraient sortis en entendant sa voix. Il le savait sans l'ombre d'un doute.

— D'accord, monsieur. Quelle est votre adresse ?

Il l'indiqua à l'opératrice.

— Quel est votre nom ?

— Porter Reed.

— Et votre petite amie ?

— Riley Rogers.

— D'accord. Est-ce qu'elle respire ?

— Oui. Mais elle a des bleus autour de la gorge.

— Porter ? murmura Riley.

Sa voix était éraillée et ne lui ressemblait pas.

— Ouais, je suis là, la rassura-t-il en se penchant sur elle.

— Miles, murmura-t-elle.

— Quoi ? demanda Oz.

— Que dit-elle ? demanda l'opératrice au téléphone.

Cependant Oz l'ignora, tendant l'oreille pour comprendre Riley.

— C'était Miles, répéta-t-elle. Son jeu, c'était du porno pédophile. Il est allé chercher Logan et Bree...

Le sang d'Oz se figea dans ses veines. Sa voix s'endurcit.

— Je vais les retrouver, annonça-t-il à Riley.

Elle entrouvrit les yeux.

— Je suis désolée.

Il secoua la tête.

— Non. Tu n'as pas à t'excuser. Pour rien du tout. Tu m'entends ? Ce n'était pas ta faute. D'accord ?

Elle déglutit et grimaça.

— La police et l'ambulance sont en chemin.

— Retrouve-les, supplia-t-elle. Maintenant !

Oz était tiraillé. Il devait trouver ses enfants, mais il ne pouvait pas abandonner Riley. Il baissa les yeux vers le téléphone dans sa main et raccrocha. Il savait qu'il était censé rester en ligne, or il devait appeler son équipe.

Trigger décrocha à la première sonnerie.

— J'ai besoin de tout le monde, lui annonça Oz. Riley a été attaquée et les enfants ont disparu. Elle a dit que c'était Miles. La police est en chemin, mais j'ai besoin de vous.

Sa voix se brisa sur le dernier mot.

— J'arrive. Je vais appeler les autres. Est-ce que Riley va bien ?

— Je crois, lui dit Oz. Mais ce salop a essayé de l'étrangler. Il a dû arrêter quand elle a perdu connaissance et il ne s'est pas assuré de la tuer.

Le simple fait de prononcer ces mots rendit Oz malade. Comment pouvait-il être dégoûté et soulagé en même temps ? Il n'avait jamais ressenti cela auparavant. Même en mission, quand ils avaient été au milieu d'échanges de coups de feu, il n'avait pas ressenti la même chose... Comme si sa peau était trop étroite et que la peur allait le faire vomir.

— Nous serons là dans dix minutes, annonça Trigger. Tiens bon, frérot.

Puis, il raccrocha sans un mot de plus.

Oz avait tellement peur pour ses enfants. Si Miles était vraiment un pédophile, ils étaient en grand danger.

Il sentit la main de Riley sur son bras.

— Vas-y, ordonna-t-elle.

— Je vais y aller. Quand les mecs arriveront.

Elle hocha la tête.

— Tu vas bien. Il ne s'en sortira pas comme ça. Je t'aime, Riley.

— Je t'aime.

Les yeux de Riley se remplirent de larmes qui s'écoulèrent sur ses tempes.

Oz se sentit impuissant en attendant l'arrivée de la cavalerie. Il ne pouvait que rester assis là, tenant la main de Riley et regardant sa poitrine s'élever et se baisser, se rassurant en voyant qu'elle respirait. Qu'elle était encore en vie.

Des pas rapides se firent entendre dans le couloir et ce fut le son le plus agréable qu'il ait jamais entendu. Il entendit la personne qui s'approchait de l'appartement dire au Central qu'ils étaient arrivés.

— Ils sont là. Tout va bien se passer, déclara-t-il à Riley.

— Va chercher nos enfants, ordonna-t-elle.

Nos enfants.

Oh oui, c'étaient leurs enfants.

Même si Oz voulait rester et aller à l'hôpital avec elle, il ne put qu'obéir. Il ne doutait pas que Gillian et les autres femmes seraient là sous peu. Elles accompagneraient Riley à l'hôpital.

Son équipe et lui devaient poursuivre le ravisseur.

CHAPITRE VINGT ET UN

— Tu as compris quoi faire ? demanda Logan à Bree.

Elle hocha la tête. Son visage était pâle et ses joues étaient trempées de larmes, mais Logan savait qu'elle ferait ce qu'il lui avait dit. Il ignorait si son plan fonctionnerait, mais il devait prendre le risque.

— Monsieur ? demanda-t-il, mais la musique était trop fort pour que l'homme l'entende.

S'éclaircissant la gorge, Logan essaya à nouveau.

— Mark ?

L'homme l'entendit, cette fois. Il se pencha en avant et baissa le volume.

— Quoi ?

— J'ai besoin de faire pipi, annonça Logan.

— Retiens-toi, dit l'homme.

Logan secoua la tête.

— Je ne peux pas, gémit-il. J'ai beaucoup bu avant de quitter l'école et j'en ai vraiment besoin. Je vais faire pipi sur le siège si vous ne vous arrêtez pas.

L'homme jura entre ses dents. Logan n'entendit pas tous les mots, mais il savait que certains de ceux qu'il avait entendus étaient vraiment mauvais et qu'il n'était pas censé les dire.

Toutefois on aurait dit que son plan fonctionnait. L'homme sortit de l'autoroute inter-États et se dirigea vers une route de campagne.

Mince. Logan avait espéré qu'il s'arrêterait dans une station-service, mais il ne semblait pas y en avoir à proximité. Il ne voyait que quelques fermes et beaucoup d'arbustes ainsi que quelques arbres au loin.

— Va vers les arbres, murmura Logan à Bria.

Elle hocha la tête et Logan lui serra la main. Il la maintint dans la sienne quand l'homme s'arrêta sur le bord de la route. Il y avait quelques arbres grêles sur le côté, là où ils étaient garés, mais au loin, à leur gauche, il y avait des arbres plus imposants et plus épais. Logan désigna la gauche de la tête et Bria hocha la tête.

— Eh bien, allez. Tu avais tellement besoin d'aller aux toilettes il y a une seconde, qu'est-ce que tu attends ?

Logan ouvrit la portière de son côté et la laissa entrouverte avant de contourner la voiture pour se diriger vers les petits arbres. L'homme le suivit avec un sourire étrange sur le visage. Le plan fonctionnait mieux que Logan ne l'avait espéré, mais il n'aimait pas que l'homme le suive d'aussi près.

— Je reviens tout de suite, prévint-il.

L'homme secoua la tête.

— Je ne vais pas te perdre de vue, petit. Tu fais ça juste ici pendant que je te regarde.

Logan frémit. Il n'aimait pas la manière dont l'homme le fixait. Et il ne voulait vraiment pas uriner devant lui.

Du coin de l'œil, il vit Bria traverser la rue et se mettre à courir aussi vite que possible dans le champ, de l'autre côté.

Malheureusement, l'homme qui se faisait appeler Mark la vit aussi.

— Merde ! jura-t-il.

Il fit quelques pas vers la voiture, comme s'il allait courir après elle. Logan se prépara à courir dans la direction opposée, mais l'homme s'arrêta et revint sur ses pas. Il agrippa le bras de Logan et commença à l'attirer vers la voiture. Logan se débattit, mais il n'était pas de taille face à l'homme.

Une voiture passa et Mark s'immobilisa, avisant le véhicule.

Puis, il jura à nouveau et alla du côté conducteur. Il claqua la portière par laquelle Bria était sortie et poussa Logan à l'avant.

— Monte et ne pense même pas à faire quelque chose qui pourrait m'énerver.

Effrayé par le ton de l'homme, Logan obéit. Il passa par-dessus la console centrale et se blottit sur le siège passager avant. Il était mort de peur. Il était heureux que Bria se soit échappée, mais à présent, il était seul avec ce fou.

Mark claqua sa portière et verrouilla la voiture. Puis, il redémarra et fit demi-tour. Il appuya sur l'accélérateur et la voiture s'élança en avant. Pendant tout ce temps-là, l'homme marmonna dans sa barbe à propos des enfants agaçants.

Tandis qu'ils reprenaient l'autoroute inter-États, Logan fit de son mieux pour mémoriser la zone où ils se trouvaient. Il chercha désespérément des points de repère et des panneaux. Il avait dit à Bria de fuir et de se cacher, de ne pas sortir avant que le lapin de Pâques ne vienne la chercher, leur code secret indiquant qu'elle était en sécurité. Il refusait de penser à ce qui pourrait lui arriver s'il ne réussissait pas à revenir.

— Tu vas payer pour ça, dit l'homme avant de tendre à nouveau la main vers le bouton de la radio.

Il fit jouer du heavy metal plus fort qu'avant. Logan leva les mains et les posa sur ses oreilles, essayant d'étouffer un peu le son. Des larmes coulèrent de ses yeux lorsqu'il regarda par la fenêtre. Il était terrifié et il craignait de ne plus jamais revoir sa sœur. Ou Oz. Ou Riley.

* * *

Oz était assis à l'avant du pick-up de Lefty et il scrutait frénétiquement chaque allée qu'ils dépassaient. Grover avait entendu les agents parler de la dernière adresse connue de Miles Bowen ainsi que de la voiture qu'il conduisait. La police avait déclenché une alerte AMBER pour Bria et Logan, mais Oz n'avait pas l'intention de rester assis les bras croisés et d'attendre qu'un inconnu appelle pour donner des informations. Il devait les chercher.

Il avait eu des nouvelles de Gillian un peu plus tôt. Elle lui avait dit que Riley s'en sortirait. Elle était endolorie et terrifiée, et les médecins des urgences avaient déclaré que le fait qu'elle soit en vie était un miracle.

Oz voulait être avec elle, mais Riley avait demandé à Gillian de lui dire qu'il ne devrait aller à l'hôpital sous aucun prétexte. Elle allait bien. Il devait trouver leurs enfants. C'était donc ce qu'il faisait.

Cependant, son équipe et lui avaient beaucoup moins d'informations que lors de leurs missions. C'était comme chercher une aiguille dans une botte de foin et Oz était terrifié.

— Quelqu'un a appelé avec des informations, annonça Lucky depuis le siège arrière.

Il avait été au téléphone sans arrêt, appelant tout le monde pour obtenir des informations. Il avait reçu un appel un moment auparavant, mais Oz ne l'avait pas remarqué. Chaque fois qu'il raccrochait, le téléphone se remettait immédiatement à sonner. Oz n'avait jamais été aussi ravi que son équipe ait créé autant de liens avec les forces de police au fil des ans. La personne qui donnait les informations à Lucky n'était sûrement pas censée le faire, mais il était soulagé de voir que quelqu'un les aidait.

— Quelqu'un a vu l'alerte AMBER sur les panneaux publicitaires sur l'autoroute inter-États et a téléphoné. Ils ont dit avoir vu une Kia grise sur le bord de la route, à environ seize kilomètres au nord de Killeen. Un homme tirait un petit garçon vers la voiture.

— Quelle route ?

— Je ne sais pas.

— Et Bree ?

— Ils n'ont pas parlé d'une petite fille, répondit Lucky.

— Merde ! jura Oz.

— C'est déjà quelque chose, l'apaisa Doc depuis le siège arrière. C'est plus que ce que nous avions jusque-là.

Lefty appuya sur l'accélérateur et sortit du quartier dans lequel ils avaient été en train de chercher, puis il dirigea son pick-up vers l'autoroute inter-États.

Oz retint sa respiration, se sentant impuissant.

— La police a repéré une Kia Rio grise sur l'autoroute inter-États, les informa Lucky.

Il avait ouvert une application scanner sur son téléphone et était branché sur la fréquence utilisée par les policiers qui recherchaient Miles.

— Dans quelle direction ? demanda Lefty.

— Vers le nord.

Oz vit le compteur de vitesse monter à cent trente-cinq. Puis cent quarante-cinq. Lefty ne déconnait pas et Oz n'aurait pas pu être plus reconnaissant. Il aurait souhaité que Trigger n'ait pas vendu sa Porsche. Il aurait aimé avoir sa vitesse à ce moment-là. Lefty ne conduisait pas comme une mamie, cependant la Porsche leur aurait permis d'aller encore plus vite. Et à ce moment-là, il avait besoin d'atteindre ses enfants aussi vite que possible.

Le paysage défila et Oz n'était même pas sûr de respirer

tandis qu'ils filaient vers le nord, avec un peu de chance, en direction de Logan et Bria.

— Miles ne s'arrête pas. Il essaie de les semer. Ils ont mis une herse un kilomètre et demi plus loin... Merde ! Il les a contournés et il s'est presque écrasé contre le terre-plein central, mais il a repris le contrôle. Sa Kia n'est pas de taille face aux voitures de police. Ils sont juste derrière lui.

Oz décida qu'il était pire de savoir ce qu'il se passait sans pouvoir faire quoi que ce soit pour aider.

— Ils sont loin de nous ? demanda Lefty.

Lucky chercha une borne kilométrique.

— Moins de huit kilomètres.

Oz ne pouvait pas parler. Sa bouche était sèche comme du coton. D'habitude, il avait la tête sur les épaules dans les situations d'urgence, mais il était complètement inutile à ce moment-là. Il ne pouvait que se cramponner et prier pour que ses enfants ne soient pas blessés quand la poursuite prendrait fin. Et elle prendrait bien fin. Ils le savaient tous. La question était : comment ?

Pacifiquement ou dans un accident explosif.

— Bon, ils reculent un peu, ils lui donnent un peu d'espace. Ils vont réessayer de mettre une herse à un kilomètre et demi au nord de leur position.

Lucky semblait enthousiaste, mais Oz ne trouvait pas une seule raison de l'être. Certes, la herse pouvait crever les pneus de Miles, toutefois cela ne ferait que rendre la voiture plus instable à vitesse élevée.

— Ils sont en place... Il s'approche... Boom ! Ils l'ont eu ! Les quatre pneus ! Il roule sur ses jantes maintenant et les pneus fument beaucoup... Il ralentit...

Lucky se tut.

Lefty continua de traverser à toute vitesse l'autoroute inter-États, essayant désespérément de rattraper les autres voitures.

— Quoi ? Que se passe-t-il ? demanda Doc.

Lucky leva un doigt, indiquant à Doc d'attendre.

Oz se retourna pour fixer son ami des yeux, cherchant à déchiffrer l'expression de son visage. La voiture avait-elle eu un accident ? Les enfants étaient-ils sains et saufs ? Miles était-il en état d'arrestation ou avait-il essayé d'utiliser Logan et Bree comme otages ? Mais le visage de Lucky était complètement neutre ; il ne révélait rien.

Oz voulait agripper son ami par le col et l'obliger à parler, ou lui prendre le téléphone des mains et exiger qu'on lui dise ce qu'il se passait.

Puis, Lefty ralentit.

Oz se retourna et vit tout un tas de voitures de police et de lumières devant eux. De la fumée rendait l'air brumeux autour de la Kia et il eut du mal à voir ce qu'il se passait. Des voitures étaient arrêtées devant eux, néanmoins Lefty monta sur le terre-plein central et continua d'avancer.

Oz eut l'impression que ses dents allaient sortir de sa tête tant elles claquaient, mais il ne dit pas à son ami de ralentir. Au contraire, il marmonna :

— Dépêche-toi.

Ils s'arrêtèrent juste devant l'endroit où les voitures de police bloquaient l'autoroute inter-États et Oz sortit du pick-up sans hésiter. Il commença à courir vers la Kia qui fumait encore, à contresens au milieu de la route. Elle était encerclée par au moins six voitures de police et tous les agents brandissaient leurs armes et visaient le siège conducteur.

Un mouvement à gauche de la voiture attira l'attention d'Oz. Un agent s'éloignait en courant de la Kia, un petit corps dans les bras.

Tout l'air sortit des poumons d'Oz et il ne put s'empêcher de penser qu'il ne pourrait pas avoir autant de chance une deuxième fois. Riley avait survécu, mais perdre un de ses enfants était peut-être sa pénitence.

Puis, il vit l'agent s'agenouiller derrière une voiture de police... Et poser l'enfant sur ses pieds.

Oz avait été immobilisé par la peur plus tôt, mais à présent, il se mit en mouvement. Il courut en direction de l'homme et de l'enfant, ne s'arrêtant que quand un agent leva son arme vers lui.

— Arrêtez-vous !

Il tomba à genoux et tenta de reprendre sa respiration. Le garçon se retourna et, avant que l'agent ne puisse l'en empêcher, il courut droit vers Oz. Il tendit les bras alors même que Logan se jetait sur lui.

— Oz !

— Oh, mon Dieu, Logan ! souffla Oz.

— Tout va bien, c'est l'oncle du petit, cria l'un de ses coéquipiers derrière lui.

Oz ne pouvait se concentrer que sur Logan. Il recula et tint son neveu à bout de bras, l'examinant de la tête aux pieds.

— Est-ce que ça va ? Est-ce qu'il t'a fait du mal ?

— Je vais bien, assura Logan, des larmes coulant sur son visage.

— Tu es sûr ?

— Oui, dit Logan.

Puis, Oz le serra contre son torse à nouveau.

— Vous ne pouvez pas rester au milieu de la route, intervint un agent.

Oz hocha la tête et se leva sans lâcher Logan. Il l'emmena sur l'herbe du terre-plein central et s'agenouilla à nouveau quand Logan se tortilla dans ses bras.

— Bree ! dit son neveu d'une voix étranglée.

— Qu'y a-t-il ? Où est-elle ? l'interrogea Oz. Est-ce qu'elle est encore dans la voiture ?

Il savait qu'il y avait des gens tout autour de lui à présent, ses coéquipiers et des agents de police, mais il maintint son regard rivé sur Logan.

Celui-ci secoua la tête et dit tristement :

— Non. J'ai dit à Mark que je devais faire pipi et il s'est

arrêté. J'ai dit à Bria de fuir quand je suis sorti. Elle l'a fait. Je l'ai perdue ! gémit-il.

Oz supposa que Mark était le nom que Miles avait donné à Logan et Bria, mais son esprit passa immédiatement à autre chose. Il avait mal au cœur pour son neveu, mais il secoua délicatement ses épaules.

— Tu ne l'as pas perdue, tu l'as sauvée, reprit-il, croyant chaque mot à cent pour cent. Nous devons juste retourner là où vous étiez quand elle s'est enfuie.

— M-mais, je ne sais pas où c'était ! s'exclama Logan en pleurant.

— Prends une grande inspiration, ordonna Oz.

Il avait envie de pleurer aussi, cependant il savait qu'il devait rester calme pour aider son neveu à se concentrer.

Logan obéit, sa petite poitrine se remplissant d'air lorsqu'il inhala profondément.

— Bien, encore une.

Il regarda d'un air approbateur l'enfant, qui avait déjà traversé tant de choses dans sa courte vie, faire de son mieux pour se contrôler.

— Regarde autour de toi, Logan.

Oz attendit que Logan obéisse. Il écarquilla les yeux en voyant le nombre d'agents ainsi que Lucky, Lefty, Doc et Grover. Trigger et Brain avaient escorté les femmes à l'hôpital et veillaient sur Riley jusqu'à ce qu'Oz puisse la rejoindre, avec les enfants.

— Tu vois tous ces gens ? Ils sont là pour toi. Parce qu'ils savaient que tu étais intelligent et courageux. Ils savaient que tu tiendrais bon jusqu'à ce qu'ils te retrouvent. Et tu l'as fait. Non seulement tu as fait sortir ta sœur d'une situation extrêmement dangereuse, mais tu as suffisamment retardé ce type pour que nous puissions vous rattraper.

Logan hocha la tête.

Oz attira à nouveau son neveu dans ses bras. Il se souvenait à peine de l'époque avant que cet enfant n'arrive dans sa vie. C'était fou, car il avait ignoré son existence peu de temps auparavant, mais la vie d'Oz s'était améliorée à la seconde où il l'avait vu marcher dans le couloir de son immeuble des semaines plus tôt.

— Ferme les yeux, encouragea-t-il à Logan en reculant pour voir son visage.

Il obéit.

— Maintenant, pense à l'endroit où vous étiez quand vous vous êtes arrêtés. Qu'est-ce que tu as vu ?

— J'espérais qu'il irait à une station-service et que Bree pourrait trouver de l'aide, mais il n'y avait rien sur la route qu'on a prise. Il y avait des maisons au loin et des arbres.

L'estomac d'Oz se serra sous l'effet de l'inquiétude, mais il continua d'encourager Logan.

— Quoi d'autre, Champion ?

— Je suis sorti et j'ai laissé la portière ouverte pour que Bree traverse la route et aille jusqu'aux arbres au loin.

— C'était intelligent.

La voix de Logan devint plus ferme tandis qu'il se concentrait.

— Mark n'était pas content quand il l'a vue s'enfuir et il m'a ramené dans la voiture. Quelqu'un est passé par là et je crois que ça a fait peur à Mark.

— Je crois que cette personne a appelé la police, ajouta Oz. Est-ce que vous avez directement repris l'autoroute inter-États après ça, Logan ?

— Hum hum. Il y avait un magasin de feux d'artifice. Il était rouge, blanc et bleu. Nous avons tourné une ou deux fois, mais je crois que j'ai vu un panneau qui disait « Elm ».

Oz ferma les yeux, soulagé. Cela devait être suffisant. Il le fallait. Il ouvrit les yeux et se tourna vers son équipe. Lucky était déjà au téléphone et il vit deux agents de police consulter les leurs.

— Je l'ai, annonça l'un des policiers quelques minutes plus tard.

Oz se leva tout en maintenant une main sur l'épaule de Logan.

— Il y a une sortie où se trouve un American Fireworks Superstore au coin. Et la rue s'appelle Elm Street.

L'agent retourna vers sa voiture et Oz lui suivit.

— Nous venons avec vous, l'informa-t-il.

— Non, vous devez rester ici, refusa l'agent.

Oz regarda le badge nominatif de l'homme et secoua la tête.

— Agent Myers, je n'ai pas eu l'occasion de me présenter. Je suis Porter Reed, de la Delta Force de l'armée américaine. Ma nièce est probablement terrorisée et vous aurez besoin de moi pour la trouver.

— Et de moi, insista Logan à côté de lui.

Oz serra son épaule en signe de soutien.

— Je peux vous montrer où nous nous sommes arrêtés. Et nous avons un code secret. Bree ne sortira pas si je ne le dis pas.

— La Delta Force ? répéta l'agent Myers.

Oz hocha la tête.

— D'accord, mais vous devrez faire ce que je vous dis.

Oz accepta immédiatement.

— Eux, ce sont mes coéquipiers. Ils nous suivront.

L'agent Myers se dirigea vers sa voiture de patrouille avec Oz et Logan sur les talons. Lefty retourna dans son pick-up avec le reste de l'équipe. Oz était conscient que l'agent n'était pas obligé de les emmener. Il faisait une exception. Il était soulagé que l'homme semble aussi impatient que lui d'arriver à l'endroit où, avec un peu de chance, ils trouveraient Bria.

Ne voulant pas penser à la peur qu'elle ressentait, Oz aida Logan à entrer dans la voiture de police et il se glissa à côté de lui. Il n'était pas ravi d'être à l'arrière d'une voiture de patrouille, mais il se fichait de la manière dont il rejoignait Bree, tant qu'il pouvait la retrouver.

Du coin de l'œil, il vit Miles dans un autre véhicule. Il avait été mis en détention provisoire sans incident. Il s'était rendu comme le lâche qu'il était. Oz ne pouvait pas penser à l'avenir à ce moment-là, aux dates de comparution et au fait que Logan devrait peut-être témoigner. Il était juste reconnaissant que Logan aille bien et il se concentrait sur le fait de trouver Bria. Tout le reste était secondaire.

Quand ils démarrèrent et que l'agent indiqua aux autres ce qu'ils faisaient par radio, Oz baissa les yeux vers Logan. Il était assis aussi près d'Oz que possible et ses deux bras étaient enroulés autour de son torse.

— Champion ?

Logan leva les yeux vers lui.

— C'est la première et dernière fois que tu es à l'arrière d'une voiture de police. Compris ?

Les lèvres de Logan tressaillirent.

— Compris.

— Tu as bien agi et je suis tellement fier de toi, reprit doucement Oz.

— Je n'aurais pas dû monter en voiture avec lui, déclara tristement Logan. Je savais que c'était une mauvaise idée.

— C'est facile de savoir ce qu'il fallait faire après les faits. Je suis sûr qu'il avait une très bonne excuse, lui assura Oz.

Logan haussa les épaules.

— Il a dit que Gillian était à l'hôpital et que Riley y était allée avec elle. Il a dit qu'il vivait dans notre immeuble et qu'elle lui avait demandé de nous emmener les rejoindre, Bree et moi.

Oz prit une profonde inspiration. C'était vraiment une bonne excuse. Miles avait beau être un salop, il n'était pas complètement stupide.

— Je sais que Riley serait inquiète pour Gillian, mais elle ne demanderait pas à un inconnu de passer nous chercher. J'ai été stupide.

Oz leva le menton de Logan pour qu'il n'ait pas d'autre choix que de le regarder.

— Nous prenons tous de mauvaises décisions, Champion. Même moi. Le truc, c'est que tu l'as suivi parce que tu étais inquiet pour Riley. Et Gillian. Ce n'est pas complètement une mauvaise chose. Non seulement ça, mais tu as fait ce qu'il fallait pour que ta sœur soit en sécurité. Je pense que nous avons besoin d'un code secret familial, comme celui que tu as avec ta sœur. Juste au cas où quelque chose comme ça arrive de nouveau un jour.

Logan hocha la tête. Puis, il dit en reniflant :

— Bree est probablement effrayée.

— Sans aucun doute. Mais elle aurait été plus effrayée si elle avait été dans la voiture quand la police l'a arrêtée et que les agents ont sorti leurs armes. Et elle aurait été effrayée si l'homme vous avez emmenés dans une maison étrange, pas vrai ? Tout ce que je dis, c'est que tu as fait le nécessaire pour protéger ta sœur, et Riley et moi sommes fiers de toi.

— Où est Riley ? demanda Logan.

L'estomac d'Oz se serra. Merde. Logan finirait par apprendre ce qu'il lui était arrivé, mais peut-être qu'il serait moins bouleversé une fois qu'ils auraient trouvé Bria. Néanmoins il devait être honnête envers son neveu.

— Elle va bien, dit-il.

La lèvre de Logan trembla.

Oz décida de traiter ce sujet comme un pansement et de le retirer d'un coup pour en finir.

— L'homme qui vous a enlevés, ta sœur et toi, lui a fait du mal. C'était son ex. L'homme qui vous a fait peur quand il a frappé à ma porte et que vous vous êtes cachés derrière le canapé. Mais elle va bien. Elle est à l'hôpital et elle harcèle les médecins pour qu'ils la laissent rentrer chez elle pour vous voir, Bree et toi.

Logan le fixa du regard un long moment.

— Tu ne mens pas ? Elle va vraiment bien ? Elle n'est pas morte comme ma maman ?

— Elle n'est pas morte, murmura Oz.

Le simple fait de prononcer ces mots était douloureux.

— Je ne te dirais pas qu'elle va bien si ce n'était pas le cas.

Logan y réfléchit un instant, puis il sourit à Oz.

— Je parie qu'elle n'est pas contente d'être coincée à l'hôpital. Elle est plutôt protectrice.

— C'est vrai, confirma Oz.

Il savait qu'il ne tiendrait jamais cela pour acquis à l'avenir. Elle pourrait être aussi protectrice qu'elle le voudrait et il serait d'accord. Il lui construirait de fichues douves autour d'une maison si c'était ce qu'elle voulait.

— Voilà la sortie, annonça l'agent à l'avant.

Logan se redressa et ses yeux s'illuminèrent.

— C'est là ! C'est vraiment là ! Je t'avais bien dit qu'il y avait un magasin de feux d'artifice rouge, blanc et bleu.

— Je vais conduire lentement et tu vas me dire quand quelque chose te semble familier, lui proposa l'agent Myers.

Logan tendit le cou pour essayer de voir ce qu'il y avait à l'avant de la voiture et Oz regarda par la vitre arrière. Ils étaient suivis par au moins dix voitures. Il vit le pick-up de Lucky et le reste des véhicules des forces de l'ordre. Les Texas Rangers, la police autoroutière et le service de police de Killeen. Tout le monde espérait pouvoir aider à trouver une petite fille perdue, kidnappée.

— Là ! s'écria Logan.

L'agent ralentit immédiatement.

— Vous voyez ces arbres ? demanda Logan en tendant le doigt à droite, frappant presque Oz au passage. C'est là que l'homme voulait que je fasse pipi. J'étais debout là et Bria s'est enfuie de ce côté.

Il déplaça sa main pour désigner la direction opposée.

L'agent Myers éteignit le moteur et sortit, ouvrant immédiatement la portière arrière pour Oz et Logan. Oz observa le champ en direction des arbres et son cœur sombra. La zone était énorme. Bria pourrait être n'importe où.

— Un hélicoptère est en chemin, déclara l'agent Myers.

— Avec un FLIR ? demanda Oz, plein d'espoir.

— Oui.

— C'est quoi, un *flir* ? demanda Logan. Pourquoi est-ce qu'on ne va pas chercher Bree ?

— Un FLIR, c'est une imagerie infrarouge frontale. Elle permettra de trouver l'endroit où ta sœur se cache sans qu'on ait à chercher dans chaque buisson. Elle apparaîtra en blanc et tout le reste sera noir et gris. Les hommes dans l'hélicoptère vont nous mener droit à elle, Champion.

Logan semblait encore inquiet, mais la confiance qu'il avait en lui flatta Oz.

— Qu'est-ce qu'on attend ? les interrogea Lucky en courant vers eux.

La zone se remplissait rapidement de membres des forces de l'ordre et il était évident que son équipe Delta était plus que prête à aller chercher Bria.

— Un hélico avec un FLIR est en chemin, expliqua Oz à Lucky.

— Dieu merci, soupira son coéquipier.

Doc, Grover et Lefty arrivèrent à temps pour entendre l'information.

Tout le monde resta sur le bord de la route en retenant son souffle, attendant d'avoir des nouvelles de l'hélicoptère. Ils entendirent les pales de rotor avant de voir l'engin et quand ils l'aperçurent enfin, c'était la plus belle chose qu'Oz ait jamais vue.

— Combien de temps il faudra pour la trouver ? questionna Logan, bougeant impatiemment sur ses pieds.

— Je ne sais pas, Champion. Mais ils font de leur mieux, le rassura Oz.

En réalité, il voulait poser la même question. Il voulait

gémir en disant que ça prenait trop de temps, mais il fit preuve de patience. Il sentit la main de Grover se poser sur son épaule et cela l'aida à savoir que ses amis le soutenaient.

Après sept minutes et demie – Oz savait exactement combien de temps s'était écoulé, car il avait surveillé l'heure de près – ils entendirent sur les radios des agents de police que le FLIR avait trouvé quelque chose et qu'il pensait qu'il pourrait s'agir de Bria.

— Vous devez rester ici, leur rappela l'agent Myers.

Oz secoua la tête avant que l'homme ne termine sa phrase.

— Hors de question, lui dit-il. Je comprends que vous faites votre travail, mais je vous garantis que j'en ai vu plus que vous au cours de ma vie. Je *dois* être là quand vous la trouverez.

— Et lui ? demanda l'agent en désignant Logan d'un geste de la tête.

Oz était tiraillé. La dernière chose qu'il voulait, c'était que Logan voie sa sœur s'il lui était arrivé quelque chose de mal, mais il ne pensait vraiment pas que ce soit le cas. Bria était intelligente, même si elle n'avait que six ans et demi. Il avait l'impression qu'elle avait fait exactement ce que son frère lui avait dit. Courir à toutes jambes et se cacher jusqu'à ce qu'il vienne la chercher. Et il savait qu'elle aurait besoin de Logan pour se sentir en sécurité.

— Non, mais j'ai foi en ma nièce. Elle va bien. Elle est terrorisée, mais elle attend que son grand frère tienne sa parole et aille la chercher.

L'agent soupira, mais finit par hocher la tête.

— D'accord, mais vous restez derrière moi. Je suis sérieux. Je vous ferai enfermer si vite que vous en aurez la tête qui tourne si vous sortez du rang d'un centimètre.

— Oui, monsieur, accepta immédiatement Oz.

Il n'aimait pas l'idée d'être relégué à l'arrière du groupe

d'agents qui cherchaient Bria, mais il était autorisé à les accompagner. Il ferait tout ce qu'ils diraient.

Ses coéquipiers avaient aussi réussi à convaincre les policiers de les laisser entrer dans le champ avec l'équipe de recherche et ils avaient couru à travers les mauvaises herbes séchées et l'herbe en direction des arbres. L'agent qui menait le groupe parlait à la personne qui se trouvait dans l'hélicoptère et qui utilisait la caméra infrarouge. Il se dirigeait droit vers une rangée d'arbres particulièrement épais.

— Bonne fille, dit Oz entre ses dents.

Quand ils arrivèrent, Oz entendit l'agent être dirigé vers un endroit qui se trouvait juste devant eux.

— Arrêtez-vous. Elle devrait être juste là, un peu à votre droite. Elle est allongée.

Oz ne voyait rien d'autre qu'un arbuste. Il avait envie de plonger dans les broussailles pour trouver Bree. Il comprenait pourquoi elle ne s'était pas immédiatement montrée. Elle avait probablement peur. Et elle avait appris à ses dépens que beaucoup d'adultes n'étaient pas dignes de confiance.

Il pria juste pour qu'elle ne soit pas blessée, ou pire.

Non, elle allait bien. Elle devait aller bien. Il ne pouvait pas avoir eu assez de chance pour que Riley et Logan soient épargnés, puis la perdre, elle.

Logan était debout en silence à côté de lui, mais avant qu'Oz ne puisse l'en empêcher, il s'éloigna et s'approcha de l'agent qui était en train de crier le nom de sa sœur.

Sans demander la permission, Logan s'écria :

— Bree ? C'est moi ! Logan. Tout va bien, tu peux sortir. J'ai amené le lapin de Pâques, comme je te l'avais dit.

Oz retint sa respiration et quelques secondes plus tard, une Bree effrayée leva sa tête rousse parmi un tas de branches et de débris.

— Logan ?

— Oui ! s'exclama Logan avec enthousiasme. Tu vas bien ! Je t'ai trouvée !

Oz s'agenouilla sous l'effet du soulagement quand Bria sortit à toute vitesse de sa cachette et se jeta sur Logan. Il observa le frère et la sœur se saluer, les larmes aux yeux et submergé par le soulagement.

Il sentit ses coéquipiers lui donner des tapes dans le dos en signe de soutien. Il voulait les remercier d'être là pour lui. De faire tout leur possible pour l'aider à récupérer les personnes les plus précieuses à ses yeux. Mais il ne pouvait pas le faire. Il ne pouvait que fixer Bria et Logan du regard. Il pleurait, mais il sentait à peine les larmes sur ses joues.

Comme s'il savait ce dont son oncle avait besoin, Logan prit Bria par la main et l'attira vers l'endroit où Oz était agenouillé.

— Regarde, Oz ! Je l'ai trouvée ! dit-il.

— Je vois ça, Champion, confirma doucement Oz.

Il entendit à peine l'hélicoptère s'éloigner et les agents de police se féliciter. Toute son attention était portée sur les enfants.

— Ça va, Bree ? demanda-t-il doucement.

Elle hocha la tête.

— J'avais peur, lui confia-t-elle. Mais je savais que Logan viendrait me chercher. Et il l'a fait !

— Oui, il l'a fait. Il t'aime beaucoup et tu as de la chance de l'avoir comme grand frère. Je t'aime aussi. Je sais que je ne te connais pas depuis longtemps, mais je t'aime, ma puce. Je t'aime tellement.

Elle lâcha la main de son frère et avança vers lui. Elle se plaça entre ses genoux et enroula ses petits bras autour de son cou pour le serrer contre elle.

Puis, elle le regarda dans les yeux et dit sérieusement :

— Les garçons ne sont pas censés pleurer.

— Qui a dit ça ? demanda Oz.

Bria semblait confuse.

— Je ne sais pas.

— Exactement. Eh bien, les garçons pleurent. Il n'y a rien de mal à montrer tes émotions, que tu sois un garçon ou une fille, un homme ou une femme.

— Est-ce que tu es triste ? le questionna Bria en levant sa main sale et en essuyant la joue d'Oz.

Il savait qu'elle tachait probablement son visage de terre, mais il s'en fichait.

— Plus maintenant, lui répondit Oz. Ton frère et toi êtes en sécurité. Riley aussi. Les trois personnes que j'aime le plus au monde vont bien, alors je ne peux pas être triste.

— Oz ? demanda Bria.

— Oui, chérie ?

— J'ai faim. Est-ce qu'on peut rentrer à la maison ?

Oz gloussa et il entendit d'autres hommes rire autour de lui.

— Oui. Mais on va peut-être devoir s'arrêter quelque part d'abord.

Il leva les yeux vers Grover, derrière lui.

— Est-ce que quelqu'un a appelé Riley pour lui annoncer la nouvelle ?

— Ouais, Lucky est au téléphone avec elle depuis que nous nous sommes arrêtés.

Oz hocha la tête d'un air soulagé. Il n'était pas surpris que son équipe se soit assurée de tenir Riley au courant. Il leur devait une faveur. Une énorme faveur.

— Est-ce qu'elle a déjà été autorisée à sortir de l'hôpital ?

— Je ne suis pas sûr que l'hôpital veuille la laisser rentrer chez elle, déclara Lefty.

Oz se tourna vers Doc.

— Qu'est-ce que tu en penses ?

— Je pense que si elle ne souffre pas de complications, ça ne devrait pas poser de problème. Elle a eu de la chance.

Oz le savait.

— Nous allons devoir parler à la petite fille, intervint l'un des agents à proximité, qui avait de toute évidence entendu leur conversation.

Oz hocha la tête en soupirant et se releva lentement. Il tremblait et se sentait faible, mais il savait que c'était dû à la montée d'adrénaline que son corps venait de vivre.

— Je vais dire à Trigger et à Brain d'emmener Riley chez toi, proposa Lucky. Je dois juste passer quelques coups de fil.

— Merci. Tu as été un cadeau du ciel, lui dit Oz.

Et c'était vrai. Oz ignorait comment il avait pu établir le genre de connexions dont ils avaient eu besoin ce jour-là, mais il ne l'oublierait jamais. Lucky était vraiment chanceux et il préférait la chance aux habiletés sans hésiter... Même si son coéquipier avait aussi des compétences incroyables.

Oz sentit quelqu'un tirer sur son pantalon et baissa les yeux. Bree était debout à côté de lui et quand elle vit qu'elle avait son attention, elle leva les bras. Oz se pencha et la souleva. La tête de la petite fille se posa immédiatement sur son épaule. Il ferma les yeux, soulagé.

Logan s'appuya contre lui, de l'autre côté, et Oz enroula son bras autour de ses épaules. Ils traversèrent le champ ainsi, en famille, reconnaissants d'être ensemble. Il ne manquait que Riley et sous peu, elle serait avec eux.

Oz n'était pas un homme très spirituel. Il avait vu trop de haine et de violence pour accorder du crédit à une force supérieure faisant ce qu'il fallait pour l'humanité. Mais à cet instant, il était certain que quelqu'un veillait sur sa famille. Logan avait survécu à un enlèvement et à une course poursuite, Bria avait réussi à s'échapper d'une situation potentiellement mortelle et ne semblait pas trop perturbée par tout cela. Et Riley...

Oz déglutit difficilement, essayant de ne pas pleurer de nouveau. Elle n'aurait pas dû être en vie. Ils le savaient tous les deux. Miles avait fait de son mieux pour l'étrangler à mort. Cependant d'une manière ou d'une autre, il avait réussi à foirer.

Levant les yeux vers le ciel bleu vif du Texas, Oz fit une prière de remerciement. Des remerciements pour la personne ou la chose qui veillait sur les trois personnes qu'il aimait le plus au monde. Il ne savait pas ce qu'il aurait fait si l'un d'eux n'avait pas survécu à cette terrible journée.

— Nous avons raté le match de baseball, déclara Logan à voix basse à côté de lui.

Oz ne put s'empêcher de sourire.

— Oui, approuva-t-il. Mais ce qu'il y a de bien avec le baseball, c'est que la saison est très longue et nous pourrons voir plein de matchs.

Logan sembla se redresser à ces mots.

— C'est vrai.

Oz n'arrivait pas à croire qu'il souriait, mais c'était bon. Sacrément bon. À présent, il avait juste besoin de Riley. Ils avaient tous besoin d'elle.

CHAPITRE VINGT-DEUX

— On devait aller à trois cent vingt kilomètres à l'heure !
Après, il y a eu de la fumée partout et je ne voyais rien ! La
voiture s'est arrêtée et il y avait cent policiers qui pointaient
leurs armes sur nous. Ensuite, on m'a sorti de la voiture et
Oz était là ! Il a pleuré. Ensuite, nous sommes montés dans
une voiture de police et un hélicoptère est venu et j'ai dit
notre code secret à Bree et elle est sortie ! Oz a pleuré de
nouveau et nous sommes allés manger un Whataburger et
quand nous sommes rentrés, *tu* étais là !

Riley sourit à Logan. Il racontait ce qu'il s'était passé
plus tôt ce jour-là. Il était tard, le soleil s'était couché depuis
longtemps, mais elle n'était pas du tout fatiguée.

Elle portait un pull à col roulé même si elle était au lit,
pour que les enfants n'aient pas peur en voyant les bleus sur
son cou. Au cours des dernières heures, ils avaient vraiment
commencé à foncer. La vue des empreintes des doigts de
Miles sur son cou la rendait nauséeuse elle-même. Elle était
courbaturée et pâle, toutefois elle trouvait qu'elle avait
plutôt bonne mine pour quelqu'un qui était presque mort
ce jour-là.

Elle était assise sur le lit d'Oz avec Bria dans les bras.

Logan était assis à ses pieds et le bras d'Oz était enroulé autour d'elle. Il soutenait son poids et celui de Bria. Elle n'avait jamais été aussi soulagée qu'à ce moment-là.

Miles était en prison pour une longue liste d'accusations. En plus des enlèvements, de la tentative de meurtre et du délit de fuite, il faisait aussi face à des accusations de pornographie pédophile. Après tout le mal qu'il s'était donné pour récupérer son disque chez elle pour que la police ne le trouve pas, ils l'avaient confisqué dans sa voiture. On avait dit à Riley que son affaire serait du tout cuit et qu'ils avaient plus de preuves qu'il ne leur en fallait pour le mettre à l'ombre pendant longtemps.

Mais Riley ne voulait pas penser à Miles. Elle était juste reconnaissante d'être en vie. Et du fait que Logan et Bria allaient bien.

— On dirait que c'était une sacrée aventure, déclara-t-elle à Logan.

— Oui. Mais... Oz a dit que c'était la seule fois que je pouvais faire un tour en voiture de police.

Riley sourit.

— Il a raison. Et toi, comment vas-tu, Bree ? Tu as eu deux mois difficiles, dit-elle doucement.

Bria haussa les épaules.

— Ça va. J'avais peur, mais Logan m'a dit de me cacher et je savais qu'il reviendrait me chercher.

Riley sentit Oz frissonner sous elle. Ils savaient tous les deux que tant de choses auraient pu mal tourner. Si Logan n'avait pas été assez intelligent pour chercher les panneaux des rues ou d'autres points de repère distinctifs là où Bria s'était enfuie, elle pourrait encore être là-bas, en train d'attendre que son frère revienne la chercher. Dans l'obscurité. Ils avaient tous eu beaucoup de chance.

— Est-ce que tu vas vraiment bien ? insista Logan. Cet homme t'a fait du mal.

Le bras d'Oz se raidit. Il avait été très silencieux depuis

qu'ils étaient rentrés à la maison. Il avait aidé Riley à se changer et l'avait examinée de la tête aux pieds, souhaitant vérifier par lui-même chaque bleu et chaque éraflure qu'elle avait subis aux mains de Miles. Ils devaient parler, mais ils voulaient prendre soin des enfants d'abord.

— Oui, assura-t-elle. Mais ça va. Le truc c'est que je pourrais pleurer et rester au lit pendant un mois, mais ça ne changera pas ce qu'il s'est passé. Je peux décider d'aller de l'avant dans ma vie et d'être heureuse, ou je peux m'écrouler. J'ai trop à faire pour m'écrouler. Nous devons aller à des matchs de baseball, Bree a un récital de musique avec sa classe dans un mois et elle a hâte d'y être. J'ai des clients qui comptent sur moi pour faire mon travail en temps et en heure.

Logan hocha la tête comme si tout ce qu'elle avait dit était parfaitement sensé, mais Bria se retourna pour la regarder.

— Je veux être heureuse. Parfois, je me souviens de la cage effrayante et que j'avais faim, mais maintenant, je suis avec Logan. Et je t'aime. Et Oncle Oz aussi.

Riley la serra contre elle.

— Bien. Et tu peux parler de ce qu'il t'est arrivé, comme tu en parles au psychologue. Je ne dis pas que je ne vais pas me souvenir qu'on m'a fait du mal, mais je vous ai, vous et Porter. Alors comment pourrais-je ne *pas* être heureuse ?

Bria se blottit à nouveau contre elle en hochant la tête.

Riley sentit Porter l'embrasser sur la tête et elle soupira. Cela avait été la pire journée de sa vie, mais alors qu'elle était allongée dans les bras de Porter avec Bria et Logan sains et saufs, elle ne put s'empêcher de se sentir parfaitement satisfaite.

Ils gardèrent le silence pendant un long moment, puis Porter dit calmement :

— Je crois que Riley a besoin de dormir. Et vous aussi. La journée a été longue et mouvementée. Je crois que nous allons tous prendre une journée de repos demain. Peut-être que nous pourrions aller au grand parc de la base militaire et jouer avec une balle de baseball. Bree, il y a un parcours d'obstacles là-bas que tu trouveras peut-être amusant.

— Hourra ! s'exclama Logan.

De toute évidence, Bria n'était pas sûre de savoir pourquoi son frère était aussi enthousiaste, mais elle poussa un cri de joie aussi.

— Ça me paraît bien, approuva doucement Riley.

— *Tu* vas rester sur la touche pour regarder, l'informa Porter à voix basse.

Puis, plus fort, il ajouta :

— Allez, les enfants, allons nous préparer à aller au lit.

Riley regarda le trio sortir de la chambre et elle s'appuya contre les oreillers derrière elle en soupirant. Elle ferma les yeux et elle dut s'assoupir, car un instant plus tard, Porter revint, se glissa dans le lit et l'attira dans ses bras. Il la serra comme si elle était ce qu'il y avait de plus précieux au monde.

C'était la première fois qu'ils étaient seuls depuis qu'il l'avait trouvée sur le sol de son appartement et elle dut dire ce qu'elle pensait depuis qu'elle s'était réveillée et qu'elle avait compris ce qu'il s'était passé.

— Je suis vraiment désolée...

— Non, dit fermement Porter.

— Quoi ? demanda-t-elle en tournant la tête pour le regarder.

— Pas d'excuses. Tu n'as rien fait de mal.

— Comment peux-tu dire ça ? le questionna Riley avec incrédulité. Je me suis plantée de tant de façons avec Miles que je ne peux même pas commencer à en dresser la liste.

— Non, c'est faux. Tu voulais trouver un mec gentil avec qui sortir et tu pensais que Miles en était un. Il t'a mené en bateau depuis le début, il t'a utilisée pour avoir un endroit où dormir. Il a profité de ta gentillesse et de ton affection. Il t'a rabaissée, il t'a agressée verbalement et il a fait de son mieux pour t'anéantir. Mais ça n'a pas fonctionné. Tu t'es débarrassée de lui. Nous n'aurions peut-être pas dû l'ignorer quand il a commencé à te harceler, mais c'est notre faute à tous les deux. Nous ne savions pas qu'il deviendrait aussi fou. Nous aurions dû prendre des précautions. Demander une mesure d'éloignement. Cela dit, ça ne l'aurait pas empêché d'entrer chez toi par effraction, mais quand même. Rile, c'est lui qui t'a presque étranglée à mort. C'est lui qui a enlevé nos enfants. C'est lui qui a mis la vie de Logan en danger en conduisant comme un fou. Tu n'as aucune raison de t'excuser. Tout est sa faute. Ne te sens *pas* coupable.

Riley dut attendre un moment avant d'être capable de parler. Le nœud dans sa gorge était presque accablant.

— Comment puis-je être aussi chanceuse ? murmura-t-elle.

— Je crois que c'est à moi de dire ça, dit Porter. J'admets que je ne pensais pas être si chanceux quand Logan est arrivé, mais maintenant, je n'imagine pas la vie dans lui. Et trouver Bree ensuite ? Elle me rappelle tellement ma sœur que c'en est presque troublant. Elle me manque. Je regrette de ne pas avoir eu la chance de réparer notre lien, mais elle m'a donné deux des plus beaux cadeaux que j'aie jamais eus. Trois, en te comptant, toi.

Il se pencha vers elle et soupira contre son cou.

— Tu m'as flanqué la frousse, admit-il. Quand je t'ai vue inconsciente par terre, j'ai cru que tu étais morte.

Riley ne savait pas quoi dire. Elle savait que Miles n'avait pas fini ce qu'il avait été en train de faire parce qu'il avait été pressé et que c'était un idiot. Elle *aurait dû* être morte par terre et elle n'aimait pas y penser.

— Je ne peux pas vivre sans toi, murmura-t-il.

— Moi non plus, répondit-elle. Ce sera terrible quand tu partiras en mission. J'ai horreur de l'admettre parce que ça

SUSAN STOKER

met beaucoup de pression sur toi, mais... Sois prudent, d'accord ?

Porter la retourna pour qu'elle soit allongée sur le dos et qu'elle lève les yeux vers lui. Il écarta une mèche de cheveux de son front.

— Je n'ai jamais beaucoup pensé à la mort auparavant. Je savais que c'était une possibilité chaque fois que je partais en mission, mais j'ai trop à vivre pour laisser un salop me descendre. Je pense sincèrement que le fait que Trigger, Lefty, Brain et moi avons trouvé les femmes avec lesquelles nous voulons passer le reste de nos vies nous rend plus prudents qu'avant.

Elle adorait entendre qu'il voulait passer le reste de sa vie avec elle.

Décidant qu'ils avaient été moroses trop longtemps, elle reprit :

— Eh bien, si nous allons passer l'éternité ensemble, nous aurons bien besoin d'un endroit plus grand pour vivre. Sans parler du fait que j'ai l'impression que les choses avec les autorités dans l'armée seraient plus simples si nous étions mariés et si je n'étais pas juste la voisine qui garde les enfants.

Elle plaisantait et elle essayait maladroitement de détendre l'atmosphère.

— Oui, dit Porter sans hésiter.

— Oui ? Oui, quoi ? demanda-t-elle.

— J'accepte ta demande en mariage, lui annonça-t-il.

Riley sourcilla.

— Je ne t'ai pas demandé en mariage, protesta-t-elle.

— Si, tu l'as fait. Et j'ai accepté. Alors, maintenant, nous sommes fiancés. Est-ce que tu m'as acheté une bague ? la taquina-t-il.

Riley n'était pas sûre de comprendre ce qu'il venait de se passer. Était-il en train de plaisanter ? Elle n'en était pas certaine.

380

— Peu importe, reprit-il avant de s'écarter d'elle.

Il ouvrit le tiroir de la table de chevet et en sortit une petite boîte noire.

— Si elle ne te plaît pas, je peux t'acheter autre chose.

Il ouvrit la boîte et révéla une bague ornée d'un diamant solitaire. La pierre était en émeraude et elle scintillait sous le plafonnier qu'ils n'avaient pas encore éteint. Elle la fixa du regard, puis elle se tourna à nouveau vers lui, sans voix.

— Je t'aime, Riley. Je veux vraiment passer le reste de ma vie à tes côtés. J'ai l'impression que rien de nos vies ne sera calme et posé, mais j'ai hâte de voir ce qui nous attend. Veux-tu m'épouser ? Et avoir d'autres enfants avec moi ?

— Oh, Porter, souffla Riley.

Il sourit et sortit la bague de la boîte, puis il lui prit la main. Il lui glissa la bague au doigt. Elle était un peu grande.

— Je ne connaissais pas ta taille, mais j'étais trop impatient à l'idée de te convaincre d'être ma femme pour la faire ajuster.

— Quand l'as-tu achetée ? demanda-t-elle, encore sous le choc.

— Il y a une semaine.

Il haussa les épaules.

— Je sais que c'est rapide, mais je m'en fous. Je t'aime. Tu m'aimes. Les enfants t'adorent. Et après ce qu'il s'est passé aujourd'hui, après t'avoir presque perdue, je suis particulièrement ravi de l'avoir déjà achetée pour pouvoir te demander immédiatement de m'épouser.

Riley n'avait jamais été aussi heureuse.

— Tu sais, quand je tomberai enceinte, je vais prendre du poids. Je crois que cette bague ira parfaitement à mes doigts bouffis.

Elle vit une étincelle de désir dans les yeux de Porter à ces mots.

— Merde, jura-t-il à voix basse.

Il fit glisser une main sur son corps et l'arrêta sur son ventre.

— J'ai hâte que tu sois enceinte. Je sais que c'est probablement bizarre, mais je ne peux pas m'en empêcher. Maintenant que je sais à quel point les enfants sont géniaux, j'en veux d'autres.

— Ils ne sortent pas à l'âge de dix ou six ans. Les bébés sont bruyants. Et ils bouleversent toute ta vie telle que tu la connais, le prévint-elle.

— Je m'en fiche, dit-il en s'allongeant à côté d'elle.

Elle portait encore le pull-over et le pantalon de survêtement d'Oz, mais elle n'avait ni l'énergie ni l'envie de se lever pour se changer. La main de Porter se glissa sous le pull-over et se posa sur la peau nue de son ventre.

— Merci d'avoir été aussi forte et de ne pas avoir jeté l'éponge, ajouta doucement Porter.

— Merci d'avoir trouvé nos enfants.

— Je t'aime.

— Je t'aime aussi, dit Riley.

La lumière était encore allumée, elle était encore complètement habillée et elle avait presque perdu la vie ce jour-là. Mais Riley n'avait jamais aussi bien dormi que cette nuit-là.

ÉPILOGUE

— Porter, je ne vois pas où je marche ! se plaignit Riley en riant.

Oz posa un doigt sur ses lèvres à l'intention de Logan et Bria. Ils gloussaient et sautillaient autour de Riley et lui. Il lui avait bandé les yeux et l'avait amenée là pour lui faire une surprise. Il avait un bras autour de sa taille, la guidant pour qu'elle ne tombe pas.

Trois mois s'étaient écoulés depuis que Riley avait frôlé la mort et que ses enfants avaient été enlevés, mais tout le monde semblait bien se porter. Bree était hilarante et Oz adorait voir sa personnalité s'épanouir de plus en plus. Elle appréciait son instituteur à l'école primaire Gerry Linkous, monsieur Santoro. Et il semblait qu'elle aime le parcours d'obstacles de la base militaire. Un intérêt que sa professeure de sport, madame O'Brien-Santoro, cultivait.

Logan s'épanouissait aussi dans sa classe. Il entrerait au collège l'année suivante, mais il s'était fait des tas d'amis dans sa nouvelle école. La ligue de baseball était aussi un grand succès et il avait hâte de rentrer à la maison les jours d'entraînement.

Oz n'avait pas perdu de temps pour épouser Riley. Elle

avait eu raison : le fait de se marier avait facilité les choses d'un point de vue administratif et militaire. Il n'avait plus à se soucier du plan de garde familial et elle obtenait une assurance médicale et tous les autres avantages qui revenaient à une femme de militaire. Ils étaient allés au palais de justice, puis ses coéquipiers leur avaient organisé une grande fête chez Brain et Aspen.

Lefty et Kinlay étaient allés à San Francisco le lendemain, car Lefty avait dit qu'il n'avait pas l'intention d'être le seul homme à vivre avec sa femme dans le péché. Il avait plaisanté, toutefois Kinley était plus que ravie qu'ils soient enfin mariés. Les parents de Lefty avaient organisé un mariage pittoresque dans leur jardin et Lefty avait déclaré qu'il était parfait.

Le ventre d'Aspen avait grossi et Brain semblait incapable de ne pas le toucher. Chaque fois qu'ils étaient l'un à côté de l'autre, il lui tripotait le ventre. Les hommes se moquaient de lui, mais Oz ne pouvait pas le lui reprocher. Riley et lui avaient cessé d'utiliser des contraceptifs et il priait chaque jour pour la mettre enceinte. Il ne pensait pas qu'il soit normal pour un homme d'être aussi enthousiaste et impatient à l'idée que sa femme tombe enceinte, néanmoins il s'en fichait. Il voulait avoir un bébé avec Riley. Immédiatement.

En plus de tout le reste... Miles s'était pendu peu après avoir été emprisonné, pendant qu'il attendait son procès. C'était surprenant, car Oz n'avait pas pensé que cet homme avait le cran de faire quelque chose d'aussi... permanent. Et secrètement, il en était ravi. Certes, il aurait aimé le voir payer pour ce qu'il avait fait à sa famille, mais Bree et Logan n'auraient plus à revivre ce qu'ils avaient subi pendant un procès, et c'était un soulagement.

Et à présent... C'était un jour spécial. Il s'était efforcé de cacher ce qu'il avait préparé pour Riley. Oz se sentait un peu coupable d'être rentré tard le soir depuis quelque temps, mais Riley, adorable, ne s'était jamais plainte. Elle avait emmené Logan à son entraînement de baseball et elle avait joué avec Bree, elle les avait aidés avec leurs devoirs et elle s'était assurée qu'ils mangent quelque chose.

Elle n'était jamais retournée chez elle après avoir été attaquée. Oz ne pouvait pas lui en vouloir et il était plus que ravi qu'elle ait emménagé avec lui sans problème.

Il était entré dans son appartement quelques fois, pour aider ses coéquipiers et leurs femmes à faire ses valises, et il avait eu la frousse. Il n'avait pas arrêté de regarder l'endroit où Riley avait été allongée, inerte. Heureusement, Doc, Grover et les autres étaient venus et s'étaient occupés du déménagement pour eux.

Mais ensuite, son appartement avait été rempli d'affaires de femme. Un appartement de deux chambres était bien trop petit pour quatre personnes et leurs effets personnels. Riley et lui avaient parlé de trouver un appartement de trois chambres pour dépanner en attendant qu'ils puissent chercher une maison, sauf qu'ils n'avaient pas eu le temps de le faire.

Et à présent il était temps de montrer à Riley sa surprise.

Les enfants coururent devant et Oz s'assura que Riley soit saine et sauve en la guidant. Il s'arrêta après quelques pas de plus et prit une inspiration apaisante.

— Tu es prête ? demanda-t-il.

Riley rit à nouveau.

— Porter, je suis prête pour cette surprise, quelle qu'elle soit, depuis une éternité. Je savais que tu préparais quelque chose, mais je n'ai pas posé de questions. Finissons-en avant que tu exploses.

Oz éclata de rire. Il aurait dû savoir qu'il ne pouvait rien cacher à sa femme observatrice.

— D'accord. Bon, attends, lui dit-il en triturant le nœud à l'arrière de la tête de Riley.

Il le détacha et le bandeau tomba autour de son cou. Elle

cligna des yeux face à la lumière vive qui frappa soudain ses pupilles.

— Surprise ! s'écria Logan.

— Joyeuse nouvelle maison ! ajouta Bree.

Riley leva les yeux vers la grande maison devant elle, l'air surprise.

— Quoi ? Comment... Oh, Porter !

Il lui sourit.

— Bienvenue à la maison, lui chuchota-t-il doucement à l'oreille. Il y a six chambres. Assez de place pour agrandir notre famille, et il y a un bureau au rez-de-chaussée qui sera parfait pour toi. La cuisine a été rénovée et la salle de bains principale est à tomber... En particulier la douche surdi-mensionnée. J'ai déjà trouvé une femme de ménage qui pourra venir à intervalle de quelques semaines, car je sais que cet endroit sera horrible à nettoyer. Bria et Logan ont déjà choisi leurs chambres.

— Est-ce qu'on peut entrer, Oz ? Hein, on peut ? cria Logan depuis le porche.

—Allez-y, les autorisa-t-il.

Poussant un cri de joie, leurs enfants disparurent en passant par la porte d'entrée.

— Je n'arrive pas à croire que tu as acheté une *maison* ! s'exclama-t-elle.

— J'économise depuis longtemps. Et mon travail paie bien quand tu es célibataire.

— Et si l'armée nous fait déménager ? demanda Riley nerveusement.

— Nous verrons le moment venu. Nous pouvons envi-sager de la mettre en location ou quelque chose comme ça, mais je veux que nous vivions ici. Je veux que nous fondions notre famille ici. Je ne serai pas toujours dans l'armée et j'aime vraiment beaucoup cette zone du Texas. Logan adore son école et son équipe de baseball. Je crois que les choses iront bien pour lui à l'avenir.

— Six chambres ? demanda Riley en riant.

Oz haussa les épaules.

— On voit grand ou on reste chez soi, argumenta-t-il.

Riley se retourna, enroulant ses bras autour de sa taille et levant la tête pour le regarder. La peau crémeuse de son cou était immaculée et il ne restait plus de marques de sa mésaventure avec son ex. Chaque fois qu'Oz la regardait, il remerciait sa bonne étoile qu'elle soit encore là.

— Je crois que c'est une bonne chose que nous ayons autant de chambres. Je veux dire, dans moins d'un an, nous aurons rempli quatre d'entre elles.

Oz hocha la tête distraitement, puis fronça les sourcils.

— Attends, quoi ?

— Je suis enceinte, déclara Riley d'une voix douce. Surprise !

Oz était sans voix.

— Sérieusement ?

— Oui. Je ne mentirais pas à ce sujet-là. Pas quand tu as fait tant d'efforts pour me faire tomber enceinte. Cependant… je n'aurais peut-être pas dû te le dire pour pouvoir profiter de tes efforts quelques mois de plus.

Oz lâcha un cri, la souleva et la fit tourner en rond avant de l'embrasser.

Ils étaient encore en train de se dévorer quand ils entendirent la voix de Logan résonner à l'intérieur de la maison.

— Est-ce que vous allez arrêter de vous embrasser et venir voir la maison ?

Oz recula et fixa des yeux la femme dans ses bras. Il n'avait pas les mots.

— Je t'aime, dit Riley.

— Je ne savais pas vraiment ce que ces mots signifiaient avant cette année, lui avoua Oz.

Riley lui adressa un grand sourire. Puis, elle reprit malicieusement :

— Quand allons-nous pouvoir inaugurer la nouvelle maison ?

— Trigger et Gillian ont dit qu'ils garderaient les enfants demain soir, répondit-il avec un sourire en coin.

— J'aime les hommes qui planifient à l'avance, chuchota-t-elle.

— Et si tu crois que je ne vais pas coucher avec toi autant ou aussi souvent que quand j'essayais de mettre un bébé en toi, tu as tort. Je dois m'assurer que mon fils ou ma fille sache qui est leur papa.

Riley rit.

— Je ne suis pas sûre que ça marche comme ça.

— Tu te plains ? demanda-t-il en haussant un sourcil.

— Non. Je n'ai pas la moindre plainte à formuler, rétorqua Riley.

— Bien. Maintenant, viens. Viens voir ton château, ma reine.

* * *

Lucky observait Devyn depuis l'autre côté du jardin. Ils s'étaient tous réunis à la nouvelle maison d'Oz, l'inaugurant avec une pendaison de crémaillère faisant aussi office de réception de mariage pour Lefty, Brain et Oz. Logan et Bree couraient dans le jardin, excités après avoir avalé trop de sucre à cause des s'mores qu'ils avaient faits près du brasero, plus tôt.

Tout le monde était là. Trigger, Gillian, Lefty, Kinley, Brain, Aspen, Doc, Grover et Devyn. Winnie, la voisine de quatre-vingt-onze ans de Brain, était venue avec sa petite fille et son nouveau mari, Rocket. Même certains des nouveaux voisins d'Oz étaient présents.

L'atmosphère était détendue et festive. Les Delta faisaient de leur mieux pour profiter de leur temps de repos, car ils ne savaient jamais quand ils seraient appelés pour partir en mission. Le monde semblait plus explosif que jamais. Des combats éclataient dans le monde entier et les tensions étaient fortes aux frontières.

La drogue était hors de contrôle, les terroristes montaient en puissance pour causer des ravages contre leurs ennemis présumés et la Corée du Nord représentait toujours une menace. Parfois, Lucky détestait son travail. Il détestait voir le manque de respect pour la vie humaine. Cependant quand ils secouraient des gens ou qu'ils changeaient considérablement les choses, tout cela valait la peine. Et il avait eu la chance de faire partie de plus de missions avec des résultats positifs que de négatifs.

Lucky avait peut-être de la chance dans la vie et dans son travail, mais certainement pas en amour. Il voulait ce que ses amis avaient. Et il n'y avait qu'une seule femme avec qui il le voulait.

Devyn Groves. La sœur de Grover.

Elle avait emménagé au Texas depuis un moment à présent, mais même s'il essayait de s'approcher d'elle, elle le maintenait toujours à distance. Lucky ne savait pas pourquoi, et cela le déprimait.

Devyn était tout ce qu'il aimait chez une femme. Oz aimait sa femme menue, mais Lucky avait tendance à être attiré par les femmes plus grandes. Devyn mesurait un mètre quatre-vingt et elle allait parfaitement avec le mètre quatre-vingt-sept de Lucky. Elle était svelte, mais musclée, et il savait qu'elle faisait souvent du sport. Elle se maintenait en forme pour pouvoir manier les animaux dont elle prenait soin en tant que technicienne de soins vétérinaires.

Elle était aussi intelligente, empathique et gentille, mais elle n'avait pas peur de dire ce qu'elle pensait, en particulier quand il s'agissait de son grand frère. De toute évidence, leur relation était bonne et Lucky adorait les voir ensemble.

Oui, Devyn avait tout ce qu'il fallait à ses yeux. Elle était séduisante et elle avait une personnalité fantastique.

Toutefois il voyait la méfiance constante dans ses yeux et cela le tuait. Il voulait abattre tous ses démons, ou au moins être à ses côtés pendant qu'*elle* le faisait, et elle refusait de lui donner une chance.

S'il n'avait pas observé Devyn d'aussi près, il aurait raté ce qu'il se passa à ce moment-là.

Elle était en train de parler à Gillian quand elle reçut un appel. Elle mit la main dans sa poche et décrocha sans regarder qui était à l'autre bout de la ligne. Son froncement de sourcils mit Lucky en garde contre la personne qui l'appelait, lui indiquant que cette personne n'était pas vraiment la bienvenue.

Elle dit quelque chose à Gillian et s'éloigna. Puis, dos aux autres, elle eut une courte conversation au téléphone. Quand elle raccrocha et qu'elle replaça le téléphone dans sa poche, Devyn se dirigea vers le coin de la maison sans dire un mot à personne.

Lucky se leva. Allait-elle partir ? Juste comme ça ?

Il commença à marcher avant même de penser à ce qu'il faisait.

— Où vas-tu ? demanda Grover quand il passa à côté de lui à l'intérieur de la maison.

Lucky allait essayer de rattraper Devyn avant qu'elle ne parte et le moyen le plus rapide d'atteindre l'avant de la maison était de la traverser.

— Devyn a reçu un appel de quelqu'un et ça ne lui a pas plu, expliqua Lucky à son ami.

Grover soupira.

— Merde. J'ai dit à Spencer d'appeler plus tard *ce soir*.

Lucky s'arrêta pour regarder son ami.

— Ton frère ?

— Ouais. Il a insisté pour que je convainque Devyn de lui parler. Je suppose qu'ils se sont disputés avant qu'elle ne quitte le Missouri et elle l'évite. Et Maman aussi. Il a demandé son nouveau numéro et je le lui ai donné. Je veux

dire, c'est notre frère. Pourquoi je ne le lui donnerais pas ? Je
ne sais pas ce qu'il se passe, mais je veux qu'ils se réconci-
lient pour que nous puissions être une famille unie, comme
nous l'avons toujours été. Mais je lui ai dit que nous allions
à cette fête aujourd'hui. Je lui ai demandé d'attendre pour
l'appeler.

— Je n'étais pas assez près pour entendre à qui elle
parlait, mais je suppose qu'il n'a pas attendu, déclara Lucky.

Grover semblait dévasté.

— Je déteste ne pas savoir ce qu'il se passe entre eux.

— Je m'en occupe, lui annonça Lucky.

— Merci, dit Grover.

Lucky hocha la tête et ouvrit la porte d'entrée. Il ne
veillait pas sur Devyn pour rendre service à son ami. Il le
faisait parce qu'il admirait Devyn. Elle lui plaisait beaucoup.
C'était une bonne amie, elle travaillait dur et elle était sacrément amusante. Chaque fois qu'il était près d'elle, Lucky
avait l'impression que la pression de son travail disparaissait
d'un coup. Elle lui permettait de garder les pieds sur terre. Il
n'avait jamais ressenti la même chose pour une femme. Il
était soulagé que Grover ne lui ait pas dit de ne pas s'approcher de sa sœur, le genre de conneries que certains hommes
disaient. Il était enthousiaste à l'idée que Lucky sorte avec
elle. Ce qui était génial, mis à part le fait que Devyn ne
semblait pas du tout intéressée par le fait de sortir avec *qui
que ce soit*.

Renforçant sa détermination, Lucky se dirigea droit vers
elle. Elle manipulait maladroitement son porte-clés,
essayant de déverrouiller la portière de sa voiture.

Il s'approcha d'elle et enroula sa main autour de ses clés.

— Je m'en charge, déclara-t-il d'une voix douce.

Prouvant à quel point elle était bouleversée, elle ne
protesta pas. Elle lâcha les clés et les donna à Lucky.

— Je vais conduire, lui proposa-t-il, forçant sa chance.

Mais de nouveau, Devyn se contenta de hocher la tête et

de contourner la voiture par l'avant pour aller du côté passager. Lucky déverrouilla le véhicule et ils montèrent.

— Tu veux en parler d'abord ? demanda Lucky après avoir démarré le moteur.

— Ramène-moi juste chez moi, répondit Devyn d'une voix douce en secouant la tête.

Lucky voulait insister, mais il n'avait pas l'intention de forcer cette femme à faire quoi que ce soit. Il voulait qu'elle fasse appel à lui quand elle avait besoin d'aide. Quand elle était heureuse et qu'elle voulait partager son enthousiasme. Quand elle était triste et qu'elle avait besoin de réconfort. Il voulait *tout* avec Devyn et il ferait tout ce qu'il fallait pour lui prouver qu'elle pouvait lui faire confiance, qu'ils étaient parfaits l'un pour l'autre.

Pour le moment, il devait la ramener chez elle. Là où elle se sentait en sécurité. Puis, il ferait son possible pour mettre au clair ce qu'il se passait. Elle avait toujours accusé Grover d'être têtu, mais elle ne savait rien de l'obstination. Elle était sur le point de voir à quel point *ce* soldat de la Delta Force était têtu. Même s'il n'aimait pas le fait que Devyn évite sa mère et maintenant Spencer, Lucky ne pouvait s'empêcher d'être soulagé d'avoir une bonne raison d'insister comme jamais auprès de Devyn.

Mais si Spencer pensait qu'il pouvait venir chez eux, pour ainsi dire, et les déranger, il avait tort. Personne ne pouvait s'en prendre à leurs amis proches, pas même un membre de la famille.

* * *

Sierra Clarkson était allongé par terre au fond de la cellule dans laquelle elle avait été jetée. Elle essaya d'estimer depuis combien de temps elle était prisonnière. C'était impossible ; elle avait passé trop de temps dans les recoins sombres de cette montagne d'Afghanistan pour remarquer les jours et les nuits qui s'écoulaient. Elle avait été déplacée d'une maison à une autre, et elle avait fini là. Dans une grotte, au sein d'une montagne. C'était une cellule de prison peu conventionnelle, mais les barreaux qui avaient été érigés à l'entrée de l'alcôve dans laquelle elle se trouvait étaient aussi solides que dans n'importe quelle prison habituelle.

De plus, il était évident que les hommes qui l'avaient enlevée dans le camp militaire où elle avait travaillé avaient fini par se lasser de l'utiliser comme punching-ball. Ils l'avaient presque oubliée à présent et elle était allongée seule dans le noir, essayant de ne pas se sentir coupable parce qu'elle s'ennuyait.

Elle s'ennuyait. Quelle blague ! Quelques mois plus tôt – du moins, elle pensait que quelques mois s'étaient écoulés – elle aurait été heureuse d'avoir l'occasion de s'ennuyer. Lors du premier mois après son enlèvement, Shahzada et ses partisans l'avaient torturée à tour de rôle. Ils avaient découvert ce qui la faisait pleurer. Comment lui infliger le plus de douleur possible. Elle avait compris plutôt rapidement que plus vite elle se « briserait », plus vite ils cesseraient de la battre et la renverraient dans sa cellule.

Deux autres prisonniers l'avaient rejointe dans cet enfer depuis et à présent, ses ravisseurs se concentraient sur le fait de les torturer, eux, pour essayer d'obtenir des informations sur les opérations militaires de la base.

C'était stupide, en réalité. Les contractuels qu'ils avaient enlevés ne connaissaient pas les tenants et les aboutissants de ce qu'il se passait à la base. Du moins, pas les éléments importants que Shahzada voulait connaître. Elle avait tenté de parler aux autres prisonniers quand ils avaient été seuls, cependant ils n'avaient pas voulu lui répondre. Ils avaient été trop bouleversés ou morts de peur.

Un par un, ils avaient disparu. Sierra ne savait pas ce qui

leur était arrivé, mais elle supposait que ce n'était rien de bon.

Elle ne comprenait pas pourquoi *elle* était encore là. Qu'est-ce que Shahzada lui voulait ?

Elle ne souhaitait pas attirer l'attention sur elle, mais quand ils oubliaient de la nourrir ou de lui amener un seau d'eau fraîche, elle n'avait pas d'autre choix que de crier et de faire du bruit jusqu'à ce que quelqu'un se souvienne qu'elle était là et lui apporte quelque chose à manger.

Elle était principalement dans le flou et ça craignait. Mais Sierra avait toujours essayé d'être optimiste. Les choses auraient vraiment pu être pires. Elle aurait pu encore être torturée tous les jours. Elle aurait pu être violée. Elle aurait pu être morte. Mais ce n'était pas cas. Elle était en vie et jour après jour, sa détermination à rester en vie augmentait. Quelqu'un finirait par la trouver. Peut-être parce qu'ils chercheraient quelqu'un d'autre qui avait disparu. Ou peut-être que Shahzada finirait par commettre une erreur et l'armée s'en prendrait à lui.

Elle devait donc tenir bon jusque-là. En attendant, elle devait faire tout ce qu'il fallait pour survivre. Sierra avait déjà appris à écourter les passages à tabac qu'elle recevait et elle avait commencé à se demander ce qu'elle pourrait pousser ses ravisseurs à faire d'autre en les manipulant.

Sierra ferma les yeux et soupira. Elle fit de son mieux pour penser à des choses plus agréables que le trou à rat dans lequel elle était actuellement coincée. Son choix préféré depuis l'enlèvement était Fred Groves, que ses amis appelaient Grover. Il ne ressemblait pas à un Fred à ses yeux, elle l'avait donc toujours appelé Grover aussi.

Elle avait été surprise quand il avait semblé s'intéresser à elle. D'habitude, personne ne la remarquait, sauf pour commenter sa petite taille. Or lui, il l'avait vue. Et quand il lui avait demandé s'il pouvait garder le contact avec elle après son déploiement, elle avait été ravie. Elle n'avait pu lui écrire qu'une seule lettre avant que Shahzada ne l'enlève à la base.

Elle se demandait souvent ce qui était arrivé à cette lettre. Grover l'avait-il reçue ? Lui avait-il répondu ? Pensait-il à elle ? Elle l'ignorait, cependant le fait d'imaginer le soldat fort et beau était mieux que de penser à son ventre vide ou de s'inquiéter à propos de ce qui pourrait se passer le lendemain.

*

Pauvre Sierra ! Restera-t-elle captive encore longtemps ? Grover saura-t-il la retrouver ? Vous allez devoir attendre un peu plus longtemps pour le découvrir, car le prochain tome est l'histoire de Lucky et Devyn, *Un refuge pour Devyn*. :)

Lucky va devoir aller au fond des choses avec Devyn et Spencer, convaincre Devyn qu'elle peut lui faire confiance et lui ouvrir les yeux, parce qu'il est plus que le coéqupier de son frère. J'ai le sentiment qu'il est de taille à relever le défi. Découvrez *Un refuge pour Devyn* dès maintenant pour savoir comment cette histoire se termine !

DU MÊME AUTEUR

Un soutien pour Lara

Un soutien pour Maisy

Un soutien pour Ryleigh

Hawaï : Soldats d'élite

Un paradis pour Élodie

Un paradis pour Lexie

Un paradis pour Kenna

Un paradis pour Monica

Un paradis pour Carly (11 Oct)

Un paradis pour Ashlyn

Un paradis pour Jodelle

Mercenaires Rebelles

Un Défenseur pour Allye

Un Défenseur pour Chloé

Un Défenseur pour Morgan

Un Défenseur pour Harlow

Un Défenseur pour Everly

Un Défenseur pour Zara

Un Défenseur pour Raven

Ace Sécurité

Au Secours de Grace

Au Secours d'Alexis

Au Secours de Bailey

Au Secours de Felicity

Au Secours de Sarah

Forces Très Spéciales Series

Un Protecteur Pour Caroline

Un Protecteur Pour Alabama

Un Protecteur Pour Fiona

Un Mari Pour Caroline

Un Protecteur Pour Summer

Un Protecteur Pour Cheyenne

Un Protecteur Pour Jessyka

Un Protecteur Pour Julie

Un Protecteur Pour Melody

Un Protecteur pour l'avenir

Un Protecteur Pour Les Enfants de Alabama

Un Protecteur Pour Kiera

Un Protecteur Pour Dakota

Forces Très Spéciales : L'Héritage

Un Sanctuaire pour Caite

Un Sanctuaire pour Brenae

Un Sanctuaire pour Sidney

Un Sanctuaire pour Piper

Un Sanctuaire pour Zoey

Un Sanctuaire pour Avery

Un Sanctuaire pour Kalee

Un Sanctuaire pour Jane

Delta Force Heroes Series

Un héros pour Rayne

Un héros pour Emily

Un héros pour Harley

Un mari pour Emily

Un héros pour Kassie

Un héros pour Bryn

Un héros pour Casey

Un héros pour Wendy

Un héros pour Mary

Un héros pour Macie

Un héros pour Sadie

Un héros pour Annie

Autre

Un moment suspendu : Recueil de nouvelles

AUDIO

Un paradis pour Élodie

À PROPOS DE L'AUTEUR

Susan Stoker est une auteure de best-sellers aux classements du New York Times, de USA Today et du Wall Street Journal. Elle a notamment écrit les séries Badge of Honor: Texas Heroes, SEAL of Protection et Delta Force Heroes. Mariée à un sous-officier de l'armée américaine à la retraite, Susan a vécu dans tous les États-Unis, du Missouri jusqu'en Californie en passant par le Colorado, et elle habite actuellement sous le vaste ciel du Tennessee. Fervente adepte des fins heureuses, Susan aime écrire des romans où les sentiments laissent place au grand amour.

http://www.StokerAces.com

 facebook.com/authorsusanstoker

 twitter.com/Susan_Stoker

 instagram.com/authorsusanstoker

 goodreads.com/SusanStoker

.